서정의
건축술

서정의
건축술

유성호 평론집

| **책머리에** |

　오랜만에 시 평론집을 묶는다. 십년 훨씬 저편으로 흘러간 지난 시간을 바라보니 비교적 부지런하게 무언가를 읽고 쓰고 또 읽고 쓰고 했다는 생각이 스쳐온다. 그 짧지 않은 시간 동안 우리 문단이나 학계는 문학이라는 양식과 현상을 둘러싼 여러 콘텍스트들에 대한 근본적 검토과정을 거쳐왔다. 근대적 주체로서의 작가의 위상에 대한 재해석, 상품 미학의 후광 속에서 모든 가치가 위계화하는 시점에 다가온 문학의 존재방식 변화에 대한 논의가 꾸준히 이어졌다. 이러한 맥락에서 유의미한 비평을 수행해온 이들의 눈매와 손길은 여전히 날카롭고 풍요로웠다. 물론 비평의 범속화와 평준화를 부추기는 동어반복 비평이나 정론성이 탈각된 관리비평의 폐해는 늘 제기되어온 터이지만, 그럴수록 우리 비평은 비평의 핵심 요건으로서 창의성과 공정성과 타당성에 더욱 주의를 기울여왔다. 비평은 엄정하고 합리적인 준거에 입각한 해석과 평가의 선택행위이고, 비평가는 자신이 선택한 준거에 대한 논리적 옹호와 해명을 지속적으로 해가야 할 것이기 때문이다.

　그러나 아직도 비평이 극복해가야 할 난제들은 적지 않다. 이 가운데 가장 강조되어야 할 것은 여전히 비평의 정확성이다. 모든 비평행위가 텍스트 혹은 텍스트를 둘러싼 문학현상에 대한 정확한 해석을 근거로 하는 것이고, 비평의 최종적 존재 이유 역시 텍스트에 대한 정확한 해석에 있을 것이기 때문이다. 또한 비평은 텍스트에서 받은 주관적 매혹을 적정한 해석의 논리로 치환하는 능력에서 시작되어, 그것에 비평가의 자의식을 반영해 엄정한 평가로 나아가는 지점에서 완성된다. 거기에 비평가 개인의 심미적 문체가 결속해야 함은 말할 것도 없다. 오문과 악문으로 점철된 비평도 적지 않으니까 말이다. 여기서 우리는 비평의 기능이 이론 증식에 있는 것이 아니라 텍스트의 창조적 차원을 정확하고 공정하게 적시하고 귀납하는 데 있다는 점을 다시 한번 강조할 수 있다.

이번 평론집은 이러한 준거들을 중시하면서 씌어진 글들을 모아보았다. 모두 4부로 구성하여 실었는데, 먼저 제1부에는 '서정' 혹은 '서정시'에 대한 원론적인 글을 배열해보았다. 이 책의 총론 격으로 우리 시대의 서정시가 견지해야 할 기율에 대해 다루어본 것이다. '시적인 것'의 함의가 확연하게 변화해온 흐름 속에서 서정시가 가져야 할 윤리성을 살피고, 사물과 상상력을 결속하는 원리로서의 서정을 검토하고, 근원적 시간 형식으로서의 서정을 실물적으로 해석해보고, 최근 대두한 '극서정' 개념의 미학적 가능성을 살폈다. 나아가 시에 나타난 난해성의 문제를 비평적 견지에서 원론적으로 검토해보았다. '서정'의 원리에 관련하여 우리 시단의 성과에 대한 해석과 평가 그리고 제언을 담아본 셈이다. 서정이 분명한 역사적 개념임을 전제하여, 서정의 다양하고도 복합적인 해석과 표현 기능을 확충해가야 한다고 본 것이다.
제2부는 문학사적 관점에서 서정시와 관련한 비평적 흐름 혹은 비평가에 대한 역사적 검토를 수행해보았다. 형식실험으로만 한정되어 이해된 '모더니즘'의 한국적 맥락을 '다른 흐름'으로 조감해보았고, 2000년대 이

후 펼쳐진 비평사를 대안 담론과 공론성 회복의 흐름으로 조망해보았다. '성장시'라는 개념에 대해서도 실물적으로 탐사해보았다. 그리고 우리 비평사의 우뚝한 범례인 유종호 선생의 비평과 김준오 선생의 시 유형론에 대해 역사적으로 고찰하였다. 이론적 범주와 실천비평의 범주를 견고하고 풍부하게 결합한 비평적 실례를 보여줄 수 있으리라 기대해본다.

제3부와 제4부는 문학사적으로 가치있는 시인들의 시세계에 대한 실천비평을 시인 등단순으로 실었다. 대부분 서정의 본령을 충실히 지켜온 언어의 세계라고 할 수 있다. 이분들은 지난날의 구체적 경험에 대한 생생한 기억과 그 경험을 표현하는 선명한 감각을 통해 깊은 시적 자의식을 표현하고 있다는 점에서, 기억이 퇴행적이고 복고적인 에너지가 아니라 우리의 삶과 감각을 풍요롭게 재구성하는 움직이는 운동 형식임을 치열하게 증언해주었다. 물론 기억은 동일성의 감각에 의해 발원되고 구축되는 서정시의 편재적(遍在的) 원리이기는 하지만, 이분들에 이르러 그것은 사물의 이면에 존재하는 오랜 시간의 파동을 세밀하게 포착하는 서정시의 본원적 발원지임이 밝혀진다.

제3부에는 한국 시단의 원로 및 중진으로 활동해온 시인들에 대한 천착의 결과를 실었는데, 허만하, 황동규, 김종철, 조재훈, 최승호, 이재무, 송찬호, 장석남, 정끝별 시인이 그들이다. 이분들이 노래한 존재 생성의 과정, 근원 탐구의 형이상학, 경험적 구체, 역사 탐색을 통한 자기긍정, 사라짐의 미학, 존재의 변방, 감각의 번짐, 사랑의 미학을 통해 천상과 지상, 삶과 죽음, 시간과 공간의 격절(隔絶)과 그것을 통합해가는 커다란 시적 스케일과 상상력을 살펴보았다. 이분들은 시간 경험의 독자적 구성을 통해 궁극의 차원을 사유하고 탐색해온 과정을 치열하게 보여준 시사(詩史)적 실례들이라고 할 수 있을 것이다.

제4부에서는 현재 한국 시단의 중견으로 활동하고 있는 시인들의 시세계를 탐색하였다. 그 목록은 나희덕, 박라연, 이정록, 이대흠, 곽효환, 신용

목, 송경동, 최금진 시인이다. 이분들은 형식에의 의지와 진정성, 근원의 마음, 원초적 통일성, 궁극적 성소(聖所)에 대한 열망, 수평의 사랑, 말의 허기, 노동의 구체, 존재론적 묵시(黙示)의 과정을 통해 서정과 인식, 감각과 정신, 기억과 비전을 오가는 풍요로운 목소리를 들려주었다. 이들 시편을 통해 우리는 우리 시대의 서정시가 지나치게 연성(軟性) 편향으로 흐르지 않고 현실감각이나 높은 정신의 경지를 욕망해온 형식임을 알게 될 것이다. 최근 들어 현저하게 줄어든 시와 구체적인 삶 사이의 미학적 긴장을 회복할 수 있는 시사 또한 얻을 수 있을 것이다.

우리는 비평을 문학행위나 현상에 대한 반성적 자의식이자 그것의 논리적 표현이라고 이해하고 있다. 그 안에서 비평가는 작품과 독자를 잇는 매개적 해석자 역할에서 훌쩍 벗어나 그 스스로 심미적 텍스트로 몸을 바꾸려는 충동을 가질 수도 있고, 독자들과의 효율적 의사소통을 더욱 강화해갈 수도 있을 것이다. 텍스트와 콘텍스트를 균형적으로 오가면서 인문학적 통찰을 매개하는 역량에 의해 비평가의 입지는 가름될 것이고, 좋은 비평은 우수한 시인과 작품을 대중적 기호와 구별해내는 역량과 그것의 논리화 과정에서 새삼 탄생해갈 것이다. 유행의 코드 밖에 소외된 고유하고도 독자적인 언어세계를 발굴하고 탐사하여 그것을 독자들의 기억 속으로 편입하려는 노력 역시 비평가에게 부여된 몫이 될 것이다. 이는 여러번 강조되어야 할 시 비평의 실존적 책무가 아닐 수 없다.

우리는 여전히 서정시라는 배타적이고 자율적인 장르 규정이 유효성을 지속해간다면, 그 존재를 이루는 근거는 인간에 대한 끝없는 자기 질문이라고 믿는다. 그리고 밋밋한 표현이 아니라 단단하고 창의적인 언어를 통해 세상의 장광설을 넘어서는 언어경제학도 서정의 건축술을 이루는 핵심 기제로서 우뚝할 것이라고 생각한다. 그 점에서 서정시는 언어를 통해 언어의 한계로부터 벗어나려는, 언어를 씀으로써 언어를 더이상 쓰지 않으려는 역설의 지점에 그 존재의 영역을 꾸준히 드리워갈 것이다. 그것이 이 공공연한 위기의 시대에 자신만의 실존적 근거와 윤리성을 지켜가려는 서정시의 양보할 수 없는 지표일 것이다.

　평론집을 내려 하니 그동안 이 글들이 대부분 한양 캠퍼스에서 씌어졌다는 것을 새삼 알게 되었다. 남원과 청주의 젊은 날을 귀한 추억으로 간직하면서, 이곳 한양에서 늘 한결같이 읽고 쓰는 일에 매진하게끔 해준 많은 분들의 배려와 후의에 드리는 감사의 염이 참으로 깊다. 오랜 시간이 흘러 이제는 스스로의 비평도 어떤 변곡점을 넘고 있다고 생각하지만, 시간과 힘이 허락되는 때까지 동시대에 산출되는 시편들을 또 정성스럽게 읽어가리라 다짐해본다. 다만 앞으로는 혼자서 바쁘지 않고 학생들과 함께 공부하고 또 같은 시절 어려움을 견뎠던 사람으로 남기 위해 노력하려고 한다. 또한 연구자나 비평가로서는 크게 변할 것이 없겠지만, 좀더 자기 계획 속에서 내 글을 쓰는 쪽으로 가고 싶기도 하다. 그동안은 주어진 글을 감당해낸 측면이 많았지만, 조금 자유롭고 광활하게 텍스트와 기억을 횡단하고 결합해가면서 더 괜찮은 비평적 에세이로 건너가는 길목을 찾아보려고 한다. 서정시의 애틋한 잔광(殘光)과 그럼에도 여전히 눈부신 그 위의(威儀)에 지속적으로 참여해온 비평가로서의 생애에 깊이 감사한다.

2019년 초여름 행당 동산에서
유성호

차례

제1부

우리 시대의 '시적인 것'과 윤리성

1. 시쓰기의 자의식과 시의 윤리성

2000년대도 중반을 넘어서고 있는 한국 시단의 전체적 지형 혹은 흐름은 어떻게 그려질 수 있을까? 예컨대 1990년대의 시적 지형은, 포스트모더니즘 열풍 같은 것이 한 시대의 지표가 되어, 그것을 축으로 어느정도 충실한 외관이 그려질 수 있었다. 하지만 최근에는 전통 서정시 범주라든가 생태시편의 경향을 우세종으로 꼽는 시각이 있기는 하지만, 근본적으로는 불투명성과 중층성을 속성으로 하는 백가쟁명(百家爭鳴)의 형상을 띠고 있다고 보아야 할 듯하다. 그만큼 우리 시대의 시적 지형은 '시적인 것'이 독립적으로 온존하면서 인식과 감각 양면에서 오롯한 권역을 형성했던 지난 세기와 확연한 차별성을 보이고 있다 할 것이다.

또한 우리는 시가 죽어버린 시대에 살고 있다는 풍문에 사로잡혀 있다. 가령 "시가 죽었다"고 할 때 그것은 아마도 근대적 방식의 유통체계로부터 시가 철저하게 주변화되었음을 비유하는 것일 터이다. 그것을 달리 표현하면 시가 대중적 소비지수에서 현저하게 힘을 잃어가기 시작했음을 의미하는 것일 터이다. 그런데 우리의 기억 속에 실제로 시가 한 시대의 보편적 언어의 위상을 누린 적이 있음을 부인하기 어렵다. 그때의 시적 언어는 동시대의 언중(言衆)들을 향하여 강한 감염력과 영향력을 견지하였다. 실제로 '시인＝지식인'이라는 흔치 않은 등식이 자연스럽게 성립되었고, 심지어는 시인이 실천적 지식인의 정점에 위치하는 경우도 드물지 않았다. 우리가 경험적으로 알다시피 1970년대의 김지하(金芝河)나 고은(高銀), 신경림(申庚林), 그리고 1980년대까지 박노해나 김남주(金南柱)의 언어는 '시' 이상의 그 무엇이었고, 한 시대를 선도한 정신적 정점의 한 양식이었다고 할 수 있다. 하지만 아이로니컬하게도 이제 시적 언어는 사회적으로나 담론적으로 정점의 위상을 차지하지 못하고, 문화적 전위(前衛)로서의 개연성만 남게 되었다.

자연스럽게 지금은 시를 잘 쓰는 시인들도 그다지 대중들 사이에 인지도가 높지 못하다. 그만큼 시의 유통범위나 위상이 많이 좁아지고 낮아진 것이다. 그런데 우리 시인들이 이러한 시의 죽음 혹은 주변화 담론을 통해 느끼고 있는 것은, 시가 죽기 이전의 상태에 대한 한없는 향수로 보인다. 또는 외곽으로 밀려나버린 왜소한 자신을 인정하지 않고 지금이라도 '기억'과 '소비'라는 역동적인 유통회로에 편입되고 싶은 욕구로 나타나기도 한다. 우리는 여기서 중요한 발의를 하나 할 수 있겠는데, 우리 시대의 시는 바로 시가 죽어버린 그 폐허 위에서 가장 근대적이지 않은 발화방식을 취해야만 자신의 존재 근거를 마련할 수 있다는 역설이 그것이다.

그렇다면 '시의 죽음'이라는 담론적 조건은 시가 극복해야 할 대상이 아니라, 바로 시의 더없는 존재 근거가 되어버린다. 다시 말하면 죽음을 사는[生] 방식으로 시가 존재해야 한다는 것이다. 다시 강조하면 시인들이 왜 내가 시를 쓰는가, 이 폐허의 땅에 나의 언어는 무엇인가, '시적인 것'의 전위성은 어떻게 확보되는가 하는 등등의 연쇄적 질문을 지속적으로 수행해야 한다는 것이다. 그제야 비로소 보편언어에 대한 복고적인 향수에 기반을 둔 것이 아닌, 자신만의 독자적인 언어가 철저하게 주변화된 방식으로 발화되지 않을까 한다. 이러한 자각을 통해 바로 시의 존재 조건과 발화 방식을 고민하는 것이 '시적인 것'의 윤리성을 제고하는 태도와 이어질 수 있다. 그래서 우리는 시의 내용이 윤리적일 필요는 없겠지만, 시쓰기에 대한 자의식의 회복을 통해 시적 윤리성에 대한 관심을 제고할 수 있다고 본다. 다시 말하면 이행기적 속성을 현저하게 지닌 시대일수록 시쓰기 작업에 대해 밀도있는 자의식이 있어야 하고, 또한 시인의 존재방식에 대한 근원적 모색이 뒤따라야 한다는 것이다. 왜냐하면 자의식이 없는 문자행위는 그 자체로 공해이고 과잉이며 비윤리적이기 때문이다. 따라서 시를 쓰고 소통하는 모든 형태의 욕망의 근저에 왜 시를 쓰는가에 대한 메타적 질문을 두는 것은 매우 중요한 시 정신의 바탕 자질이라고 할 수 있다. 우리가 이 길지 않은 글을 통해 우리 시대의 시적 윤리성에 대해 생각해보려고 하는 까닭도, 우리 시대의 이같은 '시적인 것'의 주변성과 시적 주체들의 다양한 욕망 사이에 개재하는 자의식의 회복이 그 어느 때보다도 필요하다는 요청 때문이라 할 것이다.

2. 반(反)미학적 경향의 가능성과 한계

비평적 견지에서 볼 때, 우리가 성찰해온 가장 중요한 테마 가운데 하나는 근대적 주체에 의한 자기표현이라는 고정된 시관(詩觀)에 대한 반성이었다. 아닌 게 아니라 소설은 자본주의 유통 원리와 친화적으로 부합되어 있었던 데 비해, 시는 그와 반비례하여 멀어져 있는 어떤 특성을 가지고 있었다. 그래서 그동안 우리가 시를 바라보는 방식은 자본주의에 맞서는 방식으로 존재하였다. 그 점에서 시는 이미 전위적이고 첨예화된 언어 양식이었으며, 자본주의에 감염되지 않는 어떤 항체를 부여하는 언어

양식이었다고 할 수 있다. 따라서 그것은 근대 자본주의 사회를 구성하는 이념이나 관행들에 저항하는 일과 연관되어 자기정립을 꾀하려는 속성을 지녀왔다. 우리가 '시적인 것'을 말할 때 사회역사적인 안목이나 상상력을 불가피하게 언급하는 까닭도 여기에서 연유한다. 순수예술적 의장(意匠)이나 시에 관한 메타적 논의도 중요하지만, 사회역사적 층위의 가치 판단이 없이는 '시적인 것'에 대한 인식이나 해석은 불구적인 것이 될 수밖에 없다. 따라서 최근 우리 시단에 이같은 사회역사적 상상력의 연관성이 엷어지는 것은 우려할 만한 불균형의 사례라 할 것이다.

사실 '미'에서 역사성을 소거하는 방식으로 '미'를 전유하려던 운동이 유미주의였는데, 우리 역사가 일정한 역사과잉 감각에 의해 아방가르드나 탐미적 속성에 대해 무심했다는 점에서 유미주의에 대한 재고는 매우 가치있는 일이 아닐 수 없다. 가령 유미주의가 추구한 '미'와 사회역사적인 '미'는 그 범주와 영향력이 다르고, 이 두가지는 역사적으로 효율성과 타당성을 규정받으면서 종합적 '미'로 지양될 수 있는 근거들을 갖고 있었다고 보아야 한다. 여기서 미적인 것과 사회역사적인 것이 '시적인 것'으로 통합될 개연성이 확보된다. 우리가 시에 관한 자의식을 운위할 때 궁극적으로 요청할 수 있는 것이 바로 이같은 통합적 미의식이라 할 것이다.

그런데 최근 우리 시대의 젊은 시인들이 드러내고 있는 첫 시집 세계의 일단은 이처럼 미적인 것과 사회적인 것의 경험적 통합에 대한 기획을 참신하게 보여준다. 물론 시인들마다 첫 시집이 갖고 있는 의미는 참으로 여러가지가 있을 것이다. 첫 시집이란 으레 습작부터 시작하여 족히 10여년의 시간을 응축해 가지고 있는 일종의 비망록 같은 것이다. 그래서 첫 시집에는 젊은 시인의 성장사가 10여년의 크기로 담겨 있는 법이고, 우리는 그 시인의 가장 인상적인 장면을 첫 시집에서 일종의 서사적 흐름으로 보게 되는 것이다. 그만큼 첫 시집은 그 양식적 개성과는 별도로 불가피하게 서사적 속성을 띠게 마련이다. 최근 우리의 주목을 요하는 첫 시집의 세계를 보여준 일군의 시인들은, 전통 서정시와 생태시편으로 편제된 주류 시단과는 일정하게 세대론적 단절성을 띠면서 2000년대 이후 꾸준히 자신의 언어를 개진해온 젊은 시인들이다.

1990년대 이후 이원(李源)을 필두로 하여 정재학(鄭載學), 이장욱(李章旭), 김언(金言), 김록, 유형진(劉炯珍), 이민하(李旻河), 박판식(朴判植), 정영(鄭瑛), 이영주(李映姝), 김행숙(金杏淑) 등 새로운 감각과 언어를 통해 우리 시단의 총아로 등장한 주자들을 볼 때, 이제 환상이나 영화, 만화 등을 매개로 하는 이른바 하위문화적 상상력은 더이상 낯설지 않고 차라리 익숙하기까지 하다. 이처럼 서정의 범주를 내파(內破)하면서 주변부적 상상력을 중심으로 끌어들이고 있는 시인들의 존재는 우리에게 많은 생각거리를 준다. 특히 2005년 한해에 동시에 출간된 황병승(黃炳承), 김민정(金珉廷), 박진성(朴鎭星), 진수미(陳秀美), 이기인(李起仁) 등의 첫 시집은 그들의 성장사를 고통스럽게 함축하고 있으면서도 이전 시기의 시집들과 현저하게 다른 면을 구축하고 있다는 점에서 주목을 끈다. 이들 세대는 나이로는 1967년생부터 1978년생이고, 등단은 1997년부터 2002년 정도이다. 그런데 같은 세대라 하더라도 박성우(朴城佑), 손택수(孫宅洙), 이안, 이종수, 신용목(愼鏞穆) 등이 보여주는 세계는 일종의 성장사를 결합시킨 전통적 시세계에 가까운데(앞에서 말한 서사적 속성이 강한데), 이들은 '미래파'라는 최근 수사적 명명(命名)이 암시하듯, 과거에 대한 기억이나 현재의 현실 인식에 중점을 두는 경향과는 달리, 우리 시대의 과거-현재에는 존재하지 않았던 새로운 시세계를 보여주고 있다.

먼저 황병승의 『여장남자 시코쿠』(랜덤하우스코리아 2005)의 경우는 비주류 하위문화에 대한 풍부한 경험과 언어를 통해 자신만의 '감각의 제국'을 건설하고 있다는 점이 인상적이다. 그는 인문학적 성찰이라는 고전적 미덕을 걷어내고 감각의 풍부한 환유적 나열을 꾀하고 있다. 그는 의도적으로 소통 자체를 불편하게 하면서, 우리의 의식 안에 존재하는 분열의 리얼리티를 쿨하게 보여준다. 이른바 혼성적 문화의식과 분열의식의 감각이 높은 밀도로 어울려 있다. 또한 김민정의『날으는 고슴도치 아가씨』(열림원 2005)가 보여주는 엽기적이고 그로테스크한 하위문화적 상상력은, 집중되는 '눈알'의 이미지, 남발되는 비속어, 이미지의 연쇄 자체가 불가능할 정도로의 비가공성을 통해 말의 난장(亂場)을 보이고 있다. 그녀의 시는 더 도발적이고, 공격적이고, 그만큼 더 가독력이 떨어진다. 또한 그녀의 시는 속도감과 사회 자체를 조롱하는 공격력을 통해 메타 시학의 가능성을 보이기까지 한다. 박진성의『목숨』(천년의시작 2005)은 '병시(病詩)'라는 스스로의 명명을 통해 우리에게 개인적 질병과 사회적 질병의 유추적 가능성을 보여준다. 그럼으로써 역설적으로 생에 대한 갈망을 보여준다. 말하자면 그에게는 아픈 자신까지를 대상으로 들여다보려는 의지가 있다. 그런가 하면 진수미의『달의 코르크 마개가 열릴 때까지』(문학동네 2005)의 경우는 '몸'을 노래하긴 하지만 '몸'의 심층적 차원으로 들어가지는 않으면서 감각적 차원에서의 '몸시'의 한 전형을 보여준다. 결국 그녀는 자신의 실존을 있는 그대로 담아내기보다는 감각적 차원으로 번역하여 보여주는 데 능한 자질을 보여준다. 또한 이기인 시집『알쏭달쏭 소녀백과사전』(창비 2005)에서 보이는 1980년대적 노동현장으로부터의 이격(離隔)은, 가령 '공장'과 '소녀'와 '하혈'로 얼룩진 자본주의와 섹슈얼리티의 공존과 결합을 통해 동시대의 타락한 징후들을 들추어내고 있다. 그의 시집은 노동현실에 대한 정치경제적 비판이 아니라, 자기 자신을 그 안으로 밀어넣으면서 스스로 죄성(罪性)을 느끼고 있다는 점에서 새로운 담론적 욕망을 보이고 있다 할 것이다.

　이들이 보여주는 반(反)미학의 가능성으로서의 움직임은, 언어적 권력을 자기 방식대로 해체하는 방법론으로 동원된 몫이 크다. 반(反)은유의 환유 원리에 의해 시작(詩作)을 하는 이들 시인들은, 은유 중심의 전통적 시작법에 대한 방법적 반성을 선보이면서, 자유로운 연상 형식에 필연적으로 따라붙는 소통의 부분적 장애에도 불구하고, 현대성을 시의 표면으로 적극 물질화하고 있다. 이들에게서 나타나는 탈주체의 과감한 승인, 그리고 그것을 능동적으로 기획하는 단계까지 밀고 나아가려는 징후 등은 우리에게 매우 중대한 시의 존재 조건에 대한 도전을 부여한다. 다시 말하면 시적 주체가 철저히 후경화되고, 언어 기호가 근원을 지칭하지 못하고 끊임없이 미끄러진다면, 더이상 독창적이고 개성적인 목소리들은 불가능하기 때문이다. 이러한 것이 뿌리 깊은 시의 자기규정성 곧 근대적 주체의 고백적 자기발화라는 규정성을 전복할 가능성이 높다는 뜻이다. 하지만 이들의 성과에 대한 옹호 못지않게 반성적 검토도 병행되어야 한다는 점은 분명해 보인다. 이는 소통의 문제, 언어의 문제, 그리고 일정한 기획에 의한 시집 구성의 문제 등 다양한 문제들을 불러온다. 이를테면 소통의 장애 자체를 전언(傳言)의 핵심으로 삼고 있는 것을 이해하지 못할 바는 아니나, 의미론적 영역과 결별하기 어려운 시의 불가피한 존재론에 대한 성찰이 있어야 할 것이다. 또한 언어의 근대적 세련을 넘어서면서 획득하는 일련의 환유적 의지 또한 자기 시세계의 지속적 심화에는 장애가 될 것이다. 이러한 관점은 이들의 두번째 시집이 취할 의미론의 확산과 심화에서 검증될 것이다. 그리고 첫 시집이 선명하게 시단에 각인되지 않으면 망각되어버릴 것이라는 조바심에서 연원하는 시집의 기획력의 집중성은 경계되어야 한다. 따라서 이들 시세계를 대안적(代案的) 세계로 과잉 옹호하는 태도를 경계하면서, 우리는 그것을 시를 쓰는 자의식에 대한 중요한 시사점을 주는 사례로 충실하게 읽어내야 할 것이다. 그것이 우리 시대에 폭발적으로 점증(漸增)하고 있는 반미학적 경향의 가능성과 한계를 균형감각으로 바라보는 태도일 것이다.

3. 사회적 상상력의 결여 형식의 극복

혁명과 전쟁, 제국주의와 식민지, 첨단 테크놀로지와 정보화 사회의 물결이 온통 지구촌을 흔들었던 20세기가 지나면서, 지나온 역사와 삶의 궤적을 정리하고 반성하며 나아가 새로운 세기에 걸맞은 삶의 틀과 기율을 주조(鑄造)하려는 지적 과제가 여기저기서 두루 제기되고 있는 것은 매우 자연스러운 일이다. 그야말로 반성과 기획의 언어가 도처에서 범람하고 있다. 그래서 최근 우리 시대를 인문학이 총체적으로 붕괴해가는 시기, 또는 문학의 창작 기반이 서서히 무너지기 시작한 시기로 인지하는 관행은 이제 해묵은 일이 되어버렸다. 그리고 그러한 상황은 좀처럼 어떤 가시적인 변화의 기미를 보이지 않고 있다. 과거처럼 인문학적인 지식이나 문학적 감수성이 교양인으로서 필요한 정신적 인프라로 기능하는 것이 아니라 자본 재창출의 효율성을 증진하는 데 복무하고 있고, 또한 모든 지식이 도구적 합리성의 질료가 되어 자본의 자기증식에 기여하게 된 이 시대에, 인문학이 추구해 마지않았던 온전한 체계로서의 지식은 '지식=자본'이라는 등식으로 수렴되고, 우리 시대의 문학적·심리적 조건은 정신적 공황의 편모(片貌)까지 일부분 띠고 있는 것이 사실이다.

이러한 정신적 공동(空洞)은 모든 것이 불확실하다는 이 카오스의 시대에도 하나의 확실한 지표를 제공해주고 있다. 그것은 우리가 우리 시대를 특징짓는 용어로 기계화, 정보화, 지구촌화, 생태계 파괴를 비롯한 환경오염, 식량난, 전쟁의 위협 가중 등을 획일적으로 예거(例擧)하는 것에서 나타난다. 물론 이같은 모노크롬의 반응은 어떤 통계적인 자료를 토대로 삼아 이루어진 논증 차원의 대응이 아니라, 우리 시대의 커뮤니케이션 구조에 들어와 있는 모든 이들이 거의 일상적으로 체감하고 있는 감각적 반응으로 나타나고 있는 것이다.

사실 지금은 한국 시의 동향을 유추할 수 있을 만한 시단의 유형 같은 게 확연하게 보이지 않는다. 단지 아주 다양한 개체성과 완결성을 가진 시편이 많이 나오고 있을 뿐이다. 또한 그동안 근대에 대한 반성적 차원에서 일종의 대안 시학으로 등장했던 여성시편들이나 몸시편, 생태시편 같은 기획들도 상투적 자기복제라는 거대한 도전에 직면해 있다. 소재적으로나 방법적으로 일종의 한계에 부딪혔고, 또다른 대안 혹은 대안 안에서의 자기갱신 같은 것을 요청받고 있는 상태이다. 그래서 1970년대 후반과 1980년대 들어 등장한 최승자(崔勝子), 이성복(李晟馥), 황지우(黃芝雨), 박노해, 기형도(奇亨度) 등에서 보이는 확연한 시적 개성이랄까 이런 것들이 최근 젊은 시인들에게서 선명하게 보이지 않는 것은 일단 개성의 부재라고 지칭할 수 있겠다. 하지만 세계관도 세계관이지만 시를 쓰는 과정 자체가 일정하게 패턴화되는 듯한 느낌을 준다. 지금 우리가 동시대이기 때문에 제대로 파악하기 어려운 한계는 있지만, 그것은 우리 시대를 규정하고 있는 복합적인 타자를 시 안으로 불러들이는 데 시인들이 게으르기 때문이기도 하다. 다만 풍경과 기억을 병치한다든가, 내면으로 침잠해서 시적 완결성을 꾀한다든가 하는 작법들이 의외로 일반화되어 있다. 그 안에서 죽음이라든지 소멸의 흔적들을 길어올려 그것을 삶의 비극성으로 유추한다든가, 아니면 정반대로 생태적 사유를 시 안에 담는 방식 등이 가장 유력한 패턴이 되고 있는 것이다.

그렇기 때문에 시인들은 자신이 집중적으로 형상화했던 범주들에 대한 인접 가치를 되살필 필요가 있다. 예컨대 우리가 지난 시대를 반성할 때, 적대적 타자에 대한 저항을 핵심으로 하는 역사의식이 과잉되었다고 반성하지 않는가? 하지만 그러한 반성이 현실성의 결핍으로 흘러서는 안 된다. 마땅히 다른 새로운 대상을 시 안에 불러들여서 현실성이라든가 이야기라든가 이런 것들을 회복할 수 있는 여러 국면에 대해 관심을 가져야 한다. 지난 시대의 주류 미학에 대한 반성이 시효가 지난 다음에 그것이 다시 걸러져서 재충전되는 방식으로 들어와야 하는데, 우리 시단에는 이를테면 '사회적 상상력'이라고 포괄할 수 있는 노동이라든가 농촌, 계급, 사회적 이념, 구성원들 사이의 갈등 같은 문제들이 시에서 상당히 많이 빠져나가버렸다. 일인칭 주체를 회복하면서 자기성찰로 가는 것까지는 좋았는데, 사회적 상상력의 결여 현상이 일반화되어 있는 것은 매우 심각한 편향이 아닐 수 없다. 다들 개성이 있지만 시단의 전체적인 지분이랄까 분포, 이런 것에서 동시대 현실을 다른 대상을 통해서 형상화하는 방식에 대해서 시인들이 열려 있어야 하지 않을까 한다.

이때 우리는 우리 시의 고전적 소통구조였던 단시(短詩)적 완결성을 거부하고 요설, 난해성, 패러디 등을 전략으로 삼는 일군의 시인들과는 달리, 시의 한 본질적 속성으로서의 근원 지향성을 추구하는 시인들의 시에서 우리 시의 윤리성을 발견할 수 있게 된다. 하지만 여기서 우리가 유의해야 할 점은, 그들의 시에 나타나는 현저한 원형 편향성과 선(禪)의 과잉, 그리고 어렵고 까다로운 갈등체계의 집요한 묘사보다는 비교적 손쉬운 화해와 초월을 택하는 언필칭 '탈속주의'로의 경사 등은 경계해야 한다는 것이다. 이러한 것들을 경계하면서 우리 시대의 시는 인간의 보편적 '비극성'과 궁극적 인간 긍정에 바탕을 둔 '전망'을 동시에 노래하는 논리와 기율의 복원을 통해 한 시대의 감각성과 윤리성을 동시에 수행해나갈 수 있을 것이다.

가령 지난날들에 대한 악몽으로서의 '기억'과 그럼에도 불구하고 그 '기억'으로부터 출발할 수밖에 없는 자기 자신의 삶과 의지에 대해 노래하는 일군의 시인들은 이같은 요청의 복합성을 온몸으로 수행하고 있다는 점에서 소중하다. '현실'(그것은 일부는 현재적 실감으로 일부는 기억의 형식으로 나타난다)을 시적 태반으로 하면서 자기 부정과 견인의 시선을 마련하여 자신의 생에 대한 기억과 갱신을 동시에 감행하는 시적 주체들이 여기에 해당한다. "이곳은 내 젊은 한 시절의 무덤/그 아픈 사랑 비에 젖은 시신들 껴안고/오열하던 사람들 그 얼굴들 허물어진 얼굴들/뱃

전의 물보라 찢겨진 때 절은 작업복/무심히 쓸려가던 차디찬 파도/나는 비 내리는 바다를 가지 못합니다/내 젊은 시신이 떠서 일렁이는 저 물결/차마 바라보지 못합니다"(백무산 「비에 젖은 바다」, 『初心』, 실천문학사 2003)에서 처럼, 지나온 시간의 흔적과 기운이 결국 자신의 생의 형식일 수밖에 없음을 노래하고 있는 시인들의 예지와 안간힘은 이를 구체적으로 방증한다.

이처럼 경험적 구체성과 역사에 대한 긍정적 신념을 가지고, 사회적 상상력과 문학적 언어가 만나는 지점에서 자신의 사유의 영역을 드리우고 있는 시인들의 존재는 우리 시대의 시쓰기에 대한 유력한 윤리성의 표지(標識)를 마련해준다. 또한 삶의 구체성과 보편성을 하나로 관통하는 상상력의 통합과정을 거치면서 궁극적 자기긍정에 토대를 둔 시적 가능성을 우리에게 보여주고 있다. 변함없이 고통스럽기만 한 현실을 두고 볼 때 그들의 지속성은 다분히 시시포스(Sisyphos)적인 노력이 될 수밖에 없겠지만, 이들의 언어는 문학의 위무(慰撫)적 기능과 함께 언어가 권력 및 자본과 결합하는 시류에 대한 근원적인 저항의 몫을 띨 것이다. 특히 온갖 전위적 실험 양식이 그 일과성의 성격으로 인해 고갱이만을 문학사의 자양으로 남기고 사라져버렸던 사실에 비추어볼 때, 이들 시의 지속성은 그와 반대로 사회적 상상력의 결여 형식에 대한 강력한 저항의 미학으로 깊이 각인될 것이다.

4. 부정론과 낙관론을 넘어서

이러한 시기에 문학의 위기, 더욱 좁혀 시의 위기를 운위하는 것은 대안 없는 자기위안의 형식이 되기 십상일 것이다. 인간의 역사 어느 갈피에 시가 위기 아닌 시대는 아마 없었을 테니까 말이다. 시는 언제나 소수의 애호가들 사이에서 창작·유통되었고, 근대 이후에 오더라도 그것은 온갖 예술 장르 중 가장 적은 수요자들을 거느려왔던 터이다. 따라서 시야 말로 운명적으로 소수의 독자만 갖는다는 명제는 요즘 실감을 더한다. 시가 독자의 수에 집착할 때, 그것이 언어의 긴장 이완을 통한 감상벽(感傷癖)에의 몰입 외에는 다른 길이 없다는 것은 인간과 언어 사이에 존재하는 길항(拮抗) 관계를 아는 사람이라면 다 알 것이다. 따라서 우리는 시의 위기를 말할 때 반드시 그 '위기'라는 말이 함의하는 것의 정확한 내포를 눈여겨 기록해둘 필요가 있다. 다시 말해서 시의 위기 담론이 적실성을 얻으려면, 독자 수의 감소에 따른 유통 시장에서의 소외 현상이란 측면에서가 아니라 시의 정체성 해체와 재구성이라는 새로운 장르 인식의 위기라는 측면에서 제기되어야 한다는 것이다. 그렇지 않을 경우, 시의 위기 운운하는 것은 때만 되면 비판과 수용을 거듭하는 저널리즘적 관행, 또는 비평적 고식(姑息)에 지나지 않게 될 것이다.

따라서 우리는 우리 시대의 시가 고유하게 견지하고 있는 긍정적 몫과 기능을 극대화해 그것을 우리의 인문학적·문화적 자산으로 삼아야 하는 지적 과제를 수행해야 한다. 그것을 이룰 때에야 비로소 근거 없는 극단적 부정론이나 순진한 낙관론의 양 편향을 극복할 수 있을 것이다. 여기에다가 형이상학적 중심(전율) 부재로 특징지어지는 우리 시의 척박함과 가벼움을 극복하는 또 한가지의 방법으로 우리는 인간 의식 혹은 존재의 비의(祕義)를 파악하는 것이 순전히 이성적으로만 되는 것이 아니라 감각적 현존을 통해서도 이루어진다는 자각을 가져야 한다. 이때 '비의'는 지성의 포기가 아니라 이성 중심의 인식론적 한계를 넘어서려는 시적 초월의 한 방법이라는 국량(局量)을 가져야 할 것이다.

사실 모든 인문학적 노력은 학문과 이성의 도구적 기능에 대한 반성적 사유에서 그 존재 의의를 출발시킨다. 그것은 근대에 들어와 더욱 심화되는 양상을 보인다. 근대적 인간이 삶의 질 향상을 위해 고안한 온갖 기획들이 오히려 인간과 인간, 인간과 사회의 유기성을 해치고 그것들을 고되고도 치명적인 불화관계로 몰아간 예를 우리는 수도 없이 보아왔다. 그것은 시에도 고스란히 반영되어 인간의 욕망과 언어는 불화의 관계로 존재한다. 그러나 시는 그 불화 양상을 서정적 주체의 다양하고 풍부한 육성으로 노래함으로써 예술의 본래적인 힘인 불온성을 극대화하고, 나아가 오도(誤導)된 근대에 창조적으로 도전하고 있다. 그것이 우리 시대의 시적 윤리성의 한 구체적 지표일 것이다.

또한 우리가 회복해야 할 시적 윤리성 가운데에는 자기 성찰과 고백 그리고 정직성이라는 축이 존재한다. 그리고 또다른 하나는 우리가 일상 속에서 망각하고 살아가는 가치들에 대한 새삼스런 발견의 감각과 의지라고 할 수 있다. 사실 모든 예술 특히 시의 존재 의의는 인간의 내부에서 망각되어 묵히고 있던 것을 다시 체험케 하고 환기하는 능력과 연결된다. 그 점에서 한편의 시는 모두 일종의 '계시'(revelation)이며, 익숙한 것의 생소화(生疎化)와 생소한 것의 '점진적 명료화' 과정을 순환적으로 반복한다(J. H. 휠록). 그러나 그 생소함이 이치에 닿지 않는 엉뚱함으로 변질되지 않고 창조적 상상력을 매개로 하여 새로운 충격으로 존재하게 될 때 우리는 그것을 시적 경험이라고 부를 수 있다. 그래서 시에서의 소통은 커뮤니케이션(communication)이라는 전달 개념보다는 커뮤니언(communion)이라는 친교와 공감의 개념이 훨씬 더 적절하다. 이러한 소통의 형식에 가장 결정적으로 중요한 것은 발견의 감각이다. 눈 밝은 시인들은 우리 시대가 아무리 강하고 크고 빠르고 새로운 것만 살아남는다고 하더라도, 역설적으로 부드럽고 사소하고 느리고 오래된 것들이 여전히 우리를 살아가게 한다는 것을 믿는다. 그들의 눈에 이러한 것들의 가치가 선명하게 포착되는 까닭 또한 그들의 이러한 믿음 때문일 것이다.

우리의 혹독한 근대사는 우리로 하여금 몸 안팎의 폐허를 경험케 하였다. 성장제일주의와 물신숭배로 대표되는 이같은 흐름 때문에 우리는 바쁘고 빠르고 새로운 것을 찾아다니면서 정작 중요한 우리 몸속의 기억과 흔적을 잃어버렸다. 켜켜이 쌓인 시간의 깊이를 헤아리지 못하고 시간의 속도만을 문제삼았던 것이다. 그 폐허는 다름 아닌 '시간의 혹사(酷使)' 때문에 생겨난 것이다. 시인들은 이렇듯 절정에 와 있는 속도감각을 뒤로 미루고 깊이의 문제를 전면에 내세우는 상상력, 이를테면 레비스트로스 (C. Lévi-Strauss)의 '야만적 사유'처럼 선진사회의 야만성과 원시사회의 문명성을 역설적으로 드러낼 수 있는 전복적 상상력을 역동적으로 추구해가고 있다. '시간'에 대한 근원적이고 대안적인 사유가 이러한 상황에서 많이 제출되고 있음은 말할 것도 없다.

결론적으로, 우리는 '시'라는 배타적이고 자율적인 장르 규정이 그 유효성을 지속해간다면, 그 존재를 이루는 근거는 인간에 대한 끝없는 질문이라고 믿는다. 시는 궁극적으로 언어를 통해서 언어가 갖는 한계로부터 해방되려는, 또는 언어를 씀으로써 언어를 더이상 쓰지 않으려는 역설적 지점에 그 존재의 영역을 드리우고 있기 때문이다. 따라서 최소한도의 의미 충전이나 응축이 없이는 시의 존재 의의는 희석되고 말 것이다. 문학이 공공연히 상품 미학의 후광을 입고 유통되는 소비의 시대에, 작가들이 문화산업의 중요한 일원임을 떳떳하고도 불가피하게 자임하는 이 시대에, 이러한 다짐은 결코 수사적 차원으로 전락할 수 없는 시의 정체성에 대한 질문일 것이다. 그것이 시의 존재 의의이자, 이 공공연한 위기의 시대에 투항하지 않고 자신의 윤리성을 지켜가는 양보할 수 없는 지표일 것이다.

사물과 상상력을 결속하는 원리로서의 서정

1. 첨예한 자의식이자 반성적 행위로서의 비평

최근 평단에서 가장 두드러지는 현상은 비평적 규준의 다양화 혹은 한 시대를 표상할 수 있는 주류 미학의 현저한 부재라고 할 수 있다. 물론 이는 하나의 강력한 담론적 구심이 타자성의 언어를 억압하면서 배타적 권역을 형성했던 지난 시대에 대한 일종의 반성적 형식으로 나타난 양상 중 하나일 것이다. 지금 시대가 다양하기 그지없는 문화 간 충돌과 교섭이 어느 때보다 활발하게 이루어지고 있고, 진영과 이념 사이에 굳건하게 존재하던 구획들도 속절없이 느슨해져가고 있는 만큼, 그러한 규준의 이완과 소멸은 일정하게 불가피한 것인지도 모른다. 하지만 비평적 규준의 다양성이 그 활발한 외관에서 나타나는 것만큼 비평감각의 심화와 확장에 곧바로 기여되지는 않는다. 이는 그것이 오히려 문학의 존재 이유 이를테면 선명한 미학적 공감이나 한 사회의 명료한 자기이해라는 근본적 지반을 흔들 수도 있기 때문이다. 그리고 이러한 가파른 변화는 지난 시대에 대한 맹목의 향수와 새로운 시대에 대한 섣부른 낙관이라는 두가지 편향을 불러올 수도 있다. 우리 시대는 이러한 양 편향 속에서 견고한 균형감 각을 가지고 미학적 패러다임을 새로이 안출(案出)해야 하는 비평적 책무를 요청받고 있다.

　여기서 우리는 낱낱 시편들의 전언과 미학을 적확하게 적출하고 분석하여 창의적으로 평가하는 '좋은 시 비평'이 더없이 중요하다고 말할 수 있다. 좋은 시 비평의 일차적 자질은 시인들의 생각과 경험의 결실인 시의 리듬이나 숨결 혹은 음감(音感)처럼 패러프레이즈(paraphrase)하기 어려운 비기호(非記號)들까지 면밀하게 읽어내는 데 달려 있다. 그것은 다시 말하면 비평의 최종 심급이 정확하고도 개성적인 문장과 함께, 시를 '보아(읽어)내는 능력'에 있다는 것을 선명하게 말해준다. 텍스트의 이면은 물론이고 텍스트를 구성하는 이러저러한 콘텍스트와의 조응도 빼놓지 말아야 한다. 이때 시 비평은 텍스트에 이론적 체계를 부여하려는 '랑그' (Langue)가 아니라, 스스로 텍스트가 되려는 자의식을 숨기지 않는 '빠롤'(Parole)이 될 수밖에 없는 것이다. 비평가 개개인의 개성적이고도 단단한 문채(文彩: figure)는 그 점에서 매우 중요한 문학적 형질이자 자산이 된다. 따라서 최근 최소한의 문장 규범도 지키지 않는 오문과 악문의 비평이 늘고 있는 것은 아무리 매체의 활황을 고려한다 하더라도 시급히 고쳐져야 할 사안이 아닐 수 없다. 이러한 최소한의 기율을 바탕으로 한다면 비평은 문학에 대한 첨예한 자의식이자 반성적 행위의 소산으로 거듭날 수 있을 것이다.

　결국 독자의 텍스트 이해와 수용은 독자와 작품의 대화적 소통을 통해 구체적으로 이루어진다. 이때 독자는 다른 독자와의 진정한 대화적 관계 형성으로부터 시의 의미를 완성해간다. 그만큼 독자의 텍스트 이해와 수용은 독자 개인만의 것이 아니라, 비평가나 다른 독자, 다른 시 텍스트 등과의 대화적 소통을 통해 구성되는 어떤 것이다. 따라서 어느 하나의 유력한 해석만을 고집하는 것은 바람직한 대화적 소통을 억압하는 일이 될 것이다. 하지만 무리한 비약이나 추론에 의거한 오독은 타당한 해석을 중심으로 하여 조율되어야 하고, 한편 한편의 시가 고유하게 가지는 의미 맥락에 대한 타당성 있는 해석은 더욱 훈련되어야 한다. 그 조율과 훈련을 통해 우리는 간과되어온 시의 참 모습을 발견하는 힘을 기를 수 있을 것이다. 아무리 명석한 논리라도 복잡한 현실 앞에서 속수무책이듯이, 개개인이 읽고 사유하고 재구성하는 구체적인 비평의 몫이야말로 어떤 이론이나 구심적 유일 해석보다 우리 해석 공동체가 가진 더없이 중요한 문화 수용 능력이 아닐 수 없을 것이다. 그래서 우리는 하나의 독해만을 고집하는 정답 찾기의 읽기 관행이 문화의 분명한 해독(害毒)이듯이, 명백한 오독(誤讀)을 새로운 발견으로 장려하는 것 역시 텍스트에 대한 치명적 오독(汚瀆)이 될 수 있다고 말할 수 있을 것이다. 그 사이에서 취해지는 균형과 파생의 힘이 시 비평에서 궁극의 기율이 되기 때문이다.

2. 서정의 개념적 확장과 심화

시 비평에서 시의 속성을 다룰 때 가장 먼저 만나는 개념적 장벽은 아마도 서정의 원리일 것이다. 우리는 그동안 서정의 원리를 '세계의 자아화' '순간적 영속성' '자기동일성' '회감(回感)' '충만한 현재형' 등의 표현으로 설명해왔다. 그래서 세계와 자아 사이의 필연적 간극을 승인하고 세계를 탐색하는 서사의 원리와는 전혀 다른 '순간적 통일'로서의 서정의 원리를 자연스럽게 받아들여왔다. 아닌 게 아니라 우리는 세계를 정치하게 해석하여 그것을 자기표현으로 치환하는 주체 중심의 원리를 서정으로 믿어왔고, 그만큼 서정은 주관적 발화 원리, 좀더 정확하게 말하면 표현적(expressive) 발화 원리로 받아들여졌던 것이다. 그 결과 서정은 별도의 의심 없이, 세계와의 갈등조차 없이 일종의 자기동일성을 지닌 주체가 자기를 표현하는 원리라는 설명 모형을 거느리게 되었다. 이처럼 서정은 '나'를 기원으로 하고, 시인 자신의 주관적 경험을 퍽 중시하며, 그것을 이른바 '충만한 현재형'으로 발화해가는 자기동일성의 원리로 각인되어온 역사를 가지고 있다.

하지만 이러한 서정에 대한 구심적 설명 방식은 항구적인 보편성을 지니는 것이 아니라, 근대 이후 창안된 서구적 근대의 미학적 관습일 뿐이라는 자각이 대두하게 되었다. 그 점에서 주체의 자기표현을 서정의 원리로 설명해온 근대 서구 미학에 대한 최근의 재성찰 움직임은 주목할 만한 것이다. 왜냐하면 그러한 설명 방식을 영속적 진리로 받아들일 경우, 우리는 변전하는 시의 운동 방식이나 다양하게 균열하는 시적 발화 방식을 설명하기 어렵게 되기 때문이다. 그래서 우리는 최근 서정 개념의 확장을 위해 두가지 범주에 대한 새로운 논의를 거듭한 바 있다. 그 하나가 바로 주체의 자기표현보다는 대상의 진실성을 중시하는 경향이라면, 다른 하나는 자기동일성 논리를 위반하는 일종의 아이러니 미학이다. 전통적 서정 논리에 의하면, 전자는 서사 친화적이고 후자는 반(反)서정이다. 또한 전자는 서정의 확장이요, 후자는 서정의 이반이다. 특히 후자는 그동안 서정의 핵심 원리이기도 했던 언어의 경제학을 넘어 장광설, 요설, 해체, 비문법, 카니발 등을 통해 서정을 해체하려는 메타적 욕망을 담고 있다는 점에서 서정 개념의 역사성을 사유하는 데 중요한 역상(逆像)이 되고 있다. 이제 서정의 원리에 근원적 균열을 내면서 "현실의 삶 속으로의 신비의 갑작스런 침입"(프랑수아 레이몽)을 해온 환상이나 장광설의 언어는 우리 주위에서 흔히 볼 수 있는 것이 되었다. 이 언어에 이르러 동일성 시학은 많은 변형을 겪게 되었고, 주체와 대상 사이의 화해로운 융합보다는 그 사이에 날카롭게 개재하는 불화의 양상이 많이 포착되기도 하였다. 따라서 우리는 주체의 자기표현뿐만 아니라, 대상의 진실성이나 아이러니 미학에 충실한 경향 역시 서정의 확장된 영역 안으로 끌어들일 필요가 있고, 당연히 최근에 씌어진 다양한 시편들까지 설명할 수 있는 원리를 재탐색해야 한다고 믿는다.

이때 우리가 가장 먼저 치러야 할 관문은 아무래도 '서정'과 '서정주의'(lyricism)를 구별하는 일일 것이다. 우리가 흔히 '서정주의'라고 할 경우, 그것은 개별 작품에 나타나는 정조나 이념을 귀납하여 규정한 것이다. '서정주의'는 대상에 대한 차분한 관조를 통한 융화의 세계를 그리거나 주체의 자족적인 충일감이 갈등 없이 토로되는 '순수 서정'의 시적 경향에서 이루어진다. 그것은 '서정'의 원리가 가장 탈이념적이고 탈일상적인 순수한 물리적·정서적 상황에서 실현된 어떤 정조나 분위기를 가리킨다. 따라서 우리는 '서정'을 '서정주의'의 정조나 분위기를 구현하는 원리로 인식해서는 안된다. 그렇지 않을 경우 우리는 '서정적 = 감성적', 심지어는 '서정적 = 감상적'이라는 오도된 등식과 연쇄적으로 마주치게 되며, 다분히 부드럽고 따뜻하고 슬픔의 정조를 띤 작품들을 '서정'의 원리에 충실한 것으로 오인하게 된다. 더구나 역사의식이나 현실감각이 다소 결여된 '순수 서정'의 작품들이 '서정'의 본질인 듯한 오해가 팽배한 것을 감안하면, '순수 서정'이 '서정'의 극단적인 한 형식에 지나지 않는다는 것을 인지해야 할 필요성은 더욱 커진다. 따라서 '서정주의'를 '서정'의 가장 본원적인 발현 양태로 보는 것은 온당하지 않다.

다른 관문은 '서정성'과 '감상성'을 구별하는 일이다. '감상(感傷)'이라는 말에는 근본적으로 부정적인 가치 판단이 내재해 있다. '상(傷)'이라는 글자의 뜻이 이미 시적으로 승화되지 못한, 어떤 감정의 결핍이나 과잉 상태를 직접적으로 의미하기 때문이다. 사물에 대하여 지적이지 않고 주관적이며, 공상과 꿈이 극단적으로 추구되어 현실과 모순되게 나타나는 과장된 정서가 바로 '감상'인 셈이다. 따라서 우리는 감상 과잉의 시적 경향들 예컨대 눈물 과잉과 그리움의 격의 없는 토로, 쓸쓸함의 정조로 넘쳐나는 값싼 '감상적 허위' 시편들을 두고 '서정성'을 올바로 구현한 작품으로 등치해서는 안된다. 이처럼 '서정주의'와 '감상성'(감상주의)은 '서정'의 원리가 극단적으로 추구된 양 편향일 뿐이다. 결국 우리는 서정의 개념적 확장과 심화를 충실하게 받아들이면서도, 그것의 가장 협착한 구현 방식으로서의 서정주의나 감상주의를 서정의 본령으로부터 구별하는 일의 필요성과 마주치게 된다. 이때 비로소 우리는 인식론적·존재론적 지평을 넓히면서 동시에 정서적 극점에서 상상적 점화를 수행하는 서정의 중요로운 기능과 만날 수 있을 것이다. 더불어 우리 근대시의 중요한 전범들이 이러한 협착한 서정의 양상을 훌쩍 벗어나 있음은 말할 것도 없을 것이다.

3. 감각과 기억을 결속하고 유추해가는 서정

서정시의 가장 본래적인 권역은 시인의 절실하고도 남다른 자기확인 욕망에 있다. 그것이 나르시시즘 차원의 자기몰입이든 고통스런 반성을 동반하는 자기성찰이든, 서정시의 초점이 시인 자신의 자기 검색과 확인에 있음은 잘 알려진 사실이다. 물론 주체와 대상 사이의 날카로운 균열이나 갈등 양상을 포착하고 드러내는 이른바 반(反)동일성의 미학까지 포괄하는 것이 최근의 경향이기는 하지만, 그럼에도 불구하고 아직도 서정의 근원적 자기회귀성은 그 비중과 역할이 줄어들지 않았다. 이러한 서정시의 자기회귀성은 사물에 대한 의미 부여와 함께 그것을 자신의 삶의 국면과 등가적 원리로 결합하는 은유적 속성을 곧잘 구현한다. 그래서 궁극적으로 서정시의 자기회귀성이 용인된다면, 주체의 시선으로 사물의 고유성을 발견하고 그 응시의 힘으로 자신의 삶의 태도와 자세를 성찰하는 시적 원리는 결코 포기되지 않을 것이다. 또한 그 응시의 힘으로 다시 사물에 활력과 생명을 불어넣는 시적 상상의 과정 또한 위축되지 않을 것이다.

아닌 게 아니라 인간 존재에 대한 깊은 이해와 모국어의 심미적 가능성 확대 그리고 근원에 대한 사색과 표현을 통합하려는 시인들의 노력은 최근에도 그 지속적 흐름을 이어왔다. 다채로운 언어적 파격과 서정시의 외연 확대를 기획하는 경향이 많이 나타났다고 하더라도, 그러한 한시적 열정이 새로운 세기를 이끌어갈 수 없는 이유는 여전히 이러한 주체의 자기 기억 혹은 자기표현 욕망이 서정의 깊은 수원이 되고 있기 때문이다. 이것은 바로 '참여'나 '실험'의 규정보다 서정의 규정이 한층 근본적인 시적 존재론임을 알려주는 유력한 사례일 것이다. 그리고 이는 서정이 다양한 개화와 변형이 가능한 탄력있는 미적 범주라는 사실을 알려주는 동시에, 여전히 좁은 의미의 서정이 한국 시의 주류일 수밖에 없음을 알려주는 유력한 근거가 될 것이다.

어느 시대나 개성의 혼재와 다양한 분화와 소용돌이치는 변화의 흐름이 있었지만, 우리 시대는 그만큼 혼재와 분화와 변화 자체가 고유한 특성이라고 할 수밖에 없는 복잡한 표정을 하고 있다. 그럼에도 불구하고, 비록 불구적인 것이긴 하지만, 일종의 주류 미학을 추출해보려는 비평적 충동은 그치지 않는다. 사실 일정한 단순화와 도식성이 불가피한 모든 종류의 유형학은 기억의 편의를 돕는 순기능과 함께, 개별 시편들이 이루는 풍부한 가능성을 억압하는 우(愚)를 범하기 쉽다. 그래서 이러한 작업은 예외적 사례들에 대한 추후 성찰을 전제로 할 때에만 일정한 의의를 인정받을 수 있을 것이다. 하지만 우리가 호의적으로 읽어온 서정의 세계는 감각의 구체와 기억의 아득함을 결속하고 유추하는 시작(詩作) 방법을 줄곧 유지하고 심화해온 사례에서 발원하는 경우가 많다고 할 수 있다. 이처럼 기억을 선명하게 현전시키면서 동시에 감각적 구체로 이러한 과정을 인화(印畵)하는 과정이야말로 우리 서정시가 거두어온 확연한 성취일 것이다. 선연하고도 아스라한 '기억'에 의해 촉발되지만, 그것이 깊은 '성찰'에 의해 시적 논리(poetic logic)를 얻어가는 시작(詩作) 과정, 곧 기억과 성찰의 결속으로서의 서정, 사물과 상상력을 결속하는 원리로서의 서정의 발현 과정을 우리가 눈여겨보는 까닭도 바로 여기에 있을 것이다.

시간 형식으로서의 서정

1

　최근 '서정(抒情)'에 대한 메타적 논의가 매우 활발한 외관을 띠고 있다. 그동안 별 생각 없이 써오던 '서정' 개념이 지나치게 근대 서구 미학에 의존해왔고, 그것도 헤겔주의적 전통의 논자들이 상정한 '서정/서사/극'이라는 분법(分法)에 현저하게 경사되었던 관행에 대한 반성에서 이러한 논의가 시작되었다고 할 수 있다. 〔'아!' 하는 감탄사에 서정의 뿌리가 있다고 선언한 카이저(W. Kayser)나, 주체 속으로 향한 세계의 진입(進入)을 서정의 본질로 파악한 슈타이거(E. Staiger)의 논의는 그 사례이다.〕

　'서사'가 시간의 흐름에 의해 규정되는 존재의 연속성에 관심을 둔다면, '서정'은 주체가 사물을 통해 겪는 순간적 경험에 관심을 가지며 주체가 생의 순간적 파악을 통해 세계에 참여하는 과정을 중시한다는 점도 널리 참조되었다. 그만큼 '순간성'과 '현재형'을 근간으로 하는 '서정' 원리는 '시간' 형식과 구체적으로 결속될 수밖에 없는 속성을 지닌다. 따라서 미래적 전망을 형상화한 것이거나 시간 자체를 초월하는 '영원성'에 관한 것이라 할지라도, 그것은 그 자체가 '시간' 자체에 대한 가치 판단일 수밖에 없다. 결국 '서정'은 '시간'에 대한 경험과 '기억'의 재구성이라는 양식적 특성으로 발현되게 마련인 것이다.

2

서정시에서 '시간'에 대한 경험과 기억이 남달리 형상화되는 경향이 최근에 새로 나타난 현상은 물론 아닐 것이다. 그것은 '서정시'라는 양식이 태동한 이래로 끊임없이 이루어져온 권역이 틀림없을 테니 말이다. 하지만 최근 근대적 시간에 대한 새로운 강박이 전세계적으로 이루어지고 있고, 또 우리가 엄청난 속도로 진행되고 있는 시간의 흐름을 목도하고 있는 시기여서 그런지, '시간'에 대한 이러한 탈(반)근대적 성찰이 우리 서정시의 주요 음역(音域)이 되고 있는 현상은 새길 만하다. 그것은 유년의 기억에 대한 끊임없는 반추일 경우도 있고, 지나온 세월에 대한 인생론적 관조일 수도 있고, 인간의 역사 속에 각인된 시간의 얼굴을 응시하는 일종의 메타화된 관점일 수도 있다. 우리가 이러한 속성들을 담은 시편을 반기는 까닭은, 근대의 디오니소스적 이면을 꿰뚫는 혜안이 중심적인 작법 원리가 되고 있기 때문이다.

그래서인지 많은 시인들은 우리가 지각할 수 있는 그 어떤 것들도 '시간' 형식이 아니고는 파악할 수 없다는 점을 줄곧 언표하고 있다. 그 과정에서 빈번하게 나타나고 있는 형상은 '기억'이라든가 '흔적' '상처' '일상' '유적(遺跡)' '죽음'과 관련된 이미지들이다. 이처럼 시인들은 '서정' 원리가 시간의 축적과 그것의 순간적 응축 속에서 가능하다는 데 흔쾌하게 동의하고 있으며, 한결같이 자신이 지나온 시간의 마디들을 시편 안에 되살리면서 그 행간마다 은폐되어 있는 '시간'의 흔적들을 재구(再構)

하고 있다. 그런가 하면 시인들은 가열한 내적 반성을 통해 '시원(始原)'의 형상을 복원하려 한다. 여기서 '시원'이란 공간적 유토피아나 시간적 유년을 지칭하지 않는다. 그것은 우리의 지각 형식으로는 가닿기 어려운 '신성(神聖)'의 가치를 안고 있는 궁극적 본향이기도 하고, 훼손되기 이전의(역으로 일체의 훼손을 치유한 이후의) 어떤 정신적이고 영적인 경지를 간접화한 형상이기도 하다. 시인들은 그것을 일상 속에서 발견하기도 하고, 아니면 그것의 회복 불가능성에 대해 절망하기도 한다. 이같은 역설의 추구를 통해 서정시는 시원의 상상적 완성을 꾀하고 있는 것이다.

우리가 잘 알듯이, '시간'은 우리의 삶 속에서 하나의 '흐름'이라는 형상으로 경험되고 기억된다. 그러나 시간의 '흐름'은 그 자체로 물리적 실재가 아니라 하나의 형상적 은유일 뿐이다. 시간이 강이나 시냇물처럼 '흐를' 수는 없지 않은가. 다만 우리가 '시간' 개념을 의식 속에서 분절하고 재구성하여 과거에서 현재로, 또 현재에서 미래로 간단없이 흐른다는 일종의 형상적 은유를 활용하고 있을 뿐이다. 하지만 시간은 '흐르지' 않는다. '흐르지' 않을뿐더러 누구에게나 공평무사한 객관성을 가진 어떤 가시적 실재도 아니다. 다만 우리는 시간을 실재가 아닌 이미지나 사후적(事後的) 흔적을 통해 인지하고 경험할 수 있을 뿐이다. 그래서 '시간'은 사람마다 상이한 경험과 기억 속에서 재구성될 수밖에 없는 어떤 것이다. 그리고 그것을 경험하고 기억하는 양상도 다르게 마련이어서, 누구는 신(神)의 섭리의 현장으로, 누구는 역사의 진행 방향으로, 누구는 세월의 흔적으로, 또 누구는 삶의 구석구석에 들러붙어 있는 혹독한 일상성의 표정으로 경험하고 기억한다.

또한 우리 시대의 서정시에는 주체의 자기표현을 극대화하고자 하는 은유적 욕망을 경계하면서 사물과 시간을 결합하려는 이중적인 소묘(素描)적 기법이 잘 드러나고 있다. 그 풍경은 '영적 기운'을 그 안에 담고 있는 살아 있는 존재이고, 이때 그것은 일종의 계시적 차원으로까지 끌어올려진다. 하지만 시간의 흐름과 소멸을 형상적으로 암시해주는 이같은 풍경은 오로지 시적으로만 재구성되는 인위적 공간인 것은 아니다. 그것은 여지없는 실체들이며 동시에 상상적 유추의 산물이기도 하다. 이러한 이중의 시각들은 예술을 실재와 대립하는 '비실재의 창조'로만 보는 시각과는 다른 것이다. 이러한 균형의 태도가 바로 예술과 환영(illusion)을 겹치게 하면서도 가르는 힘이다. 결국 '서정시'에 대한 오랜 인식 관행은 "객관적인 실재나 이것을 구체적으로 묘사하는 것이 아니라 외적인 것이 마음속에서 일으키는 반향과 그것에 의해 일어나는 정조, 그리고 이러한 환경 속에서의 자각적인 감정"(헤겔)에 의해 구성되는 어떤 것이 되고 있는 것이다. 이것이 바로 근대가 지워버린, 우리의 기억 속에 분명히 존재하는 서정시의 위의(威儀)일 것이다.

3

서정시는 자신의 고유 임무가 이러한 힘겨운 싸움을 감당하는 영혼들의 내적 고투를 기록하는 일임을 굳이 부인하지 않는다. 거기에는 우리 시대의 중심 원리가 인간의 합목적적 이성이나 오래된 관행에 의해 일사불란하게 관철되고 있다는 데 대한 강렬한 부정과 함께, 근대적 이성이 그어놓은 숱한 관념의 표지(標識)들에 대한 해체 및 재구축의 열정이 담겨 있다. 물론 그러한 부정과 해체의 정신은 실험적 전위들이 항용 가질 법한 모험 정신과는 비교적 거리가 있는 것이다. 오히려 그것은 잃어버린 서정시의 위의를 세우려는 고전적 열망과 깊이 맞닿아 있는 어떤 것이다. 그래서 그 안에서는 인간들이 인위적으로 정해놓은 경계나 문명의 표지들과, 그 경계나 표지를 지웠을 때의 자유로움이 대비적으로 그려진다. 그 자재로움이 바로 우리가 '근대'를 열병처럼 치르는 동안 상실한 생명의 속성이자 원리이다. 우리 시대의 서정시는 그러한 생명의 속성과 원리에 대한 신선한 감각 그리고 그것의 묘사에 매진하고 있다. 물론 이러한 서정시의 방향이 곧바로 우리가 상실한 거대 서사(grand narrative)의 대안적 지평이 되기는 어렵겠지만, 우리 시대의 불모성과 교감 단절 그리고 실용주의적 기율의 범람에 대한 유력한 시적 항체는 될 수 있을 것이다.

상상해보자. 여기 물방울 하나가 한동안 머물다가 날아가버린 '흔적'이 있다. 이 '흔적'은 지금 그 물방울이 존재하지 않는다는 더없이 확실한 물증이지만, 한때 물방울이 여기 존재했었다는 가장 유력한 알리바이이기도 하다. 그래서 그 물방울을 돌이킬 수는 없지만, 우리는 "물방울이 여기 있었다"고 말할 수는 있다. 곧 물방울의 '흔적'은 일정한 시간을 사이에 둔 물방울의 '존재/부재'를 동시에 증명하고 있는 실체인 것이다. 비유하자면, 서정시도 물방울이 말라버린 '흔적'과 같다. 언젠가 존재했었던 것들에 대한 선명한 기억과, 이제는 그것들이 한결같이 우리 곁에 존재하지 않는다는 끔찍한 실감 사이에서 씌어지니까 말이다. 그러한 경험과 기억의 실감을 서정시는 언어에 대한 근원적 성찰을 통해 들려준다. 그래서 역동적이기보다는 쓸쓸하고 고즈넉하게, 실험적이기보다는 고전적으로, 가치론적이기보다는 실존적으로, 함성을 지르기보다는 나직한 목소리로, '서정시'는 그렇게 온다.

새삼 강조할 일도 아니지만, 위기의 시대일수록 신화(神話)가 필요하고 시원에 대한 열망이 제 목소리를 얻는 법이다. 결국 우리 시대의 서정시는 그 양식적 속성이 잃어버린 시간에 대한 추구, 그 동시적 현재화, 언어적 대리 구축에 있음을 뚜렷하게 증언해갈 것이다.

극서정의 미학적 가능성

1

최근 서정과 관련한 논의가 매우 활발하다. 그동안 통용되던 서정 개념이 지나치게 근대 서구 미학에 의존하여왔고, 그것도 헤겔주의적 전통이 거느린 '서정/서사/극'이라는 분법에 각별하게 경사되어왔던 관행에 대한 일정한 반성에서 이러한 논의들은 시작되었다. 아닌 게 아니라 우리가 접해온 시론(詩論)들은 한결같이 서정의 원리를 '세계의 자아화' '순간적 영속성' '자기동일성' '회감(回感)' '충만한 현재형' 등의 표현으로 설명해왔다. 그래서 자아와 세계 사이의 간극을 승인하고 그것을 탐색하는 서사의 원리와는 전혀 다른 '순간적 통일'로서의 원리를 움직일 수 없는 것으로 인정해왔다. 하지만 이러한 설명 모형은 한시적인 미학적 관습일 뿐, 그 자체가 영속적 서정 개념을 표현하는 것은 아니다. 그 점에서 주체의 자기표현을 서정의 대표 원리로 설명해온 서구 부르주아 미학에 대한 성찰은 주목할 만한 움직임이라고 해야 할 것이다. 물론 그동안 우리는 세계를 해석하고 판단하여 그것을 주체의 자기표현으로 치환하는 주체 중심의 원리를 서정의 그것으로 생각해왔다. 그 결과 서정은 세계와 갈등을 일으키지 않는 자기동일성의 표현이라는 설명 모델을 거느리게 되었고, 일인칭 주체 '나'를 기원으로 하면서 그 경험을 '충만한 현재형'으로 발화하는 원리이자 주관적인 표현적(expressive) 발화 원리로 각인된 것이다.

하지만 이러한 원리를 자명하게 받아들일 경우, 우리는 두가지의 시적 경향을 서정 개념으로 설명하기 어렵게 된다. 심지어 그 두 경향을 서정의 바깥 영역으로 내보낼 수밖에 없게 된다. 그 하나가 대상의 진실성을 중시하는 리얼리즘 기율이라면, 다른 하나는 자기동일성 논리에 균열을 내는 아이러니 혹은 탈주체의 미학이다. 이때 우리는 주체의 경험을 중시하는 서정적 주관성이라는 것도 결코 서정시에서 비역사적인 항구적 인자가 아니라는 람핑(D. Lamping)의 언급을 경청하게 되는데, 왜냐하면 이 말이 그동안 영혼의 노래, 물활론적 세계, 신화적 세계 동경, 유년과 고향에 대한 의식 등과 같은 주관적이며 정서적인 규정으로 일관하였던 서정 개념을 넘어서는 시사점을 주기 때문이다. 말할 것도 없이 서정 혹은 서정시 개념 역시 철저하게 역사적인 것이다.

이렇게 서정의 역사성을 생각할 때, 우리는 그것이 근대적 주체의 대상 인식 원리인 자기반영성에 의해 실현되는 원리이고, 근대적 주체의 자기표현을 강조하는 서구 근대 낭만주의에서 발원한 개념이라는 점에 상도(想到)하게 된다. 이는 주체와 세계가 분리된 경험으로부터 그것의 통합적 국면을 꾀하려는 성격이 그 안에 들어 있다는 것을 뜻한다. 여기서 우리를 둘러싸고 있는 세계와 그것을 인식하고 수용하는 주체를 이어주는 결속의 감각이 필요하게 되는데, 이러한 감각은 바흐찐(M. Bakhtin)이 대화주의를 명명하면서 타자의 의식을 객체가 아니라 동등한 권리를 가진 주체로 바라본 것과 상통한다. 말하자면 우리에게 상실된 감각을 회복하는 통로를 주체의 신념에서 찾는 것이 아니라, 사물을 관찰하고 묘사하는 시선과 방법에서 찾는다. 따라서 현저하게 주체 소거가 진행되고 있는 우리 시대에 단일한 서정적 주체로의 전일적 귀속은 유지하기 힘들다. 그만 큼 서정시에서 주체의 욕망과 언어가 불화하는 것 역시 서정의 원리가 역사적으로 변형된 것이라고 볼 수 있다. 이때 서정시는 주체의 다양한 육성으로 그 불화 양상을 구체적으로 노래함으로써 예술의 본래적 불온성을 극대화하고, 나아가 오도된 근대에 창조적으로 도전할 수 있게 된다. 이같은 인식론적 계기는 우리 시대의 서정의 또다른 원리가 되어가고 있다.

2

하지만 여전히 완강하게도, 서정의 구심적 본령을 회복하고 그것을 보편화하려는 충동 또한 그치지 않는다. 이는 우리 근대시의 완미한 미학적 완결성이 압축성과 여백의 미가 살아 있는 이른바 단시(短詩)적 전통에서 구현되었다는 실재에 대한 믿음에서 발원한다. 물론 장편 서사시나 극시의 전통이 부족한 한국 근대시사의 특수한 지형도로 볼 때, 이러한 단형 서정의 작법이 우리 근대시의 주류로 착근되는 데에는 별 어려움이 따르지 않았을 것이다. 가령 김소월(金素月)의 「산유화(山有花)」로부터 정지용(鄭芝溶), 김영랑(金永郞), 박목월(朴木月), 조지훈(趙芝薰)을 거쳐 박용래(朴龍來), 박재삼(朴在森) 등으로 이어지는 전통 서정 계열의 시편들은 한결같이 압축과 긴장의 미학을 줄곧 택해왔다. 이러한 단형 시편들은 기억의 편의를 돕고 각종 앤솔러지에도 즐겨 채택되어, 실로 유력한 문화적 향수의 대상이 되기도 하였다.

그런데 인간을 둘러싸고 있는 사회적 환경이나 제도, 관행, 지적 풍토 등이 일련의 복합성을 띠기 시작하면서 단형 서정의 미학은 순탄하게 지속되지 못하였다. 다시 말해 심미적 관조나 순간적 정서로만 표상하기에는 사회적 관계가 복합성을 띠기 시작하였고, 따라서 그것에 대한 비판적

인식이나 대안적 사유를 표명할 때 시의 장형화나 서술적·해체적 경향은 어느정도 불가피했다. 곧 단순성의 시학에서 복합성의 시학으로 나아가는 데 근대시의 특수한 발전경로의 한줄기가 숨겨 있거니와, 그 외연적 물증이 바로 시의 장형화와 서술성의 강화였던 것이다. 그럼에도 불구하고 짧은 형식을 통하여 시를 쓰는, 즉 언어를 사용하면서도 그 언어의 명료성을 부정하려는 시인들의 역설적 노력은 압축과 초월의 미학에 대한 집착을 견고하게 지켜왔다. 이를 두고 이른바 '선시(禪詩) 취향'이라고 부르는 경우도 있는데, 물론 이러한 진단은 선시라는 특정한 양식을 전제한 것이 아니라 선시가 지향하는 압축과 긴장의 감각을 방법적으로 적용한 것을 뜻한다. 그래서 여기서 말하는 선시 취향이란 언어 자체에 대한 부정이 아니라, 언어 과잉의 욕망을 경계하는 방법적인 전략으로 채택된 것이다. 아무튼 언어 과잉을 경계하고 배제하려는 극단적인 선택 행위가 단형 시편들에서는 다소 필연적으로 발생한다고 보아도 좋을 것이다. 이렇게 명료한 분별과 이성적 경계를 지우면서 그 나머지는 여백으로 남기는 시적 방법론을 통해 시인들은 사유를 응집하고 간접화하게 되며, 독자들은 저마다의 경험과 이해의 폭에 따라 그 여백을 채워 읽게 된다. 이러한 단형 서정시편은 그 제목 또한 건조한 명사형을 한결같이 채택하고 있다는 점에서, 의미를 설명하는 쪽이 아니라 의미를 응축하는 쪽에 서 있다. 세계 내적 존재로서의 인간이 가지는 복합적 삶의 마디들을 일일이 언어화하지 않고 생략의 미학을 통해 집중성과 상상적 참여를 강화하고 있는 단형 서정의 기능은 그래서 여전히 서정 논의의 구심을 이루어왔다.

이렇게 사유와 감각을 응축하고 비본질적인 언어적 맥락들을 가능한 한 배제하는 단형 서정시의 장점은 독자들에게 상상적 참여를 통한 능동적 재구성의 가능성을 십분 열어주는 데 있다. 반면 잠언적 경구를 빈번하게 쓴다든가, 주체가 느닷없는 초월 의지로 시를 종결한다든가, 언어적 긴장을 택하지 않고 발상 차원의 메모 정도로 시를 완성해 내놓는다든가 하는 위험성 또한 자명하다. 최근 우리 시가 서술적 경향이 많아지거나 문맥 일탈적인 장광설이 불가피하게 채택되는 까닭도 이러한 한계를 넘어서려는 시적 전략의 부분적 반영일 것이다. 하지만 여전히 초월과 암시를 주음(主音)으로 하면서 생략의 미학을 구현해가는 단시적 완결성은 앞으로도 서정시의 귀중한 창작방법이자 가장 중요한 미적 권역으로 그 가치를 지켜갈 것이다. '말하지 않음'으로써 의미 과잉을 경계하는 이러한 작법이 초월과 암시 그리고 상상적 능동성을 통해 현대인의 잃어버린 시적 아우라를 되부르는 강력한 방법으로 원용될 때, 완성도 높은 장인정신이 요청되는 것은 두말할 나위도 없다. 그러한 장인정신의 극점에서 바로 '극서정시(極抒情詩)' 논의가 따라붙게 된 것이 저간의 문맥이다.

3

최근 최동호(崔東鎬) 교수는 「극서정시의 기원과 소통」(『유심』 51호, 2011년 7-8월호)이라는 글에서 극서정시에 대한 의욕적인 메타적 접근을 시도한 바 있다. 그는 젊은 시인들의 시에서 느껴지는 여러 부정적 징후들 예컨대 난삽함·혼종·환상·장황의 범람을 지적하면서 이에 대한 대안으로 극서정시라는 용어를 사용하고 있다. 그 이면에는 서정시 본연의 절제와 여백이 필요하다는 것에 대한 강조가 깊이 담겨 있는데, 그만큼 그는 번다한 수사를 제거한 서정시의 응축적 묘미를 살림으로써 고도의 시적 긴장을 유발하게 하는 원리로서 극서정을 상상한다. 그래서 극서정시란 어쩌면 시의 최소 단위라고 할 수 있는 단형으로 구성된 시라고 할 수 있다. 이렇게 최동호 교수는 21세기 디지털이 지배하는 시대의 시대정신을 집약한 결실을 극서정시라고 명명하면서 그 안에서 우리 시의 중요한 미적 대안을 성찰한 것이다.

이에 대해 우리는 이렇게 생각해볼 수 있을 것이다. 말할 것도 없이 극서정의 필요충분조건이 단형에 있는 것은 아닐 것이다. 하지만 비교적 짧은 형식으로 시를 구성하는 생략과 응축의 방법론이 거기 수반되는 것은 매우 자연스럽다. 그리고 여러 전언이나 이미지군(群)이 충돌하거나 교차하는 것보다는, 단일한 전언이나 이미지가 강렬하게 독자의 마음을 사로잡는 것이 훨씬 좋을 것이다. 그래서 '극(極)'이라는 접두어에는 물리적 '극소'의 의미보다는 '극도'의 집중성과 응축성의 의미가 담겨 있다고 보아도 좋을 듯하다. 그렇게 응축되고 단일한 이미지가 배치된 시편들을 문학사에서 한번 검토해보자.

흙꽃 이는 이른 봄의 무연한 벌을
輕便鐵道가 노새의 맘을 먹고 지나간다

멀리 바다가 뵈이는
假停車場도 없는 벌판에서
車는 머물고
젊은 새악시 둘이 나린다

— 백석 「曠原」 전문(『사슴』, 1936)

산빛은
제대로 풀리고

꾀꼬리 목청은
틔어 오는데
달빛에 목선 가듯
조는 보살

꽃그늘 환한 물

조는 보살

——박목월 「산색」 전문(『산도화』, 영웅출판사 1955)

　이 시편들은 서사적 계기나 시간적 경과를 중시하지 않고, 사물의 풍경을 순간적으로 포착하고 표현하는 데 공을 들인다. 물론 이때의 순간이 일회적 시간 개념을 강조하는 것은 아니다. 오히려 그것은 이른바 '충만한 현재형'으로서의 순간이라고 할 수 있다. 그래서 이 시편들이 포착한 시적 순간은 그야말로 사물의 오랜 시간이 반복되고 축적되어 있는 형식으로서의 순간이 된다. 가령 너른 벌에서 느리게 가는 기차가 머물고 젊은 새악시들이 그 열차에서 내리는 잔잔한 풍경은, 서사적 인과나 시간의 흐름이 부재한 채로 산뜻하고도 단일한 삽화를 구성한다. 마찬가지로 꾀꼬리 울고 꽃그늘 환한 봄날에 산색이 풀리는 보살 풍경은 이러한 단형 서정의 단일한 이미지를 산뜻하게 보여준다. 잔소리가 전혀 없고, 그 안에 다양한 서사나 이미지가 나오지 않으며, 오직 단일한 그림만이 그려져 있다. 다소 소품적 발상이기는 하지만, 이러한 단일한 이미지의 화폭이 극서정시의 가장 기초적인 사례가 될 것이다.

　　한번의 저녁도 순간으로 타오르지 못하고

　　스러지는 시간 속을, 혹시 뒤 있어 줍고 있는지

　　뒤돌아보지만 길들은 멀리까지 비어 있고

　　길들은 저들끼리 입 다물고 있다

　　길 위로 새 한마리 공기의 힘을 빌려

　　하늘 위로 올라가 콕, 콕, 콕, 허공을 쪼아댄다

나는 바위에 엉덩이를 붙이고
노을이 산 밑으로 흐르는 것을
무슨 상처처럼 보고 있다

── 최하림 「저녁 무렵」 전문
(『굴참나무 숲에서 아이들이 온다』, 문학과지성사 1998)

이 시편은 길이가 좀 길긴 하지만, 극서정시의 미적 속성을 성취한 사례이다. 이 시편의 화자는 저녁 무렵 지는 '노을'을 무슨 상처처럼 바라보고 있다. 그는 노을을 두고 어떤 알레고리도 만들지 않는다. 그것은 역사의 얼룩도 아니고 인생의 황혼도 아니며 그저 지는 노을, 형언할 수 없는 '무슨 상처'일 뿐이다. 스러지는 시간 속에서 바라보는 길은 비어 있고, 그 길 위로 새 한마리 허공을 쪼아댄다. 다만 화자는 바위에 앉아 노을이 산 밑으로 흐르는 것을 바라보고 있다. 그렇게 화자는 사물의 주위를 서성이면서 그것들을 있는 그대로 투명하게 바라볼 뿐이다. 이 '바라봄'의 시학이 바로 최하림(崔夏林) 시인으로 하여금 저녁과 길과 노을과 새가 이루는 산뜻한 이미지를 만들어내면서 집중성과 응축성을 담아내게끔 한다. 단형에 어울리는 단일한 이미지 그리고 여백과 서정의 길을 걷게 한 것이다. 이러한 단형 서정의 극점에 다음 시편이 놓인다.

여기서부터, ── 멀다

칸칸마다 밤이 깊은

푸른 기차를 타고

대꽃이 피는 마을까지

백년이 걸린다

— 서정춘 「竹篇 1 — 여행」 전문(『죽편』, 동학사 1996)

   어디선가 서정춘(徐廷春) 시인은 "나는 평생/삼 短이다. 체구가 작고,
가방 끈이 짧고, 시인 정 아무개의 말처럼/'극약 같은 짤막한 시'만 쓴다"
(문인수 「지네 — 서정춘傳」)라고 술회하였다고 한다. 물론 이는 문인수(文仁
洙) 시인의 기억 속에 재현된 것이지만, 그 안에는 서정춘 시인이 살아온
흔적이 상징적 축도로 담겨 있다. 가난이 가져다주었을 작은 체구, 가난
때문에 따라왔을 사회적 부적응, 극약이라는 비유가 어울리는 치명적 단
형의 미학, 이 모든 것이 바로 서정춘 시편을 형성하는 원질(原質)이니까
말이다. 첫 시집 첫머리에 시인은 이렇게 '여행'이라는 부제를 달았다. 여
기서 "칸칸마다 밤이 깊은//푸른 기차를 타고" 하는 여행에는 낭만적 함
의가 전혀 없다. 족히 백년은 걸려 닿을 "대꽃이 피는 마을"을 향한 멈추
지 않을 유적(流謫)만이 존재하기 때문이다. 그 푸른 기차는 가난과 슬픔
을 싣고 달리면서 아마도 백년 세월을 그 안에서 삭혀낼 것이다. 첫 행에
서 "여기서부터, — 멀다"라고 표현한 것은 앞으로 지속될 수밖에 없는
여행의 심리적 거리를 표현한 것이자, 지금까지 걸어온 길에 대한 거리
감각을 드러낸 것이다. 이향과 귀향, 자연과 인사, 가난과 비애를 싣고 흘
러가는 유적의 감각이 녹아 있는 이 시편 역시 극서정시가 추구하는 속성
들 예컨대 단형의 형식, 하나의 이미지, 순간적 충만함으로 존재하는 근원
에 대한 탐구 등이 담겨 있다.

   찬 벽에 등 대고 좌정하니
   얇아진 귓가에 들리는

산마을 흙집 처마 밑
낙숫물 찬바람 떨구는 소리

담길 가장자리 겨울 눈
새싹 자리 비켜서고, 피라미

봄빛 눈동자 검은
숨소리 움튼 자갈돌 반짝인다
　　　　　── 최동호 「자갈돌」 전문(『얼음 얼굴』, 서정시학 2011)

　한겨울 산마을 흙집 찬 벽에 등 대고 앉아 듣는 낙숫물 소리, 바람 소리,
봄의 숨소리가 모두 환하다. 거기에 피라미, 봄빛, 반짝이는 자갈돌이 새
록새록 얹혀 이른 봄의 풍경을 완미하게 구성한다. 산뜻하고도 암시적인
풍경이 아닐 수 없다. 최동호 시인은 「시」(『얼음 얼굴』)라는 작품에서 "별 없
는 캄캄한 밤//유성검처럼 광막한 어둠의 귀를 찢고 가는 부싯돌이다"라
고 노래함으로써 이러한 극서정시가 이루는 순간을 표현하였다. 시인에
의하면, 시는 지상의 어둠을 헤치고 유성검을 통해 주위를 밝히는 어떤
것이다. 시집 첫머리에서 이미 '명검'의 시학을 설파하고 있지만, 「시」에
서는 더욱 단형의 명징성과 함께 캄캄한 어둠을 밝히는 긍정의 미학을 강
조하고 있다. 이 모든 사례는 그 스스로 밝힌 "여백과 서정이 극소의 언어
끝"(「시인의 말」)에서 완성된 성취라 할 것이다.

4

디지털 시대가 되었다고는 하지만, 아직도 우리 주위에서 창작되는 서정시는 파피루스 신화의 자장 안에서 그 영역을 재생산하고 있는 측면이 훨씬 더 강하다. 그래서 많은 시인들은 고전적 인간관과 서정성을 존중하고 단시적 완결성을 지속적으로 추구해간다. 위악이나 불온성, 독설이나 해체 전략들이 끊임없이 문학사에 나타났지만, 이러한 담론 전략들이 탈(脫)권력에는 기여하면서도 대체미학으로까지 될 수 없었던 까닭역시 우리가 아직도 시에 기대하는 몫이 응축 지향의 서정성에 있기 때문일 것이다. 그리고 해체주의나 포스트모더니즘의 사유구조에서는 언어 기호가 근원을 지칭하지 못하고 끊임없이 미끄러지는 데 비해, 서정시의 독자들은 한결같이 어떤 근원으로의 귀착 충동을 가지고 있기 때문이기도 할 것이다. 그래서 시인들이 펼치고 있는 인간 근원의 오리지널리티(originality)에 대한 성찰과 재구축 작업, 그리고 상품 미학의 규율을 통해모든 존재가 완성되는 시대적 징후를 거슬러 올라가는 역류(逆流)의 상상력은 일정하게 비평적 가치를 부여받아야 할 것이다. 또한 서정시의 본질적 속성으로서의 촉지성(觸知性)을 강화하려는 시편들 역시 긍정적으로평가받아야 할 것이다. 하지만 간혹 나타나는 선(禪) 과잉, 까다로운 갈등묘사보다는 비교적 손쉬운 화해와 초월을 택하는 탈속주의로의 경사 등은 여전히 단형 서정이 경계해야 할 편향일 것이다.

물론 우리는 일정한 길이를 가지면서 그 안에 복합적 자의식이나 오랜시간적 흐름을 담는 양식이 우리 시의 풍요로움을 위해 반드시 필요하다고 생각한다. 다만 그것이 새로운 충격과 전율을 통해 미학적 경험의 새로운 파문을 깊이있게 만드는가가 핵심 관건일 것이다. 그 점에서 작품의 길이는 본질적인 것이 아니다. 말하자면 짧은 과잉도 있을 수 있고, 기나긴 결핍도 있을 것이다. 그래서 우리는 극서정시의 미학적 가능성이, 최동호 교수도 강조하였듯이, 서정시 본연의 절제와 여백이 불필요한 수사를 제거하고 서정시의 응축적 묘미를 살려내는 데 있다고 말할 수 있을 것이다. 물론 아직까지 극서정시는 양식적 배타성을 띤 명명은 아니다. 다만 최근 왕성하게 창작되는 해체·탈주체 시편들과는 철저한 대극에서 언어의 경제학과 사유의 응집성을 결속하는 방향에서 극서정시는 씌어질 것이다. 그럼으로써 한국 시의 다양성과 균형을 유지하게끔 하는 유력한 방법론적 범주로 부상해갈 것이다. 그 점에서 우리는 이러한 미적 기획을 탁월하게 성취한 극서정시의 우수한 범례들이 많이 나타나길 깊이 소망한다.

한국 현대시의 난해성

◆

'어려움'과 '쉬움'에 대하여

1

한국 현대시의 난해성 문제는 사실상 이상(李箱)의 시편들로부터 촉발되었다. 물론 그 이전에도 정지용(鄭芝溶)의 초기 시편이나 임화(林和), 박팔양(朴八陽), 김화산(金華山) 등이 썼던 일부 다다이즘 시편이 없지는 않았지만, 이상의 등장이 주는 파천황의 충격에 비하면 그들 시편의 난해성은 어쩌면 예비고사와도 같은 것이었을 터이다. 그렇게 이상은 한국 근대문학사에 난해성의 비조(鼻祖)로 등장하였고, 퇴장할 때까지 파생적인 쟁점을 꾸준히 만들어냈다. 그가 난해성의 진원지이자 종점이 되었던 것은 기존의 언어적 관행을 무너뜨리고 전혀 새로운 방식으로만 접근이 가능한 언어를 보여주었기 때문일 것이다. 물론 이상 시의 해석이 전혀 불가능한 것은 아니다. 그가 전혀 새로운 방식으로 시를 썼듯이, 해석도 그러한 방법으로 다가가면 될 것이기 때문이다. 이런 해석에도 그의 시가 열리지 않았다면, 그것은 '난해'가 아니라 '불가해'가 되어 한시적인 비언어적 암호로 문학사에서 사라지고 말았을 것이다.

이상 시편의 일차적 외관은, 그가 남긴 다수의 소설이나 수필과는 달리, 언어유희의 욕망을 철저하게 수반하고 있다는 점에 있다. 이때 이상이 수행하는 언어유희와 그 효과는 그 자체로 이성적 사유와 큰 관련이 있는 것이지만, 역으로 이성의 효율성을 의심하고 해체하려는 욕망을 반영한 것이기도 하다. 특별히 이상 시에서 유희의 욕망은 반어와 반복, 동음이의어, 단어 대체나 연상 등으로 드러나는데, 그의 시에서 유독 많이 출몰하는 병들고 사라져가는 육체는 그 물리적인 기반이 되어준다. 이러한 방식을 이해하면 우리는 비로소 이상이 쓴 극단의 언어를 '해석'해갈 수 있을 것이다. 유명한 다음 작품에 다가가보자.

十三人의兒孩가道路로疾走하오.
(길은막다른골목이適當하오.)

第一의兒孩가무섭다고그리오.
第二의兒孩도무섭다고그리오.
第三의兒孩도무섭다고그리오.
第四의兒孩도무섭다고그리오.
第五의兒孩도무섭다고그리오.
第六의兒孩도무섭다고그리오.
第七의兒孩도무섭다고그리오.
第八의兒孩도무섭다고그리오.
第九의兒孩도무섭다고그리오.
第十의兒孩도무섭다고그리오.

第十一의兒孩가무섭다고그리오.
第十二의兒孩도무섭다고그리오.

第十三의兒孩도무섭다고그리오.

十三人의兒孩는무서운兒孩와무서워하는兒孩와그렇게뿐이모였소.(다른
事情은없는것이차라리나았소)

그中에一人의兒孩가무서운兒孩라도좋소.

그中에二人의兒孩가무서운兒孩라도좋소.

그中에二人의兒孩가무서워하는兒孩라도좋소.

그中에一人의兒孩가무서워하는兒孩라도좋소.

(길은뚫린골목이라도適當하오.)

十三人의兒孩가道路로疾走하지아니하야도좋소.

　　　　　　　　—「烏瞰圖 詩第一號」 전문(『조선중앙일보』 1934년 7월 24일)

　주인공은 13인의 아해(兒孩)이며 배경은 막다른 골목이다. '오감도(烏
瞰圖)'는 '조감도(鳥瞰圖)'의 오기인데, 이상이 고의로 '오감도'라는 조어
를 만들었다는 설이 일반적이지만, 이상이 원래 '조감도'로 보낸 것을 문
선부 식자공들이 오류를 범해 '오감도'로 바뀌었다는 설도 있다. 어쨌든
'조감도'는 어떤 상황에 대한 전체적 투시를 가능케 하는 개괄적 그림이
다. 이상은 건축기사로서 설계 도면에 뛰어났던 인물이었던 만큼, 이 시편
에서 그는 사람들이 살아가는 상황의 설계 도면을 그리려 한 것이다. 그
것은 까마귀처럼 불길한, 혹은 눈먼 새가 공중에서 바라보는 듯한 불안과
공포가 만연한 상황을 담고 있다. 그래서 숫자는 13이고 길은 막다른 골
목이 적당하다. 13은 이상의 다른 시에서 12시를 넘어선 시간, 즉 일상적
삶을 넘어선 죽음의 시간에 속하는 숫자이기도 하고, 죽음을 앞둔 공포의
시간이기도 하다. '아해'란 어른들보다 유약하면서도 무구(無垢)한 존재
이고, 공포에 무방비 상태이며 혼란에 쉽게 동요하는 존재들이다. 그러므

로 이성이 몰락하고 절대가치가 붕괴된 근대인들은 그 나약함과 혼란스러운 모습이 모두 '아해'들과 같은 존재라고 할 수 있다. 막다른 골목에서의 공포의 질주, 그것은 위기의식이 낳은 절망적 상황인 셈이다. 그리고 2연은 무의미한 동어반복으로 그 공포를 가중시킨다. 13인의 아해가 '무서운 아해'와 '무서워하는 아해'와 그렇게 모였다는 표현은 현재 상황에 대한 단적인 제시이다. 그들이 무서워하는 까닭은 그들 중에 무서운 아해가 있기 때문이다. 무서운 아해가 1인인지 2인인지 그것은 중요하지 않다. 어쨌든 누가 무서운 아해인지를 모르므로 서로를 감시하고 경계할 수밖에 없는 것이다. 이런 상태에서는 자기 자신조차 공포의 대상이 된다. 진정한 만남이란 것은 철저히 불가능한 상황이다. 또한 길은 막다른 골목이 아니어도 좋다. 뚫린 길이라 해서 인간의 서로에 대한 절망적 공포라는 상황이 변할 수는 없기 때문이다. 이 시편은 "十三人의兒孩가道路로疾走하지아니하야도좋소"라는 절망적인 말로 끝난다. 이때 질주는 공포를 잊으려는 일종의 절망적 유희라고 볼 수 있다. 그것은 이상의 수필 「권태(倦怠)」(『조선일보』 1937년 5월 4~11일)에서 아이들이 지루함을 잊기 위한 놀이가 없어 생각다 못해 배설놀이를 하는 상황과 흡사하다. 그러나 그것들이 공포를 해소해줄 수는 없다. 어느 것을 택하든 상황은 마찬가지라는 의식은 메마른 세계 혹은 식민지 현실에 대한 극단적 절망감의 표현이라할 것이다. 여기에서 그려진 상황은 대상이 분명하지 않은 공포의 세계이며, 삶은 부조리하고 불합리한 것이라는 진술 구조이다. 다음 연작으로 가보자.

싸훔하는사람은즉싸훔하지아니하던사람이고또싸훔하는사람은싸훔하지아니하는사람이었기도하니까싸훔하는사람이싸훔하는구경을하고싶거든싸훔하지아니하던사람이싸훔하는것을구경하던지싸훔하지아니하는사람이싸훔하는구경을하던지싸훔하지아니하던사람이나싸훔하지아니하는 사람이싸홈하지아니하는것을구경하던지하얐으면그만이다.
　　　　　　　　　—「烏瞰圖 詩第三號」 전문(『조선중앙일보』 1934년 7월 25일)

　이 시편은 텍스트 전체가 하나의 문장으로 구성되어 있다. 상호대립의 관계를 전제한 후 그것을 마치 하나의 사건처럼 연속적으로 구성하고 있다. '싸움하는 사람'이라는 대상에 대한 진술이고, 그 진술은 싸움하는 사람과 싸움하지 아니하는 사람의 관계가 대립적이면서도 결국 한 몸임을 말하는 쪽으로 귀결되어간다. 그 둘의 관계는 대립적이었다가 그 관계가 전도되면서 마침내 그 누구라도 상관없는 싸움의 무의미함을 증언하는 쪽으로 나아간다. 이는 상생과 조화와 균형의 귀결이 아니라, 항구적 불화만이 그저 불화인 채로 존재함을 암시한다. 살아 있는 사람과 죽어가는 사람의 관계처럼, 그것은 언제나 상호모순이면서 동시에 등가의 위상을 가지게 되는 것이다. 이상은 이렇게 존재론과 관계론의 절묘한 어긋남을 통해 상호모순의 지표들이 '좋소' '그만'이라는 순환적 결구(結句)를 통해 해체되고 통합되는 과정을 노래한다. '오감도' 연작은 그렇게 부정 정신을 통한 해체와 통합의 양가적 가능성을 전혀 새로운 어법으로 제시한 결과이다. 이처럼 이상 시편에 대한 해석이 전혀 불가능한 것은 아니다. 물론 이상의 다른 대표작 가령 「꽃나무」「거울」「절벽(絶壁)」「이런 시(詩)」 등에 이르면 난해성은 훨씬 순치되어 인간 이해의 다양성에 기여하게 된다. 어쨌든 이상이 1930년대에 던진 이 난해성의 흐름이야말로 한국 근대문학사의 한 진경으로 남을 것이다.
　해방 후에 다시 난해성의 성채로 들어온 시인으로 우리는 김수영(金洙暎), 김춘수(金春洙), 김종삼(金宗三) 등 전후 모더니스트들을 거론할 수 있을 것이다. 특히 언어가 존재의 비밀을 드러낼 수 없다는 김춘수의 인식은 그를 '무의미시'로 이끌어감으로써 특유의 난해시편을 양산하게끔 했다. 그는 관념적 본질을 지향하지 않고 드러난 현상 그 자체만을 중시하였는데, 이는 시에서 관념의 수단이 되는 비유적 이미지를 극도로 배제하고 순수한 상태의 묘사만을 남기는 것으로 드러나게 된다. 『타령조·기타』(문화출판사 1969) 이후 그는 도덕을 포함한 공리성으로부터 자유로운 언어의 순수한 상태에 이르기 위해 무의미한 자유연상을 실험하였다. 그리고 시를 '꿈과 나의 같은 상태'로 만들고자 하였는데, 따라서 그의 시는 관념의 배제를 노리면서 '존재/언어'의 관계에 대해서 깊이 천착하는 일관성을 보인다. 「타령조(打令調) 1」이다.

사랑이여, 너는
어둠의 변두리를 돌고 돌다가
새벽녘에사
그리운 그이의
겨우 콧잔등이나 입언저리를 發見하고
먼동이 틀 때까지 눈이 밝아 오다가
(…)
어슬렁어슬렁 집을 나간 그이가
밤, 子正이 넘도록 돌아오지 않는다면,
어둠의 변두리를 돌고 돌다가
먼동이 틀 때까지 사랑이여, 너는
얼마만큼 달아서 病이 되는가,
病이 되면은
巫堂을 불러다 굿을 하는가,
넋이야 넋이로다 넋반에 담고
打鼓冬冬 打鼓冬冬 구슬채쭉 휘두르며
役鬼神하는가,
아니면, 모가지에 칼을 쓴 春香이처럼

머리칼 열발이나 풀어뜨리고
저승의 山河나 바라보는가,
사랑이여, 너는
어둠의 변두리를 돌고 돌다가……

시인은 외롭고 쓸쓸한 '병'을 앓고 있는 존재로 '사랑'을 그리고 있다. 어둠속을 헤매다가 마침내 발견한 '그이'로부터 반김도 받지 못하는 '사랑'에게는 겨우 '그이'의 '콧잔등이나 입언저리'만이 허락될 뿐이다. 그만큼 '사랑'은 무심하고 처참한 존재로 남아 있다. 말할 것도 없이, '사랑'이란 인간과 세계의 관계에 자리잡고 있는 가장 본질적이며 핵심적인 것이다. 그런데 그 '사랑'이 '어둠의 변두리'를 맴돌거나 발길에 채어 길바닥을 뒹구는 하찮은 존재로 전락해버리고 말았다. 이미 대상 안에서는 사랑이 살아 숨쉬지 않으며 주체와 대상을 융화시켜주는 역할을 담당하지도 못한다. 곧 대상은 사랑을 상실했기 때문에 화자는 '어떤 사랑스러운 꿈'으로도 다가갈 수 없고 따라서 대상과의 화해는 불가능해 보인다. 결국 시인은 대상을 알지 못한다.

김춘수는 시론에서도 '무의미시'를 강조하였는데, 그것은 의미가 사라진 언어가 환기하는 허무의 율동을 함의한다. 그는 그런 세계를 "잭슨 폴록의 그림에서처럼 가로 세로 얽힌 궤적들이 보여주는 생생한 단면 ─ 현재, 즉 영원"(「의미에서 무의미까지」, 『김춘수전집 2: 시론』, 문장사 1982)이라고 불렀다. 결국 그의 무의미시가 추구하는 것은 현재의 영원화(永遠化), 순간의 영원화라는 역설인 셈이다. 의미를 배제함으로써 이 세계를 가득 채우고 있는 '허무'의 의미론을 시적으로 장악하고 표현하려는 그의 시적 기획은 따라서 역설적이다. 이러한 세계를 담은 「처용 단장」(『처용』, 민음사 1974)이란 시는 어떤 의미를 지향하기보다는 이미지의 제시에 초점을 맞추고 있는 작품으로, 이 시를 이른바 '무의미시'로 부르는 것은 자연스러울 것이다. 그러나 이처럼 의미나 관념을 배제한 '무의미시'를 지향했음에도 불구하고 김춘수가 시에서 의미를 완전히 몰아냈다고 하기는 어렵다. 실제로 「처용 단장」에서도 회상적 어조를 사용하거나 '남쪽 바다' 같은 특정 지명을 사용함으로써 향수 혹은 미묘한 그리움의 정서를 부분적으로 드러내고 있기 때문이다. 이 작품에서 그는 감각적 체험을 전달하면서도 그것을 온전히 묘사로만 전달함으로써 이미지 구축에만 정성을 들이고 있다. 그가 1970년대 이후 「처용」 「이중섭」 「나의 하나님」 같은 연작시에서 시도한 것도 존재의 심층에 있는 무의식의 세계, 전설이나 신화 속에 꿈틀거리는 생의 원형질의 세계이다. 그것의 근간을 이루고 있는 인식론의 핵심은 궁극적인 '허무의식'이고, 그것을 구현하는 방법론은 이른바 '무의미 시론'이었다. 무의미라고 해서 의미가 없는 것이 아니라 '무(無)'를 통해 전혀 다른 그 무엇을 환기하려는 미학적 기획이 시도되었던 셈이다. 그러니 그의 난해시편이 주는 메시지는 말해진 것들의 의미론이 아니라, 어쩌면 말하려고 했던 것들의 변형된 존재론이 아니었을까 생각해본다.

이처럼 비록 난해하지만 의미있는 시사적 단층이 이상·김춘수의 공력을 통해 형성, 유지, 진화해왔다고 할 수 있다. 그 계보를 따라 전봉건(全鳳健), 이승훈(李昇薰), 박의상(朴義祥), 김영승(金榮承), 박상순(朴賞淳), 박찬일(朴贊一), 이수명, 박장호, 김이듬, 서대경(徐大炅) 등의 후예들이 이어져왔다. 그래서 우리는 시에서의 '난해성'이란, '불가해성'과는 다른, 전혀 새로운 독법(讀法)으로 해석 가능한 속성임을 이해해야 한다. 어렵다고 다 나쁜 것이 아니라, 시가 가지는 최대의 원심력이 불가피한 어려움을 초래하게 된 측면을 이해하고, 단형 서정이 주류였던 한국 근대시의 자장에서 멀찍이 비켜섬으로써 시를 해석할 수 있는 새로운 지평을 얻어야 하는 것이다.

2

그동안 행해진 '서정'에 대한 구심적 설명 방식은, 그것이 근대 이후 창안된 서구 미학의 한 관습이라는 것이었다. 그 점에서 주체의 자기표현을 서정의 원리로 설명해온 근대 서구 미학에 대한 최근의 재성찰 움직임은 주목할 만하다. 왜냐하면 최근 우리는 다양하게 균열하는 서정적 발화 방식을 만나고 있기 때문이다. 하지만 이처럼 서정의 최대 원심까지 나아가면 그야말로 난해성보다는 무슨 소리인지 전혀 알 수 없는 반(反)소통의 극점에 이르기도 한다. 따라서 우리는 다양한 어법과 장치로 씌어진 시편을 설명할 수 있는 원리를 탐색해야 함은 물론, 쉽지 않게 씌어진 시편 가운데서도 옥석을 가려야 하는 이중의 과제에 맞닥뜨리게 된다. 여기서는 난해하지만 중요한 전언과 방법으로 각인되고 있는 김언(金言), 신동옥(申東沃), 김이강 시편을 이야기해보자.

김언 시편에 들어앉아 있는 사물들은 대부분 그 외관이 충실하게 묘사되지 않는다. 시간이나 공간의 명료성이나 합리성 안에 그것들이 들어앉아 있지 않기 때문이다. 그렇다고 그의 시편이 몇몇 우의적(寓意的) 개괄로 파악되는 것은 더더욱 아니다. 왜냐하면 그의 시편들은 사실적 정보 전달에 인색한 것은 물론, 산문적 의역(paraphrasing)으로도 환원되기 어려운 언어로 일관하고 있기 때문이다. 거기에 언어 자체에 대한 깊은 메타적 자의식이 스며 있는 경우까지 보태져, 그의 시편은 사실적 재구(再構)나 우의적 개괄이나 산문적 해명으로는 접근이 어려운 세계로 우리에게 각인되고 있다.

사랑은 익사하지 않는다
유리와 철이 겨우 떠받치고 있는 것처럼
건물은 외롭게 올라가고

주변에 기대려고
더 높이
더 높이 올라가는 것도 아니다

기우뚱한 감정 때문에
아무 일도 하지 못하는 날에도
많은 일을 하고 있다
이 기막힌 하루를
무너졌다가 다시 올라가는 계단을
자존심이라고 부를까
언제 멈출까
익사하는 당신을
건져 올리는 그 건물의 깊이를

우리는 겨우 의지하고 있다
뼈와 살처럼

당신 대신 일어나는 감정을
허겁지겁 붙잡고 나왔다
살려고 살려고
방금 전까지 동반 자살하던
그가,

— 「뼈와 살」 전문(『모두가 움직인다』, 문학과지성사 2013)

김언의 시에는 숱한 대명사들이 다른 시인들의 시보다 빈번하고 다양하게 나타난다. 이 시에서도 '당신' '우리' '그'가 나타난다. '죽음'의 이미지는 '익사'와 '동반 자살'로 나타나고, 출렁이면서 움직이는 감정들은 '유리와 철'이 '뼈와 살'에 대응되는 과정에서 실현되거나 유보된다. 또 표상적으로만 보자면 건물의 '높이'가 있고 '깊이'도 있다. '올라감'도 있고 '무너짐'도 있다. '건져 올림'과 '붙잡고 나옴'도 있다. 그렇게 기우뚱한 '감정'과 일어나는 '감정' 사이에 '시'는 있다. 이 수많은 대위적(對位的) 짝들을 통해 서로 기대어('기대다'와 '의지하다'는 유의어이다) 입체적 관념이 차근차근 구성된다. 이러한 구도 안에서 당신과의 '사랑'이 등장하고 번져간다. 당신의(당신을 향한) '건물-감정'은 유리와 철이 떠받치고 있어(있음에도 불구하고) 높이 올라가지만, 그것은 아무 일도 하지 못하는 것과 많은 일을 하고 있는 것이 같은 것이듯, 당신을 건져 올리는 순간이 바로 "당신 대신 일어나는 감정"을 붙잡고 나오는 것이 되어버린다. 그렇게 겨우 우리가 "뼈와 살처럼" 서로 의지하는 순간, "우리"는 "방금 전까지 동반 자살하던 그"로 바뀌어버린다. 이는 마지막에 어떤 의미론적 수렴이 일어난 것이 아니라, 오히려 엉뚱한 인칭 변형을 통해 '다른 문장'이 그 안으로 개입해들어온 것이다. 지극히 논리적으로 모순되어 난해성을 촉발하지만, 역동적인 언어 속에서 개개인이 동일성으로 구성되지 않는다는 후기 근대의 인간론을 잘 보여준다 할 것이다.

물고기는 제 몸뚱이가 물의 핏줄이라도 되는 듯 아가미를 온통 열어
두고

흐르고 녹고 가두고 갇히다간 또다시 얼어붙을 입술과 눈알에 숨긴
열겹

스무겹 숨결들 붉다, 차고 날카로운 물의 살점들 바깥으로 바깥으로

핏줄을 한뼘 한뼘 틔워내는 공기 방울 옆선을 따라 돋아나는

얼음 알갱이 사이에 새로 부푸는 부레 한점 가슴지느러미 한쌍

이것은 물이고 저것은 몸이고 이것은 몸이고 저것은 얼음일 테니

물고기는 제 몸뚱이가 온통 물의 핏줄이라도 되는 듯 아가미를 열어
두고
　　　　　　　　── 신동옥 「얼음물고기」 부분(『고래가 되는 꿈』, 문예중앙 2016)

　누군가 죽은 여름이었다. 나는 그가 만든 영화를 본 적도 있고 그가 쓴
책을 본 적도 있지만 그를 본 적은 없고 그의 딸이나 아들을 본 적도 없다.
텔레비전에서도 그의 얼굴이나 그의 아들딸의 얼굴을 끝내 보여주지 않는
다. 어쨌든 그는 죽었다. 이토록 더운 여름에 전화나 편지도 없이. 몇몇은
해변의 작은 식당에서 수영복을 입은 채로 떡볶이를 먹으며 그의 부고를
알리는 텔레비전 화면을 올려다보고 있다. 어째서 이 작은 식당의 텔레비
전은 저토록 높은 곳에 올려져 있어야만 하는가. 목을 만지작거리며 본다.
이젠 더이상 그의 영화도 책도 이 세상에서 새롭게 나올 일이 없을 것인가.
그런 것은 별로 슬프지 않다. 수영복에서 떨어지던 물기가 체온을 타고 말
라간다. 모든 것이 말라간다. 태양이 이토록 뜨거우므로 우린 모래가 될 것
이다. 모래도 말라간다. 그 끝은 어디일까. 우린 우리가 상상했던 것의 실체
에 대해 생각해보지만 아무래도 저 텔레비전은 너무 높지 않은지, 그런 표
정으로 모두가 동시에 서로를 바라보았다.
　　　　　　　　── 김이강 「해변의 작은 식당에서 우리가 했던 일」 전문
　　　　　　　　　　　　　　　　　　　　　　（『타이피스트』, 민음사 2018)

한 시인은 '얼음물고기'라는 상상적 대상을 조형했고, 한 시인은 바닷가 작은 식당에서 일어나는 존재의 '말라감'을 회상적으로 처리했다. 모두 투명한 물질로 흘러가는 음악과 질감과 사유가 잔잔한 '파상(波狀)'과 같이 들려온다. 신동옥이 창안한 '얼음물고기'는 "물의 핏줄"이 되어 흐르면서 스스로 녹고 가두는 고유한 육체를 가졌다. "또다시 얼어붙을 입술과 눈알에 숨긴 열겹//스무겹" 붉은 숨결들은 "핏줄을 한뼘 한뼘 틔워내는 공기 방울"과 함께 얼음물고기를 살아가게 하는 근원적 힘이자 이미지일 것이다. 그리고 얼음 알갱이 사이로 부풀어오르는 "부레 한점 가슴지느러미 한쌍"이야말로 '물'과 '몸'과 '얼음'을 불가분의 하나로 만드는 호환 불가능한 원리일 것이다. 어느새 물고기는 "물의 핏줄"처럼 아가미를 열고는 다시 "차고 날카로운 물의 살점들"을 헤쳐가게 될 것이다. 그러니 어디에 꼭 '얼음물고기'가 스스로를 흐르게도 하고 가두기도 하는 순간들이 있을 것 같지 않은가? 그런가 하면 김이강의 시편은 누군가의 '죽음'을 알리는 텔레비전 화면을 올려다보면서 "어째서 이 작은 식당의 텔레비전은 저토록 높은 곳에 올려져 있어야만 하는가"를 묻는다. 이제는 사라져 그 누군가는 영화도 책도 우리에게 보여주지 못할 것이다. 하지만 그의 부재로 말미암은 슬픔은 그리 큰 것이 아니다. 오히려 그 부재를 바라보는 동안 진행되는 '물기'와 '모래'의 말라감, 그 과정이 이루어지는 해변 작은 식당에서 상상하는 "그 끝"이 더욱 선명하게 다가올 뿐이다. 과연 "우리가 상상했던 것의 실체"는 우리가 동시에 서로를 바라보는 순간에 흘러가고 있고, 그 흐름에 배경이 되어주고 상상을 하고 말라가는 것만이 식당에서 했던 모든 일일 뿐이다. 소소하지만 격렬한 순간의 연속체가 거기 깃들어 있다. 이렇게 신동옥과 김이강의 시편은 자명한 동일성의 순간을 한없이 지체하면서 비동일성을 통해 파상적 원심을 그려나간다. 서정의 구심적 속성과 어느정도 거리를 두고 새로운 감각과 사유의 지형을 단속적으로 구축해가는 기율과 언어가 거기에 있다. 하지만 이들 시편은 우리가 과잉 대면했던 난삽의 그로테스크, 비문법의 카니발, 산문성의 자의식 등으로 표상되는 세계와는 전혀 다른 것이다. 기억과 현실의 접면 (interface)을 형성하면서, 또 특정 담론으로의 귀속이나 환원을 한사코 거부하면서 서정적 불투명성을 심미적으로 구축해가고 있기 때문이다. 그래서 우리는 이러한 불투명의 시선과 방법을 통해 한 시대를 건너가고 있는 시인들을 주의 깊고 애정있게 바라보아야 한다. 이들을 '미래파'의 후예쯤으로 간단하게 넘겨버리는 시각은 너무도 부주의하고 불성실한 관찰의 결과이다. 더불어 우리는 이들을 통해, 디지털 시대가 되었다고는 하지만 아직도 파피루스의 신화 안에서 그 영역을 재생산하고 있는 시인들의 실례를 목도하게 된다. 어렵지만, 얼마나 아늑한 의미론을 언어의 물질성 안에 담고 있는가.

결국 이들은 사유와 경험의 활력을 말의 활력으로 치환해내는 역동적인 세계를 환기해준다. 다양한 사물과 관념에 고유의 질감을 부여하려는 창신(創新)의 안목과, 그것을 언어의 구체적 물질성으로 바꾸어내는 능력을 동시에 보여준다. 그래서 우리는 이들을 통해 사물과 언어와 상상력이 만나 빚어내는 역동적 이미지들을 숱하게 발견하게 된다. 요컨대 선명한 감각과 심원한 사유를 통해 삶과 사물을 물질적으로 조형함으로써, 이들은 역동적 이미지로 자신의 시를 구축해가고 있는 것이다. 이렇게 김언, 신동옥, 김이강 등은 명확한 우의적 함의를 띤다든가, 함축과 생략에 의지하여 아우라를 돋보이게 한다든가, 전통 서정 작법처럼 소통 지향의 언어를 구축한다든가 하지는 않는다. 말이 적지 않고, 은유적 그물망을 인위적으로 허물며, 그냥 언어의 물질성으로 다가오는 경우가 많기 때문이다. 하지만 이들 언어의 복잡한 회로를 풀었을 때의 무게나 질감은 만만치 않다.

3

물론 우리는 포즈(pose)로서의 난해성을 비판적으로 사유해야 하는 과제와 결코 결별할 수 없다. 난해시는 없고, 다만 미숙하고 서투른 실패작만 있다는 생각과도 완전하게 결별할 수 없다. 진정한 내용–형식 간의 유기성이 결여된 포즈로서의 난해성을 경계할 수밖에 없기 때문이다. 말할 것도 없이, 우리 시사에서 난해성을 포즈로 삼으면서 성공한 시편은 거의 없다. 다만 독자들의 교양 미숙에 의한 오독(誤讀)과 시인의 설익은 포즈가 낳은 요령부득의 난삽함만 남았을 뿐이지 않은가. 또한 시의 '난해성'은 훈련과 교양에 의해 극복해야 하는 일종의 문화적 속성일 뿐이다. 시의 창작과 소통에서 독자들의 안목이 절반 이상의 중요성을 띠는 이유가 바로 여기에 있을 것이다. 다만 소통 불능을 야기하는 포즈로서의 난해성은 진정한 의미의 미학적 고투라기보다는 언어 능력의 결핍으로 인한 실패한 수사적 전략으로 평가해버리면 될 것이다. 따라서 혹여 최근에 씌어진 시편들을 일괄하여 소통 불능으로 낙인찍는다면, 이는 그 자체로 이러한 시적 난해성의 맥락 탐색에 대한 무성의와 무관심을 드러낼 뿐이다. 주지하듯 모든 글쓰기는 새로운 경험과 세계 해석을 포착하고 표현한다. 시나 비평이라는 문학양식도 결국은 주체의 경험과 세계 해석을 심미적이고 논리적으로 각각 담아내는 것이다. 우리는 시나 비평이 가지는 불가피한 난해성이 다소 정예적인 폐쇄성을 야기한다 하더라도, 혹은 그것이 독자들과의 소통 장애를 한시적으로 일으킨다 하더라도, 보다 더 깊은 인간 이해와 세계 개진을 위해서는 적극 지켜야 할 역설적 불문율이라고 생각해볼 수 있다. 다만 필요한 것은 그에 대한 적정하고도 새로운 이해 방식이고, 그 이해를 가능하게 하는 해석 훈련과 교양의 축적일 것이다.

마지막으로 느슨한 삽화 하나를 얹어보자. 윤동주(尹東柱)가 토오꾜오의 릿꾜오대학(立教大學)을 다니던 1942년 6월, 그의 하숙집에서 불멸의 시 한편이 씌어진다. 아마도 창작 연원일이 적혀 있는 것으로 치자면 그의 마지막 작품이 될 것이다. 그 시편은 「쉽게 씌어진 시(詩)」(『하늘과 바람과 별과 시』, 정음사 1948)이다.

窓 밖에 밤비가 속살거려
六疊房은 남의 나라,

詩人이란 슬픈 天命인 줄 알면서도
한줄 詩를 적어볼까,

땀내와 사랑내 포근히 품긴
보내주신 學費 封套를 받아

大學 노-트를 끼고
늙은 敎授의 講義 들으러 간다.

생각해보면 어린 때 동무를
하나, 둘, 죄다 잃어버리고

나는 무얼 바라
나는 다만, 홀로 沈澱하는 것일까?

人生은 살기 어렵다는데
詩가 이렇게 쉽게 씌어지는 것은
부끄러운 일이다.

六疊房은 남의 나라,
窓 밖에 밤비가 속살거리는데,

등불을 밝혀 어둠을 조금 내몰고,
時代처럼 올 아침을 기다리는 最後의 나,

나는 나에게 작은 손을 내밀어
눈물과 慰安으로 잡는 最初의 握手.

　윤동주가 지상에 남긴 마지막 언어는 이처럼 여러곳에서 빛을 발한다. 한없는 부끄럼을 실어 자기고백에 임했던 그의 목소리는 지금도 우리에게 '시'의 진정성을 의심하지 않게 한다. 그런 그가 이 시편을 통해 "인생은 살기 어렵다는데/시가 이렇게 쉽게 씌어지는 것은/부끄러운 일이다"라는 인상적인 고백을 남기고 있다. 여기서 대조되는 '인생/시' 그리고 '어려움/쉬움'은 윤동주의 전(全) 존재를 담은 실존적 비대칭의 축도(縮圖)일 것이다. 윤동주는 "육첩방은 남의 나라"라고 하면서 유학지인 일본을 타국이라고 표현했다. 거기서 침전을 거듭하던 그는 비로소 "시인이란 슬픈 천명"이라는 것과, 부모님의 사랑으로 자신이 "대학 노-트를 끼고/늙은 교수의 강의 들으러" 갈 수 있었다는 것과, 자신이 "어린 때 동무를/하나, 둘, 죄다 잃어버리고" 살아가고 있다는 사실을 발견한다. 그리고 "등불을 밝혀 어둠을 조금 내몰고,/시대처럼 올 아침을 기다리는 최후의 나"와 첨예하게 만난다. 그 '나'에게 "작은 손을 내밀어/눈물과 위안으로 잡는 최초의 악수"야말로 윤동주 최후의 존재방식이자 그동안 그렇게 부끄러워했던 자신과의 견결하고도 화해로운 만남을 이루어내는 소통방식이었을 것이다. 그 만남은 희망과 다짐이 아니라, "눈물과 위안"으로 이루어진 것이 아닌가.

이때 우리는 그가 '인생'은 어려운데 '시'가 쉽게 씌어지는 것이 부끄럽다고 한 말에 다시 한번 귀를 기울여본다. 그가 노래하는 '어려움'과 '쉬움'에 대해 깊이 생각해본다. 어쩌면 그는 시를 퍽 어렵게 썼을 것이다. 다만 쉽게 씌어진다고 자겸(自謙)의 표현을 한 것일 터이다. 고치고 또 고치고 어렵게 완성했을 것이다. 이때의 '어려움'이 '난해성'을 의미하는 것은 아닐 것이다. 오히려 그것은 '오래도록 공을 들여 쓴 것'의 다른 표현일 것이다. 그러니 시는 어렵게 써야 한다. 그런데 시를 쉽게 쓰라는 권면도 만만찮지 않은가. 물론 그 권면 속의 '쉬움'이 소통의 편의를 뜻한다는 것을 모르는 바는 아니되, 어쩌면 그 '쉬움'은 그야말로 '남조(濫造)'의 함의를 띠게 될지도 모른다. 그냥 쉽게 쓴 작품들이 '소통 지향성'이라는 이름으로 양산되는 것 또한 부끄러운 일이지 않은가. 그런 작품은 소통이 잘되는 게 아니라, 의미있는 소통을 아예 불가능하게 하는 태작이 아닌가. 그 점에서 우리는 미학적 수일(秀逸)함을 위해, 또 전혀 다른 언어적 방법의 이해로 인해 초래되는 불가피한 난해성을 치지도외하지 말고, 정교한 훈련과 독법으로 남김없이 그것을 해석하고 옥석을 가려내야 할 것이다.

그리고 한가지 첨언하면, 오랜 해석과정에도 불구하고 일정한 비평적 합의를 보기 어려운 작품은 문학사에 우뚝 서지 못한다는 것이다. 정지용의 「유선애상(流線哀傷)」이나 김수영의 「공자(孔子)의 생활난(生活難)」처럼 끝내 풀리지 않는 난해시편이 문학사에는 많다. 하지만 분명한 것은 그 작품들이 그 시인의 대표작이 될 수는 없다는 것이다. 그렇게 '훌륭한 난해성'은 한편으로는 불가피하고, 한편으로는 한없이 어려운 것이다.

제2부

다른 흐름의 모더니즘

1. 최초와 최후의 모더니즘

일찍이 김기림(金起林)은 각각 다른 글에서 정지용(鄭芝溶)을 '최초의 모더니스트'로, 이상(李箱)을 '최후의 모더니스트'라고 명명한 바 있다. 물론 이는 정지용이 누구보다도 선구적으로 미적 모더니티를 보여주었고 이상은 그보다 훨씬 늦게 미적 모더니티의 한 극단을 보여주었다는 시기적 '최초/최후'의 뜻을 담고 있을 것이다. 하지만 김기림의 명명은 그러한 시기적 분기보다는 모더니즘이 가진 미학적 스펙트럼의 두 극점을 이들 두 시인에게서 발견한 결과로 보아야 옳을 것이다. 말하자면 김기림은 정지용의 이미지즘을 가장 원초적인 모더니즘으로 보았고, 이상의 아방가르드를 가장 궁극적인 모더니즘으로 본 것이다. 요약하자면 김기림에게 최초의 모더니즘은 대상을 감각적으로 재현하는 이미지즘에서 발원하는 것이고, 최후의 모더니즘은 근대를 내파(內破)하려는 아방가르드에서 완성되는 어떤 것이었던 셈이다. 김기림의 분법에 기초하건대, 모더니즘 시학은 이미지의 충실한 감각적 재현에서부터 근대의 내파를 도모하는 작법에까지 두루 넓게 걸쳐 있다고 할 수 있을 것이다.

두루 알다시피 미적 모더니티란 부르주아의 가치 척도를 혐오하고 무정부주의에서 묵시록에 이르는 부정 정신을 표현하는 일련의 미적 개념이다. 따라서 미적 모더니티를 규정하는 것은 역사나 인간에 대한 긍정적 열망보다는 부르주아의 가치들 예컨대 과학기술·자본·시간·진보·이성·휴머니즘 등에 대한 거부 및 부정적 열정이라 할 수 있을 것이다. 그리고 그것은 19세기 전반 서구 문명사의 한 단계에 속하는 것으로서의 모더니티와 미적 개념으로서의 모더니티가 분화된 이후 이 두가지 모더니티 사이에 화해 불가능한 균열이 생기게 되었을 때 후자의 성격을 띠게 된 것이다. 전자가 부르주아에 의해 주도된 자본주의, 산업혁명, 과학기술에 의해 야기된 광범위한 사회적 변화의 산물임에 비해, 후자는 부르주아 모더니티에 대한 철저한 거부 및 소멸 지향적 열정으로 특징지어지는 것이기 때문이다. 결국 미적 모더니티는 그것이 비록 문학의 자율적 존재형식에 대한 승인 위에서 발원한 개념이기는 하지만, 자본주의의 구조적 심화를 통해 일상 속에 착근된 개념이기도 한 것이다.

그런가 하면 우리가 역사적으로 일컫는 '모더니즘'은 미적 모더니티와 비슷한 개념이기는 하지만, 그보다는 훨씬 제한된 의미를 지닌다. 이는 19세기 말엽에서 20세기 전반에 걸쳐 서구 예술을 풍미한 전위적이고 실험적인 예술운동에 한정되는 것이기 때문이다. 따라서 르네상스 때부터 시작되었다 해도 과언이 아닌 모더니티와 비교해볼 때, 역사적 모더니즘은 기껏해야 한 세기 정도의 역사를 지니고 있을 뿐이다. 브래드베리(M. Bradbury)는 일찍이 리얼리즘은 삶을 인간화했고 자연주의는 그것을 과학화했으며 모더니즘은 그것을 다원화하고 심미화했다고 말한 바 있는데, 이는 모더니즘이 외면적 실재뿐만 아니라 내면적 실재를, 또 가시적 현실뿐만 아니라 보이지 않는 실재를 드러냄으로써 인간의 삶에 좀더 균형을 꾀하는 미학임을 강조한 것이다. 이처럼 우리는 모더니즘이 동시대의 외관을 감각적으로 재현하는 데 멈추지 않고, 우리 삶을 둘러싸고 있는 사회적 조건들을 발견하고 그 안에서 소멸의 열정을 통해 동시대를 우화(偶話)하려는 방법론적 모색을 지니고 있음에 상도(想到)하게 된다. 그래서 모더니즘이 생성의 리얼리티 못지않게 소멸 지향의 모더니티를 통해 우리 현대시에서 폭넓게 변용·진화하면서 우리 시의 풍요에 기여하고 있다고 말할 수 있을 것이다. 김기림은 그 최종 형식을 이상의 아방가르드에서 발견한 것이다. 항상 느끼는 바지만, 김기림만의 탁견이 아닐 수 없다.

2. 아방가르디즘으로서의 이상과 오장환

우리 현대시사에서 1930년대의 중요성에 대해서는 많은 이들이 공감하는 것 같다. 아닌 게 아니라 이 시기는 그 전후와 확연히 구별되는 특수성을 강하게 구현한 우리 현대시의 난숙기라고 할 만하다. 다양하게 출몰한 문예사조나 창작방법들, 전대에 비해 폭증한 매체, 작가군 등만 보더라도 이 시기의 역동성은 매우 독자적인 영역을 확보하고 있다. 그만큼 우리 현대시는 이 시기에 이르러 서정 장르 본연의 꼴을 인식하면서 민족의 삶과 시의 형상적 결합을 비로소 성취하게 된다. 이 시기에 하나의 뚜렷한 문학운동으로 각인된 모더니즘은 식민지 근대의 성립에 따른 미학적 반응의 소산이었는데, 이는 기본적으로 '도시'에서의 경험을 반영하는 사유 및 표현의 양식이었다. 따라서 농촌공동체를 바탕으로 한 전통 서정시 개념은 모더니즘이라는 서구 충격의 여과를 거쳐 새로운 외연과 내포를 이루게 된다. 이러한 서정시 개념의 확장은 우리 현대시 발전에 커다란 자양을 부여했을뿐더러, 시가 비로소 미학적 실체임을 자각하게 하는 계기가 되어주었다. 이러한 변화의 구체적 현상이 바로 1930년대의 모더니즘 시였고, 그 세목에 정지용, 김기림, 김광균(金光均), 이상, 오장환(吳章煥) 등이 포괄되는 것이다.

사실 서구의 역사적 모더니즘은 아방가르드나 입체파 또는 다다, 초현실주의 등의 전위적 운동으로 나타났다. 하나의 미학적 공통성으로 포괄할 수 없을 정도로 다양한 진폭의 움직임을 보인 것이 모더니즘 운동이었다. 하지만 1930년대 한국 시의 모더니즘은 이미지즘이나 주지주의로 한정되게 된다. 왜냐하면 시인들이 의식적 자각을 가지고 창작에 임했던 준거는 방법적 의미의 모더니즘이었지 세계관의 변혁을 수반하는 전위운동 형태는 아니었기 때문이다. 실질적으로 이 시기의 맥락에서 아방가르드나 입체파, 다다, 미래파, 쒸르(Sur) 등의 전위적 실험 양상을 뚜렷한 역사적 실체로 찾아보기란 여간 힘든 게 아니다.

아방가르드는 제1차 세계대전을 계기로 확산된 인간소외 현상을 비판하고 이성에 의한 근대 기획을 반성하면서 제기된 이념적·방법적 범주라고 할 수 있다. 그것은 근대 부르주아의 세계관과 가치체계가 막다른 길에 도달해 있다는 위기의식의 산물이며, 이성·노동·주체 등의 계몽 기획에 파산을 선고하고 욕망·무의식·비합리의 세계에서 새로운 진리를 구하고자 했던 낭만주의적 반동(reaction) 형식이기도 했다. 또한 그것은 재현을 유보하거나 포기한 자기반영적 미학으로, 근대의 속물적 평균주의에 저항하는 미학적 정예주의(elitism)의 한 형식이라고 할 수도 있다. 이러한 속성에 부합하는 시사(詩史)적 실례로서 우리는 이상이 보여주었던 문학적 지향을 예거할 수 있다. 김기림의 판단대로 이상 문학은 이미지즘 편향의 모더니즘을 뛰어넘어 아방가르드 미학의 핵심을 체현해냈고, 이러한 부정 정신은 오장환의 여러 시편들에서 한 극점을 이루게 된다.

식민지 근대의 적폐와 모순을 발견하고 그것을 가능케 한 힘에 대해 예술적 저항을 시도했다는 점에서, 오장환 시의 아방가르드적 성격은 비교적 분명해 보인다. 그의 예각적인 형식실험 의지와 그에 걸맞은 주변부 자본주의에 대한 구조적 비판은 그 자체로 근대를 내파하고 새로운 근대를 지향하려 했던 아방가르드 정신의 외화라고 할 수 있을 것이다. 따라서 우리가 오장환의 시를 근대 기획에 저항하면서 새로운 근대를 꿈꾸는 아방가르디즘으로 표상하는 것도 비교적 타당한 관점이 될 수 있다고 본다.

3. 해방 후 모더니즘의 가능성과 변형 과정

해방 후에 전개된 모더니즘 시는 1930년대의 가능성을 일정하게 계승하고 또 변형하는 결과를 낳았다. 특별히 해방 직후에 등장했던 '신시론(新詩論)' 동인들은 이른바 '후기 모더니즘'이라는 색다른 별칭을 얻으면서 새로운 미학을 열어보려는 의욕으로 충일하였다. 그 구성원을 보면 모더니즘 운동이 취할 수 있는 최대한의 스펙트럼을 보여준다. 한편에는 '마리서사' 시절의 박인환(朴寅煥)과 임호권(林虎權)이 있고, 다른 한편에는 일본 모더니즘 운동 그룹인 'VOU'와 '신영토(新領土)' 및 '사계(四季)'에 참여한 김경린(金璟麟)과 김병욱(金秉旭)이 있고, 그리고 번역을 주로 하던 김경희(金景憙)가 있다. 이들 중 김경희는 현실주의와 모더니즘을 접합하고 결속함으로써 모더니즘이 가지는 내파의 정신을 구현하려 했으며, 김병욱은 자신이 참여한 적이 있는 신영토 그룹의 사회주의적 경향을 계속해서 이어갔고 조선문학가동맹 활동도 했다. 박인환과 임호권은 현실주의 흐름의 리버럴리즘에 경도하여 소시민적 자의식을 표현하면서도 현실성이 두드러지는 시를 썼다. 이렇게 보면 언어적 실험정신과 도시적 속성을 지닌 모더니스트의 정체성은 김경린만 견지하고 있었던 셈이다. 이렇게 현실주의자·리버럴리스트·모더니스트의 합숙공간이었던 신시론 동인은 뚜렷한 공동 지향점보다는 모더니즘이 가질 수 있는 다양한 내포가 호혜적으로 공존하는 것이었다고 할 수 있다.

하지만 전쟁과 실질적 분단을 겪으면서 신시론 동인은 와해되었고, 이후 이어진 1950년대 모더니즘은 '후반기' 동인들에 의해 도시문명 속에서 잃어가는 인간 본질에 대한 탐구와 언어미학적 경도로 그 무게중심이 옮겨갔다. 신시론 동인이 다양한 속성을 구유한 집합체였다면, 후반기 동인은 신시론 동인의 합동시집 『새로운 도시와 시민들의 합창』(도시문화사 1949)에 참여했던 김수영(金洙暎)마저 탈락시키고 모더니즘 시운동의 배타적 성소로서의 역할을 하게 된다. 김경린과 박인환이 중심이 되어 새롭게 결성한 후반기 동인은 그렇게 형식실험과 근대도시 지향의 모더니즘을 보여주는 구심체 역할을 자임하게 된다. 결국 한 시대의 미학적 전위들이 꿈꾸었던 야심찬 모더니즘 기획은 정치적 보수주의에 빠지면서, 모더니즘의 위축과 변형 과정을 선명하게 보여주게 된다. 하지만 그 과정에서 김수영은 오히려 자기갱신을 통해 모더니즘의 외연을 넓힌 사례에 속한다.

김수영은 4·19가 가져다준 이념적 핵심의 시화(詩化)를 누구보다도 치열하고 세련된 문학적 의장 속에서 이루어냈다. 그의 시는 4·19를 거치며 주제를 혁명과 사랑으로 현저하게 전이시키면서 그것을 자기성찰의 에너지로 집중시킨다. 이때 그의 시는 반복과 역설, 비약과 반전, 요설과 열거를 통해 정신적 모험을 감행하는데, 그것이 바로 시민사회를 살아가는 지식인으로서의 역할 및 시인으로서의 자의식을 표명하는 그 나름의 시적 방법론이었다. 그의 이러한 자기 정체성에 대한 자각, 또 그것에 바탕을 둔 세계 인식의 개안은 그의 대표시 「거대한 뿌리」(1964)에 잘 나타난다. 그는 "근대화해가는 자본주의의 고도한 위협의 복잡하고 거대하고 민첩하고 조용한 파괴작업"(「지식인의 사회참여」, 『사상계』 1968년 1월호)을 체험하고 있던 당대 주체들에게는 따라가고 추수해야 할 전범으로서의 근대는 없고 스스로 창출해내야 하는 근대밖에 없다는 자각에 이른다. 그리하여 그는 막연한 세계주의의 미망 속에서 부유하던 대개의 모더니즘 시와는 달리, 세계(대상)와 민족(주체)의 참된 관계에 대해 진지하게 고민할 수 있었다. 이는 모더니즘 미학이 추구하는 부정 정신과 적극 통하면서, 근원적으로는 세계를 읽는 독법이 희망의 원리에 의해 추동된다기보다 불가항력의 모멸을 견디고 그것을 성찰하는 방향으로 이루어지고 있음을 보여주는 사례일 것이다.

이러한 흐름이 더욱 강력한 대항 담론으로 구체화한 시기는 1980년대였다. 민중시적 흐름들에 일정한 대타적 영역을 형성하면서, 선명하게 구축한 또 하나의 시적 흐름이 당시 이른바 '해체'로 불렸던 경향이다. 이들은 기존의 의식과 문법에 대해 강렬하고도 냉소적인 도전을 보냈으며, 정치적 전위가 아닌 미학적 전위로 나서서 문학적 진정성을 새로운 각도에서 예시하였다. 이들은 초기에 수상쩍은 이단아라는 혐의를 받기도 했으나, 한 시대의 총체적 폭력과 왜곡상에 우화(寓話)적으로 저항하는 강력한 방법론으로서의 역할을 인정받게 된다. 특히 황지우(黃芝雨)는 오규원(吳圭原), 이승훈(李昇薰)에서 간헐적으로 실험되던 언어 실험을 극단까지 밀어붙인 탁월성으로 문학적 성가를 누렸다. 황지우는 "나는 파괴를 양식화한다"(「사람과 사람 사이의 신호」)라고 선언하면서 당대의 인문적 신화의 축적을 와해시켰고, 이성에 의한 차분한 관조와 축적의 에너지를 역류시켰다. 이어 박남철(朴南喆), 김영승(金榮承), 장정일(蔣正一) 등이 더욱 급진적 형태 파괴의 실험적 해체시를 양산했으며, 유하, 이영유, 이윤택(李潤澤), 하재봉(河在鳳) 등으로 그 흐름이 이어지면서 해체시는 1980년대 모더니즘 충동의 주요 흐름으로 정착하였다. 텅 빈 폐허 속에서 진행되는 일상성과 정치성의 혼종은 그들에게 당대의 삶을 바라보는 유력한 대안적 모형의 구실을 하였다. 그만큼 해체시는 한국 모더니티의 실체적 파산에 기초하였고, 탈심미화 과정을 통해 세계 환멸의 의식을 표출한 시사(詩史)적 실례라고 할 수 있을 것이다.

이처럼 해방 후 모더니즘 시학은 1930년대의 모더니즘이 보여준 가능성과 한계를 안은 채 계승과 단절, 확장과 퇴행, 변형과 묵수(墨守) 등을 거치면서 그 흐름을 이어왔다. 해방 후 가장 다양하게 개화했던 모더니즘의 내적 가능성은 분단과 전쟁을 겪으면서 퇴행과 축소 일로를 걷다가 4·19를 맞으면서 대사회성을 회복하였고, 유신과 광주를 기점으로 아방가르드의 체제 비판적 속성을 점진적으로 회복해갔다. 이처럼 우리는 모더니즘이 실험성과 언어적 자의식으로 협애하게 편제되었던 해석 지형을 세심하게 더듬어서, 그 안에 원천적 가능성으로 숨쉬고 있던 역동적 지향들을 역사적으로 재구해야 하는 과제를 안고 있다고 할 수 있다. 그럴 경우 우리는 1930년대의 김기림, 이상, 오장환, 해방기의 신시론 동인, 1960년대의 김수영, 1980년대의 황지우, 최승자(崔勝子), 장정일 등으로 이어지는 대사회적 충동과 인식의 계보화를 통해, 김광균-이상(의 다른 면), 박인환-김수영(의 다른 면), 김춘수(金春洙)-조향(趙鄕) 등으로 이어져왔다고 보는 관점과는 전혀 다른 흐름의 모더니즘을 발견하게 될 것이다. 더불어 20세기에 펼쳐진 모더니즘이 대사회적 가능성과 좌절을 동시에 보여준 극점의 부정적 충동이자 운동이자 미학이었음을 알게 될 것이다.

대안 담론과 공론성 회복의 흐름

◆

2000년대의 비평

1. 비평 지형의 변화

2000년대 우리 비평을 개관하는 일은 1990년대 이후 펼쳐진 이른바 '포스트 담론'의 극복 양상을 살피는 일과 다를 게 없다. 여기서 우리는 그 극복 양상이 비평이 사인성(私人性)을 벗어나 일종의 공론성을 회복하는 것과 관련된다고 말할 수 있다. 그 점에서 2000년대 우리 비평은 우리 사회의 변화 양상과 깊이 맞물리면서 비평의 공공기능 성찰의 계기를 여러 차원에서 만들어낸 연대로 기록될 만하다.

1990년대 이후 우리 문학계에서 지속적으로 떠돌던 '문학의 위기'라는 풍문은 2000년대 들어 이루어진 활발한 작품적 성취와 비평적 논의 폭증으로 거의 무색해져갔다. 물론 문학의 위기라는 진단이 수용층 축소 혹은 문학과 상업자본의 공고한 결속을 지적한 것이라면 사실에 어느정도 부합하겠지만, 그럼에도 문학을 이루는 평행 레일인 '창작'과 '비평'은 2000년대 내내 유례없는 호황을 보였던 것이 사실이다. 이 가운데 우리가 가장 이색적으로 치른 경험은 '문학'이라는 현상과 행위를 둘러싼 여러 층위의 콘텍스트에 대한 비판적 점검이었다고 할 수 있다. 명작이나 고전은 씌어지는 것인가, 만들어지는 것인가? 근대적 주체로서의 작가의 위상은 어떠한가? 작가는 고독한 창조자의 자리에서 내려와 매체 권력과 독자 대중을 매개하는 미적 세공사의 직능으로 강등되고 있지 않은가? 상품 미학의 현란한 후광 속에서 모든 가치가 위계화되고 서열화되는 시점에서, 문학에서만큼은 아직도 작품성이 '좋은 작품'의 규준이 되고 있는가, 아니면 시장 원리 곧 광고 언어와 상업자본의 원리에 의해 작품의 가치가 결정되고 유포되고 있지는 않은가?

이러한 질문의 연쇄는 문학이 생성되고 유통되고 소비되는 과정과 그것을 가능케 한 제도 혹은 권력에 대한 문제제기를 문학사에서 거의 처음으로 본격화한 것들이다. 그 가운데 가장 뜨거운 감자로 부상한 것이 바로 '비평' 장르였다. '문학의 위기' 담론이 강조되면서 그 위기의 본질이 '비평의 위기'에서 비롯된 게 아니냐는 진단이 제출되었고, 또 이때야말로 비평의 자기반성이 요청되는 시기가 아니냐는 의문이 여기저기서 범람했기 때문이다. 물론 '비평의 위기'란, 비평의 질적 문제와 함께 비평을 둘러싸고 있는 여러 콘텍스트의 문제가 복합적으로 얽혀서 제기된 것이다. 비평의 질적 저하 같은 것이 반성의 대상이 된 것은 자연스러운 일이지만, 상업주의와 디지털 시대의 도래로 인한 비평의 '존재방식'에 대한 성찰은 매우 이례적인 사안이라 할 것이다. 2000년대 비평은 이처럼 '비평에 대한 비평'이라는 반성적 사유의 요청 속에서 시작되었다. 이것이 전대와 달라진 비평 지형의 틀이라고 할 수 있다.

2. 생태시학과 여성시학

그동안 한국문학을 평가하는 시각은 '근대/민족'이라는 두가지 준거에 의존해왔다. 이 두마리 토끼는 사실 서로가 서로를 포용하고 있기도 하지만, 서로 강한 척력(斥力)을 가지고 있는 대립적 실체이기도 하다. 왜냐하면 근대 지향의 감각이 주로 전(前)근대적 문학양식으로부터의 탈피와 그것의 극복을 긍정하는 시선에서 나온 것인 반면에, 민족 중심의 감각은 그러한 전통적 양식과 자산을 우리의 것으로 긍정하는 시선에서 나온 경우가 허다하기 때문이다. 따라서 '근대/민족'이라는 개념적 준거와는 다른 제3의 인접 가치들 이를테면 내면·영성·감각·초월·일상 등을 그러한 거대 담론의 맥락에 끼워넣어 비평의 다양한 무늬를 늘리고 새로운 숨을 불어넣는 것이 우리에게 필요하게 되었다. 그런 점에서 2000년대는 문학의 반성적 자의식으로서의 비평의 위상을 요구받고 있었던 것이다. 그 가운데 가장 강력한 대안으로 부상한 것이 바로 근대의 타자였던 '자연/여성'을 담론의 핵심으로 복원하려는 '생태시학'과 '여성시학'이었다.

2000년대 비평에서 제일 먼저 주류 담론을 형성한 흐름은 '생태시학'과 '여성시학'이었다. 이것들은 각각 '과학문명'과 '남성(가부장 체제)'이라는 주체 권력들로부터 오래도록 소외되어왔던 '자연'과 '여성'에 대한 근원적 재인식을 통해 형성되고 전개된 흐름이다. 1970년대에서 1990년대까지 문단을 장식했던 리얼리즘의 성세(聲勢)를 연상케 할 정도의 이러한 '생태적인 것'과 '여성적인 것'의 활황은, 우주에 가득 차 있는 뭇 생명들에 대한 공경 의식과 주체-타자가 공존해야 한다는 감각이 반영된 일종의 탈(脫)근대적 지향으로 나타났다. 이때 '생태적 사유'는 '몸 시학' 혹은 '에코페미니즘' 같은 것들을 통해 그 구체적 육체를 드러냈고, '여성시학'이나 '동양 정신' 등과 함께 '자연/여성'에 내장되어 있던 원초적 생명력을 복원함으로써 근대주의가 남긴 폐해를 비판하고 치유할 수 있는 가능성을 제공하였다. 이처럼 이성과 계몽 혹은 성장과 개발로 특징지어지는 근대주의에 대한 전면적 반성에서 촉발된 이들 경향은 2000년대의 가장 강력한 대안 담론으로서의 위상을 보여주었다.

우주에 가득 차 있는 뭇 생명들과의 호혜적 공존의식으로 시작된 생태시학은, 치유 불능에 빠져버린 생태계의 위기와 맞물리면서 대두되었다. 이는 그동안 빠른 속도로 진행되어온 인간의 욕망 실현과정에 대한 근본적 반성의 의미를 내포하였으며, '자연'을 신성이 깃들인 생명체로 인정하지 않고 인간의 욕망 실현을 위한 '자원'으로 생각해온 근대주의적 개발 논리에 대한 깊은 반성의 의미도 내포하였다. 하지만 문제는 이같이 근대의 타자로 밀려났던 자연을 문학의 핵심으로 복원하는 과정에서 생겨난 안이한 자연 친화, 그리고 인간을 혐오하고 자연을 신성시하는 맹목적 경향들이었다. 이때 2000년대 내내 자기심화를 이룬 생태시학은 이러한 안이한 주객 분리의 경향을 비판하면서 주체와 대상이 날카로운 경험적 접점을 구성하는 쪽을 옹호하게 된다. 우리가 '환경'이라는 인간 중심적 어휘를 버리고 '생태'라는 보다 일원화된 생명계 전체의 네트워크 개념을 쓰는 것도 바로 이 때문인데, 그 안에는 성장 위주의 진보주의보다는 자연스러운 순환체계 속에서 진정한 삶이 가능하다는 비평적 인식이 담겨 있는 것이다.

　그다음으로 활발하게 펼쳐진 경향이 바로 '여성적인 것'을 평가하는 비평적 지향이다. 특히 모성의 따뜻함이라든가 역사적 타자로서 겪은 여성적 경험을 형상화하는 데 많은 관심과 성과를 보인 작품들에 호의적인 이 경향은, 오랜 역사 속에서 자기 목소리를 내지 못했던 '억압받은 타자'들의 귀환과정을 독려하는 안내자 역할을 했다고 할 수 있다. 이처럼 근대주의에 밀려났던 타자들을 중심으로 복원하는 기획의 하나로 '여성시학'을 이해하는 것은 '자본/노동'이나 '백인/유색인' '이성/욕망'처럼 '남성/여성'의 관계가 일정하게 '중심(억압)/주변(피억압)'의 주종적 위계를 형성해왔다는 인식을 바탕으로 한 것이다. 이때 '여성적인 것'은 생명의 순환 질서에 대한 자각, 오랜 억압과 차별 속에서 전개된 여성사에 대한 재인식, 수단으로 격하되어 자신의 독자적 목소리를 차단당해온 여성적 '몸'의 재발견, 이성 과잉에 의해 묻혔던 감성의 계발, 역사주의적 시각에 의해 경시되었던 일상성에 대한 관심 등으로 다양하게 나타났다. 이렇게 우리 사회에 촘촘하게 걸쳐져 있는 미세한 억압의 그물망을 '여성'의 눈을 통해 바라보고 치유하고 재구성하려는 비평적 구상이 바로 여성시학의 근간이 된 것이다. 그러나 여성시학이 발전할수록 하향 평준화된 유행감각으로서의 여성적 소재들이나 오히려 반(反)여성적인 순종적 온정주의에 대한 비판도 강력하게 제기되었다. '여성' 혹은 '여성적인 것'에 대한 과도한 숭배가 불러올 상투성의 위험에 대해서 자기비판의 날카로움을 보인 것이다.

이처럼 2000년대 우리 비평에 집중적으로 나타났던 '생태(환경)' '여성'의 대안적 범주들은, 그 반대편에서 중심 위상을 구가했던 '문명' '과학' '남성' '정신' 등에 의해 받아왔던 억압을 밀쳐내고 새로운 주제인 '일상' '욕망' '죽음' 등을 중심 영역으로 끌어들이게 된다. 이렇듯 생태시학과 여성시학은 2000년대 내내 필수불가결한 대안 담론의 위상을 구축해갔다고 할 수 있다.

3. 문학권력 논쟁

2000년대에 치열한 외관을 띠면서 공론성 회복의 한 흐름으로 전개된 것은 '문학권력' 논쟁이었다고 할 수 있다. 이는 비평사 전체 맥락으로 보아도 참으로 첨예한 논쟁 형식으로 진행되었고, 지금도 현재형으로 살아 있는 논쟁이기도 하다. 비평가들의 현실 개입이라는 실천적 차원에서 일군의 비평가들이 보여준 이른바 '비판적 글쓰기'는, 비평이 해석의 차원에서 완성되는 것이 아니라 가치 판단 나아가서는 사회적 주체로서 현실 참여 차원으로까지 나아가야 한다는 당위론적 색채를 띠면서 시작되었다. 또한 비평이 문학행위에 대한 자의식의 표현이라고 할 때, 문학권력 논쟁은 그 자의식을 '문학'을 구성하는 미적 원리보다는 인적 조직과 행태 쪽으로 초점화하면서 진행되었다. 하지만 논쟁은 비평의 준거를 체계적으로 제시하기보다는 특정 논자의 발언의 일관성이나 그 발언 안의 자체 모순 같은 것을 적시하는 이른바 '인물 비평'의 형식을 강화해가게 되었다. 이는 이 논쟁을 한 차원 높은 미학적 논의로 수렴하지 못하고 독백과잉의 일방성을 띠게 만든 중요한 요인이 되었다. 그리고 그 '인물 비평'이 언론권력의 문제와 함수관계를 형성하면서 전개된 점도 문학 내부의 문제점을 심화해가는 데 일정한 한계로 작용하였다.

또 하나의 문제점은 '문학권력'이라는 용어의 개념이 명확하지 않은 데서 발생하였다. '문학 장(場)'이라는 공적 제도의 맥락을 특정 그룹이 독점했다거나, 특정 학연이 문학 생산과 소비 시스템을 장악해왔다든가, 특정 매체나 에꼴(école)을 권력의 주요 거점으로 곧바로 환원한다든가 하는 일련의 진단들은, 대부분 개념 공유를 거치지 않은 행태론적 차원에서 이루어진 것들이었다. 특히 상업주의와 특정 매체를 곧바로 연결시키는 비판은, 그 사이에 수많은 구체적 매개항들이 설정되어야 함에도 불구하고, 곧바로 그 둘을 등가로 연관지음으로써 비판의 대상이 된 매체들 간의 변별성을 드러내는 데 취약한 구도를 드러내었다.

김정란(金正蘭), 남진우(南眞祐), 권오룡(權五龍), 권성우(權晟右), 신철하, 윤지관(尹志寬), 류보선(柳潽善), 그리고 이들과 한두 세대 뒤인 『비평과 전망』 동인들이나 『인물과 사상』의 강준만(康俊晩)까지 가세하여 힘겹게 주고받은 이 논쟁의 잠정적 결과는, 그 한계점과 함께 매우 중요한 비평사적 의의를 띤다고 할 수 있다. 그것은 비평 언어가 발원·소통·실현되는 콘텍스트에 대한 중요한 성찰의 계기를 제공하였고, '문학'이라는 것이 보수적으로 고수해온 텍스트주의를 과감하게 벗어나 문학을 살아 있는 사회적 역학의 관점에서 파악하는 관점을 제공하였으며, 이념의 동질성보다는 전근대적 학연에 의해 권력이 분점되는 행태에 대한 비판적 시각을 부여하였고, 나아가 비평의 외연을 문인들의 실천 방식으로까지 넓힌 성과를 거두었다. 말할 것도 없이 비평이 회복해야 할 공론성의 흐름을 약여하게 보여준 것이다.

4. 친일문학 논의와 민족주의의 명암

우리 사회에서 친일 혹은 친일파는, 근대사의 특수성과 민족주의적 속성 때문에, 언젠가는 청산되어야 할 인적·역사적 범주로 인식되어왔다. 그러나 한번도 우리는 광범위한 사회적 합의 아래 친일 당사자는 물론 그 잔재 처리에 대한 공론화를 경험해본 적이 없다. 청산의 목소리는 언제나 때(3·1절, 광복절)만 되면 나타났다가 이내 일상 속으로 슬그머니 잠복하고 마는 한시적 징후와도 같았다. 하지만 우리 민족 내부에서는 과거의 치욕적 흔적에 대한 반성의 차원에서 여전히 '친일파'(제국주의 협력자)를 적출하고 청산하자는 요구가 강하다. 그러나 그 반대편 목소리들 곧 '친일'을 계속 문제삼을 때 생기는 역기능에 대한 문제제기들 또한 끊이지 않고 계속되었다. 당시 친일로부터 자유로울 수 있었던 사람은 아무도 없다는 '만인친일론', 친일 당사자들이 대개 작고했으니 청산대상 자체가 존재하지 않는다는 '대상부재론', 친일 당사자들의 정치적·문화적 공헌도 긍정적으로 감안해야 한다는 '공과절충론', 친일을 문제삼는 것 자체가 진보세력의 음험한 정치적 의도 아래 진행되는 것이라는 '음모론' 등이 그것이다.

이런 와중에 작가회의와 민족문제연구소 그리고 『실천문학』 등이 2002년에 친일문학인의 명단을 발표하는 취지의 문학인 선언을 하였다. 그들의 친일 작품을 공개하는 한편, 그들에 대한 선정 경위를 소상하게 설명하였다. 선언문에서는 "역사는 지난 시대의 진실을 유보하거나 우회해서 갈 수 있는 길이 아니다. 광복 57주년을 맞아 우리 문학인들은 제 아비를 고발하는 심정으로 일제 식민지 시대의 친일문학 작품 목록을 공개하고 민족과 모국어 앞에 머리 숙여 사죄코자 한다"면서 이러한 청산작업의 필연성을 강조하였다. 말하자면 그동안 일부 연구자들 차원에서 진행되어오던 친일문학에 대한 해석과 평가를 외적으로 확대하여 그 공론화를 시도한 것이다. 이는 또한 근대사의 기형성 혹은 민족주의의 명암을 동시에 고찰해야 한다는 견해를 담고 있어서 단연 주목을 끌었다고 할 수 있다. 발표된 친일문학인은 시인 12명, 소설가·극작가·수필가 19명, 평론가 11명 등 모두 42명이었다. 중일전쟁 이후에 발표된 글을 대상으로 하였고, 식민주의 파시즘을 옹호했는가를 핵심적 기준으로 삼았으며, 작품 수가 한두편에 그친 작가는 제외하였고, 근거 자료가 명백한 경우에 한해 선정하였다고 선정 주체들은 그 기준을 밝혔다.

이 가운데 해방 후 분단체제 남쪽에서 맹장 역할을 한 이들로는 서정주(徐廷柱), 조연현(趙演鉉), 곽종원(郭鍾元), 모윤숙(毛允淑), 최정희(崔貞熙) 등이 있다. 문학적 가치로 보아 탁월한 근대 문인으로 기릴 만한 이광수(李光洙), 김동인(金東仁), 채만식(蔡萬植), 서정주, 박태원(朴泰遠), 함세덕(咸世德) 등의 이름이 우리의 마음을 무겁게 만들고 있으며, 식민지 시대 진보주의 운동의 메카였던 카프에 몸담았던 김동환(金東煥), 김해강(金海剛), 이찬(李燦), 송영(宋影), 김기진(金基鎭), 박영희(朴英熙), 백철(白鐵) 등의 이름이 각인되어 있는 것도 불편하기는 마찬가지이다. 이들은 대부분 우리 민족을 심각한 결손 민족으로 과장하면서, 하루빨리 일본에 동화되는 것만이 민족의 살 길이라는 신념을 표현하였다. 또한 내선일체와 황국신민화의 당위성을 고무하면서 전쟁 참여를 독려하는 등 당시 민족 구성원들에 대한 폭력적 담론을 무반성적으로 양산하기도 했다. 이들에 대한 이러한 공공적 해석과 평가는 민족적 카타르시스 차원에만 머무르지 않고 문학과 정치 사이의 매개에 대한 미학적 성찰의 깊은 계기를 만들어 주었으며, 또한 치열한 논쟁을 유도하기도 하였다. 친일문학 논의는 근대 민족주의의 명암을 공론화하면서 연구자들과 비평가들의 치열한 후속 논 의로 이어지는 충실한 매개가 되었다. 결국 우리는 이 논의를 통해 모든 문학적 실천이 인권이나 민주주의 같은 보편가치와 매개되어야 한다는 차원에서, 우리의 근대 민족주의가 가진 기형적 이중성에 대한 반성을 치 러냈다고 할 수 있다.

5. 시와 정치 논의

2000년대 내내 활발하게 이루어진 '시'(혹은 서정)의 본질적·수행적 기능에 대한 논의는 시의 존재방식과 역할에 대한 메타적 담론의 진경들 을 연출해냈다. 플라톤과 아리스토텔레스라는 기원으로부터 시작하여 '시'에 대한 각양의 해석적 견해들이 그야말로 백가쟁명으로 전개되었다. 그 논의 결과 '시'의 근대적 규정 곧 독백적이고 자기표현적이고 정서적 이고 함축적인 양식이라는 생각이 지워지면서, 시가 '감각적인 것'과 '정 치적인 것'을 결속하며 전개되는 역사적 구성물이라는 것을 우리는 알게 되었다. 싸르트르(J. P. Sartre), 바디우(A. Badiou), 랑시에르(J. Rancière) 를 집중적으로 호출하면서 이루어진 이러한 시와 '정치(성)' 논의과정에 서, 우리는 자율성을 근대성의 핵심으로 보고 예술에서 정치성을 소거하 려 했던 힘과 가파르게 맞선 역사를 '시'가 가지고 있다는 점에 상도(想 到)한 것이다. 이 과정에서 가장 커다란 비중으로 원용된 이가 랑시에르 인데, 그에 의하면 '정치'와 어원을 같이하는 '치안'(police)은 감각적인 것을 구획하여 볼 수 있는 것과 볼 수 없는 것을 분배하는 위로부터의 힘 을 말한다. 반면 '예술'은 감각을 분배하는 '치안'과 감각을 해체하고 재

분배하는 '정치'가 마주치는 현장이다. 그 점에서 모든 '예술'은 본질적으로 정치적이다. 그런데 '문학'이 정치적인 것은 그것이 세계에 참여하기 때문이 아니라, 사물에 다시 이름을 붙이고 단어들과 정체성 사이의 틈을 만듦으로써 그 안에 해방 가능성을 개입시키기 때문이다. 이는 기존의 지배 담론 안에서 특정 이데올로기를 옹호하거나 공격하는 '정치'가 아니라, 그 체계를 파열시켜 새로운 감성적 분배를 이루어내는 '정치'를 뜻한다. 랑시에르가 던진 이러한 '정치성' 화두는 공통 세계를 재편성하는 여러 지표들을 포괄적으로 함의한다. 물론 이러한 논의의 후경에는 2000년대 내내 제기되었던 사회의 지형 변화가 도사리고 있었다. 그런데 이렇게 어떤 정점에 올라섰던 시와 정치성 논의에는 두가지 흥미로운 점이 있다.

하나는 이 논의가 흔히 말하는 리얼리즘이나 현실 참여를 미학적 본령으로 삼아오던 이들의 자기갱신 의지에서 촉발된 것이 아니라는 것이다. 오히려 세대론적 경험이나 미학적 견지에서 볼 때, 아직 정치적 요소들을 적극 실현하거나 본령으로 삼아온 적이 없는 시인들과 비평가들에 의해 논의가 진행된 것이다. 그 점에서 이 논의는 경험적 자기반성의 요소보다는 세대론적 자기개진의 요소가 강했다고 할 수 있다. 다른 하나는 이러한 일련의 논의들이 구체적 시편들을 대상으로 하는 실제비평이 아니라 다분히 담론비평 형식에 가까웠다는 점이다. 게다가 논자들마다 혹은 개별 아티클(article)마다 전혀 다른 '정치성' 개념을 상정하고 논의를 이끌어간 사례도 적지 않았던 터라, 외연적 활황에 비해 작품적 논쟁은 매우 빈곤한 편이었다고 할 수 있다. 이는 1990년대 '시와 리얼리즘' 논의가 구체적 실물을 둘러싼 첨예한 논쟁이었던 점과는 현저하게 구별되는 것이었다.

사실 우리 현실 속에는 수많은 정치성의 양태들이 존재한다. 국가와 국가 사이에 개재하는 권력 위계를 조정하는 정치 범주에서부터 한 나라를 이끌어가는 현실 정치에 이르기까지 그것은 다양한 양상으로 펼쳐진다.

인간의 삶에 지속적이고 전면적인 영향을 끼치는 이러한 '정치' 양상들은 우리 시가 깊이 관심을 기울여온 문제라고 할 수 있다. 말할 것도 없이 시는 우리의 삶 속에 편만(遍滿)해 있는 현실 권력에 우회적으로 저항하고, 그 환부를 드러내고 치유의 상상력을 발휘함으로써 부당한 정치가 초래한 상처들을 폭로해왔기 때문이다. 또한 소수자들을 옹호하고 궁극적으로는 타자성을 통해 서로 이해하고 돕는 상태의 회복을 꿈꾸어왔기 때문이다. 시의 정치성은 이러한 과정으로 발원하고 현상하고 귀결된다. 그런가 하면, 가정이나 학교 생활에서 행사되는 다양한 미시정치 또한 만만치 않은 실재라고 할 수 있다. 근대 이후 각성된 개인들이 자기 권리를 확보하고 권력의 간섭에 저항하는 분위기가 일반화되면서, 생활 가운데 행해지는 미시정치 문제는 시의 중요한 관심사가 되었다. 전통적으로 인정되던 가부장적 권력, 관습적으로 굳어 있던 남성중심주의, 장애인이나 외국인 노동자와 같은 사회적 소수자들에게 가해지는 유형·무형의 폭력 등 많은 영역에서 이러한 미시정치의 문제가 대두하게 된 것이다. 이렇게 한 사회에 불가피하게 발생하는 다양한 갈등과 충돌을 조정하고 통합하는 과정으로서의 '정치'가 시의 장(場)으로 끊임없이 들어와 중요한 모티프로 작용하게 된 것이다.

하지만 2000년대 내내 펼쳐진 '시와 정치' 논의는 어떤 현실 정치적 맥락을 환기하는 '정치적인 것'이 얼마나 낡은 것인가 하는 쪽으로 수행적 효과를 발휘할 위험성을 드러냈다. 말하자면 시의 외연에 정치적 기표가 등장하거나 현실 정치 속에서의 어떤 특정 경험을 담은 시편 대신에, 암시적이고 상징적인 맥락을 산포(散布)한 시편들이 더 세련된 미학적 산물인 것처럼 오도될 가능성을 드러낸 것이다. 그래서 시와 정치 논의는 정치시의 전위들이 치러내는 자기갱신의 장면들 혹은 우리 시대의 맥락과 양상을 비판적으로 사유하고 있는 사례들도 적극 점검해야 하는 과제를 남겼다.

6. 비평의 매체적 조건 변화

우리 문학 내부에서 제기된 '문학의 위기' 담론은 일부 매체 권력들이 퍼뜨린 수상쩍은 소문 이상도 이하도 아니었다. 물론 테크놀로지의 비약적인 발달로 비롯된 언어예술의 근본적 위기는 그동안 인류가 축적해온 형이상학과 정전의 급속한 와해를 초래했다는 점에서, 그리고 급격한 인식론적 단절을 부추기면서 모든 진지한 사유에 대한 냉소를 만연시켰다는 점에서 부인하기 어려운 사실일 수도 있다. 그 점에서 비평의 몫은 모든 것의 상품화와 파편화 그리고 사물화에 저항하는 방식에 있을 것이다. 2000년대 비평은 이러한 과제를 부여받은 채 진행되었다. 비평의 입법 기능이 현저하게 약화된 시대에, 잊힌 타자들을 비평의 중심에 세우면서도 그것의 타성적 복제를 엄격하게 자계(自戒)하는 이중의 작업을 치러낸 것이다.

또 하나 2000년대에 나타난 비평적 지형의 새로움은, 문학을 둘러싸고 있는 매체 환경의 변화에 즉한 인식과 방법의 변화였다. 우리 사회가 '산업화 시대'를 지나 '정보화 시대'로 진입했다는 진단은 2000년대를 감쌌던 존재론적 기반이었다. 양치기 소년의 마지막 거짓말처럼 무심하게 흘려듣기만 하던 일부 지식층에서도 이제 정보화 혹은 다매체 시대에 걸맞은 감각과 지식의 마련은 어느정도 불가피한 것이 되어버린 것이다. 따라서 급격히 달라진 세계 앞에서 2000년대 비평이 어떠한 좌표를 그리며 자기진화를 했는가 하는 것은 우리의 피할 수 없는 탐색 과제이다. 분명한 것은 기존의 비평 이를테면 심미성과 사회성을 결합시키는 비평이나 독자들의 상상적 참여를 통해 삶의 전체성과 본질에 대해 사유하는 인문학의 정수(精髓)로서의 비평은 그 지위를 상당부분 내놓았다는 것이다. 아닌 게 아니라 기존의 문학담론은 모종의 파국을 맞았으며, 동시에 문자언어로서의 문학의 죽음이라는 다소 과장된 수사를 경험하였으며, 이어서 '저자(주체)의 죽음'으로 이어지는 진단의 가속화를 또한 겪었던 것이다.

이러한 변화를 추동한 주도적인 동인은 문학의 매체적 성격의 변화였다. 그것이 주체의 변화를 가져오고 가치 위계의 변화까지 이끌었기 때문이다. 이는 그동안 근대적 주체의 움직일 수 없는 기율 역할을 해온 심미적 이성과 다매체가 주는 감각 지향의 소통구조를 결합하는 행위를 함의한다. 자연스럽게 우리 비평은 변화된 매체 환경에 대한 성찰과 진단에 중심을 할애하였다. 한쪽에서는 달라진 매체 환경에 문학이 효율성 있게 적응해야 한다는 논리를 폈고, 다른 한쪽에서는 그럼에도 불구하고 문학의 독자적 위상과 정체성을 더욱 심화시킴으로써 문학의 위기를 극복하자는 의견을 내놓았다.

원래 매체 발전은 하나가 다른 하나를 대체하면서 앞의 것은 소멸해버리는 선형(線形)적 성격을 띠기보다는 새로운 매체가 기존의 매체들과 상호 작용하면서 나선적 혹은 입체적으로 발전해가는 구조를 취한다. 기존의 창작과 독서가 상상적 의미작용을 통한 소통구조를 상정한 것이었다면, 2000년대 들어 보편화된 다매체 세계는 직접적 시지각(視知覺) 작용으로 무게중심을 현저히 옮겼다. 이러한 무게중심 이동은 그 자체가 매체의 기능적 변화라기보다는 문학을 둘러싼 모든 인식론적 기반의 변모를 촉진했다고 보아야 한다.

주목할 것은 이러한 변화가 시각 기능이 더욱 극대화하는 쪽으로 진행되어왔다는 것인데, 그동안 '감관(感官)'에도 역사적 억압이 있었던 사실에 비춘다면, 시각 비중이 점점 더 커져가는 멀티미디어 시대의 문학 역시 그 나름의 중대한 도전을 맞게 될 것이 예견된다고 할 수 있다. 따라서 새로운 '탈(脫)멀티미디어' 시대의 도래 역시 필연적일 것이다. 그렇기 때문에 우리는 멀티미디어 시대의 문학에 대한 성찰을 피할 수 없는 재앙처럼 재난 대비 방식으로 신속하게 처리할 것이 아니라 철저하게 역사적 시각에서 행해야 한다. 이러한 비평적 과제에 부응하여 최유찬은 『컴퓨터 게임의 이해』(문화과학사 2002)에서 소설의 존재 근거와 방식을 해명하고, 매체와 소설의 관계를 역사적 시각으로 고찰한 바 있다. 그에 의하면, 『무정』에서 발현된 "감각, 시각의 객관성, 원근법에 기초한 대상 인식"(293면)이라는 요소는 「만세전」(원근법적 지각을 위한 거리), 『천변풍경』(모자이크 또는 병렬식 구성), 「서울, 1964년 겨울」(영화 기법), 『난장이가 쏘아올린 작은 공』(사진), 『비명(碑銘)을 찾아서』(가상현실의 도래 예비) 등으로 심화, 발전하였다(293~96면). 그러면서 그는 어떻게 그러한 원리가 소설미학 내부로 수용되는가 혹은 그것과 어떻게 결합되는가를 묻는다. 이러한 전통의 토양 위에서 1980년대 이른바 신세대 작가들의 영화적 상상력이 나올 뿐만 아니라 "90년대 후반부터는 컴퓨터 게임이나 SF 영화에서 상상력을 자극받은 신세대의 판타지 소설들이 대거 등장하고 있다"(296면)면서, 앞으로의 소설들도 이러한 역사적 추세를 더 깊이 반영할 것으로 예견한다. 특기할 것은, 그가 바라보는 매체 성격의 변화의 가장 커다란 의의는 매개 기능의 변화가 아니라 문학이라는 현상의 발생·유통·소비 전체에 걸쳐 발생하는 총체적 변화에 있다는 것이다. 결국 경험의 언어화가 인간 사이의 소통을 위해서는 불가피한 요구이듯이, 새로운 시대의 소설에서 멀티미디어의 직간접적 영향은 더욱 커질 것이라는 것이다. 이 작업은 변화하는 매체 성격을 역사적으로 추적하여 그 필연성을 지적함으로써, 다양한 장르적 변화를 겪는 소설 경향들에 대한 열린 시각을 주문한 것이다. 우리 비평은 2000년대에 줄곧 이러한 존재 조건의 변화를 성찰해왔다.

7. 2000년대 비평이 제기한 과제

2000년대에 이렇듯 달라진 지형 변화에 따라 대안 담론과 공론성 회복의 흐름을 만들어낸 우리 비평은 이제 어떠한 진보를 이루어갈 것인가. 사실 우리 문학사에서는 진보의 철저한 자기 수정과 보완의 의지가 매우 편재적으로 드러난 바 있다. 물론 그러한 작업이 자기 본위적 영웅주의나 값싼 계몽성의 대중화 작업에서 찾아지지는 않았다. 왜냐하면 그러한 방법은 무엇보다도 한 시대의 진보적 이상을 위해 공감하고 시간을 공유했던 이들의 그 시간을 가장 왜소하게 하는 보편주의 혹은 교양주의적 폭력이 될 수 있기 때문이었다. 또한 근본적으로 진보라는 것이 개인적 사유의 확장이자 통합의 정신을 매개로 하는 한 시대 전체 구성원의 것이기도 하니까 더욱 그렇다. 20세기 벽두부터 전반기 내내 지속되었던 식민지 근대 경험과 후반기에 겪은 분단 및 가부장적 독재 경험은 우리를 심각한 결손 민족으로 규정하게 만들었고, 그 과정에서 우리의 국민국가적 이상은 부단히 식민지체제와 분단체제를 허무는 데 정향되었다. 바로 이러한 경험들이 우리 비평에 공론성이라는 공동체적인 사유와 감각을 불어넣었던 것이다. 2000년대 비평은 이러한 지향이 극히 왜소화되었던 1990년대 비평에 대한 일정한 반작용으로 표출되었다.

또한 2000년대 비평은 비평적 주체들의 지적 풍모나 현실 인식의 예각성을 심화하면서 전개되었다. 국내적으로 일련의 민주화 과정이 성과를 거두었고 국외적으로는 냉전 종식의 영향 때문에 진보적 기율과 방법이 탄력과 영향력을 일정하게 소진하면서 탈근대론들의 줄기찬 도전에 직면하기도 하였다. 하지만 근대 안에서 진정한 근대를 완성하려는 미학적 기획으로 우리 비평은 일상과 욕망, 육체와 자기 정체성을 탐색하면서 진보적 충동을 여성·지방·자연 같은 근대의 항구적 타자들에게로 향하도록 했다. 그리하여 그동안 민족과 민중에 집중적으로 할애되었던 진보적 시선을 다양하게 분산하는 결과를 가져왔다. 우리가 잘 알거니와, 인류는 아직도 핵과 전쟁, 기아와 빈곤 같은 20세기적 공적(公敵)과 힘겹게 싸우고 있다. 2000년대 이후 폭넓게 제기된 이러한 담론적 진경(進境)들은 우리 사회에 아직도 완성하고 관철해야 할 근대적 과제가 산적해 있음을 잘 알려준다. 그런 점에서 2000년대 이후 비평은 우리에게 여전히 비평의 공론성 회복 가능성과 그 과제를 시사해준다.

떠나감의 말, 고요의 리듬

1

지난 1월 이승훈(李昇薰) 선생이 별세하였다. 한국 모더니즘의 한 첨예한 실증이었던 선생의 시학적 성취는 우리 문학사에 그야말로 또렷이 남아 있다. 여러 매체에서 추모 특집을 서둘러 마련했고, 시단 선후배들과 학교 제자들이 춘천의 양지바른 공원 묘역까지 선생의 뒤를 따랐다. 한겨울이었는데도 너무도 맑았던, 가뭇없이 한 시절이 사라져가는 날이었다. 조금 추웠지만 많은 이들이 함께하여 포근하게 느껴지기도 한 날이었다. 아마도 선생이 생전에 지상 매체에 마지막 남겼을 것 같은 시 두편을 추모의 마음으로 읽어본다.

아무 나무나 보고 말한다. '선생 고맙소' 겨울 아침, 겨울 아침보고도 '선생 고맙소' 말한다. 빈 휴게소 지나간다. 오늘은 모두가 고맙다. 전깃줄에 앉은 참새 두마리, 작은 이발소보고도 인사해야지. 눈이 내리네. '선생 고맙소' 그래 고맙다 고마워, 산길 간다.

꿈같아라. 까치가 쳐다보네. 목도리 하고 오바 입고 까치를 보네. 날씨는 맑고 투명하고 그러나 춥다. 빨래터 빨래터 그래 빨래터에 가자. 나를 모두 빨아서 널어야지.

――「빨래터」 전문(『시를 사랑하는 사람들』 2018년 1-2월호)

천천히 두어번 읽어보니, 꼭 선생의 마지막 마음처럼 유언처럼, 넉넉하고 은은하고 따뜻한 공명음(sympathetic sound)이 들려온다. 앞의 시에서 화자가 반복하는 '선생 고맙소'라는 말은 어쩌면 한국문학사가 이승훈 선생에게 하는 말인 것 같기도 하고, 선생 스스로 자신에게 건네는 말인 것 같기도 하다. 물론 시의 문맥으로만 보면, 그것은 화자가 아무 '나무'나 보고서 건네는 인사이고, 또 겨울 아침에게 건네는 인사이기도 하다. 빈 휴게소를 지나가면서 문득 "오늘은 모두가 고맙다"라고 생각하는 것, 그러고 보니 우리도 선생을 마지막 모시고 춘천 가는 길에 빈 휴게소를 들렀다. 가까운 거리라 휴게소에 안 들를 줄 알았는데, 우리를 태운 버스가 잠깐 휴게소에 들른 것이다. 그 빈 휴게소에서도 선생은 "모두가 고맙다"고 인사를 했을 것 같다. 마침내 화자는 전깃줄에 앉은 참새 두마리나 작은 이발소에게도 인사를 해야겠다고 한다. 그렇게 '선생 고맙소'라는 말을 환청처럼 남기고, 이승훈 선생은 "산길 간다"라는 자신의 표현처럼 춘천의 한 산기슭으로 떠나갔다. 그다음 작품도 꼭 선생의 마지막 마음처럼, 유언처럼 들려온다. '까치'를 쳐다보면서 느닷없이 "빨래터 빨래터 그래 빨래터에 가자. 나를 모두 빨아서 널어야지"라고 외치는 화자의 마음이야말로, 자신을 바쳐 남긴 시학적 흔적들을 뒤로 한 채 그것들을 천천히 말려서 마침내는 무(無)로 돌아가려는 선생의 마음을 담은 듯하다. 시의 표현처럼 "날씨는 맑고 투명하고 그러나 춥다"라는 표현이 꼭 맞는 날이었다. 정말이지 "꿈같아라"의 한 생이었음을 선생은 이 작품을 쓰면서 느꼈을지도 모를 일이다. 선생의 평안하심을 빈다.

2

지난 2월, 스마트폰에 느닷없이 '박서영 시인 영면'이라는 문자메시지가 떴다. 순간, 그녀가 아팠었다는 말이 섬광처럼 떠올랐다. 황망함이 없지 않았지만, 그녀의 부고가 그리 낯설지는 않았다. 활달한 환상을 창조하면서 그녀의 시는 현실 너머, 현실을 품은 채, 자유롭게 비상하는 언어를 보여주었다. 사랑의 열렬함과 생을 향한 단정한 절도(節度)를 잊지 않았던 박서영(朴瑞英)의 생애와 미완의 시학을 한동안 기억해야 할 것 같다.

집에 돌아와 죽은 듯 잠을 잤다. 다음날 아침 나는 혀로 달을 만질 수 있는 비상한 능력을 갖게 되었다. 달은 신선하고 촉촉했으며 자꾸 커졌다. 사랑의 협약 따위에서 알게 된 건, 시간이든 마음이든 커지면 아프게 된다는 것이다. 달이 점점 커지자 밥을 삼키는 것도 힘들어졌다. 내 혀는 달의 뒷면을 핥아보려고 이리저리 움직였지만 닿을 듯, 닿지 못했다. 뒷면은 뱃속의 태아처럼 만져지진 않는다. 영원히 꺼내지 않고 둔다면 평화는 지속될까.

시간이든 마음이든 멍이든 달이든 태아든 커지면 밖을 그리워한다. 찢고 나오고. 산산조각 나서 슬픔을 장악하고. 평화를 뚫고 밖으로 나온 것들은 다 그랬다. 그날 물을 찢고 나온 소리들이 숲속의 산막 한채를 공중부양한 채 밤새 울었다. 이것이 내 혀가 달을 만질 수 있게 된 단서이다. 나는 꿈을 꾸면서 어딘가를 다녀왔다. 나는 너와 함께 최대한 멀리 가보았다. 가장 가까운 사람과 가장 먼 곳으로 가서 심장이 산산조각 나는 소리를 들었다.

　물론 유고로 많은 작품들이 나타나겠지만, 이 작품은 우리가 지금 읽을
수 있는 박서영의 마지막 발표작일 듯하다. 시의 내용이 그다지 쉽지는
않지만, 그녀의 마지막 언어임을 알아차리는 것이 그다지 어렵지는 않다.
이미 육신 깊은 데 질고(疾苦)를 안고 살아갔지만, 그녀는 언제나 넘치는
사랑과 슬픔 속에서 자신만의 강한 언어를 견지하고 있었다. 그런 그녀가
이 시편에서 '숲속의 집'으로의 귀환을 상상한다. 집에 돌아와 죽은 듯 잠
을 잤고, 다음날 아침 일어나 혀로 달을 만지는 비상한 능력을 가지게 된
다는 상상. 물론 이 상상은 혀로 감촉할 때 달이 커지는 것처럼 "시간이든
마음이든 커지면 아프게 된다는 것"을 말하기 위해서 설정된 것이다. 이
를 일러 시인은 "사랑의 협약 따위에서 알게 된 것"이라고 말한다. 그 협
약으로 인해 밥을 삼키는 것도 힘들어졌고, 혀는 달의 뒷면에 끝내 닿지
못했다. 그렇게 '시간'이든 '마음'이든 '멍'이든 '달'이든 '태아'든 커지
면서 밖을 그리워하는 존재자들은 모두 안을 찢고 나오고, 산산조각 나서
슬픔을 장악하고, 평화를 뚫고 밖으로 나온다. 그렇게 물을 찢고 나온 소
리들이 숲속의 집을 들어올린 채 울고 있을 때, 시인은 "가장 가까운 사람
과 가장 먼 곳으로 가서 심장이 산산조각 나는 소리를 들었다"고 고백한
다. 그렇게 심장이 산산조각 나는 일이 '사랑의 협약' 말고 달리 무엇이
있겠는가. 박서영은 그만큼 '사랑'의 시인이었고, 마지막 작품에서도 사
랑을 가능케 했던 심장이 사라져가는 소리를 환청처럼 듣고 있다. 일찍이
나는 그녀의 시집 『좋은 구름』(실천문학사 2014)의 뒤표지에 다음과 같은 글
을 남긴 적이 있다. 시집이 2014년 2월에 나왔으니, 그녀는 시집이 나온 지
꼭 4년 만에 서둘러 '좋은 구름' 쪽으로 떠나간 것이다.

　박서영은 심장의 타오름으로, 그 최초의 떨림으로, 사랑의 통증과 시간

의 눈물샘과 슬픔의 깊이를 노래하는 '심장의 시인'이다. 우리는 그녀의 아름다운 심장이 수채(水彩)처럼 번지고 뒤섞이면서 사물들의 발원지와 소실점을 선연하게 담아내는 순간을 눈부시게 목도한다. (…) 떨리지 않고 뒤척이지 않고 흔들리지 않았다면 사랑이 아니듯이, 그녀도 그러한 출렁임의 시간들을 안쪽 깊숙이 각인한 '사랑의 심장'을 가졌다. (…) 박서영은 다른 이들로서는 도저히 "가질 수 없는 심장"으로 그 "심장이 관측할 수 있는 가장 먼 세계"를 바라보고 펼쳐낸다. (…) 그러니 이제 그녀를 '심장의 연금술사'라고 불러도 되지 않겠는가.

'심장의 연금술사'가 마지막 남긴 문장, "가장 가까운 사람과 가장 먼 곳으로 가서 심장이 산산조각 나는 소리를 들었다"를 깊이 기억하면서, '사랑의 심장'을 가졌던 그녀가 언제나 반갑게 맞아주던 남녘의 한 도시를 나도 한동안 그리워할 것이다. 시인 박서영의 평안을 마음 깊이 빈다. 이로써 한 월평에 두분 시인에 대한 추모의 마음을 담는 흔치 않은 일이 벌어졌다. 두 탁월한 시인의 떠나감 앞에, 떠나감의 말 앞에, 고개를 숙인다.

3

김학중(金鶴中)의 『창세』(문학동네 2017)는 우주론적 스케일과 신성 탐색의 열도를 함께 지향함으로써 자신의 존재값에 대한 심원한 사유를 펼치고, 나아가 삶의 의미를 묻고 따지는 실존적 지향을 첨예하게 보여주고 있는 시집이다. 그것은 자신의 오랜 기원을 향해 구심적 응축을 하다가, 다시 궁극적 지향으로 원심적 확장을 해가는 회로를 필연적으로 가지면서, 이른바 '궁극적 관심'(ultimate concern)을 통해 인간에 대한 관심을 투사(投射)하는 일을 실천하는 과정으로서 나타나고 있다. 우리 시단에서는 퍽 드문 스케일과 어법, 존재의 원초성과 궁극성을 함께 보여준 이채로운 시집이다. 그리고 최근에도 이 문제적 신예는 매우 주목할 만한 시편을 발표하였다.

> 숲이 있다. 거기 있다는 것이 숲인 깊은 숲
> 희미한 달무리에 둥글게 젖는 밤이 오면
> 숲은 자기의 숨인 리듬에
> 고요히 귀를 기울이고 있다
> 고요의 리듬은 느슨하고 느슨하여
> 아무 일도 하지 않는다
> 흐릿하고 어두워서
> 어두워짐으로 풍성해지는 세계로
> 리듬은 흘러간다. 가늘게
> 흘러가는 고요의 리듬은
> 세계 속에서 늘 무력했다
> 그러나 리듬은 무력함이 힘이므로
> 무력함의 힘으로 무럭무럭 숲을 키운다
> 가지런한 잎사귀들이
> 바람과 물 속에서 푸르러지는 것은
> 늘 리듬 속에서 이루어졌으므로
> 새들이 제 부리로 노래하는 것은
> 늘 리듬의 온기 때문이므로
> 가까이 또 멀리에서 넓어지는
> 숲은 고요의 뿌리로 가만히 다른 숲을 부른다
> 숲의 리듬이 공명하며 펼쳐지는 것은 그 때문이리라

지금 여기 어디에서나 조금씩 멈춤 없이
리듬은 가는 뿌리를 내린다
숲을 비추는 달무리는 숲의 리듬에 맞춰
희미한 손끝으로
지구를 돌리고 있다
리듬은 그렇게 아무 일도 하지 않는다
세계를 움직이는 일 이외에는.

　　　　　　　　　—「리듬」 전문(『시와사람』 2017년 겨울호)

　시인은 깊은 숲에서 절대음에 가까운 리듬을 발견하고 채집하고 그것을 언어로 배열한다. 달이 희미하게 비칠 때 "숲은 자기의 숨인 리듬에/고요히 귀를 기울이고" 있다. 그것은 일종의 "고요의 리듬"이어서 느슨하고 느슨하게 들려온다. 그러다가 그 고요의 리듬은 "어두워짐으로 풍성해지는 세계"로 천천히 흘러간다. 세계 속에서는 늘 무력했지만, "가늘게/흘러가는 고요의 리듬"은 무력함을 힘으로 삼아 그 "무력함의 힘"으로 무력무력 숲을 키웠던 것이다. '무력/무럭무럭'의 언어유희(pun)를 통해 시인은 바로 '쓸모없음의 쓸모' 같은 역설을 기도했으리라. 그렇게 '고요의 리듬'은 아무 일도 하지 않으면서 "바람과 물 속에서 푸르러지는" 잎사귀들도 키워왔다. 리듬의 온기로 새들은 노래하고, 숲속의 리듬은 "지금 여기 어디에서나 조금씩 멈춤 없이" 뿌리를 내려간다. 숲을 비추는 달무리는 그 고요의 리듬을 따라 지구를 돌리고 있다. 세계를 움직이는 일 이외에는 아무것도 하지 않는 고요의 리듬이 바로 신성하고 궁극적인 우주적 원리임을 이 시편은 이렇게 증언하고 있다. '고요의 리듬'은 이처럼 지상에 남아 세계를 움직이고, 지구를 돌리며, 우주를 숨쉬게 한다. 이 시편은 시집 『창세』에 실린 「우주의 숲」을 환기하면서, 대상의 실물성을 통해서만이 아니라 고유의 추상 능력에서 비롯하는 김학중 시편의 시원(始原)의 상상력을 선명하게 보여준다 할 것이다.

4

　마지막으로 김경미(金京眉) 시편을 읽어보자. 김경미는 다양한 사물과
현상을 심층적으로 투시하면서, 역동적 화법을 통해 늘 생의 역설을 노래
해온 시인이다. 그녀는 우리가 살아가는 일상의 지리멸렬함과 왜곡된 진
실을 활달하게 뒤집으면서 자성적이고 지성적인 태도를 일관되게 보여
왔다. 또 불화나 고통과 쉽게 친화하지 않고 그것들을 철저하게 받아들이
면서 한편으로는 그것을 살아내려는 자세를 여러 시집 속에 남겼다. 최근
씌어진 시편들에서도 그녀는 강렬한 언어와 사유 그리고 그러한 과정을
통한 삶의 심층적 투시에 심혈을 쏟고 있는 모습을 보여준다. 다음 시편
은 어떠한가.

　　채송화가 좋아하는 햇빛의 당도에 대해
　　언덕이 아껴둔 그늘의 명암에 대해
　　발목 깊숙이 드나드는 골목들에 대해
　　찢어버린 사진 속 얼굴에 대해

　　내 심장에 제일 해로운 건
　　너무 큰 언성의 하릴없는 긴 긴 대화

　　그 무서운 분쇄기에 몸이 끼지 않도록

　　자주 입을 벌린다

비눗방울을 불거나
나뭇잎들에게 입김을 불어주는 방식
가로수들이 간격을 두고 걷는 방식으로

때때로 칫솔질을 잊고
한밤중에 발바닥이 너무 뜨거워 깬다
실은 방식을 잊고 하루 종일 불 위에서
심장을 떠벌렸던 것

고개를 내려뜨리고
혼자 조용히 울었다면
더 높고 맑았을 확률을 다 잊은 채
　　　　　　——「떠들지 않는 법」 전문(『한국문학』 2018년 상반기호)

　　이 작품의 제목인 '떠들지 않는 법' 역시 앞에서 읽은 '고요의 리듬'이
세상을 돌리는 이치와 맥락을 함께한다. 사람들은 '햇빛' '그늘' '골목'
'얼굴'에 대해 언성을 높여 떠든다. 하지만 이 모든 "하릴없는 긴 긴 대화"
는 "심장에 제일 해로운" 것이다. 어찌 '채송화' '언덕' '발목' '사진'뿐이
겠는가. 우리는 모두 정치와 경제와 예술, 건강과 질병과 연애에 대해 지
나친 말을 서로 나눈다. 그래서 시인은 "그 무서운 분쇄기에 몸이 끼지 않
도록" 입을 자주 벌려 "비눗방울을 불거나/나뭇잎들에게 입김을 불어주
는 방식"을 택한다. 가로수들이 간격을 두고 걷는 방식으로 말이다. 이
'간격'이 말하자면 '고요의 리듬'을 만들어주는 원리가 된다. 이러한 방
식을 잊고 하루 종일 불 위에서 심장을 떠벌리면 한밤중에 발바닥이 너무
뜨거워 깨게 되지 않는가. 그냥 "고개를 내려뜨리고/혼자 조용히 울었다
면/더 높고 맑았을 확률"이 천천히 다가왔을 텐데 말이다. 그렇게 김경미

시학의 '떠들지 않는 법'은 자발적으로 삶의 '간격'을 유지하면서, 스스로 내려가 혼자 조용히 울음소리를 삼키는 '고요의 리듬'에서 발원하고 있는 것이다.

　우리는 한편으로는 떠나감의 말을, 한편으로는 고요의 리듬을 읽어보았다. 두분의 시인이 떠나가면서 남긴 언어를 통해 우리는 그 뒤에 남은 사람들, 사물들, 풍경들, 말들을 일일이 호명하는 언외지의(言外之意)의 나직한 목소리를 들었다. 아울러 지나온 시간에 대한 미화보다는 거기서 비롯한 흔적들을 추스르고 치유하려는 견인의 미학이 '고요의 리듬'으로 나타난 경우들도 보았다. 그들의 역동적 고요가 여느 퇴행(regression)과는 다른 역류적 상상력에서 가능했음을 읽어보았다. 그 떠나감의 말과 고요의 리듬 속에서 우리는 만남과 떠남, 삶과 죽음, 텅 빔과 꽉 참, 활력과 적막을 모두 놓치지 않고 읽게 된다. 이 모든 것은 서정시가 우리에게 종요롭게 남겨주는 파문이요, 문양이요, 흔적이 아닐까 한다.

성장시란 무엇인가

1

우리가 보통 '청소년문학'이라고 할 때, 그동안 그것은 범주 자체가 없는 것이나 다름없었다. '아동문학'의 역사가 오랜 축적을 이루어온 것과 비교해볼 때, '청소년문학'은 논의 자체가 아예 영성(零星)했던 탓이다. 아닌 게 아니라 우리 청소년의 문학 경험은 이미 '정전'으로 위상을 굳힌 명작을 읽거나, 새로운 사회적 경험을 부여하는 '대항 정전'을 읽는 정도에 머물렀던 것이 사실이다. 말하자면 우리 청소년들은 '청소년문학'을 읽는 대신, '아동문학'에서 바로 '정전'으로 비약하는 과정을 밟아온 셈이다.

소박하게 정의하면 '청소년문학'(young adult literature/Jugendliteratur)이란 청소년들이 읽게끔 마련된 일체의 문학 텍스트를 가리킨다. 그 제일의 속성은 일종의 '경계'에 서 있는 문학이라는 것인데, 말하자면 그 안에는 아직 사회 구성원으로 편입되기 이전의 시선과 언어로 발견한 새로운 정체감이 담겨 있다는 것이다. 이러한 청소년의 정체감 형성 역할을 전통적으로 담당해왔던 것은, 우리가 잘 알듯이, '교양소설' 혹은 '성장소설'

이었다. 교양소설이란 주인공이 유년시절에서 청년시절에 이르는 시기에 자신을 발견하고 정신적으로 성숙해가는 과정을 담은 소설을 뜻하며, 성장소설은 주인공의 내면적 성장과정을 계기적·인과적으로 짜놓은 소설을 가리킨다. 혹자는 '이니시에이션(initiation) 소설'이란 범주를 따로 설정하여, 성인이 되는 과정에서 겪는 일련의 시련을 통해 사회에 발을 들여놓는 과정을 담은 소설을 지칭하기도 한다. 하지만 이러한 정의는 서로 범주가 겹치기 때문에 우리는 이들을 성장소설로 통합하여 이해해도 좋을 듯하다. 물론 모든 성장소설이 다 청소년문학인 것은 아니다. 하지만 청소년문학을 말할 때 성장소설의 뚜렷한 범례들은 더없는 중요한 자료가 된다. 왜냐하면 우리는 성장소설 속에서 주인공이 치러내는 갈등 극복 과정이나 환상적 모험 그리고 사회에 던지는 질문 등을 통해 청소년기의 중요한 속성을 경험할 수 있기 때문이다. 일반적으로 그 경험은 다른 사람의 삶과 상상력에 간접적으로 참여하고, 미답의 세계에 대한 새로운 지식을 획득하며, 인간 정신의 자료들을 유추함으로써 자신의 삶을 보다 더 이해할 만한 것이 되게 하는 방향으로 나아간다.

그런데 이러한 성장소설 중심의 청소년문학 논의는 최근 들어 다양하게 분기되는 시점을 맞고 있다. 예컨대 그것은 매우 세련된 미학적 논의에서부터 새로운 정전 구성의 논의까지 확장되고 있고, 청소년문학 교육에서 서사 편향의 문제점을 지적하는 데까지 나아가고 있다. 말하자면 서정이나 극 양식에는 아예 관심 자체가 없는 양식 간의 확연한 비대칭을 어떻게 극복할 것인가에 대한 진지한 논의가 뒤따르고 있는 것이다. 이는 왜 청소년문학 담론에서 주류 양식인 '시'가 결락되어 있는가를 살피는 일과 직접 연관된다. 이러한 양식 간 균형에 대한 논의는 시 쪽에서 청소년문학의 장을 만드는 일과 연관되며, 그것을 '성장시'라는 범주로 분류하는 것이 가능한가 하는 점과 관련된다. 그렇다면 범주로서의 성장시는 과연 가능한가?

2

우리는 음악이나 미술 혹은 공연예술이나 스포츠 같은 영역에서 '신동'이라고 일컬어지는 존재를 곧잘 만나게 된다. 어렸을 때부터 천재적 기량을 드러낸 신동은 성인을 능가하는 재능으로 그 분야 최고 자리에 오른 이들을 뜻한다. 모차르트가 서양 쪽의 가장 뚜렷한 사례라면, 우리 쪽에는 첼리스트 장한나나 축구 천재 박주영 같은 사례가 있다. 하지만 이러한 신동이 아쉽게도 시에는 없다. 혹시 '시의 신동'이라는 말을 들어본 일이 있는가? 아마도 없을 것이다. 왜냐하면 시는 어렸을 때부터 선천적으로 타고난 기량에 의해 어떤 경지가 이루어지는 것이 아니라, 그리고 학습 이전의 직관이나 감각에 의해 완성되는 것이 아니라, 일정하게 '축적의 원리'에 의해 완성되는 것이기 때문이다. 그래서 문학사에서는 십대 천재 시인을 찾아볼 수 없다. 그만큼 시는 성년으로의 입사(入社: initiation)를 치러 기억하고 회상할 수 있는 이들의 몫인 것이다.

그 점에서 우리는 시의 핵심적 원리인 '서정'이 회감(回感)의 원리에 의해 구성되는 것임을 떠올리지 않을 수 없다. 가령 '서사'의 경우는 어린 시절이나 청소년 시절의 이야기를 그대로 재현할 수 있지만, '서정'의 경우는 그 시절의 정서를 담아내는 것이 아니라 그 시간을 지낸 이의 상상적 회감이 그 시간을 해석하는 경우가 많다. 가령 유명한 동요인 이원수(李元壽)의 「고향의 봄」에서도 우리는 고향에 대한 여러 묘사 끝에 나오는 "그 속에서 놀던 때가 그립습니다"라는 회감의 정서를 경험한다. 결국 이 노래의 주제는 이제 그 시절로 돌아갈 수 없다는 불가역의 시간에 대한 아쉬움과 그리움에 있지, 고향에 살고 있는 현재적 경험에 있는 것은 아니다. 그 점에서 '서정'을 핵심 원리로 하는 시 장르는 청소년기의 경험을 그대로 담아내기보다는, 그 시절이 지난 후의 회감의 속성을 정서의 결로 삼기 때문에 '서사'의 경우와는 확연한 차이점을 보이게 된다.

따라서 우리가 청소년문학을 말할 때, 서사 편향은 어쩌면 일정하게 불가피한 것이 사실이다. 그렇다면 우리는 '성장소설'에 대칭되는 '성장시'를 어떻게 생각해볼 수 있을까? 만약 성장시 개념이 가능하다면, 우리는 그것이 청소년들의 경험적 구체성을 반영하거나 적어도 그들의 눈높이에 적합한 제재와 주제를 담고 있어야 할 것으로 생각한다. 이때 '성장'이란 기본적으로 관계 개념의 확장과 관련된다. 말하자면 그것은 자아·가족·사회·우주 같은 카테고리의 확장 경험과 깊이 연관되며, 이것을 핵심 내용으로 삼아 성년의 지혜에 가닿는 과정을 보여주게 된다. 따라서 '동시'가 어린이의 경험적 구체성을 확연하게 요청하는 데 비해, '성장시'는 성년을 향해 나아가면서도 이미 성년의 지혜를 함축하는 속성을 동시에 띠게 된다. 요컨대 '동시'가 어린이의 경험과 언어를 통해 구성되는 데 비해, '성장시'는 성년으로 나아가는, 혹은 성년을 선망하고 동경하는, 혹은 성년의 지혜를 선취하는 속성을 가지는 것이라고 포괄적으로 말할 수밖에 없다. 그 지혜의 근간은 자아·가족·사회·우주를 향한 경험적 확장과 관련되는 것이다.

> 높은 가지를 흔드는 매미 소리에 묻혀
> 내 울음 아직은 노래 아니다.
> 차가운 바닥 위에 토하는 울음,
> 풀잎 없고 이슬 한방울 내리지 않는
> 지하도 콘크리트벽 좁은 틈에서
> 숨 막힐 듯, 그러나 나 여기 살아 있다.
> 귀뚜르르 뚜르르 보내는 타전 소리가
> 누구의 마음 하나 울릴 수 있을까.
> 지금은 매미떼가 하늘을 찌르는 시절
> 그 소리 걷히고 맑은 가을이

어린 풀숲 위에 내려와 뒤척이기도 하고
계단을 타고 이 땅 밑까지 내려오는 날
발길에 눌려 우는 내 울음도
누군가의 가슴에 실려가는 노래일 수 있을까.
　　　　— 나희덕 「귀뚜라미」 전문(『그 말이 잎을 물들였다』, 창작과비평사 1994)

　이 시편에서 '매미 소리'와 차이 나는 '귀뚜라미의 울음'은 "매미떼가 하늘을 찌르는 시절"을 지나 "맑은 가을이/어린 풀숲 위에 내려와 뒤척이기도 하고/계단을 타고 이 땅 밑까지 내려오는 날"에 발견하게 되는 어떤 것이다. 결국 화자는 귀뚜라미의 울음이 '타전 소리'가 되어 누군가의 '노래'가 되기까지의 과정을 회감하고 있다. 그런가 하면 이 시편은 "누군가의 가슴에 실려가는 노래"를 동경하고 열망하는 이의 것이기도 하다. "높은 가지를 흔드는 매미 소리"에 압도당했던 '귀뚜라미의 울음'이 "나 여기 살아 있다"라고 타전되어 "누군가의 가슴에 실려가는 노래"가 되고자 하는 이러한 동경과 열망은 오랜 성장통 속에서 참다운 자아를 만나게 되는 과정을 보여준다. 그 점에서 이 작품은 성장시편의 하나로 기억할 만하다. 물론 이같은 지혜는 청소년 당대의 것이 아니고, 그 혼돈의 시간이 지난 다음에 오는 잔잔한 파문과 같은 것이다.

열무 삼십단을 이고
시장에 간 우리 엄마
안 오시네, 해는 시든 지 오래
나는 찬밥처럼 방에 담겨
아무리 천천히 숙제를 해도
엄마 안 오시네, 배춧잎 같은 발소리 타박타박
안 들리네, 어둡고 무서워

금 간 창틈으로 고요히 빗소리
빈방에 혼자 엎드려 훌쩍거리던

아주 먼 옛날
지금도 내 눈시울을 뜨겁게 하는
그 시절, 내 유년의 윗목
　　　　　── 기형도 「엄마 걱정」 전문(『입 속의 검은 잎』, 문학과지성사 1989)

　사실 기형도(奇亨度)에게는 빼어난 성장시로 「위험한 가계·1969」가 있
지만, 유명한 이 「엄마 걱정」에서도 '엄마'를 통한 성장통이 잘 드러나 있
다. 그것은 성장과정에서 가장 먼저 겪는 사회 개념이랄 수 있는 '가족'과
맞닿아 있는 것이다. 화자는 "유년의 윗목"처럼 외로웠던 시간을 회감하
고 있다. "아무리 천천히 숙제를 해도" 안 오시는 엄마에 대한 공포의 기
다림을 반추한다. 그 공포의 세목은 가난과 외로움에서 비롯된다. "찬밥
처럼" "배춧잎 같은" 등의 탁월한 직유 속에 담긴 그 가난과 외로움의 경
험은 현재의 것이 아니라 이미 '엄마 걱정'을 지난 회감의 몫이다. 그 "어
둡고 무서워" 훌쩍거리던 기억 속으로 번져가는 것은 "지금도 내 눈시울
을 뜨겁게 하는" 기억인 것이다. 그 점에서 성장시의 중요한 몫이 회감에
있다는 것이 재차 확인된다. 이렇게 성장시는 청소년의 언어와 관점을 고
스란히 반영한다기보다는 그 시절을 이미 지난 이의 회감의 언어를 통해
오히려 그 시절을 역상으로 되비추면서 새로운 지혜와 경험으로 인도하
는 역할을 한다. 그래서 성장시는 회감의 원리에 의해 씌어지는 '서정'의
속성을 충족하면서도 한 시절의 성장통을 담고 있는 일종의 비가와 닮게
된다. 거기에는 성장의 고통도 담겨 있지만, 앞으로 전개될 더 큰 공포에
닿지 않으려는 반(反)성장의 욕망도 간접적으로 깃들이게 되는 것이다.

3

한편으로 성장시는 성인문학으로부터 물려받은 텍스트의 존속을 목표로 하지만, 다른 한편으로는 전혀 새로운 관습(convention)을 창출하는 새로운 텍스트의 등장을 함의하기도 한다. 전자가 이른바 정전 전승을 주요한 골자를 삼는다면, 후자는 철저하게 새로운 정전 구성과 갱신을 목표로 한다. 여기서 우리는 새로운 정전을 욕망하면서 창작된 성장시들이 일종의 '자기형성적 주체'로 성장해가는 과정을 담는 것을 확인할 수 있다.

모레띠(F. Moretti)에 의하면, 본래 '성장' 개념은 근대의 상징적 형식이다. 미성숙한 소년에서 성숙한 성인이 되어가는 과정과 근대세계가 변화되어가는 과정 사이에는 깊은 관련이 있다는 것이다. 하지만 우리 시대는 '성장'은커녕 오래오래 성장을 거부하는 반(反)성장의 태도가 미만(彌滿)해지고 있는 불안한 시대이다. 그 점에서 우리는 성장시를 이야기할 때 성년 이전의 시기만 강조하기보다는, 그리고 성년 이전의 순수성과 미숙함만 강조하기보다는, 성년 세대에 대한 순응과 거부 곧 성장과 반성장의 이율배반 가운데 존재하는 이들의 속성을 바라보아야 한다. 그 점에서 성장시는 성년을 향하고, 성년에 대항하며, 성년을 선취하는 다양한 경험과 지혜를 담고 있다. '성장시'의 개념적 가능성은 이러한 논의들과 마주치면서 그 필요성을 증폭해가고 있다.

고전적 투명성과 인문주의적 통찰

◆

유종호의 비평

1

유종호(柳宗鎬)는 한국 현대비평사의 살아 있는 고전이자, 지금도 해박한 문헌 섭렵과 해석을 통해 비평의 정점을 보여주고 있는 현재형 비평가이다. 그동안 그가 보여준 비평활동은 한국 현대문학에 대한 실증적 조감을 바탕으로 한 심미적 분석과 엄정한 평가를 통해 일관되게 이루어져왔다. 이러한 그의 학술적·비평적 이력과 그로 인한 영향과 파문은 우리 학계와 문단에 이미 정평이 나 있다고 할 수 있다. 그리고 지금 우리는 유종호 비평의 역사가 환력(還曆)을 넘어서고 있는 장면을 경이로운 눈으로 목도하고 있다. 1957년 『문학예술(文學藝術)』에 「언어의 유곡(幽谷)」 등을 발표하면서 시작한 그의 비평은, 그때부터 줄곧 역사주의와 형식주의의 기율을 선택적으로 취하면서 정작 그 가운데 어느 것에도 치우치지 않는 독자적인 균형감각을 견지해왔다. 총체적인 작품 이해를 바탕으로 하면서도 역사적 맥락을 동시에 탐침(探針)하여 그것을 심미적 문장으로 담아내는 섬세하고도 날카로운 면모를 한결같이 보여왔던 것이다.

이러한 유종호 비평의 개성적 태도와 필치는 등단 5년 후에 출간한 첫 비평집 『비순수의 선언』(신구문화사 1962)을 시작으로 하여, 『문학과 현실』(민음사 1975), 『동시대의 시와 진실』(민음사 1982), 『사회역사적 상상력』(민음사 1987), 『문학이란 무엇인가』(민음사 1989), 『시란 무엇인가』(민음사 1995), 『서정적 진실을 찾아서』(민음사 2001), 『다시 읽는 한국 시인』(문학동네 2002), 『시 읽기의 방법』(삶과꿈 2005), 『시와 말과 사회사』(서정시학 2009), 『한국 근대시사』(민음사 2011), 『문학은 끝나는가?』(세창출판사 2015) 등으로 이어져왔다. 이러한 목록을 통해 우리는 그의 저작활동이 등단 이후 거의 공백이나 단절 없이 이루어져왔다는 사실을 알 수 있다. 그 활동은 대체로 세 차원으로 펼쳐져왔다고 할 수 있다. 하나가 문학-인문학의 관점에서 정확하고도 경험적인 작품 읽기를 강조하는 데 바쳐졌다면, 다른 하나는 문학의 사회적 맥락 및 정치현실과의 연관성을 탐색하는 데 역점을 두었고, 마지막 하나는 외국문학의 소개와 그것을 한국문학과 유비적으로 비교하는 작업으로 나타났다. 그리고 1976년 이후 『세계의 문학』 편집에 나선 것도 '창비' '문지'와 전혀 다른 중립적이고 열려 있는 문학관의 실천이었다고 할 수 있다. 『나의 해방 전후』(민음사 2004), 『그 겨울 그리고 가을』(현대문학 2009), 『과거라는 이름의 외국』(현대문학 2011), 『회상기』(현대문학 2016) 등에서 쓴 경험적 기억의 문화사는 우리 지성사 전체에서 볼 때에도 기념비적 성과가 아닐 수 없을 것이다.

2

이러한 유종호 비평의 대체적 외관은, 앞에서도 암시했듯이, 작품 자체와 그것을 둘러싼 사회적 맥락 등을 종합적으로 검토하는 시각에서 발원한다. 또한 그는 언어예술이 근본적으로 가지고 있는 토착성과 모더니티 사이의 균형을 한결같이 도모한다. 그래서 우리는 토착어에 대한 애착이 그의 원체험이라면 모더니티에 대한 지향은 서구 문학의 교양 체험에서 온 것이라고 말할 수 있을 것이다. 이러한 균형감각 속에서 그의 비평은 심미적이고 원숙하고 엄정한 문채(文彩: figure)를 구현할 수 있었다. 또한 그의 비평적 성과에 비해 덜 알려진 사실이기는 하지만, 그는 영문학 번역에도 일가를 이룬 번역가이다. 예컨대 유종호가 국내에서 초역(初譯)한 골딩(W. Golding)의 『파리 대왕』(신구문화사 1968)의 제목은, 그의 지적 소유권이라고 할 만한 영향력을 가지고 있다. 그가 탁월하게 번역한 『파리 대왕』(Lord of The Flies)은 이후 다른 번역본이 나오더라도 제목만은 그대로 유종호의 '파리 대왕'을 좇게끔 강한 영향력을 발휘하고 있다. 그밖에도 브론테(C. Bronte)의 『제인 에어』(동화출판사 1973)나 워즈워스(W. Wordsworth)의 시집을 비롯한 영문학 작품들, 아우어바흐(E. Auerbach)의 『미메시스』(공역, 전2권, 민음사 1979, 1987)를 비롯한 서양 문학의 고전적 저작들을 그는 독특한 문장으로 옮겨 서양 문학과 국내 독자들을 소통하게 하였다.

그에 의하면, 그 세대에게 가장 충격적인 사건은 아무래도 6·25였다고 할 수 있다. 이때 그는 일종의 정신 외상의 충격을 경험하게 된다. 그는 이러한 미증유의 사건을 통해 외부 현실이 인간의 삶을 얼마든지 좌우하고 농락할 수 있다는 현실의 냉혹성을 목도하고 경험한다. 사회현실의 구속력을 배제한 채 인간의 본질을 말할 수 없다는 것을 경험적 실감으로 안 것이다. 그런가 하면 그는 문학이 일종의 표현예술이라는 점 또한 잊지 않는다. 따라서 그는 문학에는 따라야 할 관습(convention)이 있다는 점을 존중하고 그것을 온전히 습득하여 충족하는 문학이 좋은 문학이라고 생각한다. 그 점에서 그는 흔히 '형식'이라는 이름으로 이야기되는 국면을 중히 여기고, 일정한 형식 요건을 갖추지 못한 언어를 문학 범주에 포괄할 수 없다는 엄정한 입장에 선다. 이러한 입장 역시 그가 꾸준히 축적해온 독서 경험에서 귀납한 실감의 결과일 것이다. 결국 그의 비평은 이러한 두가지 측면 곧 사회적 현실과 미학적 형식을 두루 고려하면서 이루어져왔다.

이처럼 우리는 60여년 동안 이루어진 유종호의 학술적·비평적 이력이 가지는 특장을 다음과 같이 정리할 수 있을 것이다. 첫째, 그는 해박하고도 즐거운 주체적 읽기 경험을 통해 비평활동을 하였다. 이 점은 아는 자가 좋아하는 자만 못하고 좋아하는 자가 즐거워하는 자만 못하다는 『논어(論語)』의 일절과 상통하는 면모이다. 둘째, 그는 문학사와 비평이론에 대한 정확하고도 풍부한 이해를 바탕으로 하여 작가 및 작품 해석에 임해왔다. 그가 텍스트 해석과 평가에 임할 때 원용하는 전거는 동서양과 고금을 자유롭게 횡단한다. 그가 가진 놀라운 기억의 용량과 정확성이 여기서 커다란 몫을 행사함은 말할 것도 없다. 셋째, 그는 모방과 아류를 허락하지 않는 단단하고도 아름다운 우리말 문장을 구사한다. 그는 우리 평단에서 으뜸가는 심미적 문장가이고, "문장이 곧 그 사람"이라는 말은 유종호 비평에서 가장 적절한 사례를 찾게 된다. 넷째, 그는 균형 잡힌 인문주의적 교양과 세계관을 통해 객관적이고 공정한 작품 해석을 수행한다. 이 점에서 그는 우리 비평사에서 유례가 없는, 신뢰할 만한 비평적 전범이 된다. 이 모든 것이 그 특유의 인문주의적 통찰과 주체적 읽기 태도에서 연원하는 것일 터이다.

결국 유종호의 비평은 그 무게중심이 시기적으로 변모해왔다기보다는 지속적 심화의 길을 걸어왔다고 보는 편이 옳을 듯하다. 물론 그동안 비평적 기율의 변화가 전혀 없었다고는 할 수 없을 것이다. 하지만 '작품 자체'와 작품을 둘러싼 '맥락'이라는 두가지 변인(變因)을 동시에 중시하면서 문학적 경험을 치르고 그것을 심미적이고 엄격한 문장으로 담아내는 그의 비평적 노력은, 커다란 변모보다는 지속적 심화 쪽을 택하면서 펼쳐졌다고 보아야 할 것이기 때문이다.

3

한시적 유행에 자신의 비평 주제는 물론 언어 선택까지 맡기는 경박한 시류에 비추어볼 때, 이처럼 유종호가 오랫동안 견지해온 비평적 일관성은 우리에게 시사하는 바가 적지 않다. 더구나 그는 장르를 가리지 않고 문학의 많은 국면에 대해 부지런하고도 성실하게 찾아 읽고 해석하고 판단하고 평가해왔다. 하지만 근자에 와서는 주로 시 비평에 많은 관심과 정성을 할애하고 있다. 그 점에서 그는 우리 평단에서 시를 가장 정확하고 적정성 있게 읽어내는 비평가로 알려져 있다. 그의 시 비평을 읽노라면, 비평의 제일의적 자격은 작품 낱낱의 의미를 정확하고도 충실하게 읽어내는 안목에 있다는 것을 새삼 느끼게 된다. 그러한 시선을 가장 충실하게 담고 있는 성과가, 이제는 그의 대표저서 가운데 하나가 된 『시란 무엇인가』가 아닐까 한다.

이 책은 시 읽기의 즐거움과 엄격함을 동시에 강조하고 있다. 여기서 유종호는 '주체적 독자'로서 시 읽기의 주체성을 회복하라는 메시지를 시종 담고 있다. 독자들이 시의 즐거움을 놓치는 까닭은 주체적 읽기로서의 과정을 양도한 채 시에 관한 선험적 풍문이나 2차 문서에 자신의 판단 기준을 의존하기 때문이고, 그와 함께 시를 정치적 전언이나 편협하게 정의된 도덕적 열정으로 판단하는 버릇을 가지고 있기 때문이다. 말하자면 정치적 전언이나 도덕적 열정을 시에서 읽어낼 수는 있겠지만, 그것으로 '좋은 시'의 기준을 삼아서는 안된다는 것이다. 이렇게 되면 '시'는 '산문'과 구별할 수 없게 되기 때문이다. 그래서 유종호는 시종일관 기표 우위의 감각을 시 읽기에서 가져보라면서, 전언으로 환원되는 기의보다는 시의 기층을 이루는 기표에 집중함으로써 시의 즐거움에 다가가라고 역설한다.

이어서 그는 정치적 전언의 시가 가지고 있는 특징을 분석한다. 그러면서도 전언 위주의 시편보다는 전언을 유보하고 함축한 경우를 윗길에 위치시키는 태도를 잊지 않는다. 그러므로 시를 '시' 자체로 보는 것이야말로 가장 중요한 자세라고 강조한다. 이처럼 그가 행하는 시 비평의 준거는 명료하다. 그것은 '언어예술'로서의 성격을 자각하고 있는 시(여기에는 시어의 정련은 물론 음악성도 적극 포함된다), 토착어 혹은 기층언어를 살려 모국어의 세련에 기여하는 시, 세목의 구체성과 내면의 절실한 울림이 동반된 시를 찾아 읽으며 그 안에서 즐거움을 경험하고 의미를 재구성해내는 과정에 대한 적극적 옹호라고 할 것이다.

그리고 그는 번역을 통해 잃어버리는 것이 '시'라는 취지의 말을 한 프로스트(R. Frost)의 견해에 적극 공명한다. 이는 번역을 해도 여전히 읽을 맛이 나지 않는 산문은 변변치 못한 산문이라는 스땅달(Stendhal)의 말과 좋은 대조를 이룬다. 그 결과 이상(李箱)은 뛰어난 산문가이지 뛰어난 시인은 못된다는 생각에 이른다. 또한 한자어를 많이 쓰고 우리 언어 자원에 대한 탐색에 상대적으로 소홀했던 임화(林和)나 초기 유치환(柳致環)의 시는 가령 일어로 번역하기도 쉽고 번역을 통해 잃어버리는 것도 별로 없다면서, 바로 그 점이 이들의 취약성이라고 강조한다. 이상의 경우에도, 읽을 만한 「거울」 「지비(紙碑)」 「이런 시(詩)」 등은 한자어의 홍수에서 자유롭다는 것이다. 또한 20세기 한국 시의 경우에 '난해시'라고 부를 것은 없으며, 독자들이 시에 대해 적절하게 훈련한다면 우리가 난해시라고 부르는 시편들이 대개는 서투르거나 미숙하여 시인 자신도 잘 모르는 시편들임을 알게 될 것이라고 한다. 당당한 '주체적 독자'로서의 구체적 면모가 아닐 수 없다.

또한 그는 인문교육의 위기를 지적하면서, 배우는 것이 고통이 되어 있는 현실에 우리 교육의 위기가 있다고 말한다. 하지만 예술은 향수자에게 즐거움을 안겨주는 것이 가장 커다란 존재 이유이니, 당연히 시를 주체적으로 향수하는 즐거움이야말로 가장 중요한 교육의 핵심지표라고 강조한다. 그래서 그는 시란 일종의 말놀이이기 때문에 놀이에 따르는 규칙과 긴장을 경험함으로써 제대로 즐겨야 한다고 말한다. 시의 즐거움은 전후 좌우에 그것 아니고서는 채울 수 없는 '유일의 적정어'가 놓여야 한다는 규칙을 즐기는 놀이에서 온다는 것이다. 또한 그것은 기표를 정확하게 기억하게 하는 것이 좋은 시의 특징임을 알아보는 능력을 가짐을 암시한다. 이어서 그는 말에 대한 엄밀성이야말로 인간이 가꾸어야 할 가장 중요한 자질이요 능력이라는 점을 강조하면서, 말에 대한 엄격성이 자연 앞에서의 경건함과 마찬가지로 인간 품성의 도야(陶冶)와도 깊이 연관된다고 본다. 이처럼 말에 대한 '엄밀성'은 시를 향수하고 즐기는 데 가장 기본으로 삼아야 할 자질이며, 시에 대한 교육은 언어교육과 이어지고 궁극에는 인문교육과 맥이 닿는다는 것이 그의 논지(論旨)이다.

결국 유종호는 고전적 투명성과 서늘한 인지적 충격을 주는 시편들에 대하여 일관된 후의를 보여왔다. 그만큼 그는 독시(讀詩)의 실감이 어떻게 비평 논리의 차원으로 전화할 수 있는가에 대한 유력한 사례를 우리에게 보여준다. 그리고 한 시인 안에서도 가편과 태작이 공존한다는 경험적 언급은, 시인론을 써야 하는 연구자들에게 일침이 될 만한 것이다. 이러한 시관을 바탕으로 하여 그는 최근 발표되는 요설과 모호성으로 가득한 산문시편이나 어설프게 흉내 내는 난해시편에 대해 비판적 의견을 개진한다. 그의 비평은 그만큼 스스로의 비평적 규율과 기준을 투명하고 견고하게 지켜나가는 특징을 가지고 있다. 꼼꼼하게 읽기, 상호텍스트성의 중시, 맥락과 징후의 독법, 불신의 기술, 관습과 모티프에 대한 이해 등을 강조하는 그의 태도는 그 점에서 매우 온건하고 통합적이며 신뢰할 만하다. 왜 『시란 무엇인가』의 부제가 '경험의 시학'일 수밖에 없는지를 선명하게 보여주는 사례라 할 것이다.

4

유종호의 첫 저서 『비순수의 선언』은 전후의 폐허 속에서 한국문학을 어떠한 기율과 태도로 정립하고 바라보아야 하는가를 정확한 역사 이해 와 작품 분석을 통해 보여준 노작이다. 이러한 저작이 이십대 후반에 출 간될 수 있었다는 사실이 새삼 놀랍다. 그리고 1970년대 들어 출간된 『문 학과 현실』은 문학을 자폐적인 미적 구조가 아니라 살아 움직이는 사회 적 구성물로 이해하려는 균형감각을 선명하게 보여주는 출발점을 이루었 다. 그런가 하면 『동시대의 시와 진실』은 우리 시문학에 대한 확연한 애정 을 바탕으로 우리 시의 현장성에 대한 두터운 이해를 보여주었다. 그리고 『사회역사적 상상력』은 한국의 대표 작가와 작품들에 대한 현실주의적· 심미주의적 분석의 확연한 결속을 보여주었다. 그리고 그가 의욕적으로 출간한 『시란 무엇인가』와 『문학이란 무엇인가』는 그의 문학적 교양이 타 의 추종을 허락하지 않는 독자적 성채를 이루고 있음을 실증한 결과일 것 이다. 문학에 대한 메타적 탐색을 지향하면서도, 동서양과 고금을 가로지 르는 지식의 횡단을 통해 한국 현대문학을 바라보는 제일급의 문학교양 서를 구성해낸 것이다. 믿을 수 있는 교양서가 부족한 우리 학계에 던진 그 파문은 실로 값진 것이다.

거기에 『서정적 진실을 찾아서』 『다시 읽는 한국 시인』 『시 읽기의 방 법』으로 이어지는 성실하고도 해박한 시 읽기의 지속성은 우리 문학에 천 연스럽게 이루어져왔던 오독과 남독의 관행을 경계하고 광정(匡正)하면 서, 정확하고도 풍부한 작품 이해의 진경을 선보인 바 있다. 인문학에 비 약이란 없고 그것은 끊임없는 '축적의 원리'에 의해 그 경지가 구축되는 것임을 다시 한번 실감하지 않을 수 없다. 지금까지 우리가 보아왔듯이, 유종호 비평의 한 축이 문학에 대한 고전적 투명성과 인문주의적 통찰에 있다면, 다른 한 축은 문학적 언어에 대한 기초를 결여한다거나 설익은 관념을 나열한다거나 언어의 소리 자질에 대해 무지하다거나 하는 현상에 대한 적극적인 경계와 비판에 있다 할 것이다. 따라서 우리는 문학을 기지와 순발력으로가 아니라 고전적 품격을 하나하나 축적해가는 과정을 통해 해야 한다는 엄연한 명제와 만나게 된다. 그렇게 우리는 유종호의 고전적 투명성을 통한 인문주의적 섭렵과 통찰 과정으로서의 비평을 우리 현대문학사에서 귀하게 만나는 것이다.

이론과 비평정신의 견고한 결속

◆

김준오의 시 유형론

1. 현장 비평가로서의 김준오

우리 세대에게 김준오(金埈五)와 그의 일련의 저작은 매우 커다란 경험적 직접성으로 다가온다. 가령 그의 기념비적 저서 『시론(詩論)』(문장사 1982)이 처음 나왔을 때, 그 책은 대학 강단에서 가장 채택률이 높은 교재로 활용되었을 뿐만 아니라, '시적인 것'을 세련되게 경험하고 학습하려던 이들에게 유력한 지침서가 되어주었다. 그가 곧바로 번역해 펴낸 헤르나디(P. Hernadi)의 『장르론(論)』(문장사 1983) 역시 일정하게 역사주의적 편향에 젖어 있던 1980년대의 주류적 시 인식 관행에 새로운 충격을 던져주면서 '시'라는 장르를 풍요롭게 바라보게 한 선구적 범례(範例)로 각인되었다.

이러한 일련의 과정을 우리는 매우 인상적인 그리고 선명한 동시대적 경험으로 기억하고 있다. 이후에도 그가 균질적이고 지속적으로 내놓은 저서의 결을 따라 우리는 장르론적 시야와 한국 시사의 구도(構圖) 그리고 현장비평이라는 3중(重) 언어의 겹을 흔치 않게 만날 수 있었다. 그만큼 김준오의 시학은 강단비평에서는 매우 드물게 '이론'과 '실증'과 '해석'의 측면을 때로는 각각 충족하고 때로는 그것들을 서로 결속하면서 전개되었다. 그래서 우리는 그가 남긴 비평적 혜안을 통해, 일정하게 난맥상에 빠져 있는 우리 시단에 '오래된 새로움'의 충격을 제공할 수 있을 것이라고 생각한다.

여기서는 우선적으로 그가 1980년대의 시적 흐름을 개괄하고 분석한 『도시시와 해체시』(문학과비평사 1992)를 통해, 그가 현대시의 여러 경향들을 유형화하고 그 미적 특성을 준별한 시각에 대해 점검해보려고 한다. 그럼으로써 그가 얼마나 이론적으로 치밀하면서도 가장 활발하게 동시대 시단의 흐름에 대해 발언했던 '현장비평가'였는가를, 그럼으로써 그의 시학이 얼마나 이론과 비평정신의 견고한 결속을 통해 이루어졌는가를 생각해보려는 것이다.

2. 리얼리즘과 모더니즘

『도시시와 해체시』는 1990년대 초반에 발간되었다. 현실 사회주의가 눈앞에서 구체적으로 몰락하고, 모든 부면에서 낡아 사라져가는 것들을 대체할 새로운 규범과 준거가 요청되던 시대에, 김준오는 오히려 지난 시대의 시적 실례들을 준열하게 되살핌으로써 새로운 시대를 성찰적으로 예지한다. 그만큼 이 책은 일차적으로는 1980년대 시적 흐름에 대한 꼼꼼한 해석의 의미를 지니지만, 나아가 다가올 1990년대 그리고 앞으로 펼쳐질 김준오 시학의 구체적 모형을 확연하게 예시(豫示)하고 있는 성과라 할 것이다. 그 점에서 그가 1980년대의 주류 시학이었다고 할 수 있는 이른바 '민중시' 혹은 '정치시'의 속성에 대해 해석하고 판단하는 데 적공(積功)을 들이고 있는 것은 당연한 절차일 것이다.

우리가 잘 알듯이, 1980년대 '민중시' 혹은 '정치시'는 그 특유의 비극성을 통해 시의 사회적 기능을 높였다고 할 수 있다. 정치시는 '풍자'의 알레고리적 기능을 유지하면서 시의 윤리적 기능을 제고하였고, 구비문학적 요소를 충실히 계승하면서 시 안에 이야기 요소를 도입하기도 하였다. 그리고 현대사회의 메커니즘이 주는 소외와 내적 파탄을 증언함으로써 현대시의 인식 층위를 한 단계 높인 성과도 기억될 수 있을 것이다.

김준오는 이러한 정치시의 흐름과 성과에 대해 정치시가 "80년대 한국 현대시의 한 뚜렷한 경향"(79면)이라고 진단하면서도, 그것들이 시학적으로 일정한 한계를 노출했다고 평가한다. 가령 그것은 역사주의의 단순성과 사회적 실천 행위의 맹점을 미학적으로 극복함으로써 언어의 저항이 실천적인 행동과는 다르다는 것을 실증해 보여주었음에도 불구하고, 이른바 스스로 욕망하였던 '전체성'을 제시하는 데에는 이르지 못했다고 본 것이다. 1990년대 초반 리얼리즘 진영에서 소위 '시와 리얼리즘 논쟁'을 활달하게 편 상황과 견주어보면, 이러한 그의 비판적 목소리는 돌올하게 고독한 것이었다고 생각된다.

정치시의 어조는 풍자적이고 비판적이다. 그러나 정치적 상황의 변화에도 불구하고 비판으로 일관되고 있는 이런 정치시들은 알게 모르게 비가적 세계관의 한 편린을 함축하고 있다. 여기서 비가는 상황의 거대함과 자아의 나약함 사이의 엄청난 불균형으로 정의된다. (…)

정치시에서 시인의 시각은 매우 배타적이고 고정적이다. 이것은 적어도 진실의 면에서 정치현실이라는 전체상을 드러내지 못하는 한계를 지닌다. (94면)

말하자면 1980년대 정치시가 상황과 자아 사이의 불균형을 노정했다는 점, 그리고 배타적 시각으로 인해 현실의 전체성을 드러내지 못했음을 비판하고 있다. 우리가 잘 알고 있듯이, 1980년대 정치시는 창작 주체의 민주화, 리얼리즘의 방법적·이념적 확대, 민중 언어의 재발견, 노동현장의 현장성 재현 등의 미덕을 우리 시단에 던진 바 있다. 반면 시의식과 어조의 표준화 및 상투화가 아쉬운 점으로 늘 지적되어왔다. 김준오는 이러한 정치시의 단점에 대해 일찍이 『시론』에서도 비판한 바 있다. 예컨대 "현실적 언어의 재생으로 리얼리즘의 시는 현대시의 오랜 과제인 난해성은 어느정도 극복했다. 그러나 모든 사람이 이해할 수 있는 쉬운 시가 반드시 시의 소외의 극복을 가져온다고 아무도 믿지 않는다. 시의 난해성의 극복과 소외의 극복은 별개의 문제다. 이것은 물신숭배(物神崇拜)의 산업사회에 살고 있는 문명인의 정신의 문제며 인간상 제시의 시적 방법과 산문적 방법의 차이의 문제다"(『시론』 281면)라고 진단한 것이다. 이러한 정치시에 대한 비판의식은 필연적으로 그로 하여금 리얼리즘과 모더니즘의 조회 혹은 회통에 대한 생각에 기울게 하였다.

『도시시와 해체시』에서 이러한 그의 생각을 살펴볼 수 있는 중요한 아티클이 바로 「한국 모더니즘의 현단계」이다. '모더니즘과 마르크시즘의 만남'이라는 부제를 달고 있는 이 글은 식민지 시대에서부터 1980년대에 이르기까지의 모더니즘의 계보를 일정하게 짜면서, 그 가운데 이른바 '참여적 모더니즘'이라고 부를 만한 시인으로 김수영(金洙暎), 오규원(吳圭原), 김광규(金光圭)를 적극 평가하고 있다. 말하자면 김준오는 "모더니즘을 실험적이고 전위적인 예술이며 변신의 가능성으로 정의할 때, 우리 현대시사에서 참여적 모더니즘 시는 그 중요한 가능성으로 지적할 수 있다"(77면)고 그들을 평가한다. 그러면서 다음과 같은 중요한 발언을 한다.

모더니즘에 대한 가치 유보 또는 평가 절하는 마르크시즘 비평의 특징이다. 문학사회학의 주종이 되고 있는 마르크시즘 비평은 예술의 총체성, 곧 예술과 정치·경제·사회와의 관련의식을 강조한다. 이것은 고독과 예술의 자립성을 강조했던 모더니즘과 날카롭게 대립되는 것은 사실이다.

그러나 마르크시즘은 현실을 있는 그대로 단순히 반영한다기보다 '세계 변혁'의 가능성에 초점을 둔다. 이것은 낡은 질서를 거부하는 모더니즘의 회의론과 본질적으로 상응한다. 마르크스가 니체, 프로이트, 프레이저와 더불어 모더니즘의 지적 선구자가 되고 있는 것은 결코 놀라운 일이 아니다. 초현실주의 예술운동이 사회주의를 수용한 것도 이상한 것이 아니다. 따라서 모더니즘과 마르크시즘과의 만남은 전연 엉뚱한 발상이 아닌 것이다. 모더니즘은 마르크시즘과의 만남으로써 새로운 가능성의 지평을 열 수 있다. (77~78면)

'회통'이라는 말은 그동안 적대적 대립 개념으로 존재했던 것들 사이의 적극적 교섭과 그것들 안에서의 최상 심급끼리의 통합을 뜻한다. 모더니즘과 맑스주의의 회통을 추구하는 김준오의 구상은, 오래전 런(E. Lunn)이나 아도르노(T. Adorno)가 수행했던 시적 기획을 연상시킨다. 물론 그도 일정하게 모더니즘과 맑스주의 비평의 적대성을 의식하고 있다. 왜냐하면 맑스주의 비평이 예술과 정치·경제·사회와의 관련을 강조하는 반면, 모더니즘은 고독과 예술의 자립성을 강조해왔기 때문이다. 하지만 그는 맑스주의가 꿈꾸는 세계 변혁의 가능성과, 낡은 질서를 거부하는 모더니즘의 회의론이 본질적으로 상응함을 지적하면서, 맑스 역시 모더니즘의 지적 선구자가 되고 있다는 것을 재차 강조한다. 초현실주의 예술운동이 사회주의를 수용한 사실을 중요한 사례로 언급하면서, 모더니즘과 맑스주의의 만남이 새로운 가능성을 열 수 있다고 말한다. 이 점에서 김준오에게 '모더니즘'은 '자의식'이나 '기법'보다는 리얼리즘의 전유물이다시피 했던 '소외' 문제를 더욱 부각하는 미적 범주가 되고 있다.

민중시가 소외의 주체를 집단으로 하고 (적어도 전향적 인물로) 인간상을 뚜렷이 부각시킨 데 반하여 모더니즘 시에서 소외의 주체는 개인이고, 획일화를 조장하는 산업사회가 개인을 익명화하듯이 시적 자아는 익명화 된다.(102면)

이러한 견해는 일찍이 『가면의 해석학』(이우출판사 1987)에서 산업사회와 서정 양식의 대응관계를 날카롭게 분석하고 논의한 연장선에 있는 것이 다. 김준오에 의하면 인간상을 폭넓게 제시한 시편들은 "'거리의 결핍'이 라는 서정 양식 본래의 주관성을 지양하고 현저하게 '객관화'되는 새로운 시학을 정립했다."(『가면의 해석학』 261면) 그래서 현대사회의 여러 문제에 대해 객관성의 시선으로 접근한 리얼리즘과 모더니즘 지향은, 서정 양식 의 본래 속성에서 벗어나 시의 지평을 넓힌 것으로 평가되고 있다. 이렇 게 리얼리즘과 적극 회통하면서 지경을 넓힌 '참여적 모더니즘'은 김준오 시학이 구상한 시의 사회적 속성에 대한 어떤 정점을 보여주는 것이라 할 수 있을 것이다.

3. 도시시와 해체시

김준오가 이 『도시시와 해체시』에서 가장 중요하게 바라보는 것은 "현 대시의 여러 특징들은 도시시와 해체시에 집약되고 있다"(6면)는 말 속에 집약되어 있다. 가령 그가 '도시시'라고 할 때, 그것은 도시적 일상성을 회 복하고 일종의 "해체주의적 반성"(18면)을 동반하는 경향을 함축한다. 여 기서 '일상성'은 개별성이나 구체성과 동의어로서, "민중시에서 일상성 은 지금 여기의 '현장성' 곧 '사실성'으로서 강조되고 강화"(29면)되지만, 모더니즘 시에서의 일상성은 '소외'의 핍진성으로 다가온다.

모더니즘 시는 도시에서 탄생한다. 모더니즘 시는 본질적으로 도시시다. 그러나 모더니즘 시는 인습에 도전하듯이 개인주의 이데올로기답게 소수의 이익을 추구하는 자본주의 체제의 허구와 억압체제에 저항한다. (103면)

산업사회에 대응하는 현대시는 본질적으로 소외시다. 소외시는 (특히 도시시처럼) 희극적 어조가 지배적이지만 여전히 고통의 언어다. 소외의식은 물론 극복되어야 할 과제이지만 그 자체가 세계에 대한 예술적 저항이고 인간적 저항이다. (115~16면)

모더니즘의 도시미학적 속성과 일정한 저항성을 강조하면서, '소외시'라는 독자적 유형을 예술적·인간적 저항으로 읽는 그의 시선은 단연 독자적이다. 가령 "도시시가 80년대 벽두에 나타난 해체시의 그 과격한 실험성과 황폐함은 물론 일부 민중시와 노동시를 정점으로 한 정치시의 투쟁성과 경직된 이데올로기의 추상성을 극복한 자리에 놓인다는 것" (118면)은 그가 어떻게 '도시시'의 현대성과 저항성을 함께 읽고 있는지를 선명하게 보여주는 사례이다.

도시시는 일상성의 회복과 희극적이고 유희적인 태도, 그리고 분열·붕괴·부조리를 있는 그대로 수용하는 것 등으로 삶의 리얼리티를 확보하고 있다. 도시시는 이런 삶의 구체성과 리얼리티를 확보하고 있다. 도시시는 이런 삶의 구체성과 리얼리티를 강조하기 때문에 과거 내면 탐구의 실험시들과도 엄격히 구분되고 이데올로기에 편중된 일부 정치시의 추상성도 극복했다. 특히 하찮은 것과 중요한 것의 전통적 가치 서열과 고정된 관념의 틀을 깬 새로운 세계관과 신선한 도시적 감수성을 보였다. 도시시는 소외되고 억압되고 금기시된 것들을 수용하고 형식까지 개방하는 열린 시다. (139면)

김준오는 도시시가 "일상성의 회복과 희극적이고 유희적인 태도, 그리고 분열·붕괴·부조리를 있는 그대로 수용하는 것"을 통해 리얼리즘의 전유물이었던 구체성과 리얼리티를 확보하고 있다고 본다. 그 점에서 도시시는 "과거 내면 탐구의 실험시들과도 엄격히 구분되고 이데올로기에 편중된 일부 정치시의 추상성도 극복했다"는 것이다. 그러니 당연히 "소외되고 억압되고 금기시된 것들을 수용하고 형식까지 개방하는 열린 시"로 평가되는 것이다. 여기서 도시시가 마련한 리얼리티 안에는 '해체'의 철학과 방법이 농밀하게 들어차 있다.

우리가 기억하기에, 1980년대 일각에서는 기존의 언어중심주의(logocentrism)를 무너뜨리고 미학적 저항을 드러내는 형식 파괴의 '해체시'가 출현하였다. 이들은 민중시 흐름에 일정한 대타 영역을 형성하면서, 기존의 시의식에 대해 강렬하고도 냉소적인 도전을 보냈으며, 정치적 전위가 아닌 미학적 전위로서 문학적 진정성을 새로운 각도에서 예시하였다. 이러한 경향은 초기에 수상쩍은 미학적 이단아라는 혐의를 받았으나, 한 시대의 총체적 폭력과 왜곡상에 우화(寓話)적으로 저항하는 강력한 방법론으로서의 역할을 인정받게 되었다. 가령 황지우(黃芝雨)는 오규원, 이승훈(李昇薰)에서 간헐적으로 실험되던 언어 실험을 극단까지 밀어붙인 탁월성으로 문학적 성가를 누렸는데, 그는 "나는 파괴를 양식화한다"(「사람과 사람 사이의 신호」)고 선언하며 그동안의 인문적 신화의 축적을 와해함으로써 근대성의 어두운 폐부를 조롱하고 야유하며 비판하였다.

이어서 박남철(朴南喆), 김영승(金榮承), 장정일(蔣正一) 등이 더욱 위악적이고 급진적인 형태 파괴의 실험적 해체시를 양산했으며, 유하, 이영유, 이윤택(李潤澤), 하재봉(河在鳳) 등으로 그 흐름이 이어지면서 '해체시'는 1980년대 자유주의 문학의 주요 흐름으로 정착하게 되었다. 그들에게 "세계는 텅 빈 껍질"(장정일 「텅 빈 껍질」)이었고, 그 텅 빈 폐허 속에서 진행되는 일상성과 정치성의 혼종(混種)은 당대의 삶을 우회적으로 바라보는 유력한 대안적 모형의 구실을 하였다. 우리가 "해체시의 감각은 우선 '광주'로 대표되는 한국 근대성의 파산에 기초하고 있다"(구모룡「억압된 타자들의 목소리」, 『현대시사상』 1995년 가을호)고 인식하는 것은 바로 그 때문이다. 또한 '죽음'이라는 개인사적 사건을 사회적 폭력을 우화하는 매재(媒材)로 승화시키며, 비극성의 가장 높은 경지까지 시적 언어를 끌어올린 기형도(奇亨度)도 기억할 만한 자장을 남겼다. 지금으로서는 이미 시사(詩史)에서 고전적 해석이 되어버린 이러한 지형과 흐름을, 김준오는 이미 동시대에 정확하고 풍부한 사례를 통해 일관되게 검증해냈다고 할 수 있다.

김준오가 생각한 해체시의 원리는 일종의 '반(反)미학'에 있다. 그는 "해체의 원리는 문학뿐만 아니라 다른 예술 장르들과의 통합 내지 확산"(141면)이라고 말하면서, 그 가운데 '패러디'('패로디'와 '패러디'가 혼용되고 있는데, 여기서는 '패러디'로 통일한다 ─ 인용자)를 한층 강조한다. 말하자면 "패러디는 해체시의 본질적인 세속주의의 상관물로서의 기법이다. 이것은 전통 서정 장르를 탈신비화하는 데 결정적 역할을 수행한다"(149면)고 적극 평가한다. 그만큼 패러디로 대변되는 기법 혁신과 확산이 현대성의 가장 중요한 징후이자 가능성으로 포착되고 설명된다.

해체시는 우리 현대시의 전망이고 가능성이다. 사실 형태와 장르와 세계관을 해체한 해체시는 그 다원주의적 열린 태도와 조립에 의한 의미 창조, 우리 삶을 새롭게 바라보는 인식 유형, 그리고 그 신선한 감수성으로 긍정적 의의를 지닌다. 소외문화와 정치적 억압구조에 대한 몸부림으로서 해체시는 필연성을 지닌다. 그러나 세속적이고 경박한 태도, 거칠고 야비한 어조, 그리고 그 지나친 허무주의와 극단적 상대주의는 극복되어야 할 과제다. (153~54면)

여기서 우리는 왜 김준오가 '인유(引喩)' 시학과 '패러디' 시학을 연결하면서 강조하는지를 알게 된다. 그에게 "모방적 요소들이 원래의 문맥에서 지닌 의미와 이것들이 인유된 새로운 문맥에서의 변용된 의미가 융합됨으로써 의미론적 풍부성"(201면)을 던지는 '인유'는, 과거 원전들의 풍자적 모방인 '패러디'와 함께 시의 확산과 혁신을 위한 중요한 방법론이 되고 있다.

> 패러디는 복제 시대, 그러니까 후기 산업사회의 재생산 방식에 대응하는 문학적 양식이다. (⋯)
> 과거와의 비판적 대화양식이라는 점에서 고갈의 징후로 간주됨에도 불구하고 패러디는 고정된 기존 관념이나 과거의 고정된 전형들을 깨뜨림으로써 오히려 형식과 담론 사이의 관계를 갱신하는 문학의 긍정적 변화, 곧 '쇄신'의 징후이기도 하다. 말하자면 기생적 수단으로 폄시되고 변두리화되어 있던 패러디를 포스트모더니즘은 주류적 장치로 새롭게 인식하고 있는 것이다. (156면)

사실 '패러디'는 자기반영적 포스트모더니즘 미학의 확연한 실례로서, 일종의 메타 언어의 한 양상이다. 김준오는 이러한 패러디가 가지는 모방적 기능보다는 그 창조적 변형 가능성에 훨씬 후한 점수를 준다. 그는 또한 패러디가 기존 문법에 일정하게 균열을 일으키면서 수행하는 이데올로기적 기능에 주목한다. 가령 '패러디 시'는 지배체제에 대한 비판을 함축하며 불가피하게 문학을 정치화한다는 것이다. 그리고 패러디는 일종의 상호텍스트성을 통한 경계 해체를 수행하는데, 그는 현대시가 탈중심화의 기능을 수행하는 패러디에 일정하게 빚지고 있음을 여러번 언급한다. 이러한 김준오의 인유와 패러디에 대한 관심의 점증(漸增)은 가령 『시론』이 판을 거듭하면서 '인유' '패러디' 등의 구성 원리를 따로 항목화하고 있는 점에서도 확연히 드러난다.

그는 그 책의 「4판 서」(1996)에서 "이 새로운 시 유형들은 시대적 조건을 떠나서 존재할 수 없음은 물론이다. 문학사적 의미망에 놓이는 이유는 여기에 있다"라고 하면서 자신이 새롭게 마련한 '메타시' '환유시' '표층시' '고백시' '서술시' 등의 범주에 깊은 관심을 할애한다. 그야말로 1980년대와 1990년대를 가로지르면서 새롭게 분절·통합·생성되는 여러 시적 경향들을 포괄하고 명명(命名)하는 시론가로서의 실험적 면모를 풍부하게 보여준다. 그가 말하는 '환유시'는 현대시가 반(反)구조의 비유기적 형식으로 변화되고 있는 자리에 놓이며, 그 시각에서 그는 김춘수(金春洙), 오규원, 박상배(朴尙培), 장경린(張炅璘) 등의 시적 성취를 예리하게 분석한다. 이를 통해 주류적 지배 원리가 붕괴된 탈중심주의 시대에서의 불확실성과 불확정성을 노래한 해체주의적 세계관의 성과를 진단한다. '표층시'는 소설의 카메라 시점처럼 시세계에 대한 시인의 주관적 개입을 보류하고 사물의 표면에만 머문 문제적 시 유형인데, 이는 서정 상실의 상황을 반영한다는 점에서 매우 의미심장하다고 본다. '고백시'는 몰개성론을 극복한 개성론의 부활로서 새로운 세계관을 보였다고 본다. 이 모두 김준오의 시 유형론이 만만찮은 정합성과 실험성으로 무장되었다는 점을 보여주는 실례들일 것이다.

그외에도 그는 '골계시' '2인칭의 시' '명상시' '부조리 시' '무협시' '포르노 시' 등을 범주화하면서, 다양한 장르 융합의 과정과 양상을 설명하고 있다. 그 시각의 연장선에서 '서술시'에 대한 의욕적 연구를 통해 장르 확산과 융합을 현대시의 가장 중요한 흐름이자 가능성으로 진단하기도 하였다.

4. 선견의 비평적 혜안

그가 타계 전에 마지막으로 펴낸 현장비평집은 아마도 『현대시의 환유성과 메타성』(살림 1997)일 것이다. 이 책은『도시시와 해체시』에서 정교하게 시도되었던 당대 시 유형에 대한 천착을 1990년대에 연이어 펼친 결과이다. 거기서도 김준오 특유의 새로운 시 유형들이 집중적으로 탐색된다. 이는 또한 새롭게 개정된『시론』(삼지원 1996)의 양상과도 고스란히 겹치는 것이다. 말하자면『시론』에서 강조되기 시작한 시 유형 외에도 '정신주의 시' '선시(禪詩)' 혹은 현대시의 탈(脫)승화 문제 등 더 다양해지고 동시대적인 비평안(批評眼)이 제시되고 있다.

우리가 경험한 1990년대 시는 너무도 분명했던 시적 주체의 자기동일성에 대한 회의와 반성 그리고 그것의 재구축에서 시작되었다. '내면/외계' '주체(의식)/객체(대상)' '동일자/타자' '실재/허구' '정신/육체' '서정/묘사(서사)' '단일한 자아/무수한 타자' '인과율/우연성' 등 그동안 근대적 이성이 확연하게 그은 이항대립적 경계에 대한 탈근대적 재인식은, 누대(累代)의 지적 작업이 간과해온 것이면서 이 시기의 커다란 인식론적 전회(轉回)를 주도한 패러다임일 것이다. 이른바 실체론적 사고에 바탕을 둔 이항대립은 물론, 개별적인 두 현상(사물) 사이에 확연한 인과율이 개재한다는 사유방식은 모두 '근대'의 산물이다. 그런데 이 확고부동한 인과율이나 주객 분리에서 벗어나 양자의 경계선에 숨쉴 수 있고 유동 가능한 틈과 간극을 내는 일이 1990년대 시가 담당한 가장 중요한 작업이 되었다.

1980년대에 대한 역사적 해석과 1990년대를 향한 예감 어린 조감이 김준오의『도시시와 해체시』를 통해 선구적으로 성취되었다면,『현대시의 환유성과 메타성』에서는 1990년대의 복합적인 시 유형론이 연속적으로 펼쳐진다. 그 점에서『도시시와 해체시』는 당대로서는 그 누구도 범접하기 힘든 선견(先見)의 비평적 혜안을 보여주었고, 우리는 이를 통해 김준오의 시학이 그 특유의 치밀한 이론과 현장감각이 녹아든 비평정신의 결속을 통해 이루어진 것이라고 말할 수 있을 것이다.

제3부

'수직의 고독'으로 사유하는 존재 생성의 역설

◆

허만하의 시

1

　허만하(許萬夏) 선생의 시는 우리 시단에서 첨예하게 외따로운 음역(音域)이다. 선생의 시는 우리 시단의 주류인 서정, 참여, 실험 중 어떤 영역에도 귀속되지 않는 언어적 자의식으로 충일하다. 언어 자체에 대한 철학적이고 본질적인 탐색과 함께 선생의 시에는 우리 시단에서는 좀처럼 만나기 어려운 일종의 형이상학적 전율이 두루 착색되어 있다. 선생은 시가 가벼운 위안이나 강렬한 참여나 파괴적 실험이 아니라, 내면으로의 한없는 깊이를 획득하면서 동시에 한계 바깥을 상상하는 활달한 스케일을 견지해야 한다고 생각한다. 그렇게 다가간 '시원(始原)의 질서' 앞에서 깊이의 투시와 바깥의 예감, 그리고 그것에 대한 근원적 두려움과 황홀을 낱낱이 보여준다. 물론 이러한 선생의 개성이 이번 시집에서만 도드라지는 것은 아니다. 어쩌면 그것은 선생이 다시 시를 시작했던 기념비적 지표인 『비는 수직으로 서서 죽는다』(솔출판사 1999)에서 연원하여 지금까지 한결같이 심화되어온 것이라고 해야 할 것이다. 다만 그것이 이번 시집에서 가없는 폭을 거느리며 확장되고 있을 뿐이다. 그만큼 이번에 펴내는 일곱 번째 시집 『언어 이전의 별빛』(솔출판사 2018)은 허만하 시학에서는 오롯한 자기심화를 이어간 성과이고, 한국 시의 광맥에서는 극점의 빛을 뿌리는 미학적 성취가 아닐 수 없다. 선생은 이처럼 언어 자체에 대한 본질적 탐색과 형이상학적 인간 이해를 통해 새로운 존재 생성의 드라마를 역동적으로 보여준다. 이제 천천히 그 존재 생성의 역설 안으로 한걸음씩 들어가 보도록 하자.

2

   허만하의 시는 한결같이 언어에 대한 순도 높은 자의식을 견지하면서, 언어의 깊이와 바깥을 동시에 사유하는 메타 시편의 외관을 취하고 있다. 그가 펼치는 시의 존재론은 일차적으로 언어와 사물의 경계에 놓여 있다. 이러한 사유방식은 '시인'의 존재방식에 대한 탐구로 이어지는데, 허만하 시인은 사물과 언어의 경계를 사유하면서 그 결실들을 일종의 형이상학적 충동에 얹고 있다. 그것이 얼마나 고되고도 근본적인(radical) 작업일지 우리는 충분히 예감할 수 있다. 하지만 시인은 "시의 힘은 오로지 그 고립에 있다. 나를 시인으로 길러준 정신의 변방에 감사한다"(「머리말」)라고 말하고 있거니와, 이렇게 그를 키운 것은 '고립'과 '변방'의 진정성이었다고 할 수 있다. 그 고립된 변방에서 탐색해가는 언어의 진경(進境)을 들여다보자.

   발단은 언어가 없는 짐승의 눈빛이었다. 내가 본 것은 이름이 아닌 사물 자체였다. 이름과 사물의 틈새에서 풀잎 위를 구르는 이슬처럼 태어나는 시. 이슬 표면에 묻어나는 무지개처럼 잠시 이승에 머물다 다시 없는 것으로 돌아가는 목숨.

(…)

언어의 침략이 없었던 야생의 발견. 그것은 복원이 아닌 발명이다. 무너지고 있는 도시에서 멀리 떨어진, 역사 이전의 풀밭을 한 시인이 원시인처럼 알몸으로 걷고 있다, 빙하기에서 불어오는 투명한 바람에 일제히 쏠리는 풀의 무성한 가운데를 횡단하고 있다. 주검을 들꽃에 묻었던 아, 네안데르탈인. 언어의 운명을 초월한 번득이는 말의 가치를 찾아 망명자처럼 헤매고 있는 시인. 말을 모르는 인류 최초의 시인이 풀밭을 걷고 있다.

——「풀밭을 걷는 시인」부분

여기 나타나는 '시인'의 속성은, 허만하 자신이 시종 추구해온 '시인됨'의 상(像)이자, 시인이라면 마땅히 가닿아야 할 이상적 모습이기도 하다. 가령 그것은 "언어가 없는 짐승의 눈빛" 혹은 "이름이 아닌 사물 자체"에서 발원하여, "이름과 사물의 틈새에서 풀잎 위를 구르는 이슬처럼 태어나는 시"를 희원하는 모습으로 나아간다. 물론 그 "회한 없는 목숨"은 잠시 머무르다 사라져갈 것이겠지만, "피로의 극한에서 다시 날개를 젓는 목숨"으로 다시 시인의 존재론을 이어가기도 한다. 이때 "언어 이전의 바깥과의 단 한번의 대면을 위하여" 우리가 만나게 되는 '짐승' '사물' '이슬' '날개' '본능' '절규' 등의 이미지군(群)은 하나같이 "언어의 침략이 없었던 야생의 발견"을 가능케 하는 "복원이 아닌 발명"의 장치들인 셈이다. 여기서 "언어의 운명을 초월한 번득이는 말의 가치"는 시인이 언어의 망명자처럼 찾아야 하는 최종 기율이자, "말을 모르는 인류 최초의 시인"으로서 호환할 수 없는 귀납적 속성인 셈이다. 그렇게 시인의 길이란, "산정에서는 하늘이 바람에 떠밀리며 펼친 푸른 날개의 넓이 바깥에서 부서

'수직의 고독'으로 사유하는 존재 생성의 역설 141

지는 흰 물결소리를 내고 있을"(「하늘의 물결소리」) 풍경을 선명하게 인화하면서 "어떠한 언어도 그곳에 닿을 수 없는 불합리의 길"(「그는 지금도 걷고 있다」)을 함축하고 있는 것이라고 할 수 있을 것이다. 융융(融融)하고 아득하다.

시는 벼랑의 질서다 한 발 헛디디면 그대로 나락으로 떨어지는

아슬아슬한 지점까지 나는 나를 추적했다

(…)

위기의 벼랑 끝에 당도한 나는 쓸쓸한 수색대원이다

주제가 없는 생존의 의미를 찾는 추적자

낙동강 하구를 찾아 일직선으로 노을 진 하늘을 횡단하는

한마리 고니처럼, 새로운 자신의 문체를 쫓아

총을 메고 산으로 들어가는

최후의 사냥꾼이다
　　　　　　　　　　　　　　　　　—「최후의 사냥꾼」 부분

　이 작품에서도 시인은 '시'에 관한 메타적 성찰을 이어간다. 짐작컨대 "벼랑의 질서"인 시를 쓰다보면 "한 발 헛디디면 그대로 나락으로 떨어지

는//아슬아슬한 지점"까지 가지 않겠는가. 그러면 암벽 끝자락에 당도한 "위험한 언어"는 "불타오르는 지점" "얼어붙게 하는 극한" "전류처럼 느끼는 지점"까지 추적해가지 않겠는가. 그렇게 스스로를 치열하게 탐색해온 시인은 '벼랑의 질서'를 통해 추상이 육성이 되고, 기호가 은유가 되고, 결손이 사명이 되고, 쓰는 일이 운명에 대한 저항이 되는 곳까지 '언어'를 추적해간다. 스스로를 "쓸쓸한 수색대원"으로 자임하면서도 "새로운 자신의 문체를 쫓아//총을 메고 산으로 들어가는//최후의 사냥꾼"으로서의 위상을 불가피하게 받아들인다. 이러한 시인의 모습은 "침묵에 대항하기 위하여/또다른 침묵을 만들고 있는"(「연주」) 존재를 수렴한 것이며, 사물들이 "태어난 세계를 맨 먼저 느끼는 것은 나의 언어"(「마지막 반전」)라는 확신에 찬 자의식의 표현이 아닐 수 없다. 이렇듯 허만하의 시는 "시쓰기가 운명에 대한 저항을 의미"(「최후의 풍경」)하는 최초와 최후의 지점을 지남(指南)처럼 가리키고 있다.

결국 허만하 시인은 '언어'가 다만 삶의 씨뮬레이션을 위한 건조한 기표가 아니라, 현실을 적시(摘示)하고 넘어서며 동시에 삶의 깊이를 은유하는 양식임을 견고하게 보여준다. 그리고 '언어'라는 것이 자율적인 것이 아니라 다양한 관계에 의해 얽힌 상호연관적 존재임을 노래해간다. 그는 이러한 사유를 통해 '언어'가 사물의 표면을 뚫고 들어가 근원적인 '존재'(Sein)에 대한 증언을 가능하게 하는 것임을 알려준다. 그 점에서 그의 시는 내밀한 형이상적 인지와 감각을 통해 새로운 존재 생성을 수행하고 있는 상상적 거소(居所)가 되고 있다 할 것이다.

3

두루 알다시피 한편 한편의 작품 안에 구현된 시간은 경험적이고 물리적인 것이 아니라 작품 내적으로 구성된 '미학적 시간'이다. 우리가 '기억'이라 칭하는 것도, 말하자면 지층의 심부(深部)에 남은 화석처럼, 마음이라는 지층에 보존된 미학적 자국이며 흔적이며 표지(標識)인 셈이다. 시인들은 언어의 고고학자처럼 의식 건너편에 있는 이러한 기억을 찾아 그것을 미학적으로 변형하여 우리에게 건네준다. 그것이 바로 사물에 대한 원초적 매혹의 시선으로 나타날 때, 우리는 그 시선이 향하는 시공간을 일러 '시원의 질서'라고 부른다. 그곳에는 절대침묵을 배경으로 할 때 오히려 윤곽이 뚜렷해지는 "시원의 언어"(「낙엽은 성실하게 방황한다」)가 내재해 있다. 허만하 시인은 그렇게 야생의 전율을 통해 '시'의 본질을 상상해 간다.

끊임없이 내리는 눈송이처럼 쌓이는 것은 흙이 아니라 순수한 시간이다. 얼음장 밑을 흐르는 물소리마저, 얼음 위에 쌓이는 눈송이처럼 얼어붙는 빙하시대 시간의 순수를 본다. 지구에 인류의 흔적이 각인되기 이전의 깨끗한 시간의 발자국을 본다.

(…)

추억은 멀고도 아름다운 것만은 아니다 때로는 태풍처럼 격렬하고, 때로는 꽃 피는 계절처럼 잔인하다 사라진 시간이 지층에 남긴 층리의 창조적 구도를 바라보며, 깜빡 물빛 향수에 잠겼다 깨어나는 것은

나의 뼈와 살이, 습주조개 화석이 기억하는 아슬아슬하게 치솟은 감청색 물결이 폭발하듯 무너지는 설백색 물보라 소리와, 살아남은 최후의 한마리 매머드가 하늘에 남긴 노을 묻은 마지막 울음소리와 함께, 한때 목숨을 모르는 무기질 지층 두께의 한 부분이었기 때문이다.

시인은 기억을 역류하여 시간의 원형에 닿으려 한다. 눈송이처럼 쌓여가는 "시간의 순수"를 바라보는 시인은, 그것이 문명 이전을 함축하는 "깨끗한 시간의 발자국"이라고 상상해본다. 이러한 시간의 순수 퇴적은, 한편 평행선이 되고, 한편 곡선이 되었다가, 두 평면이 어긋나는 불화를 드러내기도 한다. 하지만 "지층이 그려내는 소묘"를 통해 우리는 지구에 각인된 "시간의 현전"을 마주하게 되며, "잃어버린 시간"을 찾아 끊임없이 아득한 여정을 떠날 수 있다. 그러한 "시간과의 만남"이 바로 시인이 탐색해마지 않는 '지층'에서 가능해지는 것이다. 사라져버린 시간이 잠시 향수에 빠졌다가 깨어나는 순간, 살아남은 최후의 존재자들이 마지막 울음소리와 함께 지층의 일부를 이루고 있기 때문이다.

이렇듯 허만하 시인은 시원의 지층에서 시간의 "고요한 멸망"(「서낙동강 강변에서」)을 바라보고 다른 시간의 틈입과정을 선연하게 재현한다. 그리고 "시간 이전의 별빛처럼 최초의 표현을 위하여 보일락 말락 섬세하게 떨고 있을 뿐"(「시간 이전의 별빛처럼」)인 존재자들을 일일이 호명하면서 "심연의 깊이를 보는 눈"으로 "나의 모든 것이 속절없이 그 안으로 떨어지는 순수한 깊이"를 바라본다(「거울의 깊이」). 물론 여기서 '시원'이란 유년기나 이상향 같은 시공간 상태를 지칭하지 않는다. 그것은 우리의 지각으로는 도달하기 어려운 신성(神聖)의 영역을 내장한 형상이기도 하고, 훼손되기 이전의 정신적이고 영적인 경지를 간접화한 형상이기도 하다. 시인은 그러한 시원의 형상을 일상 속에서 발견하거나 아니면 역으로 그것을 회복 불가능하게 만드는 세상에 대한 비판의 촉수를 일관되게 보여준다. 다음 시편에서도 그러한 시원의 시간이 저류(底流)에 흐르고 있다.

돌의 충만은 기억한다. 지구와 별이 태어나기 이전에 있었던 비어 있음을.

돌은 무거움과 가벼움을 넘어선 시작을 기억한다. 시작의 무서움을 기억한다.

돌의 무게는 기억한다. 처음으로 바닷물을 만나 김을 뿜으며 지글지글 식어가던 불의 진흙 체온을.

언어가 지배하는 세계를 경멸하면서, 절박한 소식을 전하는 언어처럼 지평선 너머까지 하늘의 구름처럼 움직이고 싶은 돌.

(…)

황폐한 대지에서 살아남아 있는 싱그런 목숨의 섬. 초록색 바람의 향기가 찾아드는 마지막 목숨의 섬.

—「돌의 이유」부분

돌에 응결된 오랜 시간을 시인은 "돌의 충만"으로 기억한다. "지구와 별이 태어나기 이전"은 말할 것도 없이 시원의 시간이다. 비어 있던 것들이 충만으로 채워질 때까지 아마도 돌은 시간을 쌓고 또 쌓았을 것이다. 돌은 "무거움과 가벼움을 넘어선 시작"을 기억하고, 처음 만났던 "불의 진흙 체온"을 기억하고 있는 것이다. 그렇게 강렬한 태동(胎動)을 거쳐온 돌은 언어가 지배하는 세계를 넘어 지평선 너머까지 움직이고자 한다. 하지만 "돌은 스스로의 이유"로 존재했을 뿐임을 알아가고, "쓸쓸한 내부"를 통해 "이곳에 있는 것이 자기 자신이란 사실"을 깨닫는다. 황폐한 대지에서 살아 초록색 바람의 향기로 남은 "마지막 목숨의 섬"이 바로 '돌'의 초상이었던 셈이다. 이때 '돌'에 퇴적된 것은 "인간이 보지 못하는 파장이 그려내는 세계"(「나비」)이고, "운명을 사랑하는 고독의 극한"(「맨발의 바다」)을 견뎌낸 시간의 결정(結晶)일 것이다. 마치 "언어에 오염된 적 없는 순결한 바깥"(「대면」)처럼 "돌 안에 잠들어 있는 시간"(「풀밭과 돌 II」)에는 "억제된 울음"(「조약돌을 위한 데생 II」)이 출렁이고 있지 않은가. 모두 시인의 밝은 시선이 가닿은 "부재 위에 쌓이는 시간의 적설"(「남대천 물살 바라보며」)이 아닐 수 없을 것이다.

이처럼 허만하 시에서 '시간'이란 하나의 원형적 흐름으로 경험되고 기억된다. 하지만 시간의 흐름은 그 자체로 객관적 실재가 아니라 하나의 형상적 은유일 뿐이다. 우리는 시간을 의식에서 분절하여 과거에서 현재로 미래로 끊임없이 흐른다는 일종의 형상적 은유를 활용하고 있는 것이다. 그래서 시간은 사람마다 전혀 다른 기억과 경험 속에서 구성될 수밖에 없고, 시는 이러한 시간 경험을 그 기억의 깊이에 의존하여 형식화할 뿐이다. 그 점에서 허만하의 시는 시간에 대한 기억의 재구성이라는 배타적 특성을 지니면서, 훼손되기 이전의 "언어의 원형"(「눈송이 회상」)을 찾아가는 독자적인 여정을 통해 씌어진다. 그렇게 허만하 시에서 언어와 시간은 불가피한 짝이고, 분리할 수 없는 상호 원질(原質)이 되고 있다. 그 상호작용 속에서 새로운 존재를 생성해가는 그만의 역동성이 나타나고 있는 것이다.

4

우리가 시를 읽고 쓰는 것은 우주나 역사에 상상적으로 참여하는 일일 뿐만 아니라, 자신의 경험과 기억에 새로운 탄성을 부여하는 일이기도 하다. 그 점에서 허만하 시인의 이러한 사유와 감각은 삶이 가지는 관성에 일종의 인지적·정서적 충격을 가하는 미학적 파장으로 다가온다. 시인은 심미적 감각, 우주론적 스케일, 신성 탐색의 지향을 통해 우리에게 그러한 인지적·정서적 새로움을 가져다준다. 물론 그러한 새로움을 가능케 하는 원초적 힘은 '시'에 있다. 말하자면 시인은 '시'가 "기억 이전의 풍경을 돌 안에 조각"(「풀밭과 돌」)하는 것이고, "원형을 향하는 고독한 역류"(「물의 순도」)를 수행하는 작업임을 고백하면서, '시'를 통한 새로운 존재 생성을 욕망한다.

시를 쓴다. 움켜쥔 만년필 펜촉 움직임 따라 상처를 입는 백지. 피 흘리는 아픔을 호소하는 언어가 아니라, 상처의 의미를 따지는 언어가 아니라, 아름다운 언어에 베인 상처가 그대로 조용히 드러나기를 숨죽여 기다리고 있는 경건한 백지.

설원이 누워 있는 감수성이라면 나는 고독한 망명자의 발걸음이다. 아직 태어나지 않는 미래의 풍경을 경험하기 위하여 인적미답의 은백색 기다림 안으로 눈사태처럼 들이닥치는 침입자가 아니라, 계곡 하나 건너는 데 열흘이 걸리는 봄철 산벚나무 개화기처럼 찬찬히 걸어들어가는 알뜰한 필연성이다.

새로움은 예민하다. 창조는 맹수에 쫓기는 어린 사슴 뜀박질처럼 절박하다. 백지의 순결한 기다림에는 지평선이 없다. 안과 바깥이 만나는 계면의 자욱함뿐이다. 캄캄한 하늘에서 희고도 푸근한 것이 치열하게 쏟아지고 있는 자욱함. 잎 진 나무 한그루 멀리 서 있는 설원의 바람 소리와 내 발자국 소리 틈새의 숨 막히는 긴장을 백지는 기억한다. 눈이 시린 영하의 백지는 은백색 침묵으로 가혹을 견딘다. 설원의 끝을 바라보는 얼굴을 후려치는 눈송이의 감촉. 설원은 나의 가장 깊은 피부다.

—「설원은 나의 피부다」 전문

허만하의 시론(詩論)이기도 할 이 작품은, 시쓰기 과정에 따라 백지는 상처를 입고, 그 백지 위로 아름다운 언어에 베인 상처가 그대로 드러나기를 기다리는 시간이 흐르고 있음을 노래한다. "고독한 망명자"로서의 시인은 아직 태어나지 않은 미래의 풍경을 만나러 천천히 걸어간다. 예민하고 절박한 새로움의 창조는 "순결한 기다림"과 "안과 바깥이 만나는 계면의 자욱함" 그리고 "설원의 바람 소리와 내 발자국 소리 틈새의 숨 막히는 긴장"으로 가득하다. 그 기억 속에서 '시'가 씌어지는 것이다. 이때 백지는 은백색 침묵으로 가혹을 견뎌가고, 시인은 "설원의 끝을 바라보는 얼굴을 후려치는 눈송이의 감촉"을 느껴간다. 여기서 '설원(雪原)'은 가장 깊은 피부로 은유되면서 역설적 존재 생성의 순간을 담아내는 풍경 역할을 한다.

이렇게 시인은 "말하지 않는//눈에 보이지 않는"(「또 하나의 벽」) 언어를 통해 "나의 사라짐과 새로운 나의 현전이 교차하는 특이한 한순간"(「순간은 표면에서 반짝인다」)을 표현한다. 그것이야말로 "슬픔도 닿지 않는 마음 밑바닥의 깊이"(「대면」)를 보여주며, "한때의 나의 소멸과 지금의 나의 생성이 교차하는 시간의 눈부심"(「물의 시생대」)을 현상하는 순간일 것이다. 그것이 설원에서 가능한 이유는 시인이 "낯선 바깥의 발자국을 무구한 설원처럼 기다리고 있을 것"(「바깥은 표범처럼」)이기 때문이다. 그렇게 그에게 '시'란 "지나가는 것 안에서 영원의 모습을, 현상 안에서 이데아의 윤곽을 잡아보려"(「바람의 텍스트」) 하는 불가능한 몸짓인 셈이다.

역사는 젊고 신선한 감수성의 운명이었다. 초겨울 산협에서 흩날리는 낙엽처럼 헤매었던 너. 언어의 슬픔을 최후의 근거로 삼았던 감수성은 바다를 건너온 카키색 빈 드럼통 어지러운 상차림을 둘러싸고, 독을 마신 세계의 미래에 대해서, 쌓여가는 병참물자의 용도에 대해서 토론했던 스산한 시대의 변방이었다. 그립다! 결론에 이르지 못한 채 미완의 가정만으로 헤어졌던 너와 나의 도시.

너의 절망은 아무것도 보지 못하는데, 최후의 철새 한마리 적막하게 불타오르고 있는 가을을 일직선으로 횡단하고 있다.

새가 지난 자리에서 떠오르는 하늘 냄새. 날개가 하늘에 속하는 정신일 때, 날개에 매달린 육체는 불타는 가연성 물질이다. 육체는 불이 되고, 재가 되고, 연기가 되어, 하늘과 땅 사이를 표류한다. 땅에서는 죽음에 견줄 만한 가치를 찾기 힘들지만, 육체는 이따금 배고프고, 물질 안에 물질로 태어난 슬픔이 있고 생식이 있고 죽음이 있는 땅을 사랑한다. 불탄 언어의 재가 시의 아궁이에서 따뜻한 땅을 사랑한다.

(…)

내가 모르는 사람들이 지구의 어딘가에서 그들 언어로 은백색 우라늄이 사라진 자리에서 떠오르는 여린 별빛을 돌에 새기고 있다. 누군가 젊은 정신은 아시아 대륙 동쪽 끄트머리 태평양 언저리에 떠 있는 한 반도에 사는 책임을 가슴의 돌에 새기고 있다.

하늘과 땅의 계면에 서 있는 나는 펄럭이는 바람 소리다.

아침노을에 젖는 벼랑 끝에 서서 전율하는 나의 언어는 태양을 정면으로 반사하는 가슴팍 우랄 알타이 청동거울처럼 눈부신 고독한 인식이다. 시대의 슬픔을 품는 장대한 시의 넓이에서 치솟는 수직의 고독이다.

—「눈부신 절벽」 부분

허만하 시학을 우뚝한 형상으로 공간화하고 있는 이 시편은 "눈부신 절벽"에서 상상하고 씌어지는 '시'에 대한 경험적·메타적 사유의 결실이다. 일찍이 '벼랑의 질서'로서의 시를 고백한 바 있는 시인은 "높이와 깊이의 지형에 깃든 수직을 발견한"(「바람에 관한 노트」) 마음의 표백으로서의 시, "어느덧 보이지 않는//소실점을 향하여"(「그곳에 개울이 있었다」) 나아가는 역설적 노력으로서의 시를 써간다. "언어의 슬픔을 최후의 근거로 삼았던 감수성"과 "스산한 시대의 변방"을 자임했던 절망의 시간이 시쓰기의 나날을 횡단해온 것이다. 그렇게 천지를 가로지른 육체와 정신은 "불탄 언어의 재"가 되어 "시의 아궁이에서 따뜻한 땅을 사랑"하기에 이른다. 마치 오르페우스의 노래가 끝나는 광야를 건너는 것처럼, 시인은 "사는 일과 죽는 일을 동시에 사는 시의 한 행"이 되어간 것이다. 이렇게 숲을 가로지르고 사막을 횡단하는 의지를 가진 시인은 "순수한 의지"와 "슬픔의 극한"으로 시를 써간다. "벼랑 끝에 서서 전율하는 나의 언어"는 "눈부신 고독"과 함께 "시대의 슬픔을 품는 장대한 시의 넓이"를 가지게 된다. 그때 치솟는 "수직의 고독"이야말로 시인의 일용할 양식이요, "흔적 없이 사라짐으로 주체성이 처음으로 확인되는"(「우산을 들고 서 있는 사나이」) 시적 장치일 것이다.

이렇게 허만하 시인은 "물비늘들이 홀연히 사라지는"(「수성암 기억」) 때 비로소 "문명의 변방"(「백열의 정오」)에서 "평면이 아닌 수직의 깊이"(「거울의 깊이」)를 완성해간다. 그것은 "태어나는 순간이 바로 사라지는 시간에 겹치는"(「1초의 지각」) 존재의 필연적 역설이 생겨나는 지점이요, "슬픔과 고뇌를 초월한 명석한 깊이의 순수"(「깊이의 순수」)가 실현되는 장(場)이기도 할 것이다. 이처럼 지난날들을 온축(蘊蓄)하고 호명하면서 새로운 세계로 나아가려는 허만하 시인의 의지는 오랜 기억의 풍경을 통해, 시쓰기의 확연한 자의식을 통해, 세상이 살 만한 깊이를 갖추고 있음을 근원적인 터치로 보여준다. 시간의 가혹한 무게를 견디면서, 그 진정성을 통해 우리로 하여금 자신의 기억을 부조(浮彫)하게끔 도와준다. 이는 베르그송(H. Bergson)이 말한 "지속의 내면적 느낌"이라고 부른 시간이 삶 속에 있음을 증명하는 것이기도 하다. 그때 '수직의 고독'으로 사유하는 존재 생성의 역설이 비로소 실현되는 것이 아니겠는가.

5

허만하 선생의 이번 시집은 다양하고도 심미적인 선생만의 상징적 비의(秘義)를 통해 우리로 하여금 가혹한 견인(堅忍)과 오랜 기억의 흐름을 아득하게 경험하게끔 해주고 있다. 그러한 독자적 상상과 표현이 앞으로 더욱 선생의 작품 속에서 심미적 성채들을 얻어가기를 충심으로 소망해 본다. 그것은 선생이 「물의 순수」에서 노래한 "절정의 순간에 찾아드는 나락의 깊이"이기도 하고, "한순간의 정지와 그 정지에 깃드는 한순간의 고요"이기도 하며, "고독의 극한에서 빚어낸 언어처럼 드물게 반짝임을 반사하는 순수"가 지켜지는 시간이기도 할 것이다. 그리고 그것은 몇몇 개념들로 온전히 환원되지 않는, 생생하기 그지없는 내면적 지속에 대한 직관으로 이어져갈 것이다. 말할 것도 없이 허만하 선생의 이러한 근원적이고 야성적이고 '수직의 고독'을 통한 시작(詩作)은 간단없이 지속되어 갈 것이다. 이것이 굴강(屈强)하기만 했던 60년 시력(詩歷)을 넘기고 있는 선생의 작품 앞에서 우리 시단이 커다란 외경과 전율로 답해야 하는 까닭이다.

실존적 고독과 근원 탐구의 형이상학

◆

황동규론

1. 황동규 시의 궤적

두루 알려져 있듯이, 황동규(黃東奎) 선생의 초기 시는 구체적 공간으로부터 일정한 거리를 둔 내면적인 상상의 공간에서 피어올라왔다. 때로는 모호하고 침윤된 내면 상황이 이로부터 감각적 실감을 얻어 서정적 느낌을 강하게 만들어주었다. 선생은 그 점에서 철저하게 내면적 시인으로 출발을 한 셈이다. 이후 선생은 삶의 내부에서 촉발된 '시적인 것'의 탐색 과정을 삶의 외부로 확장시켜간다. 때로는 정치적 알레고리를 보여주기도 했고, 때로는 1970년대라는 현실을 온몸으로 껴안기도 했다. 이때 현실적인 것과 동떨어져 보였던 황동규 선생의 시는 물리적이고 폭압적인 권력의 실체를 발가벗기는 더욱 구체적인 현실로 다가오게 된다. 이처럼 황동규 선생은 초기 시에서부터 인간 내면에 깔려 있는 근원적이고 보편적인 정서로서의 실존적 고독과 삶의 비극성을 일관되게 들려주었다.『태평가』(창우사 1968)와『열하일기』(현대문학사 1972)에서는 현실과의 연관성 아래서 낭만적 초월과 내밀한 기억으로의 잠입을 성공적으로 치러냈는데, 이는 단연 주목할 만한 1970년 전후의 문학사적 사건이 아닐 수 없을 것이다. 이러한 황동규 선생 초기 시의 저변에는 절실한 생의 경험에서 나온 실존적 기투(企投)의 언어가 지속적으로 얼비친다. 낭만적 초월 의지로부터 나온 시편들이 서정적 내성(內省)의 언어가 아니라 구체적이고 경험적인 실감 속에서 씌어진 건 바로 그런 원리 때문일 것이다. 구체적인 것과 근원적인 것을 결속하여 시를 써가는 황동규 시학의 방법론적 성채는 이렇게 마련되고 확장되어갔다고 할 수 있다.

그러다가 선생은 1980년대 이후 죽음에 대한 깊은 통찰을 넘어 '극(劇)서정시' 양식의 실험과 여행 모티프의 강렬한 방법론적 확장을 실현해간다. '극서정시'는 선생이 시 안에서 일종의 극적 요소를 제시한 것인데, 『악어를 조심하라고?』(문학과지성사 1986)와 『견딜 수 없이 가벼운 존재들』(문학과비평사 1988), 『몰운대행』(문학과지성사 1991)에서 득의의 성취를 이루게 된다. 마음의 구속 없이 정신이 환해지는 상태를 경험하면서, 선생은 어두운 현실과의 갈등에서 오는 환멸과 통증을 극복하고 삶의 진정성을 회복하려고 한 것이다. 여기에 삶과 죽음을 전일적 세계로 바라본 『풍장』(문학과지성사 1995)이 얹히면서 선생은 그야말로 한국 시단을 대표하는 인식론적·방법론적 정점으로 등극하게 된다. 말할 것도 없이 선생의 여행시편이나 '극서정시'는 모두 일상에서 벗어나 삶의 충동을 깨달음의 경지까지 이끌고 가는 세계를 표상한다. 서정시의 기본에 극적 특성을 결합하고 깨달음의 과정에 구체적 서사를 부여하는 '극서정시'는 그 점에서 형식과 내용 모두를 새롭게 개진하려는 선생만의 재충전 욕구에 바탕을 둔 실험적 산물이었다고 할 수 있다.

그후 황동규 선생은 『버클리풍의 사랑 노래』(문학과지성사 2000), 『꽃의 고요』(문학과지성사 2006), 『겨울밤 0시 5분』(현대문학 2009), 『사는 기쁨』(문학과지성사 2013) 등으로 나아가면서, 더더욱 심혈을 기울인 서정과 인식의 세계로 진입해간다. 이때 선생의 시편에서 가녀린 감상(感傷)이나 사물과의 흔한 동일화는 전혀 발견되지 않는다. 오히려 그 안에는 우리 시단에서 발견하기 어려운 '형이상학적 전율'(frisson métaphysique)이라는 중요한 미적 체험이 깊이 너울댄다. 이는 그야말로 선생만의 가멸찬 특장(特長)일 것이다. 이러한 전율의 저류(底流)에는 최근 시집인『연옥의 봄』(문학과지성사 2016)에서도 보여준 근원적 사유와 감각, 그리고 미학적 의지와 윤리적 태도가 완강하게 숨쉬고 있다. 그만큼 선생의 시세계는 초기 시에서부터 최근까지 관류해온 '실존적 고독'과 '근원 탐구의 형이상학'으로 집약될 수 있을 것이다.

2. 환한 유목적 정서 안에 담긴 자유에의 희원

황동규의 초기 시는, "황동규의 많은 시가 고아(古雅)한 어미로 예언자의 목소리를 발하고 있다는 것은 이 운명에의 각성과 사랑을 암시한다. 그러나 그에게 있어 운명이란 구체적이고 현실적인 삶이 아니라, '어지러운 꿈마다 희부연한 빛 속에서 만나는 자' 환원하면 삶의 내부 혹은 삶의 추상이다. 그것은 다분히 서구적인 정신이다"(김병익「사랑의 변증과 지성」, 황동규 시선집『삼남에 내리는 눈』, 민음사 1975)라는 지적이나, "잠언적 진술은 절실한 생의 경험에서 나왔다기보다 간접적 교양 체험의 내면화에서 나온 것이라는 혐의를 짙게 한다"(유종호「낭만적 우울의 변모와 성숙」, 황동규 시집『악어를 조심하라고?』, 문학과지성사 1986)라는 지적이 보여주듯이, 내면의 언어가 실존적 체험의 언어로 이월해가는 역동적 과정을 선명하게 보여주었다. 그래서 통전적(通典的) 경험으로서의 삶을 받아들이기 전에 독서나 여행을 통해 삶을 추상해내는 청년 특유의 낭만적 망명 의지가 잘 드러나고 있다. 이렇게 그의 초기 시는 구체적 경험에서 우러나오는 의식과 무의식의 굴절 양상을 잘 드러냄으로써, 대상으로부터 환기되는 근원적 질서를 구가하는 시인의 견고한 낭만적 고전주의자로서의 면모를 잘 보여준다할 것이다. 이를테면 그의 시에 빈번하게 보이는 '눈'의 이미지는 유랑이나 그리움 같은 유목적 정서를 환하게 드러내면서, 황동규 시의 심미적인발원지가 되고 있다. 초기 명편을 한번 읽어보자.

걸어서 港口에 도착했다

길게 부는 寒地의 바람

바다 앞의 집들을 흔들고

긴 눈 내릴 듯

낮게 낮게 비치는 불빛.

紙錢에 그려진 반듯한 그림을

주머니에 구겨 넣고

반쯤 탄 담배를 그림자처럼 꺼버리고

조용한 마음으로

배 있는 데로 내려간다.

정박 중의 어두운 龍骨들이

모두 고개를 들고

港口의 안을 들여다보고 있었다

어두운 하늘에는 數三個의 눈송이

하늘의 새들이 따르고 있었다.

——「寄港地 1」 전문(『현대문학』 1967년 6월호)

유랑하는 나그네로 보이는 화자가 항구에 도착하여 눈앞에 펼쳐진 부둣가 풍경을 환정적 묘사로 그리고 있는 이 시편은, 일종의 여행 서사를방법적 장치로 삼고 있다. 다소 서술적이고 낭만적인 감정의 경사가 보이고는 있지만, 황동규 특유의 경험적 충실성과 당대에 대한 실감있는 파악

과정이 안으로 무르녹고 있다. 이 시편은 쓸쓸하고 우울한 항구 분위기를 묘사하면서, 정박해 있는 배의 앙상함과 겨울밤 하늘의 흩날리는 눈송이가 주는 황량한 느낌으로 채색되어 있다. 그런데 항구는 화자가 걸어서 도착한 곳이다. 다시 말해 길고 오랜 방황 끝에 도달한 일종의 휴식처인 셈이다. 그러나 항구는 오랜 방황을 거친 화자에게 진정한 안식을 주지 못한다. 항구의 스산한 풍경 앞에 서 있는 화자는 우울하고 쓸쓸해 보이기 때문이다. 따라서 항구의 가라앉고 있는 암담한 분위기는 인간에게 아무런 위안도 평화도 안식도 주지 못하는 정신적 황폐함을 상징한다. 그래서 '기항지'는 정박 장소가 아니라 새로운 방황을 시작할 수밖에 없는 분기점이 된다. 이처럼 황동규의 시는 쓸쓸함을 통해 당대의 근원적 폭력성을 우의(寓意)하는 작법으로 시작된다. 다음은 어떠한가.

　　나는 바퀴를 보면 굴리고 싶어진다
　　자전거 유모차 리어카의 바퀴
　　마차의 바퀴
　　굴러가는 바퀴도 굴리고 싶어진다
　　가쁜 언덕길을 오를 때
　　자동차 바퀴도 굴리고 싶어진다

　　길 속에 모든 것이 안 보이고
　　보인다, 망가뜨리고 싶은 어린 날도 안 보이고
　　보이고, 서로 다른 새떼 지저귀던 앞뒤 숲이
　　보이고 안 보인다, 숨찬 공화국이 안 보이고
　　보인다, 굴리고 싶어진다, 노점에 쌓여 있는 귤,
　　옹기점에 엎어져 있는 항아리, 둥그렇게 누워 있는 사람들,
　　모든 것 떨어지기 전 한번 날으는 길 위로.

—「나는 바퀴를 보면 굴리고 싶어진다」전문

(『나는 바퀴를 보면 굴리고 싶어진다』, 문학과지성사 1978)

부단한 움직임을 기본적 속성으로 하는 '바퀴'는 기존에 주어진 길을 가기도 하고, 스스로 길을 만들면서 굴러가기도 한다. 그러니 '바퀴'가 걷는 길은 비록 신생과 소멸의 양가성을 띠고 있다 하더라도 모두 의미있는 길이 된다. 거꾸로 '길'은 바퀴를 굴러가게 함으로써 존재의 의미를 부여받는데, 이렇게 우리는 '움직임/정지함'의 대립쌍 속에서 환한 세계 개진의 경험을 치르게 된다. 반복적으로 나타나는 모순어법 표현들은 폭력적 현실과 그 현실을 넘어 "모든 것 떨어지기 전 한번 날으는 길 위로" 나아가려는 욕망을 동시에 환기한다. 바퀴를 굴리려는 욕망은 그렇게 현실의 길에서 벗어나 자유로운 움직임을 얻으려는 화자의 욕망을 강렬하게 암시한다. 이처럼 환한 유목적 정서 안에 담긴 간단없는 움직임을 통해 황동규 시인은 자유로운 영혼의 출발을 희원하고 있는 것이다.

3. '사랑'이라는 불가항력의 에너지

이러한 초기 시의 작법과 사유는 천천히 '사랑'이라는 불가항력의 에너지로 몸을 바꾸어간다. 물론 황동규의 사랑시편이 사랑의 충일함과 기쁨을 노래하는 송가(頌歌)는 아니다. 오히려 그것은 사랑의 결여 형식을 속 깊이 증언하고 그것을 영속화하는 데 무게중심을 할애하고 있다. 그 영속화된 결핍의 상태를 견뎌내고, 그럼으로써 그 결핍을 상상적으로 넘어서려 하는 것이다.

게처럼 꽉 물고 놓지 않으려는 마음을

게 발처럼 뚝뚝 끊어버리고

마음 없이 살고 싶다.

조용히, 방금 스쳐간 구름보다도 조용히,

마음 비우고가 아니라

그냥 마음 없이 살고 싶다.

저물녘, 마음속 흐르던 강물들 서로 얽혀

온 길 갈 길 잃고 헤맬 때

어떤 강물은 가슴 답답해 둔치에 기어올랐다가

할 수 없이 흘러내린다.

그 흘러내린 자리를

마음 사라진 자리로 삼고 싶다.

내림 줄 쳐진 시간 본 적 있는가?

　　　　　　──「쨍한 사랑 노래」 전문(『우연에 기댈 때도 있었다』, 문학과지성사 2003)

여기서 '쨍하다'는 것은 무엇인가. 그것은 빛나는 것의 외관이기도 하고, 파열하는 것의 소리이기도 하고, 순간성을 환기하는 어떤 기표이기도 하다. 사실 이러한 속성이 모두 집약된 것이 사랑의 본질일 것이다. "게처럼 꽉 물고 놓지 않으려는 마음"은 곧 대상에 대한 집착이다. 그런데 "게 발처럼 뚝뚝 끊어버리고/마음 없이 살고 싶다"는 시인의 마음은 저 끊임없이 솟아나는 집착과의 힘겨운 싸움의 한 양상을 보여준다. "조용히, 방금 스쳐간 구름보다도 조용히" 말이다. 그래서 "마음 비우고가 아니라/그냥 마음 없이"라고 시인은 그 특유의 잠언(箴言)을 내뱉는다. 그러니 "저물녘, 마음속 흐르던 강물들 서로 얽혀/온 길 갈 길 잃고 헤맬 때" 시인은 강물이 "흘러내린 자리를/마음 사라진 자리로 삼고 싶다"고 말할 수 있었던 것이다. 결국 시인이 꿈꾸고 상상하는 그 '마음 없음'이야말로 대상에 대한 '쨍한 사랑'인 셈이다. 그리고 시인은 이러한 사랑의 에너지로 삶의

신생과 소멸을 한 몸으로 바라보고 있는 것이다. 다음으로는 삶의 소진과
신생의 가능성이 동시에 통합된 한순간을 노래하는 시편을 읽어보자.

> 어느날 가을바람 불 때
> 외로운 감별사(鑑別師) 자리 내주고
> 참새도 쑥부쟁이도 하루살이도 그냥 살고 있는 곳에
> 살게 해다오.
> 달포 전 윤선도 고택 마루에 기어다니던 왕지네도 계속 기고
> 차 앞 유리를 빛살처럼 환히 때리던 부나비도 날고 있는 곳에
> 살게 해다오.
> 술 감별사 심연섭이 혀 암으로 가듯이
> 외로움 감별사 자리마저 내주고
> 외로움의 진면목을
> 살게 해다오.
> 그저 낙엽이 아닌, 공중에 뜬 채
> 온몸으로 바람 쏘여
> 새로 다시 한번 마르는 이파리로.
> ──「다시 마르는 이파리」 전문(『우연에 기댈 때도 있었다』)

　이 시편은 "새로 다시 한번 마르는 이파리"에 대한 바람을 노래하고 있
다. 시인이 바라보는 그 순간은 가령 온 생애 동안 소중하게 지켜온 자리
를 내주는 방식에 의해 가능해진다. 그 자리는 다름 아닌 "외로움 감별사"
이다. 그 직함을 시인은 "어느날 가을바람 불 때" 내주고, 마치 '참새'가
을꽃' '하루살이' '왕지네' '부나비' 들이 모두 제자리에서 살아가듯이 그
렇게 자신도 "그저 낙엽이 아닌, 공중에 뜬 채/온몸으로 바람 쏘여/새로
다시 한번 마르는 이파리로" "살게 해다오"라는 간절한 소망을 피력하고

있다. 그런데 그 "이파리"는 "그저 낙엽이 아니"다. 지상에 떨어져 온기와 윤기를 모두 잃고 스산하게 뒹구는 '낙엽'이 아니라, 공중으로 솟구쳐 "온 몸으로 바람 쏘여/새로 다시 한번 마르는 이파리"인 것이다.

이처럼 화자의 꿈은 "내주고" "살게 해다오"에 모아져 있다. 여기서 홀로 지켜온 "외로움 감별사"의 자리는 곧 시인의 고독한 사랑의 생애를 말한다. 그런데 '외로움'도 감별이 필요한가? 물론이다. 가령 그것은 감각적 쓸쓸함(loneliness)인가 아니면 실존적으로 주어지는 궁극적 홀로됨(solitude)인가 하는 판별을 기다리고 있다. 이 작품에서 "외로움 감별사 자리마저 내주고/외로움의 진면목을/살게 해다오"라고 말함으로써 시인은 이 자리를 내주는 것이 우리에게 허락된 시간의 끝에서 우리가 완성해야 할 궁극적 홀로됨 곧 "외로움의 진면목"이라고 노래하는 것이다. 시인은 그 바람을 자신 특유의 복합적 문맥이나 여러겹의 상징 장치를 가볍게 벗어버리고 단순하고 투명하게 노래하고 있다. "새로 다시 한번 마르는 이파리로" 말이다.

이렇게 황동규의 시는 '환한 깨달음'이라는 표현을 거듭 환기한다. 일상 혹은 생활 속 경험으로부터 건져올리는 정신적 황홀경을 시에 잘 담아낸 결과일 것이다. 「겨울밤 0시 5분」(『겨울밤 0시 5분』)이라는 작품은 자정을 살짝 지난 시간, 곧 어떤 마지막 경계 지점을 살짝 넘긴 시간에 별을 바라보면서 한 정거장을 걸어 종점에 이르러 마을버스 막차를 기다리는 화자의 모습을 보여준다. 그때 비친 한밤 도시 변두리의 풍경을 그리고 있는 이 시편은, 별들과의 은은한 대화를 통해 "무언가 간절히 기다리고 있는 사람 곁에서/어둠이나 빛에 대해선 말하지 않는다!"는 잠언을 얻어내고 있다. 간절한 시간을 여는 것이 바로 이러한 사랑의 힘일 것이다. 그 환한 기다림의 맥락으로, 오랜만에 그의 명문 에세이 한편을 읽어보도록 하자.

사람을 있는 그대로 사랑하는 법을 배우는 데는 오랜 시간이 걸린다. 자기 주위에 있는 사람들을 자기 비슷하게 만들려고 애쓰는 버릇이 깊이 뿌리박혀 있기 때문이다.

상대방을 자기 비슷하게 만들려고 하는 노력을 사람들은 흔히 사랑 혹은 애정이라고 착각한다. 그리고 대상에 대한 애착의 도가 높으면 높을수록 그 착각의 도도 높아진다. 그 노력이 실패로 돌아가게 되면, '애정을 쏟았으나 상대방이 몰라주었다'고 한탄하는 것이다.

우정이든 성정이든 진정한 애정은 상대방을 있는 그대로 사랑하는 데서 비롯된다. 있는 그대로의 한 사람을 가능한 한 편안하게 해주려는 노력에서 출발하는 것이다. 이 사실은 사람과 사람의 관계를 떠나 사람과 사물의 관계를 생각하면 자명해진다. 우리가 이조의 백자 촛대 하나에 애착을 지닐 때 우리는 그 촛대가 가지고 있는 색감과 형태를 있는 그대로 사랑하는 것이고, 이중섭이 그린 황소나 닭을 사랑할 때 일 잘하는 소나 알 잘 낳는 닭을 염두에 두고 애착을 느끼는 것은 아닌 것이다.

물론 사람을 촛대와 같이 볼 수는 없을지 모르지만, 촛대 이하로 다룰 수는 없을 것이다. 있는 그대로 사랑하는 법을 배우는 데는 오랜 시간이 걸린다. 아마 성숙과 관련이 있을 것이고 실패의 축적과도 관련이 있을 것이다. 그러나 나는 만족감과 가장 큰 관련이 있다고 생각한다.

성인의 만족감은 두개의 뿌리를 지닌다. 하나는 자기가 하는 일이고, 다른 하나는 인간관계에서 오는 행복감이다. 작곡에 정열을 가지고 있으면서 경제적이나 사회적인 이유로 다른 일을 하며 일생을 보내는 사람이 있다면 철저한 체념이 올 때까지 그에게 만족감은 없을 것이다. 그리고 주위에 동등한 인격으로 같이 살며 늙어가고 싶은 사람이 없을 때도 마찬가지일 것이다.

동기야 어떻든 일단 있는 그대로 사람을 사랑하는 법을 배우면 그 사랑은 다른 사람, 다른 사물에로 확대된다. 어두운 건물들 뒤로 희끗희끗 눈을 쓴 채 석양빛을 받고 있는 북악의 아름다움이 새로 마음에 안겨온다. 자신도 모르게 우리는 주위의 풍경을 어두운 마음의 풍경과 비슷하게 만들어왔던 것이다. 까치가 그저 하나의 새가 아니라 귀족적인 옷을 입고 있는 새라는 것도 발견하게 되고, 늘 무심히 지나치던 여자가 화장이나 옷차림에 과장이 없는, 다시 말해 낭비가 없는 여자라는 사실도 새로 깨닫게 된다. 그리하여 사는 일이 바빠진다. 바빠짐이야말로 살맛 있는 삶의 또다른 이름인지도 모른다.

―「있는 그대로 사랑하기」(『사랑의 뿌리』, 문학과지성사 1976)

오랜만에 글의 전문을 읽어보니, 그는 오래전에 이렇게 자신이 애착을 가지고 있는 대상을 '있는 그대로' 사랑하라는 권고를 한 바 있다. 우리가 누구를 사랑할 때 흔히 가지는 버릇 가운데 자신과 비슷하게 그를 만들려는 성향이 있다는 지적은 참으로 흥미롭고 소중하다. 그것은 단지 한 대상을 자신의 종속물로 만들려는 소유욕에 불과할 것이기 때문이다. 그래서 대상을 '있는 그대로' 사랑하는 과정에는 예사롭지 않은 시간이 필요하다고 할 수 있다. 우리가 살아가면서 하나의 진실을 얻게 되기까지는 얼마나 많은 시간과 시행착오의 축적이 필요할까? 마지막으로 시인은 '있는 그대로'의 사랑을 배우면 그 대상이 점차 확대되어간다고 말한다. 따라서 사랑해야 할 대상이 늘어나고 삶이 바빠질 것임에 틀림없다. 그 바빠짐을 시인은 인생의 '살맛'이라고 한다. 그래서 이 글은 진정한 사랑과 대상에 대한 집착을 구분해준 사랑론(論)이라고 할 수 있다. 우리가 살아가면서 쉽게 지나쳐버릴 수 있는 정서를 또박또박한 문체에 실어 전해주고 있는 에세이인 셈이다. 이는 또한 황동규 시학의 바닥(bottom/basis)에 도저한 사랑의 에너지가 흐르고 있음을 뚜렷이 증명하는 사례일 것이다.

4. 다시 남겨진 자를 위하여: 시집 『연옥의 봄』과 관련하여

이처럼 초기에 실존적 고독을 노래하는 서정성을 보여주었던 황동규 시인은 알레고리와 아이러니를 사용하여 현실의 중층적 모순을 드러냈고, 삶과 여행의 일치를 통한 삶의 진정성 회복과 환희, 죽음의 능동적 통찰과 수용, 극서정시와 여행 모티프에 의해 얻어진 존재의 가벼움 등을 노래하는 과정을 밟아왔다. 그리고 정신의 가벼움과 자유로움을 지향하여 그 극한의 형이상학을 추구해오기도 하였다. 그는 이어서 정신이 가볍고 시선이 자유로운 상태에서 사물을 바라보며 호기심을 가지는데, 그 호기심의 힘으로 현실의 무거움과 갈등의 세계에서 가벼움과 통합의 세계로, 대립적이고 수직적인 질서에서 순환적이고 수평적인 질서로 삶의 문양을 채워간다. 이처럼 황동규는 지속적 자기갱신을 통해 한국 시의 세련된 음역(音域)을 개척해가는 현재형 시인이다. 최근에 펴낸 시집 『연옥의 봄』에서 그는 여전히 젊고 또 역동적으로 그러한 사유와 감각을 웅숭깊게 이어간다.

　　같이 가던 사람을 꿈결에 놓쳤다
　　언덕에선 억새들 저희끼리
　　흰 머리칼 바람에 날리기 바쁘고
　　샛강에선 물새들이 알은체 않고
　　얼음을 지치고 있었다.
　　쓸쓸할 때 마음 매만져주던 동네의 사라진 옛집들도
　　아직 남아 있었구나! 눈인사해도 받아주지 않았다.

　　기억엔 없어도 약속은 살아 있는지
　　아무리 가도 닿지 않는 찻집으로 가고 있다.

왕십린가 청량린가? 마을버스 종점인가?
반쯤 깨어보니 언제 스며들었는지
방 안에 라일락 향이 그윽하다.
그대, 혹시 못 만나게 되더라도
적어도 이 봄밤은 이 세상 안에서 서성이게.

——「연옥의 봄 1」 전문

시인은 자신의 삶에 '남겨진 것'에 대한 애착을 노래한다. "같이 가던 사람"은 꿈결에 놓치고 억새들이나 물새들은 저마다 자신들의 질서에 충실하고 있을 때, 비로소 시인은 "쓸쓸할 때 마음 매만져주던 동네의 사라진 옛집들도/아직 남아 있었구나!"라고 상상한다. 어떻게 사라진 옛집들이 남아 있을 수 있었을까. 아닌 게 아니라 그네들이야말로 '사라짐'과 '남아 있음'을 동시에 가능하게 하는 삶의 어둑하고도 환한 '홀로움'의 존재들인 셈이다. 그러니 자연스럽게 시인은 "기억엔 없어도 약속은 살아" 있고 "아무리 가도 닿지 않는" 곳을 향해 흘러가고 있다. 물론 방 안의 라일락 향이 다시 세상의 질서로 시인을 불러내지만, 이 지극한 상상 속에서 우리는 "그대, 혹시 못 만나게 되더라도/적어도 이 봄밤은 이 세상 안에서 서성이게" 하자는 시인의 권면을 넉넉하게 받아들이게 된다. 봄날의 꿈속에서 만난 순간들을 통해 사라짐을 넘어 남겨진 존재자들을 품어 안는 시인의 국량(局量)이 새삼 살갑게 만져진다.

네가 손 털고 떠난 이곳,
내장까지 화끈하게 달궈줄 꽃들 다투듯 피어
마음을 한데 머물지 못하게 하기엔 아직 이르지만
우리 몸에 익은 리듬으로 봄비가 내리고 있다.
우산 쓰고 오랜만에 흙이 녹고 있는 변두리 길을 걷는다.

우리 같이 흙냄새 맡으며 걸은 길

섬세한 빗소리 속에 생각이 조금씩 밝아진다.

옆에서 누군가 우산 쓰고 신발에 흙 묻히며

같이 걷고 있는 기척,

감각에 돋는 소름, 치수구나!

어디서부터 다시 함께 걸었지?

가만, 간 지 얼마 안 되는 저세상 소식 같은 거

꺼내지 않아도 된다.

너 가고 얼마 동안 나는 생각이 아팠다.

그저 말없이 같이 빗속을 걷자.

봄 길에 막 들어서는 이 세상의 정다운 웅성웅성 속에

둘이 함께 들어 있는 것만으로 그저 흡족타.

—「봄비 — 김치수에게」 부분

"멍하니 빈자리!"에 대한 자각으로 시작하는 이 시편은 소중한 이의 부재를 통해 가닿는 새삼스러운 존재에의 깨달음에 주목한다. 그리고 시인은 "밤중에 깨어 방 안을 서성이며 혼자 중얼대는 일"에 골몰한다. "네가 손 털고 떠난 이곳"에서 꽃들이 다투듯 피고 봄비가 내리는 순간, "우산 쓰고 오랜만에 흙이 녹고 있는 변두리 길을 걷는" 것이다. 그때 "흙냄새"와 "섬세한 빗소리"가 생각을 조금씩 밝아지게 하고, 시인은 "같이 걷고 있는 기척,/감각에 돋는 소름"을 느끼면서 "너 가고 얼마 동안 나는 생각이 아팠다"라고 고백한다. 이 '아픈 생각' 안에는 "그저 말없이 같이 빗속을" 걸으면서 "봄 길에 막 들어서는 이 세상의 정다운 웅성웅성 속에" 자신이 남겨졌다는 사실에 대한 궁극적 긍정이 들어 있다. 그만큼 이 작품은 부재를 통한 존재의 현현, 그 안에서의 환한 '홀로움'을 노래하는 명편이 아닐 수 없을 것이다.

팔다리 서로 끼고 바다로 나가던 테트라포드들이
꽉 낀 몸 그만 풀어버릴까? 망설이는 낡은 방파제
그 끄트머리,
위에 동그란 구름 한점 떠 있는 곳,
누군가 흰 철쭉 한묶음을 놓고 갔다.

묶은 끈이 풀어져 있다.
풀어졌어도 꽃묶음은 그대로 있다.
만날 때마다 인사 나누던 허리 굽은 낚시꾼
며칠 전부터 뵈지 않고
그의 낚시 구럭이 꽃 옆에 놓여 있다.
줄 달린 바늘, 해초 묻은 낚싯봉,
그리고 엮은 나무줄기 틈새로 스며든
햇빛 한줄기가 담겨 있다.

—「연옥의 봄 2」 전문

　　이제 시인은 "낡은 방파제/그 끄트머리,/위에 동그란 구름 한점 떠 있
는 곳"에 누군가 놓고 간 "흰 철쭉 한묶음"이 그대로 있으며, "만날 때마
다 인사 나누던 허리 굽은 낚시꾼"이 남기고 간 "낚시 구럭이 꽃 옆에" 그
대로 놓여 있음을 발견한다. "나무줄기 틈새로 스며든/햇빛 한줄기"조차
부재하는 그네들의 흔적을 잘 소묘하고 있다. 그래서 시인은 "삶을 두근
거리게 하는 것"(「시인의 말」)이 바로 "부재하는 사랑도, 조금씩 소멸하는
삶도 날마다 그 없음과 사라짐을 통해 아프고"(김수이 해설 「연옥의 봄에는 눈
이 내린다」) 있음을 발견하는 일이라는 것을 노래한다. 마치 "주고 못 받은
상처는 남아"(「연옥의 봄 3」) 있어서 "세상 곳곳에 널어뒀던 추억들"(「연옥

봄 4))을 톺아올리게 하는 것처럼 말이다.

황동규 시인은 1958년에 서정주(徐廷柱) 시인의 추천으로『현대문학』
에「시월」「즐거운 편지」등을 발표하며 등단한 이래, 1961년의『어떤 개
인 날』(중앙문화사)에서부터 2016년『연옥의 봄』까지 매우 균질적이고 지속
적인 시세계를 보여주었다. 2018년이면 등단 60년을 맞는 우리 시대의 살
아 있는 기념비(monument)인 셈이다. 이렇게 오래도록 균질성과 지속성
을 가지고 펼쳐진 황동규의 시세계는 고도의 문학성을 통해 한국 시단에
새로운 지평과 활력을 부여해왔다. 그렇게 그는 세련된 감수성과 지성을
바탕으로 견고한 서정의 세계에서 시작하여 현실 비판의 목소리와 죽음에
대한 탐구에 이르기까지 쉼 없고 경계 없이 시를 써온 한국 문단의 대표
시인인 것이다. 그는 비극적 서정을 전경화(前景化)함으로써 현실에 대한
고독과 상실을 노래하다가, '굴절된 드러냄'의 방법론을 통해 문학적 저
항의 참모습을 보여준다. 그리고 궁극에는 죽음에 대한 관조를 통해 삶의
완성으로서의 죽음이라는 인식으로 나아간다. 말할 것도 없이 이는 우리
현대시사에서 연면한 지속성의 가장 뚜렷한 범례(範例)라고 할 수 있다.

5. 황동규 시의 미래

연전에 한국시인협회에서 주관한 세미나가 경기도 수원에서 열렸는데,
나는 황동규 선생의 토론자로 나서는 영광을 얻었다. 황동규 선생이 그날
발표한「삶의 시를 향하여」라는 글은 시력(詩歷) 60년을 앞둔 한국의 대표
원로가 우리 시단에 던져준 귀한 고언이자 매우 소중한 지남(指南)으로
다가왔다. 선생은 쉼 없이 지속해온 창작 여정의 경험을 귀납하면서, 우
리 시의 현황을 점검하고 앞으로 나아갈 길을 모색하였다. 선생의 창작적
경륜과 견해를 따라 후배들은 아마도 보다 더 새롭고 열린 눈과 세계관을

가지고 더 깊이있고 세련된 시를 써갈 수 있지 않을까 생각할 수 있었던 순간이었다.

먼저 선생은 우리 시의 오래된 분법(分法) 즉 '리얼리즘/모더니즘'의 구획이 가지는 단순하고도 완강한 구분법이 사실은 그다지 생성적인 것이 못됨을 지적하였다. 오히려 현대시에서 '이즘'은 없어졌다고 보는 것이 알맞을지도 모르기 때문이다. 그런데 오늘날 우리나라 젊은 시인 가운데 명칭을 채 가지지 않으면서 유행하는 범주가 하나 있는데, 선생은 이를 통틀어 '부조리 시'라고 명명하였다. 그 안에는 이성의 규제에서 벗어나려는 자유가 있고, 논리를 뛰어넘는 쾌감이 있다고 하였다. 그런데 상대적으로 막연하고 모호한 흡인력을 가지고 있음을 인정은 해야겠지만, 아무리 읽어봐도 종잡을 수가 없는 '소통의 불가능성' 때문에, 선생은 이들에 대한 평가에 한없는 유보감을 표명하였다. 선생은 이러한 경우는 시가 어려운 게 아니라 오히려 형상화의 고통 없이 시를 너무 쉽게 쓴다고 할 수도 있다고 하였다. 참으로 귀한 탁견이었다. 그때 우리는 '창작의 어려움'과 '어려운 시'가 서로 다른 것이고, '쉽게 쓰는 것'과 '쉽고 명징한 시'가 다른 것이 아닐까 생각해보게 되었다. 또한 선생은 젊은 시인들 중에서 서구의 여러 문필가의 말을 뽑아 인용하여 옹호하는 경우를 질책하였는데, 이는 자신의 순간적 깨달음을 마치 정전 독해에서 얻은 맥락적 독서와 등치시키는 오류이기 때문이다. 그저 한마디의 아포리즘을 얻기 위해 철학자나 사상가의 거대한 생각의 맥락을 건너뛰는 것은 더없는 지적 태만이요 부박한 표피적 인용이 아니겠는가. 이 세미나에서 나는 황동규 선생이 우리 시의 미래를 탐구해온 어떤 결정(結晶)을 그날 들려준 것이라고 생각하였다. 오래도록 실존적 고독과 근원 탐구의 형이상학을 이어온 선생의 시세계가 선연하게 그 말씀들과 겹치는 순간이 아닐 수 없었다. 또한 그것은 그렇게 황동규의 시적 미래도 굳건하게 이어져갈 것임을 예감케 하는 순간이기도 하였다.

경험적 구체성과 형이상학적 영성의 통합

◆

김종철론

이 짧은 글에 김종철(金鍾鐵) 시력 반세기를 담는다. 오래고 단단한 그의 이름처럼, 김종철 시인은 이제 자신의 대표 브랜드가 되어버린 '못'을 통해, 그 '못'과 함께, 우리 시사에 뚜렷이 남았다. 물론 그의 시편들은 '못'이 부여하는 날카로운 금속성을 훌쩍 넘어 한사코 따뜻한 영성의 세계로 진입해왔다. 그러한 영성의 에너지를 통해 인생론적 비의(秘義)를 노래한 그의 시편들은 우리 시단에서 보기 드문 형이상학적 전율의 세계로 나타나기도 하였고, 강렬한 경험적 직접성의 토로로도 나타난 바 있다. 따라서 이러한 양극성, 곧 형이상학적 영성의 세계와 경험적 구체성의 세계가 그의 시편들을 가장 이채롭게 남게 한 근인이었다고 말할 수 있을 것이다.

두루 알려져 있듯이 김종철 시인은 약관 21세에 등단하여 문단에 커다란 화제를 몰고 왔다. 등단작인 「재봉(裁縫)」(1968년 한국일보 신춘문예 당선작)은 탐미적이고 상상적인 풍경을 통해, 성스럽고 고요하고 밝고 긍정적인 세계를 향한 절절한 마음을 담은 가편이다.

    사시사철 눈 오는 겨울의 은은한 베틀 소리가 들리는

아내의 나라에는

집집마다 아직 태어나지 않은 마을의 하늘과 아이들이 쉬고 있다.

마른 가지의 暖冬의 빨간 열매가 繡실로 뜨이는

눈 나린 이 겨울날

나무들은 神의 아내들이 짠 銀빛의 털옷을 입고

저마다 깊은 內部의 겨울바다로 한없이 잦아들고

아내가 뜨는 바늘귀의 고요의 假縫,

털실을 잣는 아내의 손은

天使에게 주문받은 아이들의 全生涯의 옷을 짜고 있다.

설레이는 神의 겨울,

그 길로 먼 복도를 지내나와

사시사철 눈 오는 겨울의 은은한 베틀 소리가 들리는

아내의 나라,

아내가 소요하는 懷孕의 고요 안에

아직 풀지 않은 올의 하늘을 안고

눈부신 薔薇의 알몸의 아이들이 노래하고 있다.

아직 우리가 눈뜨지 않고 지내며

어머니의 나라에서 누워 듣던 雨雷가

지금 새로 우리를 설레게 하고 있다.

눈이 와서 나무들마저 儀式의 옷을 입고

祝福받는 날.

아이들이 지껄이는 未來의 낱말들이

살아서 부활하는 織造의 방에 누워

내 凍傷의 귀는 영원한 꿈의 裁斷,

이 겨울날 조요로운 아내의 裁縫일을 엿듣고 있다.

—「裁縫」전문

'재봉'이라는 조요로운 일에 아내가 열중하고, 화자는 그 생성적 작업을 고요하게 엿듣고 있다. 화자는 지금 "집집마다 아직 태어나지 않은 마을의 하늘과 아이들", 그리고 "천사(天使)에게 주문받은 아이들의 전생애(全生涯)의 옷"을 짜고 있는 아내의 손길을 상상한다. 이처럼 "사시사철 눈 오는 겨울의 은은한 베틀 소리가 들리는/아내의 나라"에는 '회잉(懷孕)'의 고요와 앞으로 다가올 "눈부신 장미(薔薇)의 알몸의 아이들이 노래하고" 있을 어떤 생명의 풍경이 겹쳐 있다. 그것은 "아이들이 지껄이는 미래(未來)의 낱말들"이 살아 부활하는 아름다운 풍경을 예비하는 아내의 정성스런 작업에 의해 구체화된다. 이러한 생명 직조의 힘에 의해 이 시편은 "영원한 꿈의 재단(裁斷)"에 이르게 된다. 결국 이 시편 안에는 생명의 탄생과정을 이끌어가는 모성의 위대함과, 그 과정에 동참하고 있는 화자의 따뜻한 마음이 한데 어울려 있다. 또한 구체적 사물을 선명한 감각으로 재현하는 시인의 조형력과, 성스러운 모성을 증언하려는 시인의 따스한 마음이 잘 녹아 있다.

　이처럼 그의 등단작은 성스럽고 조요로운 심미적 상상력에 의해 구축되었다. 그만큼 그의 시적 출발은 아름답고 긍정적이며 생명을 중히 여기는 마음에서 이루어졌다고 해도 좋을 것이다. 하지만 그의 초기 시편들이 모두 이렇게 아름답고 성스러운 풍경으로만 채워진 것은 아니다. 가령 그의 첫 시집 『서울의 유서(遺書)』(한림출판사 1975)에 실린 다음 작품은 「재봉(裁縫)」과는 아주 이질적이다. 왜냐하면 그 안에는 성스러움이 아닌 잔혹함이 들어 있고, 은은한 베틀 소리 대신에 광기에 가까운 신음소리가 배어 있기 때문이다. 이러한 이질성의 공존 양상은, 김종철 시학이 단성성(單聲性)이 끊임없이 복제된 세계가 아니라 여러 음색이 교차하면서 이루어진 복합적 세계임을 보여주는 뜻깊은 실례라 할 것이다.

벌거벗은 땅이여
그대는 선한 싸움을 다 싸우고
달려갈 길을 다 달렸으며
죽음의 처녀성과
꿈을 찍어내는 자들의
몇개의 믿음을 지켰을 뿐이다
황폐한 바람이 분다
마른 뼈의
골짜기들이 떼 지어 내려온다
그대의 비애 속에
두마리의 들개가 절망적인 싸움을 한다
마른 메뚜기와 들꿀의 상식
노여움과 어리석음의 두 불꽃

　　　　　　　　　　—「죽음의 遁走曲 一曲」 전문

　'나는 베트남에 가서 인간의 신음소리를 더 똑똑히 들었다'라는 부제
가 붙어 있는 이 시편에는 생성이 아닌 죽음, 성스러움이 아닌 잔혹함, 일
상의 평화가 아닌 비린내 나는 전쟁의 모습이 선명하게 담겨 있다. 전쟁
을 치르고 있는 그 벌거벗은 처녀지는 비록 "선한 싸움을 다 싸우고/달려
갈 길을 다 달렸"다고 할지라도 "죽음의 처녀성과/꿈을 찍어내는 자들의/
몇개의 믿음"만을 쓸쓸하게 부조(浮彫)하고 있을 뿐이다. 여기서 "선한 싸
움"이라는 사도 바울의 인유가 제시되지만, 그럼에도 불구하고 그 전쟁
은 궁극의 황폐함에 이르게 될 것이다. 그리고 그 황폐한 바람이 부는 공
간은 구약성서의 에스겔이 노래한 "마른 뼈의/골짜기들"로 치환된다. 그
또한 절망적 싸움의 공간으로 해석되고 있는 것이다. 여기서 세례 요한
이 먹었다는 "마른 메뚜기와 들꿀"로 채워진 "노여움과 어리석음의 두 불

꽃"의 충돌은 시인으로 하여금 이 전쟁이 얼마나 폭력적이고 비(非)존재
적인 것인가를 경험케 한다. 결국 시인은 이 연작시편을 통해 청년시절
자신이 겪었던 발생론적 상처 곧 세계의 폭력성과 어리석음을 첨예하게
드러내고 있는 것이다. 이렇게 김종철 시편의 출발점에는 두 언어가 교차
하고 있다. 하나가 성스럽고 고요하고 심미적인 긍정의 언어라면, 다른 하
나는 잔혹하고 소란스러운 현실을 증언하는 비판적 언어이다. 이것이 그
의 초기 시편이 구축한 확연한 시적 대위법일 것이다. 그 점에서 김종철
의 시편은 긍정적이고 아름다운 마음과 비판적이고 반성적인 감각을 함
께 지닌 채 시작되었고, 이러한 양가적 역동성을 통해 따뜻한 감성과 지
적 치열성의 세계로 한걸음 더 나아가게 되었다고 할 수 있을 것이다.

그러다가 김종철의 시세계는 경험적 구체성에 바탕을 둔 사적 고백이
점증하게 된다. 가족 이야기나 일상적 삽화들이 시의 내용을 채우는 경우
가 많아진 것이다. 그와 동시에 삶의 근원적 우수가 확연하게 드러나게
되는데, 이러한 속성은 제2시집 『오이도(烏耳島)』(문학세계사 1984)에 집중
적으로 모아진다. 시인은 시집 서문에서 "여태까지 써왔던 모든 작품들을
다 버리고 비워내는 마음에서" 시집을 엮었다고 하였는데, 이는 이 시집
을 통해 지난 시간을 수습하고 새로운 시간을 예비하려는 그의 의지를 표
현한 것이라 할 수 있다. 그만큼 이 시집은 김종철 초기 시편을 완결하면
서, 새로운 시세계로 전환하게 되는 결절의 역할을 했다고 볼 수 있다.

　　바람에 날아다니는 바다를 본 적이 있으신지.
　　낡은 그물코 한올로 몸을 가린 섬을 본 적이 있으신지.
　　이 섬에 가려면 황토길 삼십리 지나 한달에 한두번 달리는 바깥세상의
　　철길을 뛰어넘고 다시 소금밭 둑길 따라 개금재 듬성듬성 박혀 있는 시오
　　리 길을 지나면 갯마을의 고샅이 보일 거예요.
　　이 섬으로 가려면 바다를 찾지 마셔요. 물 없이 떠도는 섬, 같은 바다에

두번 다시 발을 담그지 않는 섬, 이 섬을 아무도 보질 못하고 돌아온 것은
당신이 찾는 바다 때문이어요.

당신의 삶이 자맥질한 썩은 눈물과 토사는 이 섬을 서쪽으로 서쪽으로
더 멀리 떨어뜨려놓을 거예요.

십 톤짜리 멍텅구리배 같은 이 섬을 만나려면, 당신 몫의 섬을 만나려면,
당신은 몇번이든 길을 되풀이해서 떠나셔요.

당신만의 일박(一泊)의 황토길과 바깥세상의 철길을 뛰어넘고 다시 소
금밭 시오리를 지나……

— 「烏耳島 1 — 섬에 가려면」 전문

　시인은 '오이도'를 "외롭고 추운 마음을 안고 한번씩 자신으로부터 외
출을 하고 싶을 때 찾아가는 곳"(「서문」)이라고 하였다. 그는 "바람에 날아
다니는 바다"로 둘러싸여 있고 "낡은 그물코 한올로 몸을 가린" 오이도를
자신이 끝없이 찾아간 내력에 대하여 말한다. 그는 "이 섬에 가려면" 황톳
길을 지나고 바깥세상의 철길을 뛰어넘고 소금밭 둑길 따라 시오리 길을
지나야 한다는 것, 그렇더라도 정작 바다는 찾지 말아야 한다는 것을 재
차 강조한다. 그렇게 "물 없이 떠도는 섬"에 이르면 결국 "당신 몫의 섬"
을 가지게 된다는 것, 하지만 그와 동시에 몇번이고 그 길을 되풀이하여
떠날 수밖에 없다는 것을 역설하고 있다. 그 '떠도는 섬'은 시인의 젊은
날의 집념과 좌절을 잘 보여주는 상징적 거소이다. 그러니 시인으로서는
이러한 '오이도'의 세계 곧 언제나 떠날 수밖에 없는 자신의 유목성을 버
린 채 다음 시세계로 건너가고 싶었을 것이다. 시집 『오이도』는 김종철 시
세계에서 그러한 중간 지대로 존재한다. 이처럼 밀도있는 사적 고백과 근
원적 우수를 담은 『오이도』를 건너, 시인은 1980년대 후반에 쓴 시편들을
묶은 『오늘이 그날이다』(청하 1990)에 이른다. 시집 서문에서 그는 "세상을
바라보는 눈이 조금씩" 자리잡혀가고 "시를 무겁지 않게 쓰는 법"을 발견

하게 되었다고 말하고 있다. 그래서인지 시집에는 일상적인 생활의 세목과 함께 산업사회의 그늘에 대한 비판이 집중적으로 나타난다. 동시대를 살아가는 이들의 상처와 연대하려는 그의 사회적 상상력이 전면으로 부각한 것이다. 하지만 시집의 심연을 잘 들여다보면, 이 시집이 사회적 상상력에 경도되어 있는 것만은 아니라는 점을 알 수 있다. 다시 말하면 이 시집은 보다 더 근원적인 존재형식에 대한 관심이 깊어가는 과정을 강렬하게 보여준다. 이처럼 김종철의 1980년대 시세계를 응집한 『오이도』와 『오늘이 그날이다』는 일상의 우수와 사회적 상상력, 그리고 어떤 근원적인 존재형식에 대한 관심으로의 전이과정을 현저하게 보여준다. 이러한 관심의 전환이 1990년대에 들어서면서 '못'이라는 견고한 상징을 만들어내게 한 것이다.

1990년대에 들어 김종철의 시적 시선은 좀더 근원적이고 궁극적인 어떤 사유의 지경을 향한다. 네번째 시집 『못에 관한 명상』(시와시학사 1992)이 그 구체적 결실이라고 할 수 있는데, 여기서 그는 '못'이라는 구체적인 사물의 의미를 집중적으로 탐색하여, 소소한 일상성에 대한 관찰에서부터 심원한 철학적 통찰에 이르기까지 폭넓은 상징성을 획득하게 된다. 전체 65편의 연작을 통해 그는 인간 실존의 등가물로 '못'을 형상화하면서 집중적인 시적 천착을 시도하는데, 말하자면 삶이라는 것이 '못'을 박고, '못'에 박히고, '못'을 빼는 일의 심층적 반복이라고 노래한 것이다. 다음은 그 연작의 서시에 해당하는 시편이다.

못을 뽑습니다
휘어진 못을 뽑는 것은
여간 어렵지 않습니다
못이 뽑혀져 나온 자리는
여간 흉하지 않습니다

오늘도 성당에서
아내와 함께 고백성사를 하였습니다
못자국이 유난히 많은 남편의 가슴을
아내는 못 본 체하였습니다
나는 더욱 부끄러웠습니다
아직도 뽑아내지 않은 못 하나가
정말 어쩔 수 없이 숨겨둔 못대가리 하나가
쏘옥 고개를 내밀었기 때문입니다
　　　　　　　　　　　　──「고백성사 ── 못에 관한 명상 1」 전문

　　십자가에 못 박혀 죽은 예수의 사건이 이 시편의 배경이 되고 있음을
알아차리는 것은 그리 어려운 일이 아니다. 그런데 시인은 자신의 몸에
박혀 있는 "휘어진 못을 뽑는 것"이 여간 어려운 일이 아님을 말한다. 그
리고 설사 뽑았다고 하더라도 그 남은 흔적이 흉하기 짝이 없다고 말한
다. 여기서 시인은, 때로는 못 박혀 있는 채로 때로는 흉한 흔적을 남긴 채
가까스로 못을 빼고 살아가는 인간 존재를 표상하고 있다. 그 가운데 하
나가 바로 자신인데, 성당에서 고백성사를 하던 중 시인은 그 흉한 "못자
국이 유난히 많은 남편의 가슴을" 짐짓 못 본 체하는 아내를 따뜻한 눈길
로 바라본다. 그때 시인에게 진한 부끄러움이 밀려온다. 왜냐하면 자신에
게는 "아직도 뽑아내지 않은 못 하나" "정말 어쩔 수 없이 숨겨둔 못대가
리 하나"가 숨겨져 있었기 때문이다. 여기서 숨겨져 있는 '못' 하나를 우
리는 윤리적으로 해석할 수도 있고, 인간으로서 필연적으로 갖는 본질적
한계로 해석할 수도 있다. 하지만 그것이 "원죄의식의 발현이자 속죄의식
의 뒤엉킴에서 우러나는 내면 성찰의 부끄러움"(김재홍 해설 「참회와 명상」)
의 하나임에는 틀림없다. 그만큼 김종철의 '못'의 시학은 우리 시사에서
가장 성찰적인 사유를 보여주는 사례이고, 나아가 가장 기억할 만한 시적

상징의 하나라고 할 수 있을 것이다.

　김종철은 자신의 시편에 대한 산문적 사족을 단 일이 거의 없는 것으로
도 유명하다. 그만큼 그는 시로만 말한다. 이에 대해 시인은 "나의 시론은
시 자체이다"(「고백성사」, 『시와시학』 2005년 겨울호)라고 말했을 정도이다. 그
래서 우리는 그의 낱낱 시편을 통해 그가 전하고자 했던 삶의 어떤 비의
를 경험할 수 있을 뿐이다. 우리는 그 경험을 『못에 관한 명상』의 집중성
과 깊이에서 얻을 수 있지만, 이러한 근원에 대한 관심과 시적 탐색은 다
섯번째 시집인 『등신불 시편(等身佛 詩篇)』(문학수첩 2001)에 이르러 더욱 심
화된 진경(進境)을 얻게 된다.

> 등신불을 보았다
> 살아서도 산 적 없고
> 죽어서도 죽은 적 없는 그를 만났다
> 그가 없는 빈 몸에
> 오늘은 떠돌이가 들어와
> 평생을 살다 간다
>
> 　　　　　　　　　—「등신불—等身佛 詩篇 1」 전문

　시인은 "살아서도 산 적 없고/죽어서도 죽은 적 없는" 등신불을 바라
보고 있다. 삶과 죽음을 그야말로 한 몸에 응집하고 있는, 그래서 살아서
죽고 죽어서 산 '등신불'은 시인이 완성해낸 또 하나의 존재론적 표상이
다. 그 등신불은 "그가 없는 빈 몸"이 되고 거기에 "오늘은 떠돌이가 들어
와/평생을 살다 간다"고 하지 않는가. 여기서 정착과 유랑마저도 한 몸으
로 응집되고 있는 '등신불'의 시적 표상은, 그의 '못'이 좀더 치열한 사유
를 거쳐 안착한 존재론적 완결의 모형이 아닐 수 없다. 이러한 사유와 표
현은 "오늘 하루 나는 없다, 없다, 없다/생등신불이/이처럼 쉽게 될 줄이

야!"(「나는 없다, 없다, 없다 ─等身佛 詩篇 9」)라면서 비존재와 존재를 통합하고
자 했던 그의 역리의 상상력과 흔연히 만난다. 시집에서 이어지는 '소녀
경 시편(素女經 詩篇)' 연작이나 '산중문답 시편(山中問答 詩篇)' 연작 또
한 시인이 다양하게 만난 풍경과 사람 그리고 어떤 상황적 깨달음을 통해
'생등신불'에 이르는 상징적 과정을 여실하게 보여주는 사례이다.

　김종철 시인이 남긴 최근작들은 커다란 스케일과 함께 보편적이면서
진중한 인간 본질에 관한 사유를 두루 결합하고 있다. 가장 최근의 시집
『못의 사회학』(문학수첩 2013)은 그가 『못에 관한 명상』 이후로 '못'이라는
구체적인 사물의 의미를 집중적으로 탐색한 결실의 최종 완성형이라고
할 수 있다. 특별히 이 시집은 못의 존재론에서 못의 사회학 혹은 못의 관
계론에까지 관심과 시각을 넓힘으로써 그의 시적 탐구가 존재론에서 사
회학으로, 사물의 상징에서 신성의 경지로까지 확장되고 심화되는 과정
을 충실하게 보여준다. 이러한 예술적 성취는 견고하고 일관된 심미적 의
식 속에서 길어올린 인생론적 깊이를 담고 있다 할 것이다.

　　대패질을 한다
　　결 따라 부드럽게 말려 오르는
　　밥은 밥인데 못 먹는 밥
　　당신의 대팻밥
　　죽은 나무의 허기진 하루
　　등 굽은 매형의 숫돌 위에
　　푸르게 날 선 눈물이
　　대팻날을 간다

　　자주 갈아 끼우는 분노의 날 선 앞니
　　이빨 없는 불평은

결코 물어뜯지 못한다
먹어도 먹어도 배부르지 않는
대팻밥을 뱉으며
가래침 같은 세상을 뱉으며
목수는 거친 나뭇결을 탓하지 않는다

시시비비
입은 가볍고
혓바닥만 기름진 세상
먹여도 먹여도 헛배 타령하는
대패질은 자기착취다
비껴온 세상의 결 따라
날마다 소멸되는 나사렛 사람
나의 목수는 밥에서 해방된 천민이다

―「대팻밥 ― 못의 사회학 3」 전문

결 따라 부드럽게 말려 오르는 대팻밥을 바라보면서 "죽은 나무의 허기진 하루"를 생각한다든지, "푸르게 날 선 눈물"로 대팻날을 가는 목수의 삶을 생각하는 시인의 품은 자연스럽게 저 나사렛 사람 예수를 떠올리게 한다. "분노의 날 선 앞니"나 "이빨 없는 불평"을 훌쩍 넘어 시인은 "목수는 거친 나뭇결을 탓하지" 않듯이 "비껴온 세상의 결 따라/날마다 소멸되는 나사렛 사람"의 삶으로 나아간다. 바로 "나의 목수는 밥에서 해방된 천민"인 셈이니 말이다. 이 시집으로 받은 박두진문학상 수상 소감에서 시인은 다음과 같이 밝힌 바 있다.

제 시와 기도는 자기 자신에게서의 경청을 의미했습니다. 어떤 종류의 메시지에 대한 감수성도 아니고, 다만 자기 자신의 공허 안에서 당신의 메시지의 충만함을 깨닫기를 기다리는 묵상입니다. 오직, 그 누구도 아닌 자기 자신과 홀로 있게 하는 것입니다. 그래서 나의 기도와 시는 진정한 관조자에 이르는 길이며, 사랑으로 이르는 길이라는 생각을 해봅니다.

이처럼 '시'와 '묵상'과 '기도'는 그의 삶에서 이미 하나였다. "자기 자신과 홀로 있게 하는 것"으로서의 '기도'와 '시'로써 시인은 "사랑으로 이르는 길"에 궁극적으로 가닿는다. 이제 그렇게 경험적 구체성과 형이상학적 영성의 세계를 통합하려 했던 시적 생애를 내려놓고, 김종철 시인은 편안한 영생으로 들어갔다. 여기서 우리는 그의 시편들이 오래도록 읽히면서 그가 한국 시의 형이상성을 한 단계 높인 시인으로 기억되고 기록되기를, 오랜 시간의 믿음으로, 마음 깊이, 소망해본다.

인간과 역사 탐색을 통해
자기긍정에 이르는 깨끗한 시심

◆

조재훈의 시

1. 우리 시단의 외롭고 높고 쓸쓸한 고처

조재훈(趙載勳) 시인은 1974년에 다형(茶兄) 김현승(金顯承) 선생의 추천을 통해 『한국문학』으로 등단하여 최근까지 45년의 시력(詩歷)을 균질적으로 쌓아온 우리 시단의 원로이다. 대전 충남을 기반으로 하여 민주화운동을 지속하였으며, 고도로 절제된 언어와 인간에 대한 철학적 사유 그리고 동시대의 현실에 대한 시적 개진으로 높은 평가를 받아왔다. 그동안 시인은 『겨울의 꿈』(창작과비평사 1984), 『저문 날 빈 들의 노래』(청사 1987), 『물로 또는 불로』(한길사 1991), 『오두막 황제』(푸른사상 2010) 등의 시집을 펴냈다. 보기 드문 과작(寡作)의 성취가 시인의 엄격함과 깨끗한 시심을 보여주는 듯하다. 일찍이 그의 작품에 대해서는 "어디 한군데 보탤 것도 뺄 것도 남겨두지 않은 완벽주의자"(염무웅, 『오두막 황제』 뒤표지 추천사)의 성과라는 인물지적인 평가나 "그의 시에서 우리들의 스승인 다형 선생의 '절대고독'의 향기를 다시 맡게 되는 것은 결코 우연의 일이 아닌 것 같다"(이성부, 『오두막 황제』 뒤표지 추천사)라는 계보학적 평가가 있었다.

물론 조재훈의 작품 중에는 인간에 대한 긍정의 시선으로 삶의 애착을 노래한 시편도 적지 않고, 전통 서정의 향기를 경험하게 하는 풍경 시편도 상당수 있고, 동양 고전을 인유(引喩)하고 또 변형적으로 성찰해간 철학적 시편도 많다. 그뿐만 아니라 동시대의 현실에 대해 직접적 발언을 감행하는 일종의 참여적 지절(志節) 시편도 커다란 권역을 이루고 있다. 민중적 역사의식과 현실 인식이 첨예한 육체를 이루고 있는 이러한 시편들은 듬직하고 은은하게 우리 시단의 외롭고 높고 쓸쓸한 고처(高處)를 형성하고 있다 할 것이다. 그렇게 조재훈의 시는 선 굵은 남성적 음역(音域)을 통해 우리 시단의 연성(軟性) 편향에 커다란 인지적·정서적 충격을 주는 세계였다고 할 수 있다. 그리고 이러한 인간과 역사 탐색의 결실은 한결같이 궁극적인 자기긍정으로 이어진다. 이 글에서는 그동안 그가 출간했던 네권의 시집에서 빛을 뿌리는 범례들을 가려, 조재훈 시학의 경개(景槪)와 실질을 살펴보려고 한다.

2. 근대사를 살아온 인간 보편의 서사에 대한 상상력

조재훈의 초기 시는 두가지의 시적 기율에 의해 움직인다. 그 하나는 넉넉하기 그지없는 관조적이고 역설적인 의식으로 세계를 파악함으로써 원숙하고도 깊이있는 삶의 실상에 접근해가는 방법이고, 다른 하나는 역사와 현실을 넘어서는 견결하고 깨끗한 태도를 통해 시인 스스로 얻게 된 품격을 드러내는 방법이다. 이는 세상에 미만(彌滿)해 있는 폭력성과 속악성에 시인 나름으로 맞서는 방법이라고 할 수 있을 것이다. 그래서 우리가 그의 시를 읽는다는 것은, 정확하게 말해, 이러한 방법들이 이루어내는 시적 긴장에 동참하는 일이 아닐까 한다.

아닌 게 아니라 조재훈 시인은 경험적 구체성과 역사에 대한 신뢰를 일

관되게 견지하면서, 사회역사적 상상력과 시적 언어가 만나는 지점에서
자신의 사유와 감각을 드리운다. 삶의 구체성과 보편성을 하나로 관통하
는 상상력의 통합과정을 거치면서 궁극적인 자기긍정에 가닿는 것이다.
그의 시를 굵고 깊은 세계로 이끌어가는 원천적 힘이 바로 여기에 있을
것이다. 다음은 첫 시집 『겨울의 꿈』 맨 앞에 실린 작품이다.

> 이승에 놓아둔
> 무거운 빚을
> 아직 머리에 이고 계신가요
> 수척한 산등성이에
> 숨어 오셔서, 쩔룩쩔룩 숨어 오셔서
> 핏덩이로 남긴 막내가
> 배다른 형제들 틈에 끼여
> 어떻게 섞여 크는가,
> 수수깡 울타리 속에서
> 배곯지 않는가 보려고
> 핏기 없는 얼굴로
> 서성거리고 계시군요
> 뒷마을 대숲에
> 온종일 칼바람이 울고
> 우는 막내의 연 끝에
> 땀 밴 은전 몇닢을
> 놓고 계시군요
> 새벽닭 울 때마다 매양
> 안개 피어오르는 바다 위로
> 큰기침하며 버선발로 오시던

우리 한울님을
여전히 모시고 계신가요
불 끄고 한밤중
홀로 눈물 삭히던 울음,
얼음 아래 나직이 들리고
집 나간 지아비 기둘려
발등 찍어 호미날에 묻어나던
복사꽃 상채기,
머언 연기로 보여요.
빈 들이 잠들고
산 하나 經典처럼 누워 있는
무심한 이승에
모처럼 나들이 와 계신가요.

—「겨울 낮달」 전문

　조재훈 시인은 겨울에 잠시 모습을 드러낸 '낮달'에 말을 건넨다. 수척한 산등성이에 숨어 핏기 없는 얼굴로 서성거리는 낮달이 "핏덩이로 남긴 막내가/배다른 형제들 틈에 끼여/어떻게 섞여 크는가,/수수깡 울타리 속에서/배곯지 않는가 보려고" 왔다고 함으로써, 낮달로 하여금 어느새 "이승에 놓아둔/무거운 빚"을 찾아온 '어머니'의 형상을 띠게끔 한다. 뒷마을 대숲에 칼바람 우는 마을에 "막내의 연 끝에/땀 밴 은전 몇닢을/놓고" 있는 낮달은, 그만큼 "안개 피어오르는 바다 위로/큰기침하며 버선발로 오시던/우리 한울님을/여전히 모시고" 계신 어머니가 된다. "한밤중/홀로 눈물 삭히던 울음"을 거두지 못하고 "집 나간 지아비 기둘려/발등 찍어 호미날에 묻어나던/복사꽃 상채기"를 여전히 간직하고 계신 어머니는, 무심한 이승에 오셔서 수척한 눈물과 상처투성이의 시간을 정한

(情恨)의 깊이로 되새기고 있는 것이다. 그래서 우리는 '겨울 낮달'이 우리 근대사에 나타난 보편적 '어머니'의 형상을 견지하고 있음을 알 수 있다. 그것은 "이고 지고 빈손/사십 한평생/울다 간 울 엄니"(『겨울산』)의 형상이기도 할 것인데, "영 너머/뻐꾹새 울음 번지는/낮달"(『웅달』)이라는 표현에서도 시인은 뻐꾹새 우는 산골의 사연을 담은 소재로 '낮달'을 차용함으로써 우리 역사의 보편적 서사를 이끌어내고 있다. 비록 슬픔과 아픔을 내장하고 있지만, 또렷한 역사적 실재를 은유하는 '겨울 낮달'의 이미지가 선연하기만 하다.

> 진달래 굽이굽이
> 피는 강이다.
> 놀빛 울음이 타는
> 반도 들녘에
> 밟혀도 밟혀도
> 일어나는 쑥이다.
> 보릿고개 넘어
> 옹기전에 옹기그릇 볼 부비듯
> 옹기종기 모여 살다가
> 세금에 쫓겨, 총칼에 쫓겨
> 왜국으로 징용가고
> 북간도로 달아나던
> 괴나리봇짐이다.
> 숨어 산속에서
> 석달 열흘 배를 채우던
> 어머니가 눈물로 빚은
> 마른 떡이다.

삼월서 사월로
쓰러진 피 다시 일어나는
아, 잠 못 드는 울음이다.

—「아리랑」 전문

　이 작품 역시 우리 근대사를 관류하는 보편적 정한의 모습을 잘 보여준다. '아리랑'이라는 제목 자체가 그러한 집체적 속성을 여지없이 예고해준다. "놀빛 울음이 타는/반도 들녘"에서 "밟혀도 밟혀도/일어나는 쑥"은 그 자체로 익숙한 민중적 생명력의 상징일 것이다. 보릿고개를 넘어 '세금' '총칼'에 쫓겨서 왜국과 북간도로 징용가고 달아난 '괴나리봇짐' 역시, 말할 것도 없이, 이리저리 쫓겨가면서도 생명력을 잃지 않았던 우리 이산(離散: diaspora)의 역사를 핍진하게 담고 있다. 여기서 "옹기전에 옹기그릇 볼 부비듯/옹기종기 모여 살다가"라는 표현은, 살가운 실감과 일종의 언어유희(pun)를 통해 한층 기억의 밀도를 높이고 있다. 또한 "산속에서/석달 열흘 배를 채우던/어머니가 눈물로 빚은/마른 떡"은 그러한 간난신고의 물리적 형상일 것이다. 그렇게 "삼월서 사월로/쓰러진 피 다시 일어나는" 때에 잠 못 드는 울음으로 들려오는 '아리랑'은, "천년을 천길의 땅속에 묻혀 있는/씨알의 잠"(「겨울잠」)이 "지순(至純)의 부활"(「雪日」)을 이루는 역설을 그 안에 품은 채 차츰차츰 우리 삶으로 번져오고 있다.

　밤은 납처럼 깊이 갈앉았다.
　미루나무 뽀얀 안개 속에서
　잠든 마을은 아득하구나
　어머니 눈물 한점마저
　깜빡이는 등잔불처럼 뒤채이는
　허허로운 황토 위에

어둠을 두고
호올로 떠난다.
거미줄로 얽힌 이씨네 김씨네 땅을 밟고
어느새 산모롱이에 올라서면
눈 붉은 원추리 한 채.
땀에 전 논과 밭들은
배꼽을 드러내놓은 채 잠이 들고
잠든 것들은 더욱 잠들어
산에는 무덤만 느는구나
애 삭이며 삭은 흙 위로
돌아오마
백골이 되어서라도
눈뜨고 돌아오마
잘 있거라, 잘 있거라

                                         ―「새벽」 전문

　‘새벽’이란 하루의 시작이기도 하지만, 어쩌면 생의 분기점에서 새로운
떠남을 환기하는 시간 형식인지도 모른다. 납처럼 깊이 갈앉은 밤, 아득하
게 잠든 마을을 두고 누군가 "어머니 눈물 한점마저/깜빡이는 등잔불처
럼 뒤채이는/허허로운 황토 위에/어둠을 두고" 떠나고 있다. 산모롱이에
올라 "눈 붉은 원추리"처럼 마을을 바라보면서 홀로 떠나는 사람의 "백골
이 되어서라도/눈뜨고 돌아오마/잘 있거라, 잘 있거라" 하는 굳은 다짐은,
끝내 돌아오지 못하는 이들의 이산과정을 다시 한번 경험적으로 보여준
다. 이처럼 조재훈 시인은 우리 민족공동체가 겪었던 수많은 ‘떠남’의 서
사를 통해 잡연(雜然)한 세사(世事)의 연쇄가 근대사의 어김없는 실상이
었음을 채록하고 증언한다. 하지만 시인이 그것을 고발적 어조로 연결하

는 것은 결코 아니다. 오히려 그는 그것들을 절묘하게 사람살이의 구체성
과 결합하는 능력을 일관되게 보여줌으로써, 절제된 목소리와 함께 보편
적인 사람살이의 낱낱 맥락을 암시해준다.

갈라지는
밤의 옆구리에서
문풍지 운다.
그 소리 따라가면
솔바람
파도 이는
응달,
어머니 살아생전의
문안도 먼
깜박이는
차운 등잔불.
서른의 사나이가 벌판을 헤맨다.
벌판에 눈이 쌓이고, 유년의
숙제, 그리다 잠든 세계지도에
舊約의 마을에, 우랄산맥에
눈이 나리고
나리는 한가운데
노을처럼 석류가 익는다.
茶 끓듯 오르는 수액
한개비 마지막
성냥이 탄다.
캄브리아紀로 빛나는

캄캄한 자궁
잠든 처마 아래
빗장이 걸린다.

—「겨울의 꿈」 전문

첫 시집의 표제작이기도 한 이 작품은 그가 꾸는 '겨울의 꿈'이 결국 인간과 역사 탐색을 통해 궁극적인 자기긍정에 이르는 길임을 알려준다. 깊은 겨울밤 문풍지 우는 소리를 따라 "깜박이는/차운 등잔불"이 어른거린다. 눈이 쌓이는 벌판을 헤매는 "서른의 사나이"는 "구약(舊約)의 마을"에 내리는 눈 한가운데서 노을처럼 석류가 익는 것을 바라본다. 청년 예수의 이미지를 차용한 이 표현은, "한개비 마지막/성냥"이 타들어가고 "빛나는/캄캄한 자궁/잠든" 겨울밤이야말로 시인으로 하여금 "내 홀로 있음이, 홀로 있음이 아님을"(「扶餘行 4」) 알게끔 해준다는 것을 드러낸다. 이렇게 조재훈의 시편에는 짙은 페이소스나 감상벽(感傷癖)이 상당히 절제되어 있고, 현실을 관통하는 소재를 끌어올 때에도 모든 사물이 상호연관성 아래 존재한다는 사유를 저버리지 않는다. 그래서 그의 시편은 표층적 형상으로는 사물의 본래면목(本來面目)을 파악할 수 없다는 근원 지향의 사유를 일관되게 보여준다.

이처럼 일차적으로 조재훈 시인이 들려주는 목소리는 우리 근대사를 살아온 인간 보편의 서사에 대한 상상력에서 발원한다. 사실 지난 세기의 우리 공동체는 가난과 분쟁과 폭력의 시대를 온몸으로 관통해왔다. 이에 대응하여 조재훈의 시는 인간을 왜곡하고 억압했던 현실에 대한 근원적인 비판의 목소리를 발하고 있다. 또한 그는 서정시의 시간 속성을 밀도 있게 담아내고 있는데, 자신의 시를 통해 사물 안에 깃들인 오랜 시간을 한결같이 응시하고 표현한다. 그 점에서 그는 현실에 긴박되지 않고, 오히려 현실을 후경(後景)으로 전유하면서, 가장 근원적인 자기긍정의 서사를 담아냈던 장인(匠人)이라고 할 수 있다. 이는 조재훈의 첫 시집이 가지는 개성적 면모요, 1980년대 한복판에 우리 시단이 거둔 크나큰 수확이 아닐 수 없다.

3. 자기완성의 시쓰기, 공동체적 감각을 열어가는 언어

우리는 삶의 과정에서 몇차례씩 퍽 선명하고도 절실한 존재 확인의 순간을 만나게 된다. 그것을 일러 '운명'이나 '섭리' 같은 불가피한 힘의 이름으로 부르기도 한다. 그때 사람들은 삶의 비의(秘義)를 직관하게 되고 어떤 정신적 고양을 경험하기도 한다. 때때로 그것은 존재 생성의 활력으로 작용하기도 하고 암담한 추락의 계기를 던져주기도 한다. 조재훈의 시는 이러한 상승과 하강의 교차적 연쇄 속에서 우리의 삶이 이루어진다는 것, 그리고 시는 이러한 굴곡을 융기와 침잠의 정서로 반영하면서 씌어진다는 것을 분명하게 알려준다. 이때 우리는 조재훈이 운명과도 같은 삶의 고통을 통해 삶의 형식을 완성하려 하는 시인임을 알게 된다. 그 과정이 시쓰기를 통해 이루어지는 것임을 달리 말해 무엇하겠는가. 조재훈의 두번째 시집 『저문 날 빈 들의 노래』는 이러한 '시인'으로서의 자기완성을 실현해가는 과정을 확연하게 보여준다. "눈 위에 눈물/그리운 이의 이름"(「눈물」)을 부르면서도 그들에게 "각각 떨리는/제 몫의 목숨"(「別」)을 부여해가는 시인의 모습에서 우리는 진정한 언어의 사제(司祭)로서의 모습을 보게 된다.

흐르가는 물 위에
풀잎을 떠우나니
언덕은 노을

남녘으로 흐르는 물 위에
한줌 풀잎을 뜯어
띄우고 또 띄우나니
산 그리매 잠기고
산골짜기에 등불 하나
하늘나라 오두막
깜박깜박 불이 켜지면
보고 싶은 눈동자
물살이 되어, 꽃이 되어
멀어져가고
그대 문전에서
돌아서던 날
손꼽아 세어보던
나날을 묻어
쓴 잔을 들어 목을 축이듯
한잎 한잎
흘러가는 물 위에
가만히 풀잎을 띄우나니
가거라 모든 것
고개 너머 흘러서
잘 가거라.

──「풀잎을 띄우며」 전문

　시인은 혹독하고 찬연했던 겨울을 지나 흘러가는 물 위에 풀잎을 띄우는 봄을 맞았다. 남쪽으로 흐르는 물 위에 풀잎을 뜯어 띄울 때, 산 그림자도 잠기고 산골짜기에는 등불 하나가 하늘나라 오두막처럼 켜진다. 그때

"보고 싶은 눈동자"가 "물살이 되어, 꽃이 되어" 차차 멀어져간다. 이렇게 누군가의 부재를 통해 이어오던 세월의 틈으로 시인은 "손꼽아 세어보던/나날"을 묻고는 흘러가는 물 위에 가만히 풀잎을 띄우면서 "가거라 모든 것/고개 너머 흘러서/잘 가거라" 하면서 '부재로서의 현존'이라는 삶의 형식을 재차 완성하고자 한다. 그렇게 시인은 "그리운 이의/발자국 소리처럼"(「신년」) 다가오는 불가피한 시간의 흐름을 안아 들이면서 "흘러가는 강물의/가슴에 가슴을 대고/흐느낌을 들은"(「새벽강」) 선명한 경험을 우리에게 전해준다. 조재훈 시인은 이처럼 오래된 구체적 이미지의 기억을 통해 현실의 시간에서 벗어나서는 자신이 고유하게 겪은 경험 내적 시간으로 귀환해간다. 외따로 떨어진 사물과 사물 사이에 일종의 유추적 연관이 형성되는 것도 이러한 그만의 기억이 작용하기 때문이다. 그리고 다음 시편은 그 완성의 의지가 시인의 삶의 터전이기도 했던 '금강'이라는 대상을 통해 나타나게 되는 뜻깊은 실례일 것이다.

    둥둥 북을 울리며,
    새벽을 향하여 힘차게
    능금빛 깃발 날리며,
    앞으로 앞으로 달려가는
    금강, 넌 우리의 강이다.

    산맥을 치달리던 마한의 말발굽 소리,
    흙을 목숨처럼 아끼던 백제의 손,
    아스라이 머언 숨결이
    달빛에 풀리듯 굽이쳐 흐른다.

    목수건 질끈 두른 흰옷의 설움과

가난한 골짜기마다 흘리는 땀방울들이
모이고 모여 고난의 땅을
부드럽게, 부드럽게 적시며 흐른다.

흐르는 물이 마을의 초롱을 켜게 하고
모닥불과 두레가 또한 물을 흐르게 하는
하늘 아래 크낙한 어머니 핏줄
금강, 넌 우리의 강이다

그 누구, 강물의 흐느낌을 들은 일이 있는가
한밤중, 번쩍이며 뒤채이는 강의 가슴에 손을 얹어보아라
해 설핏한 들길을 걸어본 자만,
듣는다. 홀로 읽은 활자들이 일제히 일어서는 소리를

그 누구, 꿈틀대는 꿈을 동강낼 수 있는가
그 누구, 융융한 흐름을 얼릴 수 있는가
등성이에서 바라보면 넌 과거에서 오지만
발목을 담그면 청청한 현재, 열린 미래다.

정직한 이마에 맺히는 이슬,
넘기는 페이지마다, 발자욱마다
들창이 열리고 산이 열리고
꽁꽁 얼어붙은 침묵이 열린다.

둥둥 북을 울리며,
새벽을 향하여 힘차게

능금빛 깃발 날리며,
앞으로 앞으로 달려가는
금강, 넌 우리의 강이다.

—「금강에게」전문

'금강'이라는 시적 상징은 이미 신동엽(申東曄)의 선구적 사례가 있긴
하지만, 조재훈은 거기에 더욱 절절하고 심미적인 형상을 덧입힌다. 그가
금강에 던지는 목소리는 둥둥 울리는 북소리와 함께 시작되는데, 새벽을
향해 힘차게 깃발 날리며 앞으로 달려가는 금강은 공동체적 경험과 문양
을 함께 나눈 "우리의 강"으로 다가온다. 거기에는 "마한의 말발굽 소리"
와 "백제의 손" 그리고 "아스라이 머언 숨결"이 굽이쳐 흐른다. 그 경험들
을 확장하면 거기에는 "흰옷의 설움"과 "가난한 골짜기마다 흘리는 땀방
울" 그리고 "고난의 땅을/부드럽게, 부드럽게 적시며 흐른" 시간이 있을
것이다. 그렇게 "하늘 아래 크나큰 어머니 핏줄"인 금강은 흐느끼며 뒤채
이는 가슴을 가지며 "홀로 읽은 활자들이 일제히 일어서는 소리"를 품고
있다. "발목을 담그면 청청한 현재"이고 "열린 미래"이기도 한 '금강'은
얼어붙은 역사의 침묵을 하나하나 열어간다.

이처럼 조재훈의 두번째 시집은 회감(回感)과 의지라는 정서적 구조를
통해 우리가 잃어버린 것들에 대한 인지적이고 정의적인 충격을 선사해
간다. 물론 이러한 그의 시적 의도와 욕망이 우리 시의 존재론을 모두 설
명할 수 있는 것은 아니다. 하지만 우리가 여전히 중요한 시적 경험으로
서 회감과 의지를 강조할 수 있다면, 그것은 그 원리가 인간을 가장 근원
적이고 궁극적인 관심으로 유도해갈 수 있기 때문일 것이다. 조재훈의 시
는 시쓰기를 통한 자기완성의 의지, 공동체적 감각을 열어가는 언어를 통
해 '시인'으로서의 근원을 사유해간다. 그것이 강물에 띄우는 풀잎처럼,
유장하게 흐르는 금강처럼 선명한 자국을 남긴 것이다.

4. 낡아가는 것에 대한 애착과 근원에 대한 섬세한 기억

조재훈의 세번째 시집『물로 또는 불로』는 서정시를 통해 현실에서는 불가능한 존재 전환을 꿈꾸는 세계로 나아간다. 그때 그의 시를 읽는 우리는 일상적이고 물리적인 현실에서 벗어나 전혀 다른 곳으로 상상적 이동을 할 수 있게 된다. 그 순간 이루어지는 상상적 경험은 사물에게로 원심적 확장을 수행했다가 다시 자신에게로 구심적 응축을 하는 과정을 하나하나 밟는다. 조재훈 시인은 서정시의 이러한 속성 곧 타자들로의 확산과 자신으로의 회귀를 동시에 꿈꾸면서, 삶이 견지해야 하는 정신적 태도나 자세에 대해 열정적으로 노래한다. 아닌 게 아니라 서정시의 본래적 기능은 삶에 대한 자세와 태도를 일인칭의 발화를 통해 드러내는 정직성과 깊이 연루되는 것이 아니겠는가. 그 점에서『물로 또는 불로』는 "바른 것 사랑하는 뜨거운 마음 하나로"(「해바라기를 바라보며」) 써온 정직한 고백록이자, "더러는 붓이 되어/그리운 이의 가슴으로 천리만리 달린"(「대밭에서」) 마음을 그려낸 깨끗한 사랑의 도록(圖錄)이기도 하다. "시인의 겸허하고 맑은 모습"(신경림 해설「땅심과 재미의 시」)으로 씌어진 다음 시편을 한번 읽어보자.

슬픔이 아름답다고 하는 것은
아름다움이 아니다.
그러나 어쩌랴.
슬픔도 좋이 십년쯤은 걸려
옥이 되는 슬픔을
불면으로 지켜본다는 것은
아름다움이 아니고
또 무엇이랴.

독한 슬픔은 불에 들어가도
재가 되지 않는다,
흙에 들어가도
흙이 되지 않는다.
슬픔은 요단강을 건너야
비로소 꽃이 핀다는 말은
정말이 아니다.
가슴에 산을 품은
그대는 알 것이다.
더러는 눈이 멀어야
세상의 끝이 환히 보이듯이
슬픔도 핏속에 들어가 한 십년쯤은
잘 견뎌야
부처의 사리처럼
빛이 되는 이치를.
슬픔이 아름답다고 하는 것은
아름다움이 아니다.
그러나 어쩌랴,
세상이 다 날 속여도
사노라면 슬픔만한 아름다움이
또 어디 있으랴.

—「아름다운 슬픔」 전문

　우리는 조재훈의 미학적인 정서를 여기서 깊이 만날 수 있다. 슬픔의 심미성이라고 명명할 수 있는 이 아름다운 작품은 그냥 '아름다움'이 아니라 "십년쯤은 걸려/옥이 되는 슬픔을/불면으로 지켜본다는 것"이 '아름다움'이라는 전언으로 수렴되어간다. 나아가 슬픔의 독성은 불에 들어가도 재가 되지 않고, 흙에 들어가도 흙이 되지 않을 정도로 단단한 생명력을 가지고 있다고 시인은 노래한다. 그러니 "슬픔도 핏속에 들어가 한 십년쯤은/잘 견뎌야" 빛이 되는 이치를 보여주게 마련이 아니겠는가. 따라서 시인으로서는 "사노라면 슬픔만한 아름다움이/또 어디 있으랴"라고 노래할 수 있었던 것이다. 그 '아름다운 슬픔'의 거소(居所)야말로 "불이었다가 재였다가/마침내 바람이 되는 곳"(「또 부여에 와서 2」)이고, "땀 흘리는 땅/그게 심이지"(「땅심」)라는 표현을 가능하게 한 마음의 본향이었을 것이다.

> 해질녘
> 집을 찾아 뿔뿔이 돌아가는
> 출출한 시간에
> 막걸리로 목을 축이는
> 기인 그림자의
> 사람아
> 말없이 하루가 가고
> 또 말없이 하루를 보내는
> 정직한 이마,
> 사람을 아는 사람아
> 흙에서 태어나
> 다시 흙으로 돌아가는
> 한나절 짧은 삶을
> 힘껏 껴안는
> 사람아
> 기인 강둑 따라

아슬히 이어진 길을
혼자 걸으며
더러는 강심에다
작은 조약돌
던져보는 사람아
술처럼 끓어오르는 가슴에
코스모스 꽃잎이
피어나는
눈물 가득한
사람아
홀로 가는 사람아

                                    —「사람아, 사람아」 전문

등피에 어리는
뽀오얀 입김인 듯
자욱한 안개
유리창 너머로
한잔의 차를
정좌하고 바라본다
오래간만에 시계를 풀고
입술을 적시는 풀빛 향,
무등에서 보내준 한모금
햇살이 환하다.
젖은 낙엽이
나비처럼 창에 붙어
기웃거린다.

이 쓸쓸하고 넉넉한

무량의 공간을

손을 씻어 두 손으로 받치며

무릎의 상처를

잠시 잊는다.

—「無等茶」 전문

이 두편의 작품은 조재훈의 깨끗한 시심이 만들어낸 사유와 감각의 세련성 그리고 그 언어의 깊이를 남김없이 보여준다. 「사람아, 사람아」는 '사람'의 구체적 형상을 통해 인간 보편의 존재론을 노래한 시편이다. 그 '사람'은 모두 집을 찾아 돌아가는 시간에 "기인 그림자"를 끌며 가는 외로운 사람이고, 하루가 오고 가는 순간에 정직한 이마로 "사람을 아는 사람"이다. 흙에서 태어나 흙으로 돌아가는 "짧은 삶을/힘껏 껴안는/사람"이며, "강심에다/작은 조약돌/던져보는" 꿈을 꾸는 사람이다. 마침내 "끓어오르는 가슴에/코스모스 꽃잎이/피어나는/눈물 가득한" 그 '사람'은 결국 "홀로 가는 사람"이 된다. 고독과 정직과 뜨거움과 꿈과 눈물의 실존을 안고 묵묵히 살아가는 '사람'을 호명하면서, 조재훈 시인은 "꿈을 지니지 않고는 시인일 수 없다는 게 평소의 생각이다. 꿈은 미래의 현재화이다. 꿈이 뜨겁고 순결할수록 미래를 힘차게 현재로 만들며 거기에서 이른바 비전이 생겨난다. 그러한 힘이 없이 시를 쓰고, 그밖의 문학행위를 벌이는 것은 죄악이라고 나는 믿는다. 이런 생각이 변하지 않을 때까지 나는 시를 쓸 것이다"(「시인의 말」)라고 말할 수 있었던 것이다.

「무등차(無等茶)」는 스승인 김현승의 동명(同名) 작품과 관련해서 읽을 만하다. 김현승의 「무등차(無等茶)」는 "가을은/술보다/차 끓이기 좋은 시절……"로 시작하면서 선미(禪味)를 고아하게 형상화한 작품이다. 세상사의 번쇄한 욕망의 그림자를 '술'에다 붓고 그것을 메마르게 걸러낸 결정물을 '차'로 비유함으로써, 어느새 '외로움'은 그 자체로 '향기'를 내뿜는 것이 되어간다. 조재훈의 시편은 "등피에 어리는/뽀오얀 입김"처럼 자욱한 안개 속에서 "유리창 너머로/한잔의 차를/정좌하고" 바라봄으로써 시작된다. "입술을 적시는 풀빛 향"은 그야말로 "무등에서 보내준 한모금" 환한 햇살로 몸을 바꾼다. 젖은 낙엽이 나비처럼 유리창에 붙어 기웃거리는 가을, "쓸쓸하고 넉넉한/무량의 공간을/손을 씻어 두 손으로 받치며" 시인은 세상의 상처를 잠시 잊는다. 이는 낡아가는 것에 대한 각별한 애착과 그에 따른 근원에 대한 섬세한 기억을 통해 현실에서는 불가능한 존재 전환을 꿈꾸는 세계로 나아가는 어떤 순간을 보여준다. 여기서 우리는 일상에서 빚어진 상처와 어둠을 매우 예민한 감각으로 지워가는 시인의 감각을 만날 수 있고, 나아가 시의 오래된 본령인 경험적 실감의 중요한 사례를 접하게 된다. 아름답고 융융하고 가없다.

5. 가난한 충만함으로 펼쳐지는 시인의 존재론

원래 모든 서정시는 진정성 있는 고백과 자기확인을 일차적 창작 동기로 삼는다. 비록 그것이 사회적 발언을 중심으로 한다고 하더라도, 그것은 철저히 시인 스스로의 다짐을 매개로 하여 토로되는 것이다. 따라서 서정시의 저류(底流)에는 시인이 오랫동안 겪은 경험 가운데서 가장 뿌리 깊은 기억의 층이 녹아 있게 마련이다. 그 시간의 깊은 지층에서 시인은 회상(回想)과 예기(豫期)를 동시에 치러내는 것이다. 조재훈 시인의 네번째 시집이자 가장 근작(近作)이기도 한 『오두막 황제』는 한편으로는 "해 지는 벌판에 별빛 같은 마을의 평화"(「웨이밍호를 돌며 1」)를 보여주고, 한편으로는 "해 지면 돌아와/둘러앉던 가난한 저녁 밥상"(「가난한 평화」)을 보여준다. 뿌리 깊은 기억의 층을 통해 펼쳐지는 '시인'의 궁극적 존재론이 가난한 충만함으로 감싸여 있는 것이다.

> 한 사람을
> 불러볼 수 있다는 것은
> 고향이 아직 있다는 거다.
> 연둣빛 의자에 앉아서
> 건너다보는 눈빛,
> 건널 수 없는
> 겨울강(江)이다.
> 목숨에 목숨을 포개려는
> 철없는 불꽃은
> 눈 속에서만 탈 뿐,
> 너라고 부르고 싶은
> 날이 있다.
> 한 사람을 불러도
> 만날 수 없다는 것은
> 내가 아직 살아 있다는 거다.

—「한 사람」 전문

이 산뜻하게 씌어진 가편(佳篇)은 앞에서 본 「사람아, 사람아」의 주인공이 다시 한번 그 모습을 드러낸 결실로 읽힌다. 그 "한 사람을/불러볼 수 있다는 것"을 소중하게 여기는 시인은 그 불러봄 자체가 "고향이 아직 있다"는 증거임을 노래한다. "연둣빛 의자에 앉아서/건너다보는 눈빛"은 "건널 수 없는/겨울강"인데, 그 깊은 심연에 "목숨에 목숨을 포개려는/철없는 불꽃"이 찬연하게 농울친다. "너라고 부르고 싶은/날"에 그 "한 사람을 불러도/만날 수 없다는 것"이 자신이 살아 있다는 증거임을 노래하는 시인의 마음은, 다시 한번 '부재로서의 현존'이라는 보편적 삶의 이치를 관조하는 시인의 시선이 "민들레 홀씨처럼/이 가지 저 가지로 옮겨 앉는/작은 새처럼"(「봄 2」) 나타난 것임을 알려준다. 그렇게 조재훈 시인은 "흙 속에 발목을 묻으며/말없이 사는/등 굽은 사람"(「그 사람」)을 줄곧 부르면서, "추녀 밑에 쪼그린/노오란 눈물"(「민들레」)을 자신의 시적 본령으로 애잔하게 끌어올리고 있다.

눈 위에
서 있는 작은 시간의
굽은 등,
모락모락 말씀이 피어오르는
물 안 마을의
저, 두어점 불빛은
누구의 것이냐.
달그락달그락 설거지하는
돌모루 산등성이의
저 개밥별은
또 누구의 것이냐.
풀벌레 울음 따르릉
따르릉 여울 이루는
어슬녘 낯선 마을에서
손을 씻는다.
쫓아오는 미행의
흘러가는 섬머리에
하나둘
날리는 잎들

마른 유형(流刑)의 꿈들

———「집 2 ——늦가을 저녁」전문

　시인은 "눈 위에/서 있는 작은 시간의/굽은 등"이 희미한 빛을 발하는 늦가을 저녁에, "모락모락 말씀이 피어오르는/물 안 마을의/저, 두어점 불빛"을 바라보고 있다. "돌모루 산등성이의/저 개밥별"과 풀벌레 울음이 여울을 이루는 "어슬녘 낯선 마을에서/손을" 씻고 "흘러가는 섬머리에/하나둘/날리는 잎들"은 저물어가는 시간과 함께 "마른 유형(流刑)의 꿈들"이 사는 '집'의 아늑함과 아득함을 함께 환기해준다. 조재훈 시의 깊은 낭만적 인생론이 여기 강렬하게 부조(浮彫)되어 있다. 그것은 '한 사람'이 궁극적으로 깃들일 '집'의 필연적인 실존적 경로를 암시한 결실이기도 할 것이다. 이렇게 조재훈의 근작에는 '온고(溫故)'의 정신으로 옛것을 기억하고 되살리려는 의지가 있고, 자유로움을 통한 '무위(無爲)'의 시학이 있고, "뜨거운 돌이 적(敵)의 이마에/날아가야 할 때"(「입동」)를 아는 현실 응시의 시선이 있다. 이 모든 것은 시를 통해 인간의 고전적 존재론에 닿으려는 그의 장인정신이 드러난 사례일 것이다.

　결국 조재훈의 근작의 핵심적 전언은 세계 내적 존재로서의 인간의 삶이 가지는 슬픔 같은 것에 초점이 맞추어져 있다. 하지만 그러한 슬픔을 그는 우울한 비관주의로 노래하지 않는다. 오히려 그는 궁극적 자기긍정으로 전화(轉化)할 수 있는 내적 계기를 슬픔의 순간 안에 풍부하게 만들어놓는다. 예컨대 그것은 사물에 대한 외경과 삶의 보편적 형식에 대한 믿음 같은 것들을 통해 만들어진다. 그것이 바로 가난한 충만함으로 펼쳐지는 '시인'의 궁극적 존재론일 테니까 말이다.

6. 명불허전의 거장이 들려주는 깊고 우뚝한 세계

지금까지 읽어온 것처럼, 조재훈의 시를 추동하는 원천적 힘은 인간과 역사 탐색을 통해 자기긍정에 이르는 깨끗한 시심에 있다. 시쓰기라는 행위는 시인 자신의 나르시시즘이 일차적이고 근본적인 동기로 작용한다. 하지만 시의 언어가 타자를 포괄하고 타자의 삶에 충격을 주지 못하는 한, 시쓰기는 사면이 거울로 이루어진 방 속에 갇힌 것처럼 무한 반사운동을 하는 것에 불과할 것이다. 따라서 타자의 삶에 대한 관심, 그리고 그것을 공동체의 차원에서 사유하는 것은 서정시의 심층적 동기가 되어야 한다. 말할 것도 없이 조재훈의 시는 이러한 서정시의 본령을 극점에서 심화하고 확장한 사례로 다가온다 할 것이다.

우리가 경험한 조재훈의 시에서 시간과 사물은 비록 유한자(有限者)의 속성을 띠고는 있지만, 그것들은 인간의 오랜 사상적·윤리적 지층을 재생산하는 '농부'와도 같은 귀중한 존재로 거듭난다. 이러한 작업은 변모하는 시류에 따라 갑작스럽게 몸을 바꾸는 것이 아니라 원로의 반열에 이르도록 꾸준히 자신의 세계를 심화해온 시인의 인문학적 상상력과 지속적 자기성찰에서 우러나온다는 점에서 퍽 소중한 것일 터이다. 그렇게 조재훈 시인은 인간과 역사 탐색을 통해 그 왜소함을 치유하고 승화하는 '시인'의 존재론으로까지 확장해가면서, 자신에 대한 궁극적 긍정으로 새롭게 귀환하고 있다. 어찌 명불허전(名不虛傳)의 거장이 들려주는 깊고 우뚝한 세계가 아닐 수 있겠는가.

사라짐의 건축술

◆

최승호론

1

올해로 최승호(崔勝鎬)는 시력(詩歷) 40년째를 맞았다. 23세의 나이로 1977년에 『현대시학』을 통해 등단한 그는 이후 꾸준하게 전통 서정이나 극단적 실험과는 전혀 다른 자리에서 자신만의 세계를 구축해왔다. 일견 견고해 보이고 일견 징후적으로 보이는 이미지군(群)을 통해 그는 사물의 핵심과 주변을 동시에 포착하고 그려냄으로써 '최승호식(式)' 리얼리즘을 완성해갔다. 그 안에는 세상에 편만(遍滿)한 죽음의 양상들, 사라져가면서 자신을 비워내는 사물의 속성들이 비극적 감각의 형식을 통해 가득 펼쳐지고 배치되었다. 이러한 감각으로 그는 자신의 고유 브랜드인 상징체들을 다채롭게 설계해간 것이다.

그의 이같은 시세계를 집성한 『얼음의 자서전』(중앙북스 2014)은, "시인을 떠나 눈 밝은 한 독자로서 묶은 최승호 시선집"이라고 서문에서 밝히고 있듯이, 시인 스스로 뽑고 배열한 일종의 자선집(自選集)이다. 여기에는 첫 시집 『대설주의보』(민음사 1983)에서부터 『북극 얼굴이 녹을 때』(뿔 2010)

에 이르기까지 시인이 직접 엄선한 대표작들이 실려 있다. 물론 이 텍스트가 최승호 시의 전부는 아니겠지만, 이 길지 않은 글은 이 책을 텍스트로 하여 그의 시가 추구해온 세계의 경개(景槪)를 엿보려고 한다. 결국 이 책을 읽어가는 것은 소멸과 죽음의 이미지로 허공에 지어가는 '사라짐의 건축술'로서의 시를 읽어가는 과정이 될 것이다.

2

우리에게 가장 잘 알려진 최승호 시의 특성은 도시의 그로테스크한 풍경을 고발하고 생태 옹호(충격적 이미지를 연쇄적으로 보여준 「공장지대」가 그 대표시편으로 각인된 바 있다)의 정신을 추구해왔다는 점에 있을 것이다. 이 도드라진 문학사적 평가의 이면에는 상징적 독법과 상황적 독법을 모두 가능케 하는 최승호만의 고유한 '겹의 시각'이 자리잡고 있다. 그는 '겹의 시각'을 통해 자연 사물에서 소재를 택하면서도 그것을 삶의 본질로 치환하는 역량을 보여주었고, 문명 비판적이고 생태 지향적이면서도 그것을 환경론적 구호로 전락시키지 않는 기막힌 균형을 취할 수 있었다. 그런가 하면 그는 줄글과 짧은 시행이 교차하는 복합 형식을 통해 새로운 표현방식을 보여주기도 했다. 이러한 세련된 미학적 의장(意匠) 안에서 그는 '소멸 지향성'을 핵심으로 하는 죽음과 허무의 세계관을 줄곧 제시해왔다. 이제 그러한 '사라짐의 건축술'을 가능케 했던 이미지들을 하나하나 살펴보도록 하자.

먼저 최승호는 '허공'의 시인이다. 일찍이 낭만주의자들은 숲을 자신들의 양도할 수 없는 성소(聖所)로 묘사하면서 숲의 신비한 소리를 통해 신성(神聖)에 가닿으려고 했지만, 최승호는 숲으로의 낭만적 망명을 택하지 않고 도시에서의 불가피한 실존을 고집하였다. 숭고함으로서의 자연미가 깡그리 소멸하고 자연과의 낭만적 교감도 철저하게 사라진 곳에서 시쓰기를 한 것이다. 그런데 최승호가 고독한 시쓰기를 통해 감각을 설계하는 곳은 다름 아닌 '허공'이다. 언젠가 첼란(P. Celan)이 「죽음의 푸가」에서 "우리는 허공에 무덤을 판다. 거기서 좁지 않게 누울 수 있다"라고 말할 때의 그러한 절대공간으로서의 '허공'이 최승호 시편에는 편재적으로 출렁인다. 이때 '허공'을 바라보는 그의 시선은 냉엄한 관찰자가 아니라 뚜렷하게 사물을 응시하고 증언하는 목격자로 나아간다. 아닌 게 아니라 그에게는 "허공이 대웅전"(「눈송이부처」)이고, "허공이 왕거미의 큰 무덤/허공이 왕거미의 큰 자궁"(「거미줄」)이기도 하고, 궁극에는 "허공은 나의 나라"(「내 영혼의 북가시나무」)가 되지 않는가. 이처럼 최승호는 '허공'의 신성성, '허공'의 생성, 소멸, 동시 가능성을 잉태한 이미지들을 적극 살려간다. 자연스럽게 '허공'은 '사라짐의 건축술'로서의 최승호의 시쓰기를 가능케 하는 더없는 상상 공간이자 모든 사물이 소멸해가는(그럼으로써 재생하기도 하는) 절대공간으로서의 역할을 떠맡는 최적의 장소가 된다.

그다음으로 최승호는 '재'의 시인이다. "어떤 생물도 한번은 재였다"라고 말한 이는 니체(F. Nietzsche)다. 최승호 역시 우리가 언젠가 한번은 '재'가 될 것임을 힘주어 말한다. "온몸의 살이 썩고/온몸의 뼈가 다 허물어져서/재 밑의 재로 나는 돌아가리라"(「회저」)라고 다짐한다든지, "재 한 점으로 지평선에 서 있는 사람"(「앙상함」)을 자임하면서 "그것은 멀어진다. 그것은 사라진다"(「재」)라고 자신의 전 존재를 '재' 속으로 귀일시킨다든지 하는 태도가 한결같이 그러한 지향을 입증해준다. 이때 '재'는 죽음의 현장을 돌연한 굉음이 아닌 단단한 침묵으로 증언한다. 결코 역설의 신생으로는 환원될 수 없는 '재' 이미지는 그 점에서 '죽음'의 이미지와 깊이 연동되어 나아간다. 최승호는 "나는 죽어서는 기꺼이 썩어지겠다"(「통조림」)라고 하는가 하면, "죽어서도 배가 부르게 해주십사"(「밥숟갈을 닮았다」)기도하기도 하고, "죽어서도 나는 숨쉴 것"(「나는 숨을 쉰다」)이니 "내가 죽으면 날이 활짝 개겠지"(「죽음이 흘리는 농담」)라고 짐짓 여유를 보이기도 한다. 하지만 그 행간에 "거대한 죽음의 흡반이 끈적하게/침 흘리는 어둠"(「낙지」)이나 "죽은 몸뚱이가 내뿜는/서늘한/허(虛)"(「세속도시의 즐거움 2」)가 흐르고 있음을 우리는 어렵지 않게 알 수 있다. 이처럼 우리는 최승호가 흩뿌려놓은 '재' 이미지와 거기서 파생한 무수한 '죽음'의 이미지를 그의 시편 도처에서 목격한다. 그렇게 '허공'과 '재'의 이미지를 결합하여 그는 "무수한 별들은 싸락눈처럼 녹아버릴 것이고 블랙홀조차 증발해 허공에는 재의 냄새만 있을 것이다"(「밤」)라는 진술을 완성한다.

또한 최승호는 '동물'의 시인이다. 시편 표제만 보아도 '숫소' '시궁쥐' '북어' '오징어' '낙지' '바퀴벌레' '거미' '뿔쥐' '개구리' '누에' '까마귀' '나비' '말거머리' '잠자리' '말' '돼지' '흑염소' '풍뎅이' '파리' '자라' '게' '열목어' '고양이' '멍게' '낙타' '고래' '늑대' 등의 동물이 그야말로 득시글거린다. 물론 이 각양의 동물들은 저마다 고유한 개체성을 가지고 있지만, 사실은 호혜적으로 연결되면서 서로 변주되는 근친적 형상들이다. 물론 이 많은 목록들이 생명 예찬의 알레고리로 활용되지는 않는다. 오히려 그것들은 다양한 사물의 존재방식으로 몸을 바꾸면서, 그리고 정작 서로는 느슨하게 결속하면서, 지워지지 않는 인간 삶의 '바닥'(bottom)을 환기하는 데 그 상징적 의미가 바쳐진다. 그래서 이 동물들은 각각 시편에서 '나'의 외부성 혹은 타자성의 이미지로 변환하면서, 삶의 초과나 결핍을 환기하는 데 그 상징적 의미를 두고 있다. 따라서 이것들은 우리 시대의 선명한 묵시록을 구성하는 우의적 캐릭터이자, 시인이 가장 깊이 들여다본 존재의 밑바닥 형상인 것이다. 그만큼 우리는 최승호 시편을 통해 사물의 예민한 존재방식을 탐색하는 그만의 시법(詩法)과 함께, 사라져가는 모든 존재자들에 대한 목격과 증언의 목소리를 듣게 된다.

그런가 하면 최승호는 '변기'의 시인이기도 하다. '변기'를 대상으로 한 시편이 워낙 많기도 하지만(이 점 한국 시사에서 최승호는 가장 유니크

하다), '변기'가 가지는 속성 곧 배설과 치욕과 사라짐의 메커니즘을 그가 주된 이미지로 채택하기 때문이다. 이때 그가 포착하는 것은 "강제로 떠밀려가는/변기의 생"(「꿍한 인간 혹은 변기의 생」)이다. 그것은 "냄새 나는 덩어리를 쪼개 안고 떨어지는/변기의 폭포"(「지루하게 해체 중인 인생」)나 "밑 빠진 허(虛)구렁"(「세 개의 변기」) 등으로 변형되기도 하고, "눈에도 헛꽃이 피어나는, 헛꽃만다라의 서울"(「남자용 변기를 닦는 여자」)을 들여다보게 하는 '더러운 창(窓)'의 역할로 번져가기도 한다. 여기서 우리는 일찍이 '변기'를 예술화한 마르셀 뒤샹(Marcel Duchamp)을 자연스럽게 떠올릴 수 있는데, 그럼에도 불구하고 최승호가 자신의 작품에 '샘' 같은 역설적 명명을 하지 않는다는 점에 주목할 수 있다. 뒤샹이 개발한 '레디메이드 아트' 혹은 '오브제 아트' 양식과 최승호의 '변기' 시편들은 전혀 층위가 다르다. 그는 그저 "세계의 모든 문자들이 사라지는 구멍"(「文字」)으로서의 '변기'의 소멸 지향적 속성을 고스란히 담아내면서, "임신에서 매장까지의 길들이/둥근 벽 안에서 미끄러지고 죽어가는/거대한 변기의 감옥"(「변기」)을 무서운 '사라짐'의 이미지로 포착할 뿐이다. 그래서 '사라짐'이야말로 최승호 시학의 키워드이자 존재 원리로 등극하게 되는 것이다.

사라짐

사라짐으로 저자는 영원히 글 쓰는 자가 된다. 사라지지 않는 문자에 육체를 절여 넣고, 그는 낡은 외투처럼 사라지는 것이다.
—「얼음의 책」 부분

'사라짐'으로 영원히 글을 쓰는 자, 문자에 육체를 새기고 정작 자신은 사라져가는 자, 그것이 바로 최승호가 규정하는 '시인'의 존재론적 형식이다. 그렇게 최승호는 우리의 삶이 "그 어디에도/오래 머물 수 없다는"

(「눈사람의 길」) 것을 말하면서, 동시에 "헛되지 않은 것은/헛된 것들뿐"(「봄밤」)이라는 새삼스런 전언을 온몸으로 구체화한다. 그래서 그에게 '시'란 어쩌면 "우리가 태어나기 전에 있고/우리가 사라진 뒤에 존재하는 것"(「수평선」)이고, "공허와 비애와 우울과 불안, 고독과 절망감과 그리움"(「가슴의 서랍들」)을 담는 그물일 것이다. 그렇다면 그가 목격한 그 많은 "이빨마저 다 빠져버릴 병들고 늙은 것"(「울음」)들은 과연 어디로 사라져갈까? 아마도 시인의 침착하고도 냉정한 시선은 그네들이 사라져가면서 만들어낼 "무너뜨릴 수 없는 고요/(…)/흔적을 남기지 않는 고요"(「공터」)마저 선명하게 탐침해낼 것이다. "환(幻)에 취해/실감나게 펼쳐지는 환(幻)을 끝까지"(「세속도시의 즐거움 1」) 바라볼 것이다.

이처럼 최승호 시편은 삶에 대한 묵시록적 해석과 비판을 동시에 표상하면서, 우리가 안고 가야 할 숙명적 존재방식을 아스라하게 암시하는 적공(積功)을 일관되게 보여준다. 그것은 추론적이고 상상적인 것으로 나타날 때도 있지만, 대부분 경험적 구체성과 근원적 질서를 한 몸에 결속한 것으로 나타날 때가 많다. 일찍이 메를로뽕띠(Merleau-Ponty)가 말했듯이 세계에의 존재(l'être-au-monde)는 몸과 세계가 서로 구조를 교환하는 것을 뜻하는데, 최승호가 그려내는 인간 혹은 사물의 '몸' 역시 개체성을 만드는 바탕인 동시에 나와 타자를 잇는 관계론적 매개의 역할을 한다. 그 역할이 소거되는 순간, 우주도 사라지고 언어도 사라져간다. 최승호 시학은 그 사라짐의 순간을 겨누고 있다. 그리고 우리는 그때서야 비로소 길 끝에 놓여 있던 성소의 장막이 걷히고, 고전적 인식론이라는 균형추에 의해 지탱되던 인간 존재가 환(幻)으로 발산해가는 장면을 경험하게 될 것이다. 그렇게 최승호는 우리 삶의 비극적이고 불가피한 아우라를 물질적 구체성과 어둑한 언어로 담아내면서, 여느 시인들이 보여주는 자기탐닉이나 해체 지향과는 전혀 다른 세계를 축조해간다. 이 점, 그만의 독창성이자 한국 시의 한 진경이 아닐 수 없을 것이다.

3

그의 대표작으로 알려진 「북어」는 밤의 식료품 가게에 놓인 말라비틀 어진 '북어'를 묘사하면서, 말하는 능력을 상실한 인간들을 비판한다. 꼬챙이에 나란히 꿰어진 북어의 모습에서 한편으로는 연민의 감정을 가지고, 한편으로는 "거봐, 너도 북어지 너도 북어지 너도 북어지" 하면서 일종의 성찰적 환청을 듣는 시인의 품이 견고하고 미덥다. 또한 「대설주의보」는 시대 상황을 '눈보라'에 비유하면서 '백색의 계엄령'이라는 탁월한 이미지를 만들어낸 명편이다. 충일과 은폐로서의 눈보라 속에서 언뜻언뜻 보이는 연약한 '굴뚝새'만이 '길 잃은 등산객들' '굶주리는 산짐승들'과 함께 지상의 살아 있는 존재자들을 함축한다. 이러한 작품들에서 최승호는 비판적 독법이 가능한 세계를 우리의 기억에 새겨넣는다. 시적 공론성이라 할 만한 세계를 통해 현실과 꿈의 접점에서 활력있는 이미지들을 만들어낸 것이다.

하지만 "낮의 바닥에 이글거리는 공허가 있고/밤의 심연에는 꿈틀거리는 무가 있다"(「이름 붙일 수 없는 것」)라는 말에서 보듯이, 최승호의 시적 심연에서 선악이나 시비(是非)나 미추(美醜) 같은 가치 평가적이고 선형적인 진술은 근본적으로 유보되는 편이다. 이 또한 꿈과 실재, 혼돈과 질서 사이를 오가는 '겹의 시각'이 활달한 자기 운동을 한 필연적 결과일 것이다. 그래서 그 안에는 '시'가 단순한 심미적 창조물이 아니라 존재자들의 바닥을 보여주는 둘도 없는 '흐릿한 거울'임을 말하려는 시적 자의식이 꿈틀거린다. 최승호 시학이 평면적 리얼리즘이나 초월적 낭만주의, 실험적 모더니즘을 모두 넘어설 수 있는 것은 바로 그의 시가 가지는 이러한 미학적 확장성 때문일 것이다.

최승호는 시선집 첫 작품에서는 "너와 마주치기 전에는/삶이 그렇게 놀라운 것도 외로운 것도 아니었다"(「휘둥그레진 눈」)라고, 마지막 작품에서는 "아무 생각도 나지 않는다. 글이 이렇게 갑자기 벽에 부딪힐 때가 있다"(「칸나」)라고 고백하고 있다. 우리는 '시'에 대한 그의 매혹과 불안, 활력과 무기력이 그 안에 등가적으로 결합되어 있음에 상도(想到)하게 된다. 하지만 우리는 최승호가 노래하고 부조(浮彫)하는 "버리려 해도 잘 버려지지 않는/기이한 이미지들"(「황량한 해안의 하룻밤」)이, 한국 시사의 뚜렷하고도 호환할 수 없는 성취로 우뚝하게 서갈 것임을 의심하지 않는다. 마치 자신의 외관을 묘사한 듯한 "긴 목마름 속으로 키 큰 고독이 또 걸어온다"(「쌍봉낙타」)라는 전언에서, 그의 "그로테스크한 고독"(「인어에 대한 상상」)과 함께 "무신론자 같지만/(…)/순교자와 같다"(「권투왕 마빈 해글러」)라고 표현된 시적 사제(司祭)로서의 그의 치열한 자의식을 보게 되니까 말이다.

존재의 변방을 투시하는 사랑의 마음

◆

이재무의 신작들

1. 선명한 이항대립의 힘

이재무(李載武) 시인의 근작시와 신작시 다섯편을 소리 내어 읽어본다. 시인 특유의 살가운 목소리가 때로는 질박한 고백의 어조로, 때로는 준열한 현실 개입의 육성으로 들려온다. 그동안 많은 논자들이 이재무 시의 내용적 고찰은 많이 했으면서도, 왜 그의 시에 정성스레 쟁여져 있는 리듬이나 음악적 형식의 탐구에는 등한했는가를 한번 생각해본다. 아마도 그것은 일차적으로 그의 시적 출발이 1980년대였고, 또 그 스스로도 시대와 첨예하게 맞서면서 내용적 변이를 활력있게 수행해왔기 때문일 것이다. 하지만 앞으로 그의 낱낱 시편이 가지는 음악적 자질이 그저 작품의 후경(後景)으로 물러나 있는 것이 아니라, 시의 온전한 가독성과 낭송의 편의를 이끄는 핵심 속성임을 규명해야 하리라 생각한다. 추후 그런 논의가 뒤따르길 기대해본다.

그동안 이재무의 시는 경험적 실감을 서정의 구심으로 바꾸어내는 동력을 통해 펼쳐져왔다. 그때그때 다가오는 경험적 구체와 선명한 기억 혹은 장면, 이러한 것들이 이재무 시학의 배타적이고 고유한 수원(水源)이었을 것이기 때문이다. 그래서 그의 시는 의뭉스러움이나 난해성의 저편에서 착상되고 씌어진다. 자신을 향해서나 독자를 향해서나 그는 부드럽고도 친숙한 발견의 순간을 중시하면서, 선험적 담론체계로 시를 몰아가는 것에 현저하게 반대하였다. 그리고 우리가 보기에 그의 시에는 비교적 선명한 이항대립이 숨겨져 있는데, 가령 그는 성장 서사가 고스란히 묻혀 있는 '고향'과 그 고향을 떠나 정착하게 된 '객지'를 확연한 대조로 형상화한다. 고향에는 깨끗한 가난과 그리운 가족의 기억이 선연하게 출렁이고, 그만큼 시인의 존재론적 태반이자 궁극적 귀의처로서 고향 이미지는 순간순간 재생되고 점멸된다. 하지만 객지이자 현재 삶의 터인 도시는 분주하고 피로한 삶이 관류하는 삭막한 생존의 장으로 줄곧 형상화된다. 이러한 대비적 구도는 첫 시집 이후 30여년 동안 비교적 투명하고 단호하게 일이관지(一以貫之) 이어져왔다.

2. 삶의 보편성에 이르는 사랑의 가능성

하지만 이러한 대립구도는 시간이 지나면서 다른 이항대립들로 활발하게 무게중심을 옮겨가면서 풍부하고 다양한 형상으로 변형되어간다. 일단 고향과 객지의 대립항은 낭만적 충동으로서의 상상과 삶의 구심을 강화하는 현실의 대위항으로 파생되고 전이되어갔다. 말하자면 상상과 현실의 긴장과 충돌 속에서 이재무의 시는, 아름다운 '고향'과 삭막한 '객지'의 단성적 비대칭을, '폭력/사랑' '변방/중심' '가식/진솔' '난해/투명'이라는 대위(對位)로 숱하게 파생해갔다. 그 결과 그는 상상과 현실, 유목과 착근, 원심과 구심의 항상적 긴장을 통해 자신의 시적 좌표를 '가치있는 세계'로 한없이 고양해갈 수 있었다. 그리고 그러한 고양을 가져다준 핵심 가치이자 동력은 바로 '사랑'이었을 것이다.

1.

밤새 폭우와 바람 몰아쳐 울타리 밖 나뭇가지들 울부짖는 소리에 자다
깨다 하였다. 날 개인 아침 안부가 궁금하여 찾아가니 바닥 여기저기 파지
같은 이파리들 몇 부러진 가지 몇 흩어져 있었다. 그러나 나무들 표정은 어
제보다 더욱 밝고 환하고 푸르렀다. 어젯밤 나무의 오르가즘, 나무의 황홀
을 비명으로 잘못 들었나보다. 빗자루 든 경비 아저씨께 나는 망설이다 저
녁까지 쓸지 말아주세요, 하였으나 아저씨는 내 말과 함께 쓸어낸 이파리
와 가지 부스러기를 마대자루에 담고 있었다.

2.

천둥 번개 치고 큰비 퍼붓는 7월의 개성을 나는 좋아한다. 성깔 한번
고약하지만 그 성깔 아니라면 어찌 산야 푸르고 오곡백과 무르익을 수 있
으랴.

3.

큰비 다녀간 뒤 사물들의 표정이 한결 순해졌다. 사랑은 딱딱하게 굳은
것을 부드럽게 휘어놓는다.

—「사랑」 전문(『시와표현』 2017년 11월호)

밤새도록 시인을 잠 못 들게 한 "폭우와 바람"은 "울타리 밖 나뭇가지
들 울부짖는 소리"를 부르고, 마침내 비 갠 아침에 발견하는 "바닥 여기
저기 파지 같은 이파리들 몇 부러진 가지 몇"으로 이어진다. 그런데 이파
리와 가지를 떨군 나무들의 표정이 어제보다 밝고 환하고 푸르지 않겠는
가. 이때 시인은 어제 들려온 비명소리가 폭력에 짓눌린 신음이 아니라,

나무가 가졌던 '오르가즘' '황홀'의 순간적 발화가 아니었을까 상상해본다. 장면이 바뀌어 이번에는 시인의 직접 고백이 이어진다. "천둥 번개 치고 큰비 퍼붓는 7월"을 좋아하는 시인은 그 천둥 번개의 고약한 성깔 때문에 "산야 푸르고 오곡백과 무르익을" 수 있다고 일갈한다. 앞에서 본 '오르가즘' '황홀'의 이치가 여기에서도 고스란히 관철되고 있다. 이쯤 되면 우리는 이재무의 시가 원초적인 관능과 열정을 다해 사랑하는 동안 생성되며, 환하고 밝고 푸른 결실을 지향한다고 말할 수 있겠다. 언필칭 '푸른 고집'이 그것일 터이다. 결국 시인은 큰비 다녀간 뒤에 사물들 표정이 오히려 순해졌음을 말하면서, 그렇게 "딱딱하게 굳은 것을 부드럽게 휘어 놓는"것이 바로 사랑이라고 함축한다. 결국 이 시편에서 이재무는 서정의 구심으로서의 사랑의 능력을 깨닫고, 삶에 순간적으로 찾아온 '시적인 것'(das poetische)을 경험 내지 발견하여, 그때의 순간적 충실성을 가장 예민하게 담아낸다. 그것을 가능하게 한 가장 근원적인 힘이 바로 '사랑' 인 것이다. 뭇 자연 사물들끼리의 상호 원리에서 사랑의 힘과 가능성을 발견해가는 시인의 예민한 촉수가 그대로 강렬하게 전해져온다.

급하게 흐르는 여울이 큰 돌을 만나 아프다고 소리칩니다. 안쓰러운 나머지 돌에게 원망이 들고 여울을 위해 저 돌을 꺼내야겠다고 마음을 먹습니다. 그러다가 순간 여울 때문에 돌은 또 얼마나 부대끼고 고되었을까를 떠올리니 이번엔 여울에 시달려온 돌이 안돼 보이고 그의 생이 불쑥 서러워졌습니다. 따지고 보면 우리 모두는 서로에게 돌이거나 여울입니다. 어제는 여울이었다가 오늘은 돌이고 오늘은 돌이었다가 내일은 여울인 셈이지요. 여울은 돌을 만나 여울빛이고 돌은 여울을 만나 돌빛입니다. 서로가 서로에게 스미어 만든 빛깔인 셈이지요.

　　　　　　　　　　　　　　—「돌과 여울」 전문(『마하야나』 2017년 가을호)

이 작품은 꼭 '사랑시편'이라고 할 수는 없지만, 그에 못지않은 사랑의 충동과 이법(理法)을 개성적으로 들려준다. 제목에서 암시되듯 이 작품은 '돌'과 '여울'의 상호연관성을 마치 사랑을 나누는 존재자들의 그것으로 비유한 것 같은 형상을 담고 있다. "급하게 흐르는 여울"과 거기 놓인 "큰 돌"이 우의(寓意)의 주인공들이다. 여울이 돌을 만나 아프다고 소리치는 것 같아, 시인은 안쓰러움에 여울을 위해 돌을 꺼내야겠다고 마음을 먹는다. 하지만 이번에는 여울 때문에 겪었을 돌의 부대낌과 고단함을 떠올리면서 돌에 대한 지극한 연민이 솟는 것을 느낀다. 그 순간 시인은 "우리 모두는 서로에게 돌이거나 여울"이고, 또 어제와 오늘 그 위치를 바꾸기도 한다는 사실을 깨달으면서, "여울은 돌을 만나 여울빛이고 돌은 여울을 만나 돌빛"임을 새삼 되뇌게 된다. 그렇게 "서로가 서로에게 스미어 만든 빛깔"이 바로 열렬하고도 은은한 사랑의 표징인 셈이다.

연전에 펴낸 이재무의 연시집 『누군가 나를 울고 있다면』(화남 2007)은 그의 이러한 사랑의 구체성과 순간적 실감이 뜨거운 언어로 결속한 성과였다. 에로스적 감각을 바탕으로 한 사랑의 시학은 뭇 타자들을 견인하고 시인 자신도 그 안으로 들어가는 가장 직접적이고 구체적인 삶의 의식(儀式)이라는 점을 이 시집은 선명하게 증언해주었다. 이제 우리는 이재무 시의 '사랑'이 얼마나 도저한 에너지로 분출되고 있는가를 확인하는 한편, 어설픈 감상성을 극복하고 삶의 보편성에 이르는 사랑의 가능성을 항상적으로 경험할 수 있게 되었다. 단연 이재무는 '사랑'의 시인이다.

3. 공동체적 연대감을 지닌 타자 지향의 시선

다른 한편으로 이재무 시편은 시간에 대한, 몸과 마음속에 깊이 각인된 풍경에 대한 남다른 기억에 깊이 의존해왔다. 이때의 기억이란 대부분 그리움과 비애에 의해 감싸여 있는 것이었다. 물론 여기서 말하는 기억은 현재 속에 살아 있는 과거의 풍경을 재현해내고, 그때의 한순간을 선명하게 구성해내는 힘을 뜻한다. 이재무의 시는 이러한 기억의 원리에 의해 충실하게 현상하고 있고, 이를 통해 자신만의 동일성을 현저하게 취해온 세계였다고 할 수 있다. 그런데 이러한 동일성이 훼손되거나 한없이 느슨해질 때, 이재무 시인은 곧바로 이러한 삶의 변형이나 왜곡을 초래한 현실에 대한 날카롭고도 진중한 비판의식을 발화하기 시작한다. 이 점, 이재무 시학이 가진 매우 중요한 또 하나의 견결한 축이 아닐 수 없다. 특별히 우리의 삶을 관통하는 현실에 대한 감각이 역사적 투시와 함께 어울리면서 빚어내는 일종의 사회적 상상력의 시편은, 이재무를 사적(私的) 토로의 시인에 머무르지 않게 하면서, 공동체적 연대감을 견고하게 지닌 타자 지향의 시인으로 만들어준다. 다음 작품을 읽어보자.

서양인이 들어오기 전 아프리카 소년들은 다이아몬드 원석으로 공기놀이를 하고 있었다.

서양인들이 다이아몬드를 발견한 뒤로 아프리카는 다이아몬드 사냥꾼들의 차지가 되었다.

다이아몬드 최대 산지인, 최빈국 시에라리온은 내전이 끝나지 않고 있다.

다이아몬드를 캐지 못하게 하고 또 투표를 할 수 없도록 반군들은 소년병들에게 마약을 먹여 주민들의 손을 자르게 했다.

다이아몬드는 축복이 아닌 저주가 되었다.

신은 아프리카를 버렸다.

——「다이아몬드」 전문(『시와표현』 2017년 11월호)

　　서양이 개척해온 식민의 역사를 배음(背音)으로 삼으면서, 이 작품은 아프리카의 '소년' '원석' '축복' 같은 순수하고 생성적인 원초적 선과 '사냥꾼' '다이아몬드' '저주' 같은 훼손되어버린 파생적 악을 대립시킨다. 자연스럽게 아프리카에 들어가 다이아몬드를 발견한 서양인은 악의 세력으로, "다이아몬드 최대 산지"이면서도 늘 내전에 시달리는 "최빈국 시에라리온"은 그 직접적 피해자로 현상한다. 이제 '다이아몬드'는 '마약'과 '저주'로 몸을 바꾸어가면서 신(神)마저 버린 아프리카를 선명하게 상징하게 되었다. 당연히 이 시편은 제국의 폭력성을 그 역사적 사실에 입각하여 비판하는 작품이다. 서양인의 침략과 신의 냉담함이 아름다운 원석과도 같았던 아프리카를 불구의 땅으로 만들어버렸기 때문이다. 하지만 시의 깊은 내면으로 들어가면 우리는 이재무 시인이 아프리카가 겪었을 역사에 대한 인류 보편의 윤리적 책임감을 속으로 나누고 있음을 느끼게 된다.

　　우리가 잘 알듯이, 윤리적 책임감이라는 것은 실존적인 것이기도 하고 역사적인 것이기도 하다. 시인에게 그것은 자신만 정직하게 산다고 해결되는 것이 아니라, 삶을 부여받은 순간부터 이미 육신과 함께 가는 그 무엇일 터이다. 이는 시인의 내면에 신성한 고처(高處)를 지향하는 의식이 있어서, 비극적 세계를 끌어올려 새로운 가치의 세계로 만들어가려는 의지를 함유한 강한 연대감이기도 할 것이다. 이재무 시인의 제국주의 비판에는 피해자들끼리 겪는 이러한 정서적 연루가 돌올하게 잠재해 있고, 그 막대한 폭력을 불러낸 맥락에는 자신을 포함한 사람들의 무심함도 들어 있다는 반성적 사유가 깔려 있다. 이러한 선순환의 사유는 "그 옛날 양키들에게 학살당한/인디언들을 떠올리면서/밀라이와 제노사이드 참극을 상기하면서/고엽제 네이팜탄으로 죽어간 베트남 민들을 생각하면서"(「모기들」, 『시와표현』 2017년 11월호)라는 더욱 적극적인 표현으로 이어지기도 한다. 이재무 시학의 타자 지향성이 그로 하여금 넓은 의미의 '사랑의 시인'으로 살아가게끔 해주는 단적인 사례들일 것이다. 다음 작품은 어떠한가.

> 사회복지사가 다녀가고 겨우내 닫혀 있던 방문이 열리자 방 안 가득 고여 있던 냄새가 왈칵 쏟아져나왔다 무연고 노인에게는 상주도 문상객도 없었다 울타리 밖 소복한 여인 같은 목련이 조등을 내걸고 한 나흘 소리 없이 울고 있었다

> ──「목련」 전문(『시와표현』 2017년 11월호)

어느 '무연고 노인'이 죽자 상주도 문상객도 하나 없는데, 다만 울타리 밖의 목련만이 조등을 내걸고 소리 없이 울고 있다. 이러한 비유적 상정은 이재무 시학의 감각과 사유가 가닿는 가장 전형적인 발성법 가운데 하나일 것이다. "겨우내 닫혀 있던 방문이 열리자 방 안 가득 고여 있던 냄새가 왈칵 쏟아져"나온 고독과 가난과 침잠의 늙은 세월을 "한 나흘"로 축약하여 울고 있는 목련의 형상은, '사회복지사' 같은 공식 직함보다 훨씬 더 친밀성을 가지고 조의(弔意)에 참여하고 있는 시인 자신의 모습이기도 할 것이다. 결국 이 시편은 아프리카의 역사처럼 광대한 스케일은 아니지만, 시인의 시선이 얼마나 삶의 변방에 던져져 있는 이들을 구체적으로 향하고 있는가를 다시 한번 뚜렷하게 실증해준다.

우리가 잘 알듯이 서정시의 저류(底流)에는 시인 자신이 오래도록 겪어온 절실한 경험과 기억의 층이 녹아 있게 마련이다. 하지만 시의 대상이 일종의 공공성을 견지함으로써 사회적 확산을 가져오는 경우도 더러 있을 것인데, 이러한 확산은 타자를 포괄하면서도 동시에 다시 자기 자신으로 귀환해오는 과정을 포괄하는 것을 말한다. 그 점에서 이재무 시편은

구체적 삶의 맥락을 통해 서정시가 가지는 타자 지향의 원심력과 자기회귀의 구심력을 동시에 보여주는 실례라고 할 수 있을 것이다.

4. 현소포박의 시학을 위하여

우리가 알기에 이재무 시인은 뚜렷한 인과론을 가진 일관된 서사적 시법(詩法)에 익숙하지 못하고, 시집 전체를 치밀한 개괄 구도로 짜는 기획에도 취약하다. 그런가 하면 해체니 전복이니 위반이니 하는 이른바 반(反)동일성의 흐름에 자신의 육체를 내맡기지도 못한다. 다만 그는 시편 하나하나를 선험적으로 마련한 담론체계에 편입시키지 않고, 그때그때의 경험적 구체를 통해 자신의 깨달음과 발견과정을 완성하는 쪽으로 이력을 축적해왔을 뿐이다. 특별히 그의 '사랑'의 시편과 '사회적 상상력'의 시편이 그러하다. 앞으로도 이재무의 이러한 지향과 노력은 계속되어갈 것이다. 노자(老子)의 『도덕경』에 보면 '현소포박(見素抱樸)'이라는 표현이 나오는데, 이는 소박함을 드러내고 통나무의 질박함까지 품는다는 뜻이다. 이재무 시학에 꽤 걸맞은 비유적 표현이 아닌가 한다. 우리는 이번 시편들도 존재의 변방을 투시하는 사랑의 마음이 깊이 반영되었다는 점에서, 이러한 속성의 연장선에서 생성된 뜻깊은 실례들이라고 말할 수 있을 것이다.

거대한 사라짐의 기록

◆

송찬호 시집 『고양이가 돌아오는 저녁』

1

송찬호(宋燦鎬)는 1987년에 등단하여 벌써 20년 시력(詩歷)을 훌쩍 넘긴 우리 시대의 대표적 중견 시인으로서, 자신만의 독자적 음색을 지속적으로 보여온 흔치 않은 시인이다. 그동안 그는 『흙은 사각형의 기억을 갖고 있다』(민음사 1989), 『10년 동안의 빈 의자』(문학과지성사 1994), 『붉은 눈, 동백』(문학과지성사 2000) 등의 시집을 펴냈다. 그의 시적 흐름을 일별하면, 첫 시집에서 추구된 언어적 자의식이 두번째 시집에서 비극적 현실 인식의 이미지와 날카롭게 결합하면서 미학적 집중성을 보이다가, 세번째 시집에서는 시적 구체성과 풍경에 대한 발견을 언어적 미의식 속에 통합해내는 안목으로 발전해갔다고 할 수 있을 것이다. 말하자면 그의 세계는 "'존재의 탐구'라는 형이상학 시론과 '언어의 감옥'이라는 '형식주의 미학' 사이의 심도있는 조화를 시도"(김춘식 「검은머리 동백, 시인의 숙명적인 부조리」, 『붉은 눈, 동백』)하는 쪽으로 진행되었다 할 것이다. 이번에 오랜만에 펴낸 네번째 시집 『고양이가 돌아오는 저녁』(문학과지성사 2009)은 이러한 세계를 충실하게 잇기보다는 새롭게 달라진 방법과 안목으로 사물들을 깊이 쓸어안으면서 그것을 일견 동화적 방식으로 일견 묵시록적 방식으로 형상화하고 있어서, 단적으로 말하면 송찬호 시학의 빛나는 진화의 순간을 보여준다고 생각된다. 이 시집으로 하여 송찬호는 한편으로는 철저하게 가벼워졌고, 다른 한편으로는 한없이 심층적으로 탈바꿈되었다.

일차적으로 시집의 외관은 살아 있는 동식물로 가득하다. 시인 스스로도 "꽃을 소재로 한 시가 여러편이다"(「시인의 말」)라고 할 정도로 거기에는 천진하고 원초적인 시선만이 가닿을 수 있는 숱한 생명의 세목들이 느런히 펼쳐져 있다. 제목만 훑어보아도 채송화, 칸나, 민들레, 찔레꽃, 산벚, 코스모스, 토란, 복사꽃, 살구꽃, 오동나무, 벚꽃, 사과, 맨드라미, 단풍, 패랭이꽃, 개나리, 나팔꽃, 백일홍, 유채꽃 등이 한눈에 들어온다. 하지만 이 많은 목록들은 자연 완상이나 생명 예찬의 알레고리로 활용되지 않는다. 오히려 그것들은 거친 세상을 가득 채우고 있는 다양한 존재양식으로 당당하게 자신을 드러내면서, 내부적으로는 서로 느슨하게 결속하여 이 세상에서 아직 지워지지 않은 아름다움의 잔상(殘像)을 환기하는 데 바쳐지고 있다.

또한 시인은 "최후의 시(詩)의 족장"(「기린」)인 기린이나 "들었는지 말았는지 기척 하나 없는"(「당나귀」) 당나귀, "비루먹은 노새 한마리"(「단풍 속으로」) 등 야성을 잃어버렸거나 야성 그대로 내버려진 동물들을 통해 이 세상의 폭력성을 드러내면서 "고삐를 매지 않으면/금방 사라져버릴"(「황사」) 것들을 애정있게 관찰하고 형상화하기도 한다. "하모니카 부는 눈먼 아이"(「유채꽃」)나 "앵두나무 그늘에 버려진 하모니카"(「맨드라미」), "고삐 매여 있지 않은 녹슨 기관차 한대"(「민들레역」)처럼 한결같이 "저 혼자 저렇게 낡아갈 수 있는"(「소금 창고」) 것들로 충일한 그의 이러한 소재는 우리 시대의 선명한 묵시록을 구성하는 캐릭터이자, 시인이 가장 깊이 들여다본 존재의 밑바닥이라고 할 수 있을 것이다.

따라서 우리는 이 시집을 통해 사물들의 예민한 존재형식을 탐색하고 있는 송찬호 시법의 활달함과 함께, 모든 사라져가는 것들에 대한 섬세한 관찰과 따뜻한 포섭을 꾀하고 있는 그의 시적 깊이를 한껏 경험하게 된다. 그의 동화적 발상과 방법에 관해서는 신범순(申範淳) 교수의 탁월한 해설이 있으므로, 여기서는 독법(讀法)을 달리하여 시집에 나타난 '사라짐'의 기록과정을 살펴보려고 한다. 이러한 속성이야말로 이번 시집에 나타나 있는 송찬호 시학의 가장 확연한 진경(進境) 가운데 하나일 것이기 때문이다.

2

그동안 펼쳐진 송찬호의 시세계를 통해 유추해볼 때, 평이한 어휘를 통한 인생론적 진술은 그의 시에서 가장 예외적인 영역일 것이다. 그는 언어의 첨예한 문양과 그것의 시적 변용을 욕망해온 미학주의자였기 때문이다. 앞으로 그의 대표작 가운데 하나로 남게 될 「만년필」은, 그의 시세계에서 볼 때 오히려 낯설게도, 인생론적 깊이와 사물의 구체성을 깊이 담고 있는 경우이다. 언뜻 보아 백석(白石)의 후기 시편을 연상케 하는 깊은 삶의 성찰과 고백의 언어가 그 안에 담겨 있지 않은가.

이것으로 무엇을 이룰 수 있을 것인가 만년필 끝 이렇게 작고 짧은 삽날을 나는 여지껏 본 적이 없다

한때, 이것으로 허공에 광두정을 박고 술 취한 넥타이나 구름을 걸어두었다 이것으로 경매에 나오는 죽은 말 대가리 눈 화장을 해주는 미용사 일도 하였다

또 한때, 이것으로 근엄한 장군의 수염을 그리거나 부유한 앵무새의 혓바닥 노릇을 한 적도 있다 그리고 지금은 이것으로 공원묘지의 일을 얻어 비명을 읽어주거나 가끔씩 때늦은 후회의 글을 쓰기도 한다

그리하여 볕 좋은 어느 가을날 오후 나는 눈썹 까만 해바라기 씨를 까먹으면서, 해바라기 그 황금 원반에 새겨진 파카니 크리스탈이니 하는 빛나는 만년필 시대의 이름들을 추억해보는 것이다

그리고 나는 오래된 만년필을 만지작거리며 지난날 습작의 삶을 돌이켜본다 — 만년필은 백지의 벽에 머리를 짓찧는다 만년필은 캄캄한 백지 속으로 들어가 오랜 불면의 밤을 밝힌다 — 이런 수사는 모두 고통스런 지난 일들이다!

하지만 나는 책상 서랍을 여닫을 때마다 혼자 뒹굴어 다니는 이 잊혀진 필기구를 보면서 가끔은 이런 상념에 젖기도 하는 것이다 거품 부글거리는 이 잉크의 늪에 한마리 푸른 악어가 산다

시인은 '만년필'이라는 구체적 사물을 두고, "이것으로 무엇을 이룰 수 있을 것인가"라고 노래한다. "이렇게 작고 짧은 삽날을" 가지고 시인은 이러저러한 세속의 일에 몰두했던 자신의 지난날들을 회상하면서, 그 회상의 한가운데인 볕 좋은 어느날 이른바 '만년필 시대'를 추억한다. 여기서 '만년필 시대'란 무엇일까? 그것은 백지에 푸른 잉크를 흘려가면서 완성해갔던 우리들의 느릿한 시간들, 그리고 그 푸른 줄에 묻어나던 아름다운 이름들을 호명하던 습작의 긴 시간들일 것이다. 그래서 시인은 오랜만에 오래된 만년필을 만지작거리며 지난날 습작의 시간을 돌이켜보는 것

이다. 놀랍게도 '만년필'은 백지의 벽에 머리를 짓찧고 캄캄한 백지 속으로 들어가 오랜 불면의 밤을 밝히던 습작 시간의 오랜 고통을 선명하게 기억하고 있는 게 아닌가. 그 기억을 관통하면서 거품 부글거리는 잉크의 늪에 살고 있다는 "한마리 푸른 악어"야말로 오랜 습작의 고통이 빚어낸 '잘 빚어진 항아리'가 아니겠는가. 그만큼 시인은 거품 부글거리는 늪에 한결같이 푸른 악어 한마리씩 키우면서 고통스러운 시쓰기를 이어온 자신을 들여다보고 있다.

송찬호는 이렇듯 구체적이고 명료한 대상을 노래함으로써, 그동안 자신의 시세계에서 빈번하게 노출되었던 모호하고 관념적인 속성을 시적으로 반성한다. 또한 자신이 걸어온 삶의 궤적 가운데 특별히 글쓰기에 대한 자의식을 도드라지게 형상화함으로써 '시'에 대한 존재론적 질문도 수행한다. 그래서 이 작품은 송찬호 시학이 첨예한 미학적 자의식에서 삶에 대한 격을 궁구하는 쪽으로 진화해간 확연한 물증이 아닐 수 없다. 그렇다고 송찬호 시편들이 범박한 깨달음의 세계로 퇴행하고 있다고 예단해서는 안된다. 오히려 그의 시편들은 상상과 실재를 넘나들면서 우리가 잃어버린 '꿈'의 세계를 탐색하는 고유성을 집중적으로 보여줌으로써, 시적 긴장을 늦추지 않고 있는 것이다.

사실 모든 시는 '실재'와 '상상' 혹은 '현실'과 '꿈' 사이의 긴장 속에서 착상되고 완성된다. 그래서 이성의 철저한 통제에 의한 현실 인식이나 감정 과잉에 의해 감싸여 있는 몽상만으로는 인간의 복합적 인식과 정서를 파악할 수 없다. 그 점에서 송찬호의 좋은 시편들이 어둑한 현실을 순간적으로 드러내면서도 그것을 치유하거나 원초적으로 초월할 수 있는 상상적 세계를 상징적으로 마련하여 '현실'과 '꿈'의 접점을 풍요롭게 언표하고 있는 점은 주목하여 마땅하다. 그 '꿈'이야말로 우리의 삶 곳곳에 배어 있는 폐허를 치유하고 새로운 상상력을 추구하게 하는 형질이 되어주고 있지 않은가. 그것은 대개 전통적 서정의 원리인 회감(回感)의 상상력 위에 놓이면서, 동시에 우리가 나아가야 할 새로운 삶의 자세를 암시하고 있는 것이다. 다음 시편은 그러한 '꿈'의 상상력을 보여주는 좋은 사례에 속할 것이다.

나는 늘 고래의 꿈을 꾼다
언젠가 고래를 만나면 그에게 줄
물을 내뿜는 작은 화분 하나도 키우고 있다

깊은 밤 나는 심해의 고래 방송국에 주파수를 맞추고
그들이 동료를 부르거나 먹이를 찾을 때 노래하는
길고 아름다운 허밍에 귀 기울이곤 한다
맑은 날이면 아득히 망원경 코끝까지 걸어가
수평선 너머 고래의 항로를 지켜보기도 한다

누군가는 이런 말을 한다 고래는 사라져버렸어
그런 커다란 꿈은 이미 존재하지도 않아
하지만 나는 바다의 목로에 앉아 여전히 고래의 이야길 듣는다
해마들이 진주의 계곡을 발견했대
농게 가족이 새 뻘집으로 이사를 한다더군
봐, 화분에서 분수가 벌써 이만큼 자랐는걸……

내게는 아직 많은 날들이 있다 내일은 5마력의 동력을
배에 더 얹어야겠다 깨진 파도의 유리창을 갈아 끼워야겠다
저 아래 물밑을 흐르는 어뢰의 아이들 손을 잡고 쏜살같이 해협을 달려
봐야겠다

누구나 그러하듯 내게도 꿈이 하나 있다
하얗게 물을 뿜어 올리는 화분 하나 등에 얹고
어린 고래로 돌아오는 꿈

—「고래의 꿈」 전문

1970년대 최인호(崔仁浩) 원작 영화 「바보들의 행진」의 주제곡이기도
했던 「고래 사냥」을 기억하는 이들이라면, 그 노랫말 가운데 "신화처럼
숨을 쉬는 고래 잡으러"라는 표현에 전율을 느끼던 때가 있었을 것이다.
그만큼 낭만과 꿈을 집약해놓은 '고래'라는 뜨거운 상징은 '신화(神話)'
속에나 있을 법한, 그래서 이 속악한 현실에는 존재하지 않는 어떤 유토
피아적 속성을 띠는 것이었다. 하지만 '유토피아'(utopia)는 가고자 하는
열망과 갈 수 없는 절망 사이에 존재하는 것이 아닌가. 그 상실된 세계에
대한 '꿈'이 바로 우리를 살아가게 하는 역설의 힘이 된다는 점에서, 그런
'꿈'을 매일 꾸고 있다는 시인의 고백은 생의 의지로 가득한 역설의 언어
이다.

그는 생의 길목에서 만나게 될 '고래'를 위해 "그에게 줄/물을 내뿜는
작은 화분 하나"를 키우고 있다. 여기서 우리는 '고래'라는 대상보다는 그
대상과의 만남을 준비하는 열망의 상관물인 '화분 하나'가 중요해짐을 느
낀다. 그 "물을 내뿜는 작은 화분 하나"는 고스란히 고래의 외관을 환기하
는데, 그것은 결국 시인의 내면에 이미 '고래'의 환영이 자리잡고 있음을
알린다. 이러한 '고래'와 시인의 낭만적 결속은 이어지는 표현 속에서 더
욱 선명한 흔적을 남긴다.

시인은 깊은 밤 "심해의 고래 방송국에 주파수를 맞추"면서 고래들이
"동료를 부르거나 먹이를 찾을 때 노래하는/길고 아름다운 허밍"을 듣는
다. 또한 "수평선 너머 고래의 항로를 지켜보기도"하면서, 낮과 밤으로
고래의 일거수일투족을 관찰하고 확인한다. 그러니 누군가 고래가 이미

사라져버린 꿈이라는 말을 건넬 때, 그는 단호하게 "바다의 목로에 앉아 여전히 고래의 이야길 듣는다"고 하는 것이다. 이때 '꿈'은 유예되거나 포기되는 것이 아니라, 이렇게 상상적으로 탈환되고 복원된다. 아직 많이 남아 있는 날들을 위해 시인은 "5마력의 동력을/배에 더" 얹고 "깨진 파도의 유리창을 갈아" 끼우면서 "저 아래 물밑을 흐르는 어뢰의 아이들 손을 잡고 쏜살같이 해협을 달려봐야겠다"라며 낭만적 '꿈'을 포기하지 않는다. 이 완강한 자기긍정의 시적 회로를 통해 우리는 "누구나 그러하듯 내게도 꿈이 하나 있다"는 사실을 알게 되고 나아가 "하얗게 물을 뿜어 올리는 화분 하나 등에 얹고/어린 고래로 돌아오는 꿈"이 우리의 내면에 약동하고 있음을 확인하게 된다. 그러니 이 작품은 우리의 '꿈'과 '실재'를 쓸쓸하게 오가면서 우리들의 존재방식을 암시하는 역설의 비가(悲歌)로 다가온다.

이처럼 송찬호 시편들은, 지금은 사라진 혹은 앞으로 사라져버릴지도 모를 '만년필'의 시간과 '고래'의 꿈을 통해, 양도할 수 없는 심미적 자의식과 앞으로도 우리 생을 지탱하게 할 아름다움의 잔상(殘像)에 대한 상상적 기록을 멈추지 않는다. 이 점, 송찬호 시편이 한결 명징해지고 소통 지향성이 점증(漸增)해간 유력한 증거라 할 것이다.

3

이처럼 송찬호의 몇몇 시편은 삶의 형식을 재구성하는 상상의 산물로 다가온다. 그런데 이번 시집에서는 밝고 활달한 사물들의 교향악도 이러한 재구성의 요소로 나타나지만, 시인의 비극성의 시선이 가닿고 있는 사라져가는 것들에 대한 관찰과 복원은 더욱 확연한 요소로 등장한다. 정확하게 말하면, 그것들은 사라져감으로써 오히려 존재의 위의(威儀)를 드러내는 사물들이다. 그렇게 송찬호는, '사라짐'이야말로 우리 시대의 속악함과 속도전에 대한 적극적 항체가 되기라도 한다는 듯이, 사라져가는 것들의 장엄하고도 느린 움직임을 통해 우리 시대가 절멸시킨 근원적 가치를 상상적으로 탈환하고 있다.

나는 거대하다
나는 천천히 먹고 잠자고 천천히 이동한다
벌써 나는 삼만년째 석상(石像)이 되어가고 있다

나는 이미 오래전 사냥꾼들에게 그림자를 빼앗겼다
그들은 내 몸을 마구 파헤쳤다 내 눈앞에서
초원은 시들고 강과 호수는 사라져버렸다
그들의 배로 열차로 군대로
내 살과 피를 조각내 운반해 갔다

그들은 내 몸을 쇠사슬로 묶었다
내 등에 그들의 의자가 놓여 있다
그들의 식탁과 사무실과 침대가 올라타 있다

그러나 보아라, 그들이 아무리 채찍을
휘둘러 재촉해도 나는 굳세게
천천히 먹고 잠자고 천천히 이동한다
나는 삼만년째 석상이 되어가고 있다
나는 거대하게 사라져간다

—「코끼리」전문

'코끼리'를 화자로 삼은 이 시편은 거대한 '코끼리'가 천천히 먹고 잠자고 이동하면서 그야말로 천천히 오랫동안 '석상(石像)'이 되어가는 과정을 담고 있다. '코끼리'는 오래전에 사냥꾼들에게 그림자를 온통 빼앗겼고, 그 몸은 철저하게 파헤쳐졌다. 이러한 폭력의 역사에 뒤미처 그들이 활보하던 초원도 시들고 강과 호수마저 사라져버렸다. 이렇게 절멸해간 콘텍스트에서 '코끼리'들은 배로 열차로 군대로 실려갔고, 그네들의 살과 피는 여러곳으로 운반되어 인간의 필요를 충족시켰다. 이렇게 하나하나 소멸해간 '코끼리'는, 하지만 "그들이 아무리 채찍을/휘둘러 재촉해도 나는 굳세게/천천히 먹고 잠자고 천천히 이동한다"고 당당하게 말함으로써, 그리고 가장 천천히 석상이 되어감으로써, 이 속악한 세상으로부터 "거대하게 사라져간다"고 고백한다.

여기서 코끼리가 말하는 '거대한 사라짐'은 바로 송찬호 시인이 포착하고 기리는 야성(野性)의 존재형식일 것이다. 그것은 앞에서 살핀 '악어' '고래'의 꿈과 등가의 몫을 띤다. 이렇게 거대하게 사라져가는 것을 묵시록적 관찰과 형상화로 바라보는 송찬호의 시학은, 지속적인 동화적 발상에도 불구하고, 그로 하여금 이제는 깊이의 차원에서 시를 쓰게 하는 근원적 동력이 되고 있다. 그 사라짐의 과정을 시인은 다음과 같은 시편에서도 선명하게 기록한다.

대체 서기(書記) 된 자의 책무란 얼마나 성가신 일인가 언젠가 나는 길을 잃고 헤매는 코끼리떼를 흰 종이 위로 건너오게 한 적이 있었다

나는 그들의 숫자, 나이와 성별, 엄니의 길이와 무게, 무리의 지도자 습성, 이동 경로를 기록했다

그리고, 그들의 길고 주름진 코로 노획한 물건들——옷핀, 금발 인형, 가

발, 빈 콜라병, 탐정용 돋보기, 야구 사인볼, 샌들 한짝, 담배 파이프, 테러리스트의 복면 등, 온갖 문명의 잔해들도 자세히 적었다

그들의 다리는 굵고 튼튼하다 포도주를 짓이겨 대지의 부은 발등에 붓고 거친 나뭇가지와 뿌리를 씹어 엽록의 공장을 돌리고 낫처럼 휘어진 거대한 비뇨기로 곡식을 베어 눕힌다

그들에게 실향이란 없다 황혼이 오면 그들은 목울대를 움직여 그들이 사랑하는 악기, 튜바의 삼각주로, 전 세계에 흩어진 천개의 코끼리 강을 부른다 달콤한 무릎 관절의 샘이 흰개미를 불러 모으듯, 다이아몬드 광산이 총잡이를 부르듯,

홍해가 갈라지는 아침, 찢겨진 범선 같은 귀를 펄럭이며 한 무리의 대륙이 새로운 길을 찾아 천천히 이동해가는 것을 나는 보았다

—「기록」 전문

대개 시인의 '기록(記錄)'은 사실 재현보다 그 사실을 매개로 한 자기반성의 과정을 담게 마련이다. 화자는 자신의 직책을 "서기(書記) 된 자"로 설정하면서, 자신이 언젠가 "길을 잃고 헤매는 코끼리떼를 흰 종이 위로 건너오게 한 적"이 있었음을 반성적으로 회상한다. 말하자면 '코끼리떼'라는 야성의 실재들을 "흰 종이 위"라는 인공의 질서 위에 도열시켜 "그들의 숫자, 나이와 성별, 엄니의 길이와 무게, 무리의 지도자 습성, 이동 경로" 따위를 기록한 자신을 성찰하는 것이다. 그에게 서기의 직책이란 근대문명의 정점인 축적과 관리 과정을 기록하는 것에 불과했던 것이다. 그 기록의 세목은 "그들의 길고 주름진 코로 노획한 물건들" 곧 "온갖 문명의 잔해들"이었다.

하지만 '기록'의 대상이 된 그들이 곧바로 '기록'의 포로가 되는 것은 아니다. 말하자면 살아 있는 그들의 몸은 인공의 질서에는 아랑곳없이 그 자체로 생명력 있고 거칠고 거대한 존재자로 나타난다. 그래서 그들에게 궁극적 '실향'(失鄕/失香/失響)이란 없다. 자연스럽게 그들은 황혼이 오자 야성의 목울대로 사랑하는 악기를 연주하고 "흩어진 천개의 코끼리 강"을 부르지 않는가. 이어서 화자는 "홍해가 갈라지는 아침, 찢겨진 범선 같은 귀를 펄럭이며" 한 무리의 대륙처럼 이동하는 코끼리떼의 모습을 다시, 선명하게, 그 예민한 글쓰기의 자의식으로 '기록'하게 된다. 이는 앞에서 살핀 '코끼리'들이 다시 살아나 그들이 "다시 돌아오지 못할 길인 줄도 모른 채"(「깜부기 삼촌」) 이동한다 할지라도, "새로운 길을 찾아 천천히 이동해가는" 과정을 상상적으로 '기록'함으로써, 모든 존재하는 것들의 위의를 드러내려는 시인의 의지를 담고 있는 것이다.

이렇게 송찬호의 시학은 존재자들의 잔상 혹은 흔적을 통해 사라져가는 것들의 아름답고 거대하고 근원적인 깊이를 드러내는 데 골몰한다. 지난 시집에서 '동백'의 사라짐을 통해 '미적인 것'의 완성을 꾀했던 그가 이제는 '코끼리'로 대표되는 야성의 사라짐을 통해 더욱 깊어진 시적 비의(秘義)를 드러내고 있는 것이다.

4

이처럼 송찬호는, 소리 높여 어떤 하나의 방향이 옳다는 식의 선형적 진술을 삼가면서, 꿈과 실재, 혼돈과 깨달음 사이를 충분히 오가며 낮은 목소리로 '시적인 것'의 아름다움을 드러낸다. 거기에는 시인이 견디고 창조해온 숱한 글쓰기의 시간이 깊이 매개되어 있을 것이다.

원래 '시간'이란 우리를 근원으로 그리고 궁극의 시적 원리로 데려다준다. 이는 속도전의 무모함과 자기소모적 열정의 신화로부터 우리의 감각과 원초적 인지능력을 복원하는 일을 수행한다. 그 '꿈'의 흔적으로서의 시를 통해 그는 역설적인 시의 길을 오늘도 걷고 있는 것이다.

　송찬호 시편들은 사물에 대한 단순한 심리적 충동이나 관찰에 머물지 않고, 가장 위대한 연민과 사랑으로 뭇 사물들의 사라짐을 '기록'한다. "온몸으로 꽃들을 타종"(「종달새」)하면서도, 그 안에 깃들인 사라짐의 섬세한 과정을 다채로운 상상력으로 보여준다. 이때 '푸른 악어'와 '어린 고래'와 '석상이 되어가는 코끼리'는 모두 근대문명의 폭력성과 힘겹게 맞서면서 오랜 느림의 시간을 통과해가는 송찬호 시편들의 상징적 키워드로 나타난 것이다. 하지만 그들은 사라져가고 있다. 그들의 '거대한 사라짐'에 대한 이 아프고도 진정성 있는 '기록'이야말로 이번 시집이 보여준 송찬호 시학의 가장 확연한 진경이자, 그의 시가 개척해낸 혹은 앞으로도 개척해갈 또다른 음역(音域)일 것이다.

깊이 모를, 감각의 '번짐'에 관하여

◆

장석남의 시

1

장석남(張錫南) 시편의 동선(動線)을 잘 기억하고 있는 이들이라면, 이번 신작시들이 드러내는 아득하고도 깊은 아우라를 반갑게 만나보지 않을까 한다. 그만큼 이번 시편들은 대상을 향한 섬세한 감각을 통해 일정한 사유에 가닿는 과정을 보여준다는 점에서, 그동안 그가 보여준 시세계의 정수(精髓)에 닿아 있다고 할 수 있다. 그의 시편들이 논리적 분석보다는 심미적 공감을 요청하고 감각의 구체를 통해 접근 가능한 세계라면, 이번 시편들 역시 감각으로 사유하고, 시간으로 공간에 다가서며, 기억으로 현존을 구성한다는 점에서 장석남 시학의 견고한 지속성을 보여주고 있기 때문이다.

20년이 넘는 시력(詩歷)을 축적하는 동안, 장석남은 '감각'의 구체와 '기억'의 아득함을 결속하고 유추하는 시작(詩作) 방법을 줄곧 유지하고 심화해왔다. 그는 『새떼들에게로의 망명』(문학과지성사 1991) 이래 이러한 방법을 지속적으로 견지해왔지만, 2000년대 들어 그 원리를 '기억'보다는 현저하게 '감각'으로 이월하면서 그 음역(音域) 또한 '그리움'에서 '심미성'으로 전이해왔다. 그만큼 그는 자신의 언어가 섬세하게 떨리면서 성취하는 초월의 순간을 꿈꾸며, 그 순간을 매우 구체적이고 물질적인 감각적 형상으로 완성해온 것이다. 이렇게 구체적이고 미세한 '감각'을 번져가게 하면서 심미적 '사유'에 가닿는 장석남 특유의 시작(詩作) 과정은 사물과 내면 사이에 다양한 상호연관성을 부여하는 한편, 그로 하여금 삶의 비애와 아름다움 사이를 오가도록 한 원형질이 아닐 수 없다. 이번 신작들도 이러한 방법론과 자의식이 낳은, 영락없는 장석남의 식솔들이다.

2

질감으로 말하자면, 장석남 시편들은 날선 예각(銳角)과는 전혀 다른 일종의 '연성(軟性)'의 감각으로 시적 소우주(microcosm)를 구성해가는 특성을 일관되게 보여준다. 그의 시편에서 격렬한 파열음이나 장광설 혹은 요설이나 해체 지향의 언어를 경험한 이들은 아마 없을 것이다. 일견 부드럽고 일견 미세한 그 연성의 감각은 작품 한편 한편 속에서 특유의 구체성과 개별성을 양도하지 않는다. 그래서 그의 시편들은 포괄적인 담론적 실재에 귀속되지 않고 낱낱의 고유성으로만 존재한다. 이것이 바로 깊이 모를 감각의 번짐을 통해 어떤 사유에 도달하는 장석남만의 특성이 아닐까 한다.

오랜만에 캄캄한 밤길을 걸어가보니
꽝꽝한 소나무 숲이 너 혼자 오느냐 묻고
나는 눈썹을 조금 떨고 지나쳐 산모퉁이에 이르렀다
저만치 귀신과 함께 쉰살이 서 있다

아, 나는 글씨체 하나 바뀐 것 없이
누구에게도 꽃대 하나 제대로 뽑아 던진 바 없이
웃음의 절반을 이렇게 내놓는구나

조금씩 걸음을 빨리하여 산등성이를 넘어 나는
그대로 기러기떼가 되고 싶다

해마다 내 어린 잠결의 뒷밭에
커다란 달밤을 떠메고 내려앉아 쉬고 가던 기러기떼
어떤 지킬 言約이 꼭 있어서
분명히 그걸 가지고 가는 길이 아니라면
그러한 찬 밤하늘을 수놓는 울음의 순서가 있었을까?
나는 그 외롭고 추운 순서를 짐작하며
내 마음 앞서거니 뒤서거니 따라가고 싶다
　　　—「울음의 순서(順序) —어느 겨울여행에서」 부분(『시와사람』 2010년 봄호)

　　이 시편의 프롤로그에서 나오는 "커다란 열락" 없는 "조그만 웃음"이
야말로, 이번 신작들을 아우르는 상징적 표현이 아닐 수 없다. 이 '커다
란/조그만'의 대위(對位)는 장석남의 시가 매크로(macro)가 아닌 마이크
로(micro)의 상상력을 통해 실현될 것임을 암시한다. 그만큼 그의 시편
들은 크고 강렬한 전율이 아니라 작고 여린 떨림으로 발원하고 완성된다.
여기서 "대나무 가지가 조금 흔들리며" 내는 소리도, "조금 흔들리며"와
닿는 "어떤 기별"도, 한결같이 장석남 시의 이러한 일관된 수원(水源)을
암시해준다. 캄캄한 밤길을 걷다가 "눈썹을 조금 떨고"서 "저만치 귀신과
함께 쉰살이 서 있다"는 발견을 하는 그의 품은 깊고 신비로운데, 미당(未

堂)이 "마흔다섯은 귀신이 와 서는 것이 보이는 나이"(「마흔다섯」)라고 한 것처럼 장석남도 그 나이 어름에서 귀신을 본 것인가. 그러고 보니 '달밤'과 '눈썹'의 상관성도 미당 시편의 창의적 변형이다.

그렇게 쉰살을 바라보는 화자는 "조금씩 걸음을" 떼며 "커다란 달밤을 떠메고 내려앉아 쉬고 가던 기러기떼"를 상상한다. 그리고 그 기러기가 울고 갔을 "찬 밤하늘을 수놓는 울음의 순서"를 떠올리며 밤길을 걷는다. 그 '울음의 순서'는 비록 외롭고 추운 것이라도, 앞서거니 뒤서거니 하며 겨울여행에 나선 화자를 안내해준다. 순간 화자의 시선에 들어온 "커다란 붉은색 버스/큰 행사"는 세상의 커다란(조그맣지 않은) 잡답(雜沓)과 소음을 은유하면서, 화자로 하여금 "웅덩이를 펄쩍 뛰어" 그곳을 건너게 한다. 그 겨울여행에서 시인은 "얼어가는 겨울 강"도 만난다.

> 그리하여 내 말은 조금 나아져서
> 노래하여
> 봄꽃들 몇이라도 불러낼 수 있으려나?
> 콸콸대고 쏟아져 내려가는
> 겨울 강
> 저만한 서늘한 가슴 본 적 없어
> 물러나면서도 절이라도 한번
> 허고 싶은
> 그 입
> 그 입술, 그 말
> 겨울
> 강
>
> ──「겨울 강」 부분(『시와사람』 2010년 봄호)

화자는 겨울 강의 "깊이를 알 수"는 없지만, 깊은 눈으로 그 "어디쯤에서 다시 얼음이 될 그 입/그 입술, 그 말"을 바라본다. 순간 화자의 '말'도 "조금 나아져" 그것이 '노래'로 바뀌고 결국에는 "봄꽃들 몇이라도 불러낼" 수 있을 것이라 상상한다. 그 겨울 강에서 "절이라도 한번/허고 싶은" 마음으로 만난 "그 입/그 입술, 그 말"의 연쇄는 화자로 하여금 겨울 강과 한 몸으로 결속할 수 있는 계기가 되어준다. 장석남 시편의 사물들이 '조금씩' '어디쯤'에선가 서서히 '노래'가 되어 번져가는 과정을 실감있게 보여주는 사례이다.

일찍이 '말'의 상징에 대해 각별한 견해를 내놓은 카시러(E. Cassirer)가 "인간은 말이 형성해주는 현실만 알 수 있을 뿐"이라고 말했을 때, 우리는 '말'을 통하지 않고는 어떤 의식도 형성될 수 없음을, 곧 어떤 사물이나 관념도 '말'을 통하지 않고는 의식 속에 존재할 수 없음을 알게 된다. 그만큼 '말'은 사물의 질서를 의식 안에 구성하는 불가결한 매재(媒材)이고, 시인은 '말'을 통해 사물의 질서와 근원적 실재에 가닿으려는 자의식을 지닌 사람이 된다. 장석남이 '겨울 강'에서 발견한 '말'은, 자연이라는 거대한 랑그(langue)에서 고유의 질감과 소리를 지닌 빠롤(Parole)이다. 그 빠롤이 시인의 섬세한 감각과 결합하여, 사물을 구성하는 편재적(遍在的) 원리로 나타난 것이다. 이렇게 장석남 시편들은 사물과 '말'이 만나는 접점에서 형성되어, 감각의 구체를 통해 어떤 근원적 사유로 번져가는 특성을 일관되게 보여준다.

3

시인이 비애의 감각을 형상화하는 방법에는 여러가지가 있을 것이다. 슬픔의 범람으로 인한 감상주의가 있을 수 있고, 슬픔을 역사적 원근법에 투사하는 방식으로 비극적 위엄이나 한(恨)의 미학에 닿는 방법이 있을 수 있고, 슬픔 자체를 물질화하거나 심미화하는 방법이 있을 수 있고, 슬픔을 인간 존재의 보편적 원리로 파악하고 그 안에서 희망의 싹을 읽어내는 태도가 있을 수 있다. 이 가운데 장석남은 감상이나 비극이나 희망과는 다른, 슬픔의 물질화 혹은 심미화 방식을 균질적으로 견지하는 시인이다. 다음 시편들에서 잔잔히 번져오는 비애의 미학은 바로 그 사례들이다.

> 논둑길이나 걷다보면 낫는다
> 웃어도 그게 울음이라면
> 다랑이 논둑길을 걸으면 낫는다
>
> 울음 밑이 시퍼런 우물일 때
> 웃음 밑이 떨리는 절벽일 때
>
> ——「연애」 부분(『시와사람』 2010년 봄호)

제목을 '연애'로 달아놓았으니 우리는 "웃어도 그게 울음"이라는 반어나, "울음 밑이 시퍼런 우물일 때" "웃음 밑이 떨리는 절벽일 때"를 모두 경험적 실감으로 수용할 수 있다. 그리고 똑바른 길 대신 이리저리 '겨울 눈길'을 걷다가 마침내 길을 잃으면 그 울음이 낫는다는 역설도 잘 이해할 수 있다. 그래서 이때의 '울음'이 끝까지 이리저리 주관적으로 우리의 생을 아프게 하기도 하고 낫게 하기도 하는 파르마콘(pharmakon)임을 알게 되는 것이다.

> 돌멩이가 생겨나고 돌멩이가 생겨나면
> 울음보도 생겨나고 울음보의 입술 같은 그 옆의
> 엉겅퀴꽃도 피어나서

말귀를 알아듣는 돌멩이는 언제든

조용하고 조용하고

팔다리도 없이 사는

메아리가 되어서

절벽을 밀고

가는 할아버지를 밀고

가는 할머니를 밀고

가는 손수레 바퀴

아래서

다시

돌멩이가

생겨나고

엉겅퀴가

피어나고

— 「엉겅퀴의 풍경」 전문(『시와사람』 2010년 봄호)

이렇게 사물이 생겨나고 피어나고 조용하게 다시 생겨나고 피어나는 순환과정은 사물들이 이루는 상호연관성을 적극적으로 표상한다. 물론 생겨나고 피어나는 순서는 중요하지 않다. 그리고 '돌멩이'와 '엉겅퀴꽃'과 '할아버지'와 '할머니'와 '손수레'의 세목도 확연한 고유성을 가지는 것이 아니다. '돌멩이'가 생길 때 같이 생겨나는 "울음보의 입술 같은 그 옆의/엉겅퀴꽃"은 그 "말귀를 알아듣는 돌멩이"와 함께 조용히 '메아리'가 되어 '절벽'과 '할아버지'와 '할머니'를 밀고 간다. 그리고 그 "손수레 바퀴/아래서" 다시 돌멩이가 생겨나고 엉겅퀴가 피어난다. 이렇게 번져가는 '울음'은 노인들의 모습에서 환기되는 삶의 고단함과 다시 피어나고 마는 엉겅퀴의 심미적 풍경을 결속한다. 이처럼 장석남 시편에서 '울음'

은 그 자체로 심미적 비애의 풍경을 이루는 적극적 요소가 되고 있는 것이다.

물론 장석남의 시를 이끌어가는 힘이 '비애'에만 있는 것은 아니다. 「독강에서」(『시와사람』 2010년 봄호)라는 작품에서는, 부두에서 소주를 마시다가 문득 바라본 풍경 속에서 "지나가던 어린아이/노래 음절 맞지 않아 한번" 웃고, "어깨 위의 듬성듬성 옷 기운 자국 보며/또 한번" 웃고, 궁극에는 그 "웃음 이내 식어 노을로 뻗어가"는 장면을 바라보고 있지 않은가. 비록 소품(小品)의 속성이 강하기는 하지만, 이러한 시편 역시 장석남 시편의 미시적 감각을 다른 측면에서 잘 보여준다 할 것이다.

장석남은 자연 사물이나 지난 기억을 주된 시적 제재로 활용하는 우리 시단의 대표적인 시인이다. 그러나 그는 자연과 기억의 신성함에만 골몰하지 않고 그것들을 상상적 미감으로 변형하여, 깊이 모를 감각의 '번짐'으로 전환해내는 각별한 역량을 가진 시인이기도 하다. 고백하건대, 나는 장석남 시편들을 규율하는 핵심 원리가 '번짐'에 있다고 생각하는 편이다. 그렇게 자신의 몸 안팎에서 일고 무너지는 감각들을 조용하게, 조금씩, 번져가게 한 이번 시편들은 그 점에서 장석남 시세계의 중요한 결절(結節)로서의 표지(標識)를 보여준다 할 것이다.

불가능한 사랑, 불가피한 사랑

◆

정끝별의 시

1

1988년에 등단한 정끝별 시인은 올해로 시력(詩歷) 20년을 꼭 채웠다. 그녀가 20년 동안 세상에 내놓은 시집은 『자작나무 내 인생』(세계사 1996), 『흰 책』(민음사 2000), 『삼천갑자 복사빛』(민음사 2005) 등 모두 세권이다. 그녀가 비평이나 짧은 산문 같은 다른 양식의 글쓰기를 겸하느라 빚어진 '느리게 쓰기'의 결과인지는 모르지만, 어쨌든 다작(多作)은 아니다. 5년 정도의 단위로 띄엄띄엄 그녀만의 규칙적이고 느린 보법(步法)을 보여준 셈이다.

그동안 정끝별의 시편들은 매혹과 굴레의 양면성을 가진 '사랑'의 모순에 대해 집중적으로 노래해왔다. 또한 그녀는 자신을 둘러싸고 있는 일상의 완강한 각질에 대하여 예민한 불화의 에너지로 자신만의 예각적 감성의 기록을 펼쳐왔다. 이러한 '사랑'과 '불화'의 시간들을 담은 시편들은 때로는 유쾌하고도 탄력있는 전언(傳言)을 통해, 때로는 다채롭게 변형되는 음악적 속성을 통해 우리에게 다가왔다. 시적 주제는 대개 실존적 자기고백을 담는 경우와 시적 대상에 대한 각별한 '사랑'을 담는 경우로 갈라지는데, 그 어떤 경우라도 그녀의 시편들은 각별한 음악적 자의식으로 충만한 모습을 보여주었다.

이러한 다채로운 내용과 형식미학에 대한 집중된 배려가 그녀의 시편을 일방적인 '서정적 동일성'으로 귀속시키기 어렵게 만들었다. 그렇게 그녀는 두터운 겹을 두른 언어를 통해 일견 서정성으로, 일견 아이러니로, 일견 그로테스크로 자신의 시편들을 다양하게 채색해왔다. 20년 동안 균질적으로 지속되어온 다성적(多聲的) 세계가 아닐 수 없다. 그 다성악의 핵심을 관통하는 에너지는, 앞에서도 암시했듯이, 단연 '사랑'의 모순이 가지는 고유한 힘에 있다.

2

정끝별의 시는 무심하게 흘러가고 있는 시간과 그 안에서 힘겨운 실존을 구성하고 있는 자신의 생의 형식에 대한 격정의 노래이다. 그래서 그녀의 시에는 세계 내적 존재로서의 운명에 대한 쓸쓸한 확인과 무거운 존재론적 성찰이 대등하게 녹아 있다. 시의 표면에는 그녀 몸속 깊이 새겨져 있을 것만 같은 '상처'의 흔적들이 빈번하게 나타나고, 시의 이면에는 그 '상처'들을 다스리고 치유하려는 시인의 의지가 지속적으로 관류하고 있다. 그렇게 그녀는 상처난 시간 속에서 자신이 겪고 있는 실존적 상황을 끊임없이 바라보고, 견디고, 그 속에서 파동치는 시간의 깊이를 드러내면서 시를 쓴다.

그 시간의 파동은, 앞에서도 누차 강조했듯이, '사랑'에 관한 선명하고도 속 깊은 관찰과 고백을 불러온다. 개개 시편을 읽어보면 금방 알 수 있는 일이지만, 그녀는 어떤 사물이나 상황에 대한 매우 섬세한 기억과 관찰력을 통해 그 사물과 상황이 '사랑'의 열정과 깊이 매개되어 있음을 노래한다.

> 속 깊은 기침을 오래 하더니
> 무엇이 터졌을까
> 명치끝에 누르스름한 멍이 배어나왔다
>
> 길가에 벌(罰)처럼 선 자작나무
> 저 속에서는 무엇이 터졌기에
> 저리 흰빛이 배어나오는 걸까
> 잎과 꽃 세상 모든 색들 다 버리고
> 해 달 별 세상 모든 빛들 제 속에 묻어놓고
> 뼈만 솟은 서릿몸
> 신경줄까지 드러낸 헝큰 마음
> 언 땅에 비껴 깔리는 그림자 소슬히 세워가며
> 제 멍을 완성해가는 겨울 자작나무
>
> 숯덩이가 된 폐가(肺家) 하나 품고 있다
> 까치 한마리 오래오래 맴돌고 있다
> ──「자작나무 내 인생」 전문(『삼천갑자 복사빛』)

'속 깊은 기침'과 '누르스름한 멍' 그리고 '벌(罰)'로 점철된 육체의 시간은 역설적으로 그녀로 하여금 오랜 '사랑'을 완성해가게 한다. 여기서 마땅히 강조되어야 할 것은 그녀의 '사랑'이 시 안에 드러나는 방식이다. 어떻게 보면 그것은 대상을 향한 한없는 열정의 고백을 뜻하기도 하지만, 그것의 중요성은 지금 그녀 자신이 누군가를 상처 속에서도 사랑한다는 것, 곧 사랑을 하고 있는 존재로서의 '자의식(自意識)'에 있다. 그래서 그녀의 시는 사랑하는 대상이 누구인지 혹은 대상이 화자와 구체적으로 어떤 관계에 놓여 있는지에 대해 발화(發話)하지 않고, 현실적으로는 불가능하지만 실존적으로는 불가피한 '사랑'의 지속성에 스스로 놓여 있음을 노래할 뿐이다. 결국 누군가를 강렬하게 '사랑'하면서 거기서 비롯된 상처(멍, 벌)를 완성해가는 것이 정끝별 시학의 수원(水源)이요 최종적 과녁인 셈이다. 그만큼 "제 멍을 완성해가는" 시간들에 그녀의 시는 바쳐져 있다.

첫 시집의 제목이기도 한 이 시편은, 오래도록 계속된 "속 깊은 기침" 끝에 무엇이 터지기라도 한 듯, 자신의 몸에서 "누르스름한 멍"을 발견하는 화자의 모습으로 시작된다. 마치 벌을 서는 것처럼 팔을 하늘로 치켜올린 '자작나무'는 화자의 몸에 선명하게 남은 '멍'과 전혀 다른 흰빛을 하고 있다. 몸속에 깊이 터진 흰빛을 묻어놓은 채 "뼈만 솟은 서릿몸"의 자작나무, "신경줄까지 드러낸 헝큰 마음"을 세워가며 "제 멍을 완성해가는" 겨울 자작나무는 시의 제목처럼 '내 인생'의 등가적 상관물로 나타난다. 그렇게 '자작나무'나 '나'나 몸속에 "숯덩이가 된 폐가(肺家) 하나 품고" 있는 것이다. 이처럼 '기침' '멍'의 병리적인 이미지와 '흰빛' '뼈'가 가지는 견고한 치유의 이미지를 교차하면서 '자작나무'는 자신의 사랑 때문에 생겨난 병후(病候)들을 감싸안으며, 숯덩이가 된 폐가와 그 위를 맴도는 까치처럼 까만 내면을 흰빛으로 치유하고 있다. 이처럼 불가능하고 불가피한 '사랑'은 정끝별 시의 키워드 가운데 하나인 '꽃'에서 더욱 희게 빛난다.

앉았다 일어섰을 뿐인데

두근거리며 몸을 섞던 꽃들

맘껏 벌어져 사태 지고

잠결에 잠시 돌아누웠을 뿐인데

소금 베개에 묻어둔
봄 맘을 훔친
희디흰 꽃들 다 져버리겠네

가다가 뒤돌아보았을 뿐인데

떠가는 꽃잎이라
제 그늘만큼 봄날을 떼어가네

늦도록 새하얀 꽃잎이
이리 물에 떠서

———「늦도록 꽃」 전문(『삼천갑자 복사빛』)

　정끝별 버전의 '봄날은 간다'로 읽히는 이 시편은 조그마한 움직임에도
희디흰 꽃들이 사태 지고, 떨어져내리고, 봄날을 떼어가는 소멸의 이미지
를 충만하게 보여준다. 그렇게 "늦도록 새하얀 꽃잎"이 물에 떠서 한 시절
을 떠메고 흩어지고 있는 것이다. 여기서 '희디흰 꽃들'의 개화와 낙화 그
리고 그것이 "제 그늘만큼 봄날을 떼어" 떠나는 형상은 수척하게 봄날을
여의면서 '소금 베개'를 적시던 화자의 사랑을 은유한다. 이렇게 늦도록
져버리는 '꽃'의 수척함이야말로 불가피한 존재 조건으로서의 '사랑'을
마음속에 품으며 야위어가는 화자의 모습을 환기한다. 이러한 수척함은
'춘수(春瘦)'라는 제목의 시편으로 이어지면서 그 야위는 봄날 '그늘'의

정조(情調)를 한층 직접적으로 옮겨간다. "용수철처럼 쪼아대는 딱따구리의 격렬한 사랑을 표절"(「불멸의 표절」, 『세계의 문학』 2006년 가을호)하겠다던 시인의 의지가 이렇게 그녀의 시편 속에서 일관되게 관철된다.

> 마음에 종일 공테이프 돌아가는 소리
>
> 질끈 감은 두 눈썹에 남은
>
> 봄이 마른다
>
> 허리띠가 남아돈다
>
> 몸이 마르는 슬픔이다
>
> 사랑이다
>
> 길이 더 멀리 보인다
>
> ──「춘수(春瘦)」 전문(『삼천갑자 복사빛』)

　마치 공테이프 쓸쓸하게 돌아가듯, 봄날은 그렇게 무료하게 종일 말라간다. 그에 따라 화자도 수척해간다. 그 수척함의 원인이자 결과를 화자는 "몸이 마르는 슬픔"이자 "사랑"이라고 말한다. 이제 수척해진 몸으로 인해 허리띠도 남아돌고, 그녀는 온전하게 뼈만 남았다. 그 야위고 뼈만 남은 '사랑'의 힘으로 남은 길은 훨씬 더 멀리 보인다. 이렇게 '슬픔'과 '사랑'이 마르듯이, 그 수척해지는 것을 멈출 만도 한데, 화자는 그 슬픔의 봄에 몸마저 마르는 '춘수(春瘦)'가 지속적으로 '먼 길'로 이어질 것임을 암시한다. 결국 이 완강한 '춘수'(春瘦/春愁)의 지속성이 정끝별 시의 원천적 거처인 셈이다.

이렇게 정끝별 시편에서 '사랑'은 대상을 향한 열정적 환희를 동반하지 않고, 끊임없이 하얘지고 져버리며 수척해지는 아득한 하강의 분위기를 수반한다. 그것은 살아가는 동안 시인의 '사랑'이 풍요롭게 성취되지 못하는 불가능한 것이고, 동시에 살아가는 동안 시인의 '사랑'이 불가피한 존재방식으로 지속될 것임을 증언한다. 그러니 시인은 그 "몸이 마르는 슬픔"의 사랑을 지속할 도리밖에 없을 것이다. 그 슬픔 속에서 그녀는 자신의 '명'을 완성해가는 '자작나무'처럼 수척하고 희게 빛난다.

3

물론 '사랑'의 수척함을 앓던 정끝별 시의 화자들도, 그 오랜 시간의 상처를 치유하면서 새로운 세계로 나아가려는 의지를 보여준다. 그 점에서 시인은 '시(詩)'가 눅눅한 고백에 멈추지 않고 상상적 자기개진의 과정에 놓여 있음을 잘 알고 있다. 그녀는 '시'가 어둠이 깊어갈수록 그 어둠을 밝히고 사르는 불빛의 상승운동으로 인해 더욱 위대한 파동을 그린다는 바슐라르(G. Bachelard)의 상상력을 감각적으로 체득하고 있는 것이다. 그래서 그녀의 시에서 '슬픔'은 생명의 전(前) 단계이고, '눈물'은 회한의 액체가 아니라 잠시 젖어 있는 역동적 '불'로 나타난다. 편재(遍在)하는 광기와 폭력과 죽임의 세계에서 이처럼 '사랑'의 불가피함을 이어가는 정끝별의 의지는 궁극적으로 생의 어두운 기억에서부터 시작되어 견고한 생성적 세계를 지향하는 의지로 그 방향을 잡는다. 그 견고한 생성적 사물이 둥근 '항아리'로 먼저 나타난다.

모든 길은 항아리를 추억한다
해묵은 항아리에 세상 한 짐 풀면
해가 뜨고 별 흐르고 비가 내리는 동안
흙이 되고 길이 되고
얼마간 뜨거운 꽃잎
또 하루처럼 열리고 잠겨
문득 매듭처럼 덫이 될 때
한 몸 딱 들어맞게 숨겨줄
그 항아리가 내 어미였다면,
길은 다시 구부러져 내 몸으로 들어오리라
둥근 길
길의 입에 숨을 불어넣고
내가 길의 어미가 될 것이니,
내 안에 길이 있다
내가 가득 찬 항아리다

— 「甕棺 1」 전문(『자작나무 내 인생』)

잘 알려져 있듯이, '항아리 무덤'을 뜻하는 '옹관(甕棺)'은 시체를 커다
란 항아리에 넣어 장사 지내는 장례 도구이다. 말하자면 살아 있을 때의
모든 추억을 묻어놓은 무덤인 셈이다. 그래서 화자는 모든 길이 '항아리'
를 추억하고 '항아리'로 모여든다고 말한다. 그 '항아리'에 담긴 긴 세월
을 따라 해가 뜨고 별이 흐르고 비가 내리면, 그 세월은 다시 흙이 되고 길
이 된다. 그 안에서 "뜨거운 꽃잎"이 열리고 잠기는 순간, 화자는 "한 몸
딱 들어맞게 숨겨줄/그 항아리가 내 어미"였을지도 모른다는 상상을 한
다. 이를 통해 화자는 그 모든 '길'이 "다시 구부러져 내 몸으로 들어"오는
환각을 불러온다. 이러한 상상을 통해 모든 "둥근 길"의 어미로 새삼 태어

난 화자는 스스로 "가득 찬 항아리"로 거듭나는 생성적 과정을 섬세하게
보여준다. 이처럼 삶과 죽음을 관통하면서 '옹관'은 자신의 몸속에 있는
'길'을 완성한다. 그때 화자가 가닿는 차원은 "길의 어미"다. 모든 '숨'
과 '길', '꽃잎'과 '무덤'을 감싸안는 여성성의 모습이 여기서 펼쳐진다.
그 생성적인 여성성의 힘으로 화자는 불가능하고 불가피한 사랑의 형식
을 줄곧 이어가는 것이다.

정끝별 시의 화자는 이러한 '여성성'이 가진 잠재력의 대안적 가능성을
시적 감수성과 결합시키면서 관용이나 너그러움, 견딤, 희생, 포용성으로
그 정서적 지향을 움직이고 있다. 그야말로 그녀의 시편은 그러한 너그러
움과 견딤의 에너지로 '잘 빚어진 항아리'(well-wrought urn)이다. 우리
는 그녀의 시선을 따라 "봉쇄 수도원의 대침묵에 감춰진 희디흰 맨발"을
바라보면서 그녀와 더불어 "나는 상상의 시간을 살고/나는 졸음의 시간
을 살고/나는 취함의 시간을 살고/나는 기억의 시간을 살고/나는 사랑과
불안과 의심의 시간을" 살게 된다(「황금빛 키스」, 『세계의 문학』 2006년 가을호).
'삶'이란 이렇게 격정과 상처 속에 집을 짓는 어떤 움직임이다. 그 격정의
시편이 다음과 같은 사유의 깊이를 낳기도 한다.

흰 자모음들을 두서없이 휘갈겨대는군요 바람이 가끔 문법을 일러주기
도 합니다 아하 千軍萬馬라 써 있군요 누군가 백말떼 갈기를 마구 흔들어대
는군요 희디흰 말털들이 부지런히 글자를 지우네요 아이구야 복숭아꽃 살
구꽃 아기진달래 떼떼로 몰려오는군요 흰 몸이 흰 몸을 붙들고 자면 사랑
을 낳듯 흰 자음 옆에 흰 모음이 가만히 눕기만 해도 때때로 詩가 됩니다 까
만 머리를 빡빡 밀어버린 수천의 중들이 휘파람을 불면서 써제끼는 날라리
게송들도 있군요

가갸거겨 강을 라랴러려 집을 하햐허혀 나무를 들었다 놓았다 한밤 내
석봉이도 저렇게 글줄깨나 읽었을 겝니다 그 밤내 불무 불무 불무야 이 땅

에서 제일 따뜻한 아랫목을 위해 확— 열어놓은 불구멍 같은 저 달을 세
상 어미들이 밤새 가래떡처럼 썰어대는군요 그러니 저리 펄펄 내리는 거겠
죠 한밤 내 호호백발 두 母子가 꿈꾸었을 해피엔딩을 훔쳐 읽다 문득 자고
있는 아이놈 고추를 만져보는 기가 막힌 밤인 겝니다

—「흰 책」 전문(『흰 책』)

'흰 책'에는 흰 자음과 모음이 두서없이 펄럭인다. 바람이 흰 '말'들을
휘갈기고 그 '말'[言]은 '천군만마(千軍萬馬)'의 말[馬]이 되어 "백말떼 갈
기"처럼 마구 흔들린다. 그렇게 "희디흰 말털들이 부지런히 글자를 지우"
면서 몰려오는 역동적 카오스는 이 시편이 가져다주는 숨 가쁜 줄글 형
식과 잘 결합되어 나타난다. 그때 "흰 몸이 흰 몸을 붙들고" 사랑을 낳듯
이, "흰 자음 옆에 흰 모음이 가만히" 누워 '시(詩)'가 탄생한다. 그 안에
충일한 "가갸거겨" "라랴러려" "하햐허혀" 글줄들은 '강'과 '집'과 '나
무'를 들었다 놓았다 하면서 웅얼거린다. 밤새도록 "이 땅에서 제일 따뜻
한 아랫목을" 열어놓으며 "세상 어미들"은 한석봉 어미처럼 밤새 달을 썰
고, 이 땅 위의 '말'들은 한석봉처럼 글줄을 쓰는 풍경이 부조된다. 그렇게
"한밤 내 호호백발 두 모자(母子)가 꿈꾸었을 해피엔딩"을 담은 '흰 책'을
읽다가, 화자도 아들놈의 "고추를 만져보는 기가 막힌 밤"을 보내는 과정
이 펼쳐진다.
  이 시편은 몇겹의 사랑의 전이 구조로 짜여져 있다. 흰 '말'들의 사랑
이 낳은 '시'가 있고, 한석봉 모자(母子)의 이야기가 있고, 화자의 모자관
계가 그 겹을 형성한다. 또한 '흰' '휘갈김' '흔들림' '희디흰 말털' '흰
몸' 등에서 반복되는 'ㅎ' 음의 연쇄는 이 시편을 희디흰 펄럭임으로 만드
는 음성적 원형질이다. 제목 '흰 책'은 그 자체로 '흰빛'을 띠는 것이기도
하지만, 'ㅎ' 음으로 펄럭이는 물질을 집약해놓은 공간이기도 한 것이다.
"해당화와 함께 뒹굴던/칼레의 해변"(「칼레의 바다」, 『문학사상』 1988년 6월호)도

그렇지 않은가.

우리가 여기서 알 수 있는 것은 그녀의 개개 시편이 감각의 격렬한 파동에 얹혀 있으면서도 일관되게 사랑의 열정과 쓸쓸함을 노래한다는 것이다. 그래서인지 그녀는 세칭 '여성시편'들이 가질 법한 온정적 담론으로의 회귀 구조에서 일정하게 비껴나 있다. 그녀의 시는 부드러운 화해보다는 격정적인 파토스에 의해 목소리가 견인되는 특징을 지니고 있다. 그 점에서 그녀의 시는 잃어버린 '사랑'을 상상적으로 앓는 존재론적 기록이며, 사라진 것들의 동시적 현재화이며, 그것을 '말'로('흰 책'으로) 대리 구축해온 세계인 것이다.

4

정끝별의 시가 가지는 '여성적 시쓰기'로서의 속성에는 그밖에도 여러 차원이 존재한다. 첫째로 아이러니와 비틀기의 기법이 등장하기도 하고, 둘째로 여성의 정체성을 자연에서 찾는 자연 친화적 관점을 통해 어떤 근원적이고도 순수한 영역을 추구하기도 하며, 셋째로 알레고리적 서사를 자주 사용하면서 여성성에 숨겨진 신화적 주술성과 상징적 리듬에 주목하기도 하고, 넷째로 침묵·망설임·반복·강조·은폐·방언·변명 등의 고유한 발화 양식과 고백체·환유법 등 해체와 전복을 위한 시쓰기 전략을 채택하기도 한다. 정끝별 시학은 이러한 특성들을 모두 균질적으로 포괄하면서, 우리 현대시사에서 유력한 개성의 표지(標識)를 세워간다. 그런 그녀 시세계의 독창성에 대한 비평적 접근이 참으로 희소하다는 것이 일견 놀라운 일이다.

　가까스로 저녁에서야

두척의 배가
미끄러지듯 항구에 닻을 내린다
벗은 두 배가
나란히 누워
서로의 상처에 손을 대며

무사하구나 다행이야
응, 바다가 잠잠해서

——「밀물」 전문(『흰 책』)

　밀물이 들어와 두척의 배가 정박하여 서로의 상처를 위무하는 이 상상
적 풍경은, 김종삼(金宗三)의 「묵화(墨畵)」에서 소의 목덜미를 쓰다듬는
할머니의 행위처럼, 잠잠한 저녁에 그 생명적 모성의 세계를 완성한다.
"나란히 누워/서로의 상처에 손을 대며" 속삭이는 두척의 벗은 배는 격렬
한 파도와 싸우다가 이제는 잠잠한 바다에 돌아와 서로를 쓰다듬을 수 있
는 조건에 대한 안도와 희열을 표상한다. "무사하구나 다행이야"라는 속
삭임은 그래서 그 상처를 쓰다듬는 손길이 그녀 시편의 불가능한 사랑의
가장 아름답고도 슬픈 형식임을 알게 한다. 그 슬픈 '사랑'은 상처와 다행,
격정과 잠잠함, 의심과 기억의 진자운동을 한 몸으로 결속하면서 '밀물'
처럼 우리에게 번져오는 것이다.
　이처럼 일관된 '사랑'의 시학이 (최소한 지금까지는) 정끝별 시의 궁극
적 좌표가 아닐까 한다. 그렇기 때문에 비록 그녀 시의 표면에 여성시편
들의 보편 키워드인 '모성' '대지' '자궁' '생명' 등의 기표가 빈번하게 나
타나지 않더라도, 나는 그녀의 시가 전형적 의미에서 여성적 시쓰기의 한
범례(範例)로 읽힐 만하다고 생각한다.

이제 정끝별의 시학은 20년 동안 묵히고 삭힌 세계를 지나, 일종의 새로운 '결절(結節)'을 향하고 있다. 그것은 그동안 '사랑'의 구심적 응집을 향해 움직여왔다. 앞으로 그것은 '사랑'의 원심(遠心)적 확장을 향해 그 좌표를 그려갈 것이다. 그녀 시편의 목표는 심미적 완결성에 있지 않다. 등단 후 몇번은 변했을 이 땅의 정치적 계절에 대한 적극적 발화에 있지 않다. 그것은 운명처럼 깊이 와버린 '사랑'의 불가피성을 온몸으로 수락하는 데 있다. 그리고 그 '사랑'이 지상의 형식으로는 불가능하다는 것에 대한 묵시적 동의에 있다. 그만큼 그녀에게 '사랑'은 불가능한 꿈이자, 불가피한 존재 조건이다. 이 "아카시아나 파업을 하는 시대"(「당신의 파업」, 『문예중앙』 2007년 가을호)에 점점 그녀가 가지는 '사랑'의 형식에 대한 시적 관심과 표상이 아름답게 지속되기를 소망해본다.

제4부

나희덕 시의 지속과 변이

1

잘 알려져 있는 일은 아니지만, 나희덕(羅喜德)은 대학 시절 내내 '종교'와 '현실'이라는 두가지 기반 사이에서 그 특유의 균형감각을 확보하려고 부단히도 애를 썼다. 그러한 균형을 가져다준 것은 말할 것도 없이 시쓰기였고, 그는 차츰 시를 통해 세상을 내다보고 사유하는 자신을 발견해간다. 당시 그가 바라본 정치현실은 마땅히 극복해야 할 절대악 같은 것이었지만, 그것에 대한 저항 의지로 그가 쉽사리 흡인되어간 것은 물론 아니다. 어쩌면 그 사이의 머뭇거림이 그의 시를 낳았고, 그만의 경험적 원천인 종교적 감각이 그의 시를 자라나게 했다고나 할까.

1980년대 한복판은 특히나 종교적 몰입이나 행위 양식이 부정되던 이른바 사회과학의 시대였다. 하지만 그에게 종교란 언제나 정서적 원천이자 궁극의 귀일점으로서의 역할을 마다하지 않았다. 단단한 불변의 외피는 아니었을지라도 그에게 가장 강한 에너지를 부여한 것이 종교 혹은 종교적 경험을 함께 나누었던 가족이었으니까 말이다. 그러니까 그의 시쓰기는 결코 내적 화해에서 길어올린 낭만적 행위이거나 스스로를 안정시키려는 자기치유의 산물은 아니었던 셈이다. 오히려 자기 자신을 가파른 경계에 세우고 삶의 불안정을 실존적 조건으로 받아들이는 성숙의 과정을 하나하나 받아들여갔던 종교적 감각이 1980년대 그의 초기 시작(詩作)을 물들이고 있다고 보아야 할 것이다. 그리고 이처럼 지난하게 확보하려 했던 삶에 대한 균형감각이 그의 시를 정통적 의미의 단아한 서정시로 끌어들이는 긍정적 힘이 된 것일 터이다. 첫 시집의 발문에서 정현종(鄭玄宗) 선생은 당시의 그를 이렇게 회고하고 있다.

> 대학 시절의 나희덕은 시를 열심히 쓰는 학생이었고, 산문을 봐도 우선 문장력이 마음 놓이는 학생이었다. 말이 그렇지 사실 대학 시절에 눈에 거슬리지 않는 글을 쓴다는 것도 쉬운 일이 아니라는 걸 생각하면, 벌써 상당히 견고한 문장은 눈에 띄게 마련이었다. (「모성적 따뜻함」, 『뿌리에게』, 창작과비평사 1991)

요컨대 나희덕의 대학 시절은 신앙적 몰입으로부터 한 발 물러선 시의 길이었으며, 사회과학적 인식이나 영성 추구를 균형있게 거두어들이는 과정이었으며, 그것을 마음 놓이는 "견고한 문장"으로 담아내는 글쓰기 과정이었다고 할 수 있다. 그래서 우리는 그에게 종교가 벗어나려 하면서도 끝내 돌아가야 할 지향점으로 우뚝 서 있었고, 이같은 종교적 영성의 무의식적 추구가 그의 시 곳곳에 전경화되어 나타나게 된 것이라고 증언하게 된다. 물론 그의 시는 소재적 의미에서 종교적 테마를 끌어오는 데 머무르지 않는다. 오히려 종교가 지향하는 희생과 용서, 사랑과 연민, 그리고 혹독한 자기부정과 타자 배려 같은 것이 시의 근본적 주제로 놓여 있으니, 그가 기본적으로 종교적 성정을 갖춘 사람이라는 뜻이다. 첫 시집 『뿌리에게』에 실린 같은 제목의 등단작(1989년 중앙일보 신춘문예 당선작)을 한번 읽어보자.

깊은 곳에서 네가 나의 뿌리였을 때
나는 막 갈구어진 연한 흙이어서
너를 잘 기억할 수 있다
네 숨결 처음 대이던 그 자리에 더운 김이 오르고
밝은 피 뽑아 네게 흘려보내며 즐거움에 떨던
아 나의 사랑을

먼 우물 앞에서도 목마르던 나의 뿌리여
나를 뚫고 오르렴,
눈부셔 잘 부스러지는 살이니
내 밝은 피에 즐겁게 발 적시며 뻗어가려무나

척추를 휘어접고 더 넓게 뻗으면
그때마다 나는 착한 그릇이 되어 너를 감싸고,
불꽃같은 바람이 가슴을 두드려 세워도
네 뻗어가는 끝을 하냥 축복하는 나는
어리석고도 은밀한 기쁨을 가졌어라

네가 타고 내려올수록
단단해지는 나의 살을 보아라
이제 거무스레 늙었으니
슬픔만 한두릅 꿰어 있는 껍데기의
마지막 잔을 마셔다오

깊은 곳에서 네가 나의 뿌리였을 때

내 가슴에 끓어오르던 벌레들,

그러나 지금은 하나의 빈 그릇,

너의 푸른 줄기 솟아 햇살에 반짝이면

나는 어느 산비탈 연한 흙으로 일구어지고 있을 테니

―「뿌리에게」 전문

이 시편 이후로 그를 따라다니는 대표적 수사는 '대지'와 '모성'이 되었다. 한편으로 이 시편에 나타난 '흙'과 '뿌리'의 배역은 그대로 '창조주'와 '피조물'의 관계가 가지는 종교적 알레고리와 겹친다. "밝은 피 뽑아 네게 흘려보내던 즐거움"이야말로 신의 사랑 그것이 아닌가. 그 "어리석고도 은밀한 기쁨"은 말할 것도 없이 사랑의 이중적 속성을 반영한 것이다. 또한 그동안 부성으로만 상징되던 신의 형상을 '여성성' 혹은 '모성성'의 그것으로 탈바꿈시키는 것이기도 하였다. 이렇게 나희덕의 사랑과 연민은 종교적 감각에 토대를 둘 때 가장 커다란 긍정적 힘을 발휘한다. 그의 시가 강요된 희생이 아니라 자발적 헌신을 내포한 모성의 언어로 펼쳐졌을 때 가장 호소력 있었던 것도 그 때문일 것이다. 그는 자신의 시에 나타난 여성성에 대해 이렇게 말한 바 있다.

드러냄과 감춤, 순응과 전복, 의식과 무의식, 언어와 침묵, 결핍과 충만, 통일과 분열, 삶과 죽음…… 이 무수한 극단들 '사이'에서 여성적 자아는 끊임없이 움직인다. 만일 여성성에 고유한 영토가 있다면 그러한 모순과 긴장을 동시에 밀고 나가는 유동성 자체에 있을 것이다. (「문밖의 어머니」, 김기택 외 『21세기 문학이란 무엇인가』, 민음사 1999)

1990년대에 급속히 대안적 화두로 부상한 여성적 글쓰기는 권력·이성

중심의 남성적 사유가 주도권을 상실한 혼란기를 대표적으로 드러내는 문화적 징후였다. 중심이 아닌 주변, 다수가 아닌 소수, 주체가 아닌 타자, 확실성이 아닌 불확실성의 언어가 오히려 시대의 뚜렷한 증언 방식이 되었던 것인데, 나희덕 시편들은 그러한 언어를 통해 자신의 종교성을 우회적으로 담아냈던 것이다. 두번째 시집『그 말이 잎을 물들였다』(창작과비평사 1994)의 서두를 장식하고 있는 다음 작품도 그러한 여성성 드러내기의 한 흔적이 된다.

> 네 물줄기 마르는 날까지
> 폭포여, 나를 내리쳐라
> 너의 매를 종일 맞겠다
> 일어설 여유도 없이
> 아프다 말할 겨를도 없이
> 내려꽂혀라, 거기에 짓눌리는
> 울음으로 울음으로만 대답하겠다
> 이 바위틈에 뿌리내려
> 너를 본 것이
> 나를 영영 눈뜰 수 없게 하여도,
> 그대로 푸른 멍이 되어도 좋다
>
> 네 몸은 얼마나 또 아플 것이냐
>
> ——「풀포기의 노래」전문

이 시편은 연민과 사랑이 서정시의 가장 근본적인 충동 중 하나라는 사실을 여지없이 보여준다. 그의 시 안에만 들어오면 그것이 '꽃'이든 '배추'든 '다람쥐'든 '귀뚜라미'든 아니면 사북과 같은 탄광에서 흘러내리는

'물'이든 모두 연민과 사랑의 대상으로 화한다. 삶이 원래 근본적인 불가항력의 비극성에 토대를 두고 있다는 시인의 예지는 연민과 사랑으로 타자를 동류화함으로써 스스로를 견디고 넘어서게 한다. 따라서 나희덕은 늘 삶이 시를 앞서가는 인생론자이기도 하다. 자신도 아프면서 "네 몸은 얼마나 또 아플 것이냐" 하는 마음은 고통의 감수만이 구원에 이르는 길임을 본능적으로 가지고 있는 이에게서나 가능한 발언이 아닐까. 이 또한 세속적 의미의 휴머니즘이 아니라 종교적 의미의 타자 사랑이라고 해야 할 것이다. 그는 이렇게 말한 적도 있다.

> 어머니를 통해 내게 각인된 모성성은 누구에게나 초인적일 정도의 희생과 헌신을 보여주는 존재였다. 누군가 내게 성모 콤플렉스가 있는 것 같다고 말한 적이 있는데, 어머니가 심어준 종교적인 이미지는 실제로 그 지적과 크게 어긋나지 않는다. (「문밖의 어머니」)

하지만 나희덕을 여성성의 견지에서만 조명하는 것은 너무도 부적절하다. 그럴 경우 그의 시가 지니고 있는 사회적 함의나 종교적 깊이 그리고 인생론적 주제들이 읽히지 않을 수 있기 때문이다. 특별히 우리는 나희덕 시편의 원심과 구심이 사회적 타자와 종교적 심연을 향하고 있다는 점을 읽어야 한다. 그때 비로소 우리는 가장 선명한 그리고 가장 풍부한 그의 내면, 가장 단단하지만 한쪽에서는 하염없이 허물어져만 가는 그의 내면과 만날 수 있다.

2

시는 근본적으로 영성을 지향하는 종교 같은 것이라고 말한다고 해서

크게 잘못은 아닐 것이다. 물론 이러한 안목과 서술은 최근 우리 시단의
한 경향으로 부상한 바 있는 탈근대적 징후들과 날카롭게 대립한다. 하지
만 우리는 나희덕의 시가 이러한 시적 함의에 가장 부합하는 실재로 우리
에게 다가온다는 것을 부정하기 어렵다. 절대자에의 몰입을 한사코 거부
하면서도 가장 성스러운 그분의 온기를 전하는 그의 시적 촉수는 항상적
으로 종교적이고 정신적인 성숙의 과정에 가닿고 있기 때문이다. 세번째
시집『그곳이 멀지 않다』(민음사 1997)에 수록되어 있는 다음 작품은 그 지
난한 정신적 고투의 과정을 명징하게 보여준다.

나 그곳에 가지 않았다
태백 금대산 어느 시냇가에 앉아
조금만 더 올라가면
남한강의 발원지가 있다는 말을 듣고도
나 그곳에 가지 않았다

어린 시절 예배당에 앉아 있으면
휘장 너머 하느님의 옷자락이 보일까봐
눈을 질끈 감곤 했던 것처럼
보아서는 안될 것 같은 어떤 힘이 내 발을 묶었다

끝내 가지 않아야
세상의 물이란 물, 그
발원에 대해 생각할 수 있을 것 같기에,
흐리고 사나운 물을 만나도
그 첫 순결함을 믿을 수 있을 것 같기에,
간다 해도 그 물줄기 어디론가 숨어

내 눈에 보여지지 않을 것 같기에,

나 그곳에 가지 않았다

골지천과 송천이 만나는 아우라지쯤에서

나는 강물을 먼저 보내고

보이지 않는 발원을 향해 중얼거릴 것이다

만나지 못한 것들이 가슴을 샘솟게 하나니

금대산 검용소,

가지 않아서 끝내 멀어진 길이여

아직 강이라는 이름을 얻기 전의 물줄기여

—「발원을 향해」 전문

　'그곳'에 다다르는 순간 '그곳'을 상실하는 모진 역설이 이 안에 있다. 그리고 명명되자마자 소멸되어버리는 '그곳'의 속성도 충실하게 만져진다. 이러한 속성은 '신성'을 향한 마음에서도 마찬가지로 엿보인다. 발원을 향해 나아가지만 끝내 그곳에서의 안착을 거부하는 과정으로서의 삶, 그것이 나희덕의 종교적 감각이자 신성과의 관계설정 방식이기 때문이다. "끝내 가지 않아야/세상의 물이란 물, 그/발원에 대해 생각할 수 있을 것 같기에" 가지 않는 머뭇거림과 유보의 정서는 그가 신성을 사유하고 인지하는 근본적 균형감각을 보여준다. 이는 그가 강력한 내면의 통일성을 열망하는 "견고함에 대한 의지"(황현산 해설「단정한 기억」)의 시인임을 드러내는 대목일 것이다. 그리고 그의 시의 중추를 이루는 단정함은 그 '견고함'에 대한 의지가 나름의 형식을 얻을 때 생겨나는 것일 터이다. 물론 나희덕 시에 나타나는 일관된 동일자 의식, 절제와 균형에 대한 집착, 은유와 상징에 의존하는 표현들, 분산과 해체보다는 질서와 통일성을 지향하는 이미지 등이 그에게 어떤 굴레로 작용한 것도 사실일 것이다. 하지만 그의 시편들을 소리 내어 읽어보노라면 우리는 그의 시가 매우 자유롭고 다양한 폭과 깊이를 가지고 있는 동시에 그가 택하는 언어운용 방식만은 철저히 청교도적임을 발견할 수 있을 것이다.

이처럼 우리 시단에서 나희덕의 초기 시편은 그 형식적 단정함과 시적 주제의 명료함 그리고 시 곳곳을 감싸고 있는 특유의 깊은 따뜻함으로 뜻깊은 주목을 받아왔다. 그 안에는 고단함과 기다림으로, 상처와 통증으로 버텨온 나희덕만의 오래 뒤척이고 출렁여온 시간이 빼곡하게 들어차 있다. 그 시간이 누구와도 닮지 않은 그만의 시인으로서의 존재론적 표지였을 테고, 그것은 형벌이면서 구원인 사랑과 희생 그리고 세계에 대한 한없는 연민과 헌신을 담은 이른바 '가이아(Gaea)의 노래'로 채워져 있었다고 할 수 있을 것이다. 언젠가 나는 그의 네번째 시집 해설에서 이렇게 쓴 일이 있다.

그가 시인으로서, 판관이나 선지자로서보다는 사라지는 것들을 깨어서 지키고 보살피는 파수꾼이나 불침번에 가까워 보이는 까닭도 거기에 있을 것이다. 그 길은 분명 많은 시간을 견디고 기다려야 하는 방법이다. 그 고단함과 기다림으로, 상처와 통증으로, 희덕은 앞으로도 오래 뒤척이고 출렁거릴 것이다. 그 뒤척임과 출렁거림이 누구와도 닮지 않은 그만의 시인으로서의 존재론적 표지이니까. (「그의 귀에 들리는 어스름의 '소리'들」, 『어두워진다는 것』, 창작과비평사 2001)

그의 시는 사라져감으로써 존재의 빛을 남기는 것들에 대한 사랑과 집착, 완결성 높은 형식에의 의지, '시'(poésie)를 향한 자기 엄격성으로 거듭 진화해왔다. 오랫동안 이러한 지속과 변이를 거듭해온 그의 시에는 한동안 우리 시단을 잠식했던 분열과 환각, 우울과 공포, 광기와 모멸 같은 것들을 찾아보기 어렵다. 선적 초월이나 해체 전략 같은 전위적 포즈 또한 전혀 없다. 오히려 그는 여전히 그러한 언어들이 가닿을 수 없는 세계의 비밀스러움을 탐색하고자 한다. 이처럼 그의 시는 철저하게 삶이 열어주는 언어이고, 자신의 기원과 궁극인 어떤 초월적이고 절대적인 존재로 나아가고자 하는 충동을 깊이 숨긴 기도이기도 하다. 어차피 완성되는 삶이란 없는 것, 궁극을 향한 끝없는 도정만이 삶을 지탱하고 그 갈등과 긴장이 균형감각의 육체를 부여받으며 피워올리는 것이 시라는 것, 절대자에 대한 맹목의 몰입은 언어가 필요 없는 경지일 것이라는 것, 따라서 시와 종교는 끝없는 길항과 싸움 사이에서 공존한다는 것, 이러한 깨달음의 연쇄가 나희덕의 시와 삶을 어렵고도 고통스럽게 지탱해주는 축일 것이다. 따라서 그의 시가 가지고 있는 단정함과 균형감각은 생래적인 부분도 있지만, 이러한 각고의 경험에서 얻어낸 지혜이기도 하다. 그 성숙의 과정에 독자로서 참여하는 일 역시 고통과 지혜를 같이 나누는 일이 될 것이다.

3

나희덕은 『사라진 손바닥』(문학과지성사 2004)이나 『야생사과』(창비 2009)에서 깊은 시적 자의식의 지속성과 함께 자신의 시를 변화시키려는 모험과 도전을 새롭게 보여주었다. 그 안에는 나희덕 시의 속살이 지속하고 변이하는, 충일하고도 격렬한 교차과정이 가득 펼쳐져 있다. 누구는 나희덕의 변화 욕망에 박한 점수를 주기도 했지만, 그는 한편으로 '가이아'에서 '쎄이렌'(Seiren)으로, 한편으로 '상처를 다스리는 것'에서 '상처를 받아들이는 것'으로, 한편으로 '뿌리'로부터 '가지'로 또 '잎'으로 끝없이 시적 원심을 확장해갔다. 그런다고 나희덕이 원초적으로 변하는 것은 아닐 테지만, 이제 나희덕은 가장 실존적이고 종교적인 심층으로서의 '죽음'과 '사라져감'의 형이상학에 대해 노래하는 깊이있고 성숙한 시인이 되어갔다. 가멸차고도 혹독한 시간이 거기에 주름처럼, 이랑처럼 깊이 배어 있음은 말할 것도 없다. 어느새 등단 25년을 넘어선 그의 시는 이렇게 한층 그 성숙함과 미더움을 증명해 보이면서, 사회와 내면, 이성과 감성, 삶과 죽음, 따스한 공감과 서늘한 인식 사이에 존재하는 갈등들을 언어화함으로써 존재론적 기원과 갈등을 생동감 있게 언어화해간다. 그 뚜렷한 결실이 바로 근작 시집『말들이 돌아오는 시간』(문학과지성사 2014)이다.

이 일곱번째 시집에는 나희덕만의 독자적인 언어적 질감과 함께, 죽음과 '그 너머'를 사유하면서 절망과 상처를 넘어 자신이 걸어온 시간에 대한 조용하고도 결연한 목소리에 다다르는 담담한 과정이 담겨 있다. 상실과 부재의 아픔을 껴안는 사랑의 마음이 회상과 회복의 직능에 충실한 결실을 낳고 있다. 이 모든 것이 타자에 대한 사랑의 마음을 나희덕 버전으로 승화시킨 것일 터이다. "떼어낸 만큼 온전해지는, 덜어낸 만큼 무거워지는/이상한 저울, 삶" 혹은 "이미 돌이킬 수 없거나 사라진 존재를 불러오려는/불가능한 호명, 시"(시집 뒤표지 글)라는 역리(逆理)에 바탕을 둔 그의 이번 시집은 '죽음'과 '사라져감'을 실존적 필연으로 승인함과 동시에, 애도와 치유라는 이중의 기능을 충실하게 치러내고 있다. 그렇다면 그는 어떻게 사라져감으로써, 어떻게 죽음을 육체화함으로써 진정한 역설의 자기구원에 이르는가.

> 나부끼는 황홀 대신
> 스스로의 棺이 되도록 허락해주십시오.
>
> ——「어떤 나무의 말」 부분

> 한때 나는 뿌리의 신도였지만
> 이미 허공에서 길을 잃어버린 지 오래된 사람
>
> ——「뿌리로부터」 부분

그는 사라지려는 것처럼 연주하고
사라지면서 연주하고
사라진 후에도 연주를 멈추지 않을 것이다

                                             —「마비된 나비」 부분

　황홀을 내면화하면서 죽음을 수습하는 관이 되거나, 허공에서 길을 잃거나, 사라지려는 것을 기억하는 탄주자가 되거나, 나희덕은 "죽음이 만져지는 순간"(「진흙의 사람」)에 가장 분명한 자기구원이 성취된다는 사실에 상도(想到)한다. 비록 모든 "말은 조금씩 어두워"(「묘비명」)져가고 "끝내 하지 못한 말은 별처럼 박혀 있을"(「상처 입은 혀」)지라도, 나희덕은 스스로 "어둠이 아직 어둠으로 남아"(「어둠이 아직」) 있고 "흰 날개와 검은 날개로 가득 찬 묵시록의 하늘을"(「그의 뒷모습」) 온몸으로 받아들인다. 결국 우리의 존재형식은 "간절한 허기를 지닌"(「무언가 부족한 저녁」) 불가피한 모습임을 받아들이는 것이다. 그러니 그에게 모든 존재자는 모든 존재론적 가능성 '사이'에 있는 것으로 다가오지 않을 수 없다. 삶과 죽음의 '사이'는 말할 것도 없고, "썩어가는 것과 시들어가는 것 사이"(「그들이 읽은 것은」), "침묵과 음악 사이"(「마비된 나비」), "결빙점과 비등점 사이"(「그곳과 이곳」), "쓰러진 나무 그림자와 서 있는 나무 그림자 사이"(「아주 좁은 계단」), "점화와 암전, 환영과 환멸 사이"(「방과 씨방 사이에서」)에서 거듭 눈물처럼 반짝이는, 그리고 더러는 "철망 사이로 스며드는 빛"(「조롱의 문제」)처럼 따뜻하게 출렁이는 존재자들의 모습은 모두 나희덕의 정서적 식솔이자 시적 대상이 아닐 수 없다. "물이 증발한 종이 위의 희미한 얼룩"(「추분 지나고」)처럼 모든 것이 사라진 후에도 연주를 멈추지 않을 나희덕은, 그렇게 가장 신성한 것은 가장 누추하고 버려진 외곽과 끝자리에 놓인다는 사실을 다시 한번 선연한 얼룩으로 노래한다. 아니 오래도록 연주한다.

그녀는 자벌레처럼 몸을 굽혔다 뻗는다
벌거벗은 한뼘의 땅 위에
약간의 빛과
굴광성의 영혼이 남아 있음을 확인하려는 듯
환풍구를 향해 길게 숨을 들이쉰다
잠든 개를 천천히 쓰다듬는다
이 온기가 남아 있는 동안은 견딜 만하다고 중얼거리면서
—「그러나 밤이 오고 있다」 부분

사라져가는 것들의 마지막 **온기** 속에서 청해지는 '잠'이야말로 구원 없는 시대의 유일한 구원과정을 은유하는 것일 터이다. 약간의 빛으로 다가오는 굴광성 반응에 나희덕은 '마지막 견딤'이라는 성스러움을 부여한다. 그렇게 신성하게 남은 생각이 바로 「신을 찾으러」에도 나온다. "신을 벗어야 신을 만날 수 있는/불꽃나무의 영토"에서 발원한 그의 종교성은 그로 하여금 "신의 나라는 멀리 있지 않다고/지상의 하루하루, 피 흘리는 싸움 속에 있다고" 하는 말을 긍정하게 하면서도 이제는 "질그릇으로 빚어진,/질그릇처럼 깨지기 쉬운,/때로는 질그릇에서 엎질러진 물 같은 사람/그래서 더이상 젖지 않게 된 사람"이 되어 북극광처럼 떠돌고, 낡아가며, 항구적으로 신을 찾으러 가게 하는 것이다. 그러니 "가라, 가서 돌아오지 마라/이 비좁은 몸으로는//지금은 말들이 돌아오는 시간/수만의 말들이 돌아와 한마리 말이 되어 사라지는 시간"(「말들이 돌아오는 시간」)에서처럼 돌아오지 말고 사라져가라고 외치지만, 궁극적으로 그 안에는 다시 돌아오는 회향(回向)의 상상력이 담겨 있을 수밖에 없다.

삶은 도약이 아니라 회전이라는 것을

구멍을 만들며 도는 팽이처럼
결국 돌아오고 또 돌아올 수밖에 없다는 것을

—「동작의 발견」부분

　이 시집의 마지막 장을 덮었을 때, 우리는 정말 아침의 노래와 저녁의 시, 생성의 노래와 저묾의 시가 서로를 얽으면서 희미하게 잔광(殘光)을 뿌리는 경험을 하게 된다. 그래서 역동적이기보다는 쓸쓸하고 고즈녁하게, 실험적이기보다는 고전적으로, 가치론적이기보다는 실존적으로, 함성보다는 나직한 목소리로, 나희덕 시는 낮아지고 길러진다고 말할 수 있을 것이다. 그 목소리로 그는 실존적 필연으로서의 '죽음'과 '사라져감'을 승인하면서, 지나온 소중한 시간과 언어를 떠나보내면서 새로운 시세계를 천천히 맞이한다. 물론 그는 이러한 성취를 지나, 끝내 어디에도 도달하려 하지 않는 또는 그 어떤 것도 절대적이라고 인정하지 않으려는 완강한 의지를 통해, 또다른 새로운 시세계로 나아갈 것이다.

　참고로 나희덕에 대한 항간의 오해 두가지를 이야기하자. 하나는 그의 시가 단정하고 균형 잡혀 있는 만큼 그의 삶도 비교적 평탄했을 것이라는 생각이고, 또 하나는 그의 시가 온화한 만큼 그의 성정도 퍽 온화하리라는 생각이다. 둘 다 어김없이 틀렸다. 먼저 나희덕의 삶은 평탄은커녕 그 기울기가 너무도 가팔랐고 그 산도(酸度)가 생각보다 훨씬 컸다. 그의 단정함은 오히려 이러한 카오스의 고통을 딛고 나온 '잘 빚어진 항아리'일 것이다. 그러니 그가 구현한 형식에의 견고함은 그의 예술적 자의식이 떠받치고 있는 장인정신에서 온 것이지, 그의 삶이 누린 안정성을 반영한 것이 결코 아니다. 또한 그의 성정은 온화함보다는 내적 격정에 훨씬 근접해 있다. 그 격정이 타자를 향할 때에는 한없이 자연스러운 어울림과 연민으로 촉발되고, 자신을 향할 때에는 스스로의 완성을 끝내 거부하는 희생과 소멸 충동으로 현상하는 것이다. 평탄과 온화가 아니라 경사와 격정이 훨씬 더 맞다.

우리는 이러한 삶의 굴곡에도 불구하고 그가 여전히 지속적으로 형식에의 의지와 목소리의 진정성을 지켜온 것을 잘 알고 있다. 그것이 나희덕만이 지켜온 '시적인 것'의 빛이자 빚이라고 믿는다. 그렇게 그는 큰 틀에서 지속과 변이 사이의 균형을 지키면서 스스로를 흩뿌려가는 방식으로 진화해왔다. 사회성과 종교성이라는 두가지 축에 의해 그것을 짜면서도, 어김없이 그 결합을 허물어가는 과정을 통해 '시적인 것'을 지탱해왔다. 그렇다면 그다음 그의 길은 어디를 향할까. 자신의 말대로, 언어 너머의 어떤 공동체에서 구체적인 타자들과 한 몸으로 어울리면서 자신의 언어를 넘어서는 것이지 않을까. 하지만 그럼에도 불구하고, 우리는 그가 그 마을에 닿기 전 써야 할 명편이, 아직은, 태동되지 않았다고 믿는다. 그의 생애를 다해 씌어질 그 명편을, 참으로 오래도록 기다릴 것이다.

속 깊은 마음의 현상학, 아름다운 너무나

◆

박라연의 신작들

1

박라연(朴萊娟) 시인의 신작을 한편 한편 천천히 읽어본다. 그의 다섯편 작품은 잔잔한 영혼에 파문을 일으키는 섬세한 불꽃처럼 속 깊은 마음의 현상학을 일관되게 보여준다. 박라연만의 브랜드라고 할 수 있는, 삶의 가장 깊은 곳에 옹송그리고 있는 어떤 열망들, 연민들, 통증들, 감각들이 시편들마다 농울친다. 우리가 잘 알듯이 그동안 박라연 시편을 이끌어온 중요한 힘은 시인 자신 속에서 솟구치는 슬픔과 타자를 향한 연민이었다고 할 수 있다. 그래서 그의 시편은 내면에서 상상적으로 구성되고 추구되는 사랑의 힘에 대한 여러 경험으로 현저하게 이월되어왔던 것이다. 박라연 시편의 근본 동력인 그러한 슬픔과 연민의 힘은 이번 신작들에서도 여전히 그 저류(底流)에 흐르고 있다. 하지만 박라연이 최근 보여주는 시적 에너지는 이러한 슬픔과 연민의 발원지가 좀더 근원적인 차원으로 옮겨졌음을 확연하게 증언한다. 그것은 박라연 시학의 오랜 기원이요 궁극이었을 사랑의 심미성과 형이상학적 갈망을 결속하는 과정에서 이루어진 소중한 결실일 것이다.

우리가
누린 적 있는 눈부신 시간들은
잠시 걸친
옷이나 구두, 가방이었을 것이나

눈부신
만큼 또 어쩔 수 없이 아팠을 것이나
한번쯤은
남루를 가릴 병풍이기도 했을 것이나

주인을 따라 늙어
이제
젊은 누구의 몸과 옷과
구두와 가방
또 아픔이 되었을 것이나

그 세월 사이로
새와 나비, 벌레들의 시간을
날게 하거나
노래하게 하면서
이제 그 시간들마저

허락도
없이 데려가는 중일 것이나

시인의 기억 속에 잔상(殘像)으로 빛나는 것은 "우리가/누린 적 있는 눈부신 시간들"이다. 그것은 어쩌면 우리가 어디선가 만나기도 했을, 하지만 전혀 그것의 가치를 모르고 지났을, "잠시 걸친/옷이나 구두, 가방" 같은 것이었을지도 모른다. 비록 그 '눈부심'은 '아픔'을 동반한 것이었겠지만, 그것은 삶의 한순간 "한번쯤은/남루를 가릴 병풍"으로 존재했을 것이다. 물론 그렇게 눈부시고 아팠던 기억들도 "주인을 따라 늙어"갔을 것이고, "젊은 누구의 몸과 옷과/구두와 가방" 역시 그들의 병풍이 되어 때로는 아픔으로 때로는 눈부심으로 이어져갔을 것이다. 시인의 시선은 그 눈부시고 아픈 세월 사이로 "새와 나비, 벌레들의 시간"이 날거나 노래하는 것이 보이고, 궁극에는 그 시간들마저 사라져가는 것이 들어온다. 이렇게 눈부심, 아픔, 늙음, 사라져감이 이어지는 실물적 과정 속에서 시인은 '너무나 아름다운' 시간이 "허락도/없이" 사라져가는 것을 느낀다. 여기서 '사라짐' 뒤의 기억이야말로 박라연 시학의 한 초점이 아닐 수 없는데, 이때 사라짐의 의미는 '절멸'이나 '소진'이 아니라 신성한 것이 새롭게 생성하는 역설적 질료가 된다고 할 수 있다. 그 눈부시고 아픈 시간은 다음 작품에서는 '하루'라는 질량으로 현상하고 있다.

> 물이 해를
> 불러들이기 참 좋은 곳 낮은 산 사이에 길고
> 좁거나 조금 넓게 굽이굽이 간신히 연명하며
> 저를 넓혀서는
> 누군가를 위해 넓혀져서는
> 아픈 사람들까지 이리 먼 곳까지 드디어
> 불러내는 호수가 된 거죠!

명의가 된 호수를 차 한잔 값에 사긴 샀는데

병의 두께를
물로 청진받고 햇살로 레이저 치니 상처만큼
들이닥치는 저 약발 좀 봐
호수에 번지는
저 처음인 빛깔 저 처음인 느낌 좀 봐

새로 된 저를 들쳐업고 떠나는 이런 하루가

남은 생에 몇번?
충분해! 오늘의 이 냄새 이 형편만으로 세상과
내기할 자세를
거뜬히 얻겠다고 장담하는데
시들지도 늙지도
않겠지? 안심되는 이 호수마저 석양을 내어
주는 시간엔
속내를 들키지 않으려고 오래 입에 넣고
오물거리는 게 있는데

산등성이에 남아
좀처럼 떠나지 못하는 저 석양조각들도
망설임과
두려움이 있다는 건지 없다는 건지

—「하루」 전문(『서정시학』 2015년 가을호)

이 시편에서도 박라연 특유의 통증이 빛을 뿌린다. 누군가를 위해 자신을 넓혀온, "아픈 사람들까지 이리 먼 곳까지 드디어/불러내는 호수"는 곧 박라연 자신의 성정을 투사한 상관물일 것이다. 가령 그 호수는 "물이 해를/불러들이기 참 좋은 곳"이기도 한데, 그렇게 호수는 '명의'가 되어 "상처만큼/들이닥치는" 약발을 내내 보여준다. 그래서 "호수에 번지는/저 처음인 빛깔 저 처음인 느낌"은 시인에게 감각적인 것이자 너무도 깊은 존재론적인 것이 아닐 수 없다. 그러니 새로이 생성된 자신을 "들쳐업고 떠나는 이런 하루"는 시인의 남은 생에 몇번 있지 않을 것이다. 아름다운, 너무나 아름다운 순간이 감각적 형상으로 이월된 것이기 때문이다. 하지만 어떤가. 시인은 그것으로 충분하다고, 오늘 하루의 냄새와 형편만으로도 충분하다고, 그래서 하루라는 시간은 시들지도 늙지도 않을 것이라고 말한다. 오히려 하루가 저물어 "호수마저 석양을 내어/주는 시간"이 되면, 시인에게는 "속내를 들키지 않으려고 오래 입에 넣고/오물거리는" 것이 생겨난다. "산등성이에 남아/좀처럼 떠나지 못하는 저 석양조각들"처럼 찾아오는 "망설임과/두려움"이 그것이다. 그래서 하루하루의 삶이 여전히 삶의 난경(難境)으로 남겠지만, 시인은 아름다운 심미적 순간성으로 그것을 넘어설 것이다. 아름다운 잔상으로 남아 있는 것들도 궁극에는 사라져가겠지만, 시인은 그 남겨짐의 눈부신 순간을 이렇게 아름다운 영상과 소리와 질감으로 붙잡아 노래한 것이다. 소멸해가는 존재자들을 거두어들이고 그 눈부신 소멸의 순간에 심미성을 부여하려는 박라연만의 열정이 돋보이는 작품이 아닐 수 없다. 이렇게 박라연은 시간(성)에 붙잡힌 자신의 실존을 눈부시게 재현하면서 그 안에서 새롭게 생성하는 삶의 기운들을 생동감 있게 발견하고 있는 것이다.

2

이렇게 시간성에 대한 사유를 집중적으로 보여준 박라연 시편의 중심
은 이제 자신의 출렁이는 '마음'으로 그 초점을 현저하게 옮겨간다. 박라
연은 삶의 단순성을 한껏 벗어나 복합적 생의 겹을 인식하면서도, 그것을
가녀리지만 진정성 있는 정신의 상승과정으로 직조해가고 있는 것이다.
이러한 방향을 취하고 난 후 시인은 머뭇거리지 않고 자신의 시편을 밀
어가는 힘을 생성적으로 얻고 있다. 예전에는 보기 힘든 시인의 자가발전
동력이 강렬하게 느껴지는 대목이다.

> 어! 허공에 뿌리를?
> 옆으로 쭉쭉 어디까지 가려는 거야? 뿌리를
> 어디서든 뽑아 내린다는 거네! 발목에서 허벅지서
> 손톱에서 등에서 팔의 한가운데서
>
> 마음 내키면 얼마든지?
> 아니지 누가 제발 거둬주었음 싶을 때 스스로
> 솟아나는 거지 아니야! 일단 가지로 솟았다가
> 뿌리로 전환시키는 거야
> 그 순간의 전율을
> 알아? 나와 지금 첫 대면인데도 내 몸 어딘가가
> 막 물이 차오르는 걸?
>
> 저 나무가 저를 무찌르는
> 순간은 가벼워 보이는데 내가 나를 무찌르려면
> 운이 없고 목이 마르고 뭐 그러잖아?

근데 궁금해
저 나무의 희망이
작은 호수의 가슴을 지나 양털 깎던 곳의 지붕까지
나아갔다가 또 어디까지 갈까?

뿌리라는 것이
땅속으로만 번지는 게 아니라면서 저의 어디서든
불끈, 솟는다는 걸 보여주며 얼마나 더 저를 넓혀
누군가의 그늘이 되고 경이가 될지

매 맞고
껍질이 벗겨지고 물에 빠지거나 허공으로 숨어버리던
사람의 희망으로 오늘 나는

차례를 받아서
닿을 듯 닿을 듯 하는 너의 뿌리를 지긋하게 한번
밟아볼래! 나를 찢어지게 늘리면서
　　　　　　　　　　——「이를 어째?」 전문(『서정시학』 2015년 가을호)

　　제목에서 암시되는 당황스러운 순간은 시편 안에서 오히려 발견과 자
각의 순간으로 몸을 바꾼다. 반복되는 감탄사("어!")나 물음표("?")는 시
인의 의문을 표현하는 것이 아니라, 오히려 삶의 깊은 원리에 대한 확연
한 긍정을 드러낸다. 그래서 시인의 눈에는 나무들이 허공에 뿌리를 둘
수 있고 옆으로 쭉쭉 뻗어나갈 수 있는 것이다. 또한 그것은 누군가 간절
하게 원할 때 "스스로/솟아나는" 것이고, "일단 가지로 솟았다가/뿌리로
전환시키는" 것일 수도 있다. 어쨌든 시인에게는 "그 순간의 전율"이 중

요하게 다가온다. 그 전율의 순간은 "몸 어딘가가/막 물이 차오르는" 느낌으로 이어지고, 나무가 스스로에게 거는 희망을 통해 오히려 이 순간이 지금보다 훨씬 더 멀리 퍼져갈 것을 예감케 한다. 그러니 자연스럽게 "뿌리라는 것이/땅속으로만 번지는" 것이 아니고 어디서든 솟아날 수 있는 것이 아닌가. 그렇게 나무는 스스로를 넓혀 "누군가의 그늘이 되고 경이가" 되어간다. 결국 그 나무의 솟아남과 희망은 그대로 "사람의 희망"으로 전이되어 시인으로 하여금 "오늘 나는//차례를 받아서/닿을 듯 닿을 듯 하는 너의 뿌리를 지긋하게 한번/밟아"보려는 열망을 가지게끔 하지 않는가. 내면으로 꽉 들어차는 편재적 원리로서의 '뿌리'의 시학이 여기 펼쳐진 것이다. 이런 작품을 두고 오히려 우리는 "이를 어째?" 할 수 있지 않을까?

속눈썹이 유난히 깁니다
지쳐서 까라져서도 제 몸
크기의 새끼를 젖 먹이고 있습니다
이 더운 여름날 도대체
몇마리나 끼고 뛰어다니며 밥벌이
하느냐고 물었더니
자식은 눈물이니까요…… 하면서
잠시 저를 올려다보는데
제가 울음이 터질 뻔했습니다.
캥거루 눈빛을 오래 들여다보니
거의 사람들의 눈매입니다
희로애락의 거처가 날마다
자식이어서일까요?
　　　　　　—「캥거루와 그날」 전문(『서정시학』 2015년 가을호)

이 짧은 작품은 '캥거루'라는 상징을 통해 시인의 마음을 따뜻하게 전하고 있다. 시인은 속눈썹이 유난히 긴 캥거루의 형상을 빌려 "지쳐서 까라져서도 제 몸/크기의 새끼를 젖 먹이고" 있는 지극한 존재자를 부조(浮彫)하고 있다. 우리 시대의 가장(家長)과도 같은 이미지를 가진 이 '캥거루'는 더운 여름날 여러 식솔들을 몸에 담은 채 밥벌이를 위해 이리저리 뛰어다닌다. "자식은 눈물이니까" 말이다. 하지만 그 '눈물'이라는 말에 시인의 눈가도 젖어간다. "캥거루 눈빛"이 "사람들의 눈매"로 전이되어 "희로애락의 거처가 날마다/자식"이라는 인사(人事)로 이어진 것이다. "눈물"이자 "희로애락의 거처"인 자식을 두고 캥거루가 보여준 글썽이는 눈빛이 박라연 시인의 속 깊은 성정으로 이어져 가녀리지만 진정성 있는 '눈물'의 관계론을 구성한 것이다. 이처럼 박라연 시인은 '뿌리'와 '눈물'의 시학을 통해 자신의 마음속에서 일고 무너지는 역동적인 성찰과정을 보여주고 있다. 아름답고 애잔하고 때로 글썽이게 한다.

3

우리가 읽어온 박라연 시학은 날카로운 단층을 보이는 단속적 세계가 아니라, 부드러운 곡선과도 같은 자기심화의 연속적 세계이다. 존재자들이 운명적으로 가지고 있는 사랑과 통증의 변증법을 아름답게 형상화해 온 것이 그것이다. 그만큼 그는 다양한 형상의 계열화를 통해 사랑과 아픔이라는 원형적 사유를 진행하고 있는데, 이번 신작들에서 종내 박라연은 심원한 사유의 지층으로 이격하는 면모를 보여준다. 이러한 속성은 우리가 만나볼 박라연 시의 미래이기도 할 것이다. 아직 그 미래는 오지 않았지만, 이미 그가 살아내고 있는 '흙'과 '고독'의 시간 속에 충실하게 싹

트고 있지 않은가. 그 에너지가 한층 더 풍부한 구체성과 조우하면서 더욱 깊이있는 사유를 우리 시단에 보여줄 것으로 우리는 기대한다.

신호 위반으로
즉사할 뻔했을 때
모두가 무사한 이유?

내가
걷고 생각하고 마음을 줄 수
있는 사람이어서
마을 입구부터 무덤 천지인 나포면
장상리 162-22번지의 사방
그 공터들이 비슷한 처지 같아서
눈만 뜨면 갈고 엎고 또 갈아
엎어 사면의 땅과 공중이
꽃물결이게 한 시간과
내 노동이 불러온 수십마리
호랑나비와 그들의 하이파이브까지
사고의 찰나로 달려와서는
꽃과 나비의 입술만으로 꽉,
아주 꽉, 우리를 붙들어 차 밖으로
튕겨져 나가지 않게 머리카락
한올 다치지 않게 해준
거라고 믿고 싶은데 어쩌죠?

그날 이후 마음을 줄 수

있는 사람인 것에 감사하며

비록 함께 살진 못해도

아끼는 사람의 내면에 뿌려지는

온갖 씨앗이 될 수 있다면

비애의 농도만큼 농염하게 피어나

쓸쓸한 내면 가득 하이파이브를 살게

할 나의 수많은 그녀들이 될 것처럼

아끼는 사람 앞 위험을

막으려고 일제히 몰려가는

첫

목숨들이 될 것처럼

그렇게 다시

상상되는 걸 어쩌죠?

—「그렇게 다시」 전문(『서정시학』 2015년 가을호)

　　새로 삶의 터로 삼은 "나포면/장상리 162-22번지"에서 시인 박라연은 다시 새로운 상상을 시작한다. 저 멀리 평강공주가 꿈꾸었던 '사랑'의 시학을 넘어, 우주의 돌아가심에서 '형이상'의 원리를 체득한 것을 넘어, 이제 가장 근원적인 심층의 마음을 투사하고 채집한다. 시인은 교통사고의 아찔한 순간 속에서 우연과 필연의 맥락에 대해 사유한다. 그러면서 "내가/걷고 생각하고 마음을 줄 수/있는 사람"임을 생각하고, "마을 입구부터 무덤 천지"인 곳에서 "눈만 뜨면 갈고 엎고 또 갈아/엎어 사면의 땅과 공중이/꽃물결이게 한 시간"을 생각한다. 시인의 가파른 노동은 호랑나비들의 하이파이브까지 불러오고, "머리카락/한올 다치지 않게 해준" 신성한 힘에 대한 믿음과 감사를 고백하게 한다. 그 스스로 "마음을 줄 수/있는 사람인 것"은 너무도 눈부신 감사의 조건이 되는데, 그렇게 시인은

"아끼는 사람의 내면에 뿌려지는/온갖 씨앗"이 되고자 한다. 그 희생 제의(祭儀)를 통해 스스로 성화(聖化)를 갈망하는 시인은 "비애의 농도만큼" 피어나 "나의 수많은 그녀들이 될 것처럼/아끼는 사람"이 위험에 처했을 때 그것을 막으려고 몰려가는 "첫/목숨들"이 되고자 하는 것이다. "그렇게 다시/상상"하는 것이다. 그것을 삶의 불가피한 원리로 포용하는 시인의 국량(局量)이 넓디넓다. '그렇게 다시' 우리는 박라연 시편의 진경(進境)을 바라본다.

　일반적으로 서정시는 주체의 자기발화에서 시작되고 완성된다. 물론 시적 대상이 공적 범주에 포괄됨으로써 일종의 사회적 확산을 가져오는 경우도 있지만, 그때도 서정시는 궁극적으로 자기회귀의 속성을 남다르게 견지한다. 물론 여기에서 말하는 자기회귀성이 사적 개인에 국한되는 것이 아님은 췌언의 여지도 없을 것이다. 서정시는 가장 사적인 이야기를 형상화할 때에도 그 안에 여러 차원의 보편성을 내포하기 때문이다. 결국 서정시는 타자들을 향해 한껏 원심력을 보였다가도 다시 구체적인 개인으로 귀환하는 자기회귀적 속성을 견지한다. 이번 신작을 통해 박라연은 시간성에 대한 감각, '뿌리'와 '눈물'의 관계론, 그리고 새로운 터전에서 수행하는 마음의 사유를 가장 구체적인 자기 자신의 근원으로 재귀하는 과정으로 보여준다. 이러한 지향이 새롭게 박라연 시학의 미래를 눈부신 도약으로 이끌어갈 것이다. 그리고 우리는 '그렇게 다시' 박라연의 다음 시집을 고대할 것이다.

원초적 통일성을 노래하는 경험적 구체의 시

◆

이정록의 시세계

1

그동안 이정록(李楨錄) 시인은 자연을 구성하는 동식물의 외관과 생태를 경험적으로 묘사하는 토대 위에서, 이러한 물리적 세계가 유기적 역동성을 서로 나누어 가진다는 사실을 선명하게 보여준 바 있다. 그의 개개 시편에 나타나는 농촌 풍경의 세목은 그의 경험적 시간 속에 견고하게 각인된 것이고, 또한 그것은 그의 시가 펼쳐지는 기둥이었던 삶의 등가물이기도 하였을 것이다. 이러한 이정록만의 개성적 특징은 우리 시단에서 경험적 구체성을 통해 자연 사물을 온전하게 재현하고 거기서 현대인의 내면을 읽어내게끔 한 중요한 내질(內質)이 되어주었다. 그래서 이정록은 자신의 삶 안으로 들어온 자연 사물들을 꼼꼼하게 들여다보는 섬세한 시선을 가진 시인이라는 오롯한 평가를 받아왔던 것이다. 그렇게 그는 꼼꼼한 관찰과 활달한 어법을 통해, 보다 더 넓고 고일(高逸)한 정신적 지평으로 확산시키는 상상력을 작법을 통해, 실물적 복원에 가까운 관찰과 묘사 그리고 근대적 이성이 분리해놓은 주체-대상 사이의 심연을 따뜻한 상상력으로 메워왔다고 할 수 있다. 그럼으로써 그의 시편은 다른 어떤 이들도 흉내 내기 어려운 그만의 고유성, 곧 원초적 통일성을 노래하는 경험적 구체의 세계를 견지한 채, 우리 시단에 우뚝하게 존재하고 있는 것이다.

2

제5회 박재삼문학상 수상작으로 뽑힌 시집 『눈에 넣어도 아프지 않은 것들의 목록』(창비 2016)은 더욱더 역동적이고 구체성 있는 감각을 통해 우리가 잃어버리고 살아가는 어떤 시원(始原)의 속성을 발견하면서, 서정시 본연의 활력과 선연한 문양(紋樣)을 충실하게 보여준 기념비적 성취이다. 이번에 본심에 참여한 심사위원들은 "일찍이 박재삼 시인이 추구한 해맑고도 아련한 살림의 시학을 정통으로 이어받고 있다"라고 수상작 선정 이유를 밝혔는데, 아닌 게 아니라 이정록은 '죽음'이 만연한 세상에서 '살림'의 안목과 역량을 높은 형상적 성취 속에서 보여준 드문 시인이 아닐 수 없다. 그만큼 이정록은 우리의 삶이 일탈 욕망에 의해 무너지기에는 견고한 리듬을 가지고 있고, 그 리듬은 감각의 구체성과 시원의 발견을 통해 가능하다고 믿으면서 자신만의 시를 써왔다. 그는 이러한 미학적 특성을 이번 수상 시집에서 매우 구체적으로 나타내면서, 최근 우리 시가 가지는 죽음 편향에 대해 신생의 목소리를 대안적으로 들려준다. 이러한 그만의 감각과 사유는 열정과 자연스러움이 결속되어 생성된 어떤 인생론적 예지 때문에 가능했을 것이다. 다음 시편을 먼저 읽어보자.

　　개구리의 눈은 쌍무덤이다
　　저승을 열었다 닫았다 이승 쪽에 긴 혀를 내민다
　　오뉴월, 곡비(哭婢)의 무덤이다

등에는 산판 작업복을 배에는 상복을 지어 입었다

개구리의 영혼은 뒷다리에 있다
넓적다리의 무게가 없다면 물 밖으로 눈을 내놓을 수 없다
먼 하늘로 날아가고 싶은가, 물밑 하늘에 배를 대고
구름의 능선을 넘는 상여처럼 비스듬하게 떠 있다
뒷다리에서 얼이 빠져나가면 수장(水葬)이다
상복이 하늘 쪽으로 뒤집힌다

사람의 영혼도 머리나 심장에 있는 게 아니다
허벅지에 있다 위엄있게 죽는 게 소원이지만
병실에 눕혀진 채 자신의 눈자위에 무덤을 파는 사람들
나날이 솟구치는 사성(莎城), 침상 머리맡 좀 올려달란 말과
죽을 것 같다는 말이 남은 열마디 가운데 여덟아홉이다
귓구멍이며 혀뿌리까지 구름이 몰려들건만
새 다리를 허우적이며 바깥세상에 시비도 걸고 싶다

침대 좀 세워줘!
꺼져드는 묘혈(墓穴)을 링거 줄이 잡아당긴다
수액이 스미는 만큼 가라앉는 뒤통수, 이장(移葬)한 무덤 자리처럼
베개도 쉬이 꺼진다 땅땅했던 영혼이 졸아들기 때문이다
등짝 어디께로 운석이 떨어진다 화상이 깊다
등창(燈窓), 부화의 실핏줄이 번지기 시작한다
뒤통수가 어린 새의 부리 같다

세웠던 침상을 눕히고, 야윈 새처럼 등을 보이며 엎드린다

비상을 도우려는 의사와 간호사의 흰 날개깃이 바빠진다
죽음은 영혼을 부화시키는 일, 허벅다리에서
배까지 올라온 영혼의 새가 머릿속으로 치고 올라온다
이윽고 숨이 멎는다 발끝부터 정수리까지 흰 깃털이 스르륵 덮인다
수평을 잡고 하늘을 나는 새 한마리, 구름장(葬)에서
다리가 긴 빗줄기가 내린다

장례식장 사층, 신생아실에선
겨우 발가락만 내민 올챙이들이 물장구를 친다
작은 주둥이가 햇살에 마르지 않도록
탯줄의 이똥이 천천히 떨어진다 강보에 누워
다리를 들고 꼼작인다 첫걸음마는 날갯짓을 닮으리라
발가락 끝마디에 물방울 추를 매달고
허공에 걸음마를 내딛는 어린 영혼들

—「영혼의 거처」 전문

　이 시편은 지난 이정록 시편의 핵심 기율이었던 자연 사물의 생성과 소멸에 대한 예감, 그리고 근원적 생명력과 따뜻한 웃음과 넉넉한 삶의 긍정이 숨쉬고 있는 명편(名篇)이다. 이렇게 현대적 감각과 함께 누구보다도 따스한 상상력을 구축하면서, 이정록 시편은 충일과 결핍의 결속을 통한 실존적 자의식을 우리에게 지속적으로 건네주고 있다. 시인은 개구리가 "오뉴월, 곡비(哭婢)의 무덤"인 '눈'과 "산판 작업복"을 지어 입은 '등'과 상복을 지어 입은 '배'의 외관을 하고 있다고 묘사한다. 하지만 정작 개구리의 영혼은 점프를 가능하게 하는 '뒷다리'에 있다고 일갈한다. 넓적다리가 없었다면 물 밖으로 눈을 내놓을 수 없지 않았겠는가. 그러니 '뒷다리'에서 영혼이 나가버리면 개구리는 곧 수장(水葬)을 당하게 된다.

그렇다면 사람의 영혼이라는 것도 '머리'나 '심장'에 있는 게 아니라 '허벅지'에 있지 않을까? 여기서 시인은 사람의 병실을 묘사하면서, 비록 "위엄있게 죽는 게 소원이지만" 그렇지 못한 환자들의 불가피한 풍경을 담아낸다. "병실에 눕혀진 채 자신의 눈자위에 무덤을 파는 사람들"은 새 다리를 허우적이며 바깥세상에 시비를 걸어보고 싶지만, "땅땅했던 영혼이 졸아들"면서 어린 새의 부리처럼 차츰 소멸해갈 뿐이다. 하지만 '죽음'이란 "영혼을 부화시키는 일"이기도 하지 않은가. 허벅다리에서 배까지 올라온 "영혼의 새"가 머릿속으로 치고 올라올 때 비로소 죽음은 완성되는 것이니까 말이다. 이때 시인은 그 '영혼의 거처'가 떠나간 뒤에 바로 "장례식장 사층, 신생아실"에서 "겨우 발가락만 내민 올챙이들"을 예감하면서, 그네들의 첫걸음마는 날갯짓을 닮았을 것이라고 상상한다. 그렇게 "허공에 걸음마를 내딛는 어린 영혼들"이야말로 새로운 '영혼의 거처'로 태어나는 것이 아닌가. 이처럼 이정록의 시선은 소멸과 생성의 끝없는 교차를 바라보면서, 열정과 자연스러움이 결속되어 생성된 어떤 인생론적 예지를 보여준다. 아스라하고 깊다. 다음 시편도 이러한 깊디깊은 인생론을 투시하는 실례일 것이다.

온천탕 귀퉁이
노인의 왼 어깨에 터를 잡은 초록 문신,
참을 '忍'은 한자인데 '내'는 한글로 팠다
문신 뜨는 이도 '耐'란 한자는 쓸 줄 몰랐을까
이웃 나라끼리 한 글자씩 선린외교하자 했을까
한 사람의 솜씨가 아니라면 두 글자의 터울은 몇살일까
등을 밀어드리는 내내 입술 근질거린다 민망하게 터진 웃음의 솔기
얼마나 많은 키득거림이 그의 얼굴을 구석으로 돌려놓은 걸까
혀뿌리에서 솟구치는 끝없는 치욕을 자디잘게 토막 쳐서

심장 속 칼날에 잘 벼렸을까, 돌아보니
'忍'은 비누거품에 들고 '내'만 훌쩍이고 있다

내는 깡패 아니다
내는 이런 걸 새기고 싶지 않았다
내는 한글도 잘 모른다 내는 한달에 한번 목욕탕 오는 게 좋다
내는 '내' 때문에 웃어줘서 고맙다 몸뚱이가 보배다
'내'가 없으면 누가 내를 쳐다보겠나
옷 입고 나가면 내는 다시 쓸쓸한 노인네다
젊은이들이 간혹 밖에서도 내를 알아보고 웃는다
내는 그게 비웃음으로 안 들린다 내는 저녁 같은 사람이다
그늘이 어둠이 되지 않게 나지막이 살아온 사람이다
내는 땅 한평 없는데 'LH사장님'이라고 불린다
내는 아이들이 별명을 불러줄 때가 그중 행복하다
'내' 할아버지다! 꼬마들이 윗도리를 벗어보라고 보챌 때는
팔뚝만 보여준다 내는 국민 할아버지다
와, 알통이다! 내는 매일 팔굽혀펴기 한다.
'내'가 내를 살린다
내는 '내'가 참 좋다

— 「내가 좋다」 전문

　　이 시편의 주인공은 왼쪽 어깨에 "참을 '忍'은 한자"로 "'내'는 한글"로
초록 문신을 한 노인이다. 시인은 그 노인을 온천탕 귀퉁이에서 만난다.
절묘하게 한 글자는 한자로 한 글자는 한글로 판 그 문신은 시인으로 하
여금 "이웃 나라끼리 한 글자씩 선린외교하자 했을까" 하는 생각을 하게
끔 하고, 더러 "두 글자의 터울"까지 생각하게끔 한다. 노인의 등을 밀어

드리면서 드디어 "민망하게 터진 웃음의 솔기"는 바로 그 노인의 생애가 "혀뿌리에서 솟구치는 끝없는 치욕을 자디잘게 토막 쳐서/심장 속 칼날에 잘 벼렸을" 것이라는 생각으로 이어진다. 노인은 자신의 생을 술회하면서 바로 그 '내' 때문에 사람들이 웃어주어 고맙게 생각하고, '내'가 없으면 누가 자신을 쳐다보겠느냐면서 웃는다. 그 "쓸쓸한 노인네"는 비록 "저녁 같은 사람"이지만 "그늘이 어둠이 되지 않게 나지막이 살아온 사람"이기도 하다. 노인은 아이들이 '내' 자와 영자(英字) 'LH'가 유사하여 불러주는 'LH사장님'이라는 별명을 불러줄 때 행복하다고 여긴다. 그렇게 '내'가 참 좋다는 노인의 삶이 그의 건강한 팔뚝처럼 이 성취만능주의 시대를 역류하여 가로질러 간다. 그렇게 이 시편은 쓸쓸한 노인에게 '忍 내'라는 문신이 주는 의미 곧 과거의 '내'와 현재의 '내'의 상반된 의미를 구축하는 시인의 열정과 자의식을 보여주는 재미난 인생론적 시편이다. 저녁과 어둠과 나지막함과 쓸쓸함을 넘어 생의 궁극적 긍정에 다다르는 따뜻한 상상력이 빛을 발하고 있다.

3

　두루 알다시피, '시간'이란 우리의 삶 속에서 하나의 흐름으로 경험되고 각인되고 기억된다. 그러나 다른 생각을 할 것도 없이, 시간의 흐름이란 그 자체로 물리적 실재가 아니라 하나의 은유적 가상일 뿐이다. 시간이 강이나 시냇물처럼 아래로 흘러갈 수는 없지 않은가. 다만 그것은 우리가 시간을 의식 속에서 분절하고 재구성하여 과거에서 현재로 또 현재에서 미래로 간단없이 흐른다는 일종의 형상적 은유를 만들어낸 결과이다. 당연한 말이지만 시간은 흐르지 않는다. 그리고 우리는 사후적(事後的) 흔적을 통해 그 시간을 인지하고 경험할 뿐이다. 그래서 시간은 사람마다 다른 경험 속에서 재구성될 수밖에 없는 어떤 것이다. 그리고 시간을 경험하고 기억하는 모양도 다 다르게 마련이어서, 누구는 신의 섭리로, 누구는 역사의 진행으로, 누구는 세월의 흔적으로, 누구는 시원의 형상으로, 또 누구는 일상성의 표정으로 그것을 경험하고 기억해간다. 이정록의 시간은 가장 원형적이고 사랑스러운 존재자들과의 만남으로 이루어진 충일의 경험적 시간인데, 농촌을 노래할 때 흔히 출몰하는 결핍과 황량함이 그의 시에는 무척 드물게 나타난다. 단연 그는 자연 세목의 물활성을 노래하는 사제(司祭)이다.

        눈에 넣어도
        아프지 않은 것들 때문에, 산다

        자주감자가 첫 꽃잎을 열고
        처음으로 배추흰나비의 날갯소리를 들을 때처럼
        어두운 뿌리에 눈물 같은 첫 감자알이 맺힐 때처럼

        싱그럽고 반갑고 사랑스럽고 달콤하고 눈물겹고 흐뭇하고 뿌듯하고 근
        사하고 짜릿하고 감격스럽고 황홀하고 벅차다

        눈에 넣어도
        아프지 않은 것들 때문에, 운다

        목마른 낙타가
        낙타가시나무뿔로 제 혀와 입천장과 목구멍을 찔러서
        자신에게 피를 바치듯
        그러면서도 눈망울은 더 맑아져

사막의 모래알이 알알이 별처럼 닦이듯

눈망울에 길이 생겨나
발맘발맘, 눈에 밟히는 것들 때문에
섭섭하고 서글프고 얄밉고 답답하고 못마땅하고 어이없고 야속하고 처
량하고 북받치고 원망스럽고 애끓고 두렵다

눈망울에 날개가 돋아나
망망 가슴, 구름에 젖는 깃들 때문에

　　　　　　　　　　　——「눈에 넣어도 아프지 않은 것들의 목록」 전문

　우리가 일상생활에서 항용 표현하곤 하는 '눈에 넣어도 아프지 않은 것
들'이란 대개 소중하기 짝이 없는 자식들을 향해 하는 말이다. 그러한 소
중한 식솔의 목록을 시인은 자연 사물로 끝없이 확장해간다. 아닌 게 아
니라 시인은 바로 그 "눈에 넣어도/아프지 않은 것들 때문에" 살고 운다.
자연스럽게 그 삶과 울음은 이정록이 써가는 '시'와 의미론적 등가를 이
루게 된다. 시인은 눈에 넣어도 안 아픈 순간을 "자주감자가 첫 꽃잎을 열
고/처음으로 배추흰나비의 날갯소리를 들을 때"나 "어두운 뿌리에 눈물
같은 첫 감자알이 맺힐 때"로 상상한다. 그렇게 "싱그럽고 반갑고 사랑스
럽고 달콤하고 눈물겹고 흐뭇하고 뿌듯하고 근사하고 짜릿하고 감격스럽
고 황홀하고 벅차"게 다가온 순간처럼 그는 그네들과 함께 살아간다. 그
런가 하면 가령 목마른 낙타가 낙타가시나무뿔로 혀와 입천장과 목구멍
을 찔러 자신에게 피를 바치는 순간 더욱 맑아지는 눈망울처럼, 시인은
"눈에 밟히는 것들"을 떠올리면서 "섭섭하고 서글프고 얄밉고 답답하고
못마땅하고 어이없고 야속하고 처량하고 북받치고 원망스럽고 애끓고 두
렵"게 다가오는 울음의 순간을 기억해간다. 이 삶과 울음에 대한 깊고 아

름다운 기억이야말로 이번 시집의 가장 심원한 주제가 아니겠는가. 이처럼 이정록은 삶과 울음을 결속하면서 눈에 넣어도 아프지 않은 것들의 목록을 오늘도 새롭게 써간다.

물뿌리개 파란 통에
한가득 물을 받으며 생각한다
이렇듯 묵직해져야겠다고
좀 흘러넘쳐도 좋겠다고

지친 꽃나무에
흠뻑 물을 주며 마음먹는다
시나브로 가벼워져야겠다고
텅 비어도 괜찮겠다고

물뿌리개 젖은 통에
다시금 물을 받으며 끄덕인다
물뿌리개 꼭지처럼
고개 숙여 인사해야겠다고

하지만 한겨울
물뿌리개는 얼음 일가에 갇혔다
눈길 손길 걸어 잠그고
주뼛주뼛, 출렁대기만 한 까닭이다

얼음덩이 웅크린 채
어금니 목탁이나 두드리리라

꼭지에 끼인 얼음 뼈,

가장 늦게 녹으리라

──「물뿌리개 꼭지처럼」 전문

이 작품도 그러한 삶과 울음의 연장선상에서 씌어진 결실이다. "물뿌리개 파란 통"으로 하여 파생되는 삶의 지혜는, 가령 "이렇듯 묵직해져야겠다고" 혹은 "좀 흘러넘쳐도 좋겠다고" 하는 자기 관용과 긍정의 생각을 가져다준다. 그리고 그것은 "시나브로 가벼워져야겠다고/텅 비어도 괜찮겠다고" 하는 생각으로 이어져간다. 그러나 한겨울 얼음 일가에 갇혀버린 물뿌리개에서 시인은 "출렁대기만 한 까닭"을 반성적으로 사유하면서, "꼭지에 끼인 얼음 뼈"가 가장 늦게 녹는다는 삶의 이치에 가닿는다. 그러니 이 작품은 삶의 상처와 위안의 변증법을 잘 그려낸 작품이 아닐 수 없다. 이처럼 이정록은 누군가의 울음이 다가올 때 그 울음을 맞는 태도와 자세를 끊임없이 사유한다. 걸음을 멈추고 낮게 서서 삶과 울음을 생각할 것, '물뿌리개 꼭지'처럼 자신만의 또렷한 깨달음을 던져주는 순간을 기록할 것, 울음을 멈추라고 다그치지 말고 그 울음에 공감할 것 등이 그의 시가 던지는 전언이다. 이는 곧 삶과 울음의 진정한 주인이 될 때까지 기다리면서 함께 울어주는 자에 이르려는 시인의 의지를 가감 없이 보여준다. 그러니 자연스럽게 시인은 "꼭지에 끼인 얼음 뼈"처럼 마지막 눈물을 이룰 때까지 정성스럽게 삶을 살아가려는 의지를 보여준다. 시인은 그렇게 삶과 울음과 '얼음 뼈'에 동참하면서 치유와 위안의 언어를 완성해가고 있는 것이다.

오래도록 시간에 대한 탐구를 가장 큰 서정의 원리로 삼아온 이정록은 이렇게 시간의 흐름 속에 놓인 삶의 존재방식에 대해 깊은 관심을 가지면서 시의 시간예술로서의 속성을 충실하게 구축해가고 있다. 이러한 원리를 통해 그의 시편은 일상에 편재한 불모성(不毛性)을 치유하고 새로운 소통 가능성을 꿈꾸는 양식으로 승화하고 있다. 그리고 그것은 울음의 공감과 기다림에 의해 더욱 깊은 구체성을 부여받고 있는데, 이때 시인이 그려 보여주는 풍경은 시원의 형상으로서의 울음에 대한 발견과 지향 속에서 발원하고 있다 할 것이다. 그가 증언하는 이러한 형상은 수동적 정동(passive affect)이 아니라 능동적 활동(active activity)에 의해 발견되고 구축된 것으로, 이는 우리가 일상의 시간 속에서 망각했던 이 세상의 가장 근원적인 존재방식을 구상화해낸 것이기도 할 것이다. 이러한 성숙하고 근원적인 시법(詩法)에 우리 서정시가 걸어가야 할 미래의 한쪽을 맡겨도 좋지 않을까?

4

이정록은 자신의 경험과 기억 속에 인간이 사유할 수 있는 가장 근원적인 메시지를 함축하고 있는 시인이다. 그것은 넉넉하고 따뜻한 대지적 긍정에서 발원하여, 생명에 대한 경이와 그 생명을 안아 기르는 섬세한 마음에 의해 완성되어간다. 이정록은 농촌을 구성하는 동식물의 움직임과 생리를 사실적으로 묘사한 토대 위에서, 세계가 유기성과 생명의 역동성이 있다는 것을 집요하게 보여준다. 이정록의 가능성은 바로 이러한 속성에서 나오는데, 그것은 구체적이고 체험적인 자연을 온전한 생태적 안목으로 재현하고 거기서 현대인의 내면의 조응을 읽는 태도이다. 그래서 그의 시세계는 자연을 절대선(絕對善)으로 상정하는 태도와 무관하고, 선적(禪的) 포즈로 무장한 정신주의적 초월과도 애초에 무관하다. 자연에 대한 미시적 관찰을 통해 보다 넓고 고일(高逸)한 정신적 지평으로 확산되는 상상력이 그의 작법 원리이자 국량(局量)이기 때문이다. 그리고 자연의 세목과 시인의 정신적 가치가 주체와 객체의 몫을 주거니 받거니 하면서 시의 내용을 결속하고 있기 때문이다. 그렇다고 이정록이 이른바 감정이입을 방법적으로 자주 취하느냐 하면 그건 결코 아니다. 오히려 그는 대상과 주체를 분간할 수 없는 화법 교차를 통해, 자연과 삶이 하나됨을 말하는 방법을 택하고 있다. 이 점이 이정록의 가장 큰 장처(長處)라고 할 수 있을 것이다. 결국 이정록은 자연을 관조하거나 거기에 몰입하는 대신 그것을 살고 울고 사유하는 시인이다. 그가 이번 시집에서 매우 빈번하게 온전한 인생론적 깨달음의 경지에 이르는 것은 자연을 실물로 복원하면서도 그 안에 그것을 신성시하는 과정이 없기 때문이고, 오히려 그네들과 함께 그가 살고 울기 때문일 것이다.

느티나무는 그늘을 낳고 백일홍나무는 햇살을 낳는다

느티나무는 마을로 가고 백일홍나무는 무덤으로 간다

느티나무에서 백일홍나무까지 파란만장, 나비가 난다
——「생(生)」 전문

박용래(朴龍來)의 절편(絶篇) 「저녁눈」을 연상케 하는 단정하고 반복적인 형식의 이 시편은, '느티나무'와 '백일홍나무'가 주고받는 호혜적인 풍경을 짤막한 형상으로 그려놓고 있다. 느티나무는 그늘을 낳고 백일홍나무는 햇살을 낳으니, 그것은 역할분담 차원의 상관적 풍경이 아니겠는가. 그리고 느티나무는 마을로 가고 백일홍나무는 무덤으로 가니 그것도 '삶/죽음'의 공존일 터이고, 결국 느티나무에서 백일홍나무까지 그야말로 파란만장의 삶이 다 녹아 있는 것이 아니겠는가. 그때 비상하는 나비의 순간적 움직임이 바로 작품 제목인 '생(生)'의 기미가 된다. 이정록 시편의 섬세함과 역동성과 호혜적 원리가 산뜻하게 다가오는 결실이다. 이처럼 근대적 이성이 분리해놓은 주체와 대상 사이의 심연을 이정록은 관찰의 미더움과 따뜻한 상상력으로 메워간다. 물론 외관적 빈도에서, 특히 소재 양상에서 우리 시단의 우세종을 점하는 것은 이러한 생태적 상상력일 것이다. 하지만 이정록 시편은 패턴화한 생태시학을 훌쩍 넘어서는 근원 지향의 상상력을 통해 자신만의 개성을 구축해간다. 이때 재차 강조되어야 할 것은, 자연 사물을 살아 있는 전체로 파악하면서 그것과 주체의 내면을 이어주는 시인의 끈질긴 작업이다. 자신만의 기억 혹은 경험의 등가물로서 나타나는 자연의 물질성과 자신의 내면의 표상이라는 그 나름의 자기완결성을 아울러 견지하면서 이정록은 우리 시단의 유력한 시사(示唆)가 되고 있는 것이다.

결국 이정록은 이러한 가능성의 지평 위에 완성형이 아닌 과정으로 서 있다. 물론 세계는 시선에 따라, 세계를 보는 일련의 전제에 따라 분리되기도 하고 통합되기도 한다. 분리의 시선에서 보면 현재의 환멸이 과거의 미화를 가져오는 시각도 가능하고, 일방적으로 자연의 신성을 예찬하는 시각 또한 자연스럽게 나타난다. 하지만 세계를 통합적으로 읽는 그에게 사물이란 주체의 해석과 체험이 개입하면서 안팎의 육체성을 고스란히 드러내게 된다. 따라서 우리는 내면의 중요성을 강조하는 경향이나 외적 현실 전유의 강박을 드러내는 편향을 모두 극복해가야 하는 책무와 마주할 때 이정록을 떠올리게 되는 것이다. 이러한 작업, 곧 주체와 대상을 동시에 담아내면서 미학적 가능성을 일구어가는 이정록의 작업은 그 점에서 꽤 소중하다. 이는 동일성의 시학 안에서 주체와 대상이 행복하게 합일하는 것이 이제는 불가능하다는 것, 그리고 원초적으로 사물의 어둠과 대면할 수밖에 없는 것이 근대예술의 운명임을 역설적으로 드러내는 작업이기도 하니까 말이다. 상상적 자아가 경험적 자아를 감싸안으면서 사물과의 혼교(魂交)를 힘겹게 행하는 이정록의 작업을 애정의 눈길로 바라보아야 하는 이유가 이러한 잠재적 가능성에 있지 않을까 한다.

천년 고목도
한때는 새순이었습니다.
새 촉이었습니다.
새싹 기둥을 세우고
첫 잎으로 지붕을 얹었습니다.

첫 이파리의 떨림을
모든 이파리가 따라 하듯
나의 사랑은 배냇짓뿐입니다.
곁에서 품으로,
끝없이 첫걸음마를 뗍니다.

사랑을 고백한다는 것은
영원한 소꿉놀이를 하는 겁니다.
이슬 비치는 그대 숲에서
고사리손을 펼쳐 글을 받아내는 일입니다.
곁을 스쳐간 건들바람과
품에 깃든 회오리바람에 대하여.

태초의 말씀들,
두근두근 옹알이였습니다.
숨결마다 시였습니다.
떡잎 합장에 맞절하며
푸른 말씀을 숭배합니다.

새싹이 자라 숲이 됩니다.
아기가 자라 세상이 됩니다.
등 너머, 손깍지까지 당도한
아득한 어둠을 노래합니다.

싹눈이 열리는 순간,
태초가 열립니다. 거룩한
우주의 놀이가 탄생합니다.

—「우주의 놀이」 전문

이 시편은 서정시를 읽는 일이 우주의 커다란 진실이나 흐름에 참여하는 일일 뿐만 아니라 우리의 경험과 생각에 새로운 윤기를 부여하는 신생의 작업임을 새삼 알려준다. 이정록은 세상의 모든 순리가 '새순' '새 촉' '새싹' '첫 잎' '첫 이파리' '첫걸음마'가 개진해간 질서임을 상상해본다. 그렇듯이 '사랑'도 배냇짓이었을 것이고, 결국 '곁'에서 '품'으로 가는 과정임을 시인은 강조한다. 영원한 소꿉놀이로서의 '사랑'은 그렇게 "고사리 손을 펼쳐 글을 받아내는" 과정으로서, "곁을 스쳐간 건들바람과/품에 깃든 회오리바람에 대하여" 생각하고 "태초의 말씀들,/두근두근 옹알이"를 받아적는 일일 터이다. 그러니 "숨결마다 시"인 인생이야말로 "새싹이 자라 숲"이 되고 "아기가 자라 세상"이 되어가는 순간을 축적하면서, "싹눈이 열리는 순간"에 탄생하는 "거룩한/우주의 놀이"를 '사랑'으로 긍정하지 않겠는가. 어느 선배 시인의 결혼 축시(祝詩)이기도 했던 이 시편이 보여주는 신생의 실감은 변방의 존재자들을 통해 인간의 궁극적 관심을 암시하는 밝은 시선을 우리에게 감염시키고 있다. 물론 이러한 신생의 감각은 우리 삶이 가지는 관성에 인지적·정서적 충격을 가함으로써 깊이있는 시선을 마련해준다는 데 더 큰 의의가 있을 것이다. 그리고 우리는 이것이 서정시의 보편적이고 또 가장 절실한 존재 이유라고 말할 수 있을 것이다.

일찍이 현상학자 후설(E. Husserl)은 "절대적인 것이 없는 이 세상에서 능동적인 힘으로 자신을 더 높은 수준으로 끌어올리기 위한 성숙한 변신을 이룩하지 못하면 죽은 자나 다름없다"라고 말한 바 있다. 일급의 예술가는 바로 이 '성숙한 변신'을 위해 능동적인 자기갱신을 이루어가야 한다. 이정록은 우리로 하여금 외상(外傷)과 갈등으로 점철될 수밖에 없는 삶에 대한 반성적 시선과 비상의 의지를 풍부하게 경험케 한다는 점에서 이러한 '성숙한 변신'을 제안한다. 이때 우리는 그 제안을 위해 스스로를 갱신해가는 이정록의 시편을 통해 시간의 오랜 지층으로부터 서서히 탈각하고 비루한 일상에 밝은 틈을 내면서, 신성하고 눈부신 '사랑'과 '기억'과 '신생'의 변신을 준비하게 될지도 모른다. 이정록이 그같은 움직임을 제공해주는 확연한 범례(範例)가 되지 않을까, 잠깐, 생각해본다.

5

서정시 한편 한편에는 시인 자신의 고유하고도 각별한 경험은 물론, 사물들을 향한 한없는 매혹이 다채롭게 들어앉게 마련이다. 이를 두고 서정시의 동일성 원리라고 부른 지는 제법 오래되었을 것이다. 그만큼 서정시는 시인 자신의 경험과 사물에 대한 매혹을 함축적 언어로 담아내는 특수한 언어예술이다. 그래서 서정시는 시인 자신의 감각과 깨달음을 통해 사물의 표층과 심층을 투시하고, 삶의 근원적이고 보편적인 의미와 가치를 발견해가는 과정에서 씌어진다. 자연스럽게 훌륭한 시인은 우리가 무심히 지나칠 법한 사물의 표면을 뚫고 들어가, 거기에 잠재해 있는 삶의 심층적 이법(理法)을 유추하고 표현한다. 낯익은 사물을 새롭게 바라보면서 자신의 몸속에 깃들어 있는 힘에도 한껏 주목한다. 바로 이러한 점이 서정시의 제1원리라고 할 수 있을 것이다.

　이정록의 이번 시집에 들어앉아 있는 자연 사물의 자취들은 이렇게 알맞은 화음으로 서로 어울리면서 가볍게 출렁이고 있다. 그러나 그 어울림과 출렁임은 격렬하지 않고, 사물과 사물 사이를 환하게 채우는 밝은 파동으로 존재한다. 그 섬세하고도 강렬한 풍경 속에서 이정록은 제 영토를 확보하고 있는 자연 사물들에게 새로운 이름과 기억을 주고, 그들끼리 서로 소통하게 하며, 그들이 시인의 경험 속에 어떻게 깃들이게 되었는가를 사유한다. 이때 시인이 바라보는 사물들은 외따로운 개별적 존재자가 아니라, 서로 촘촘한 연관성을 가지는 유기체의 일부로 몸을 바꾼다. 따라서 시인이 상상적으로 구성하는 사물들은 그 자체의 합리적 인과율이 아니라 시인의 경험적 시선에 의해 흔연히 결속하는 것이다. 그런가 하면 이번 시집에는 까다로운 유추를 필요로 하는 난해성의 흔적이 전혀 없다. 시인의 언어는 어찌 보면 명료하고 단순하기까지 한 기층언어가 대부분이다. 아마도 시인은 그렇게 쉽고 투명하고 단순한 시어를 고르기 위해 부단히 애썼을 것이다. 그래서 우리는 오래도록 돌아오는 자신의 소중한 기억을 애틋하게 보여주는 이정록 시학이 이러한 서정의 원리를 더욱 구체화해가면서 역동적으로 지속되기를 소망하게 되는 것이다.

　　몽당연필처럼
　　발로 쓰고 머리로는 지운다.
　　면도칼쯤이야 피하지 않는다.

　　몽당(夢堂)의 생,
　　자투리에 끼운 볼펜대를 관(冠)이라 여긴다.
　　뼈로 세운 사리탑!
　　끝까지 흑심(黑心)을 품고 산다.

한 사람의 손아귀

그 작은 어둠을 적실 때까지.

검게 탄 마음의 뼈가 말문을 열 때까지.

—「시인」 전문

이정록 자신의 시인으로서의 존재론이라고 할 만한 이 작품은, "몽당연필처럼/발로 쓰고 머리로는 지운" 시간을 회상하는 과정을 담고 있다. 그 꿈꾸는 자로서의 "몽당(夢堂)의 생"은 "자투리에 끼운 볼펜대를 관(冠)이라" 여기면서 "뼈로 세운 사리탑"을 끝까지 밀고 간다. 연필심을 환기하는 "흑심(黑心)"을 품으면서 '시인'은 "한 사람의 손아귀/그 작은 어둠을 적실 때까지" 몽당의 생을 살아간다. 그리고 "검게 탄 마음의 뼈가 말문을 열 때까지" 시를 쓸 뿐이다. 이정록의 고백적 자기다짐이 나타난 '시로 쓴 시론'이 아닐 수 없다. 그러고 보니 이번 시집에서는 '시론'이라는 제목의 작품도 있는데, 여기서도 시인은 "천편을 써야/겨우 가락 하나 얻는"(「시론」) 가파른 생을 고백하고 있지 않은가. 이래저래 눈에 넣어도 아프지 않은 것들의 목록이 늘어간다.

원래 서정시가 근원적으로 원초적 통일성을 회복하려는 것은, 주체와 세계가 분리된 상태에서 그것의 통합적 국면을 꾀하고자 하는 성격을 스스로 가지고 있기 때문이다. 이때 우리를 둘러싼 세계와 그것을 인식하고 수용하는 주체를 이어주는 새로운 감각의 필요성이 대두한다. 이 감각은 주체와 세계가 일정한 근원적 연관성을 가지는 것으로 이해하는 방식이다. 말하자면 우리에게 상실된 근원적 감각을 회복하는 통로를 주체의 신념에서 찾는 것이 아니라, 사물을 관찰하고 묘사하는 시선과 방법에서 찾아내는 것이다. 그리고 그러한 근원적 감각은 오직 기억의 재현작용을 통해서만 시적 현재를 구성할 수 있게 된다. 이정록은 "슬프고 아름답고, 맑고 깨끗한 시"(신경림, 뒤표지 추천사)를 통해 "자연에 지속적인 관심을 가지면서도 인간에 대한 관심과 애정을 놓지 않으면서 두 대상의 공존을 줄기차고 일관되게 견지하고"(김상천 해설 「서쪽, 또는 생명의 모신(母神)으로서의 상징적 시의식」) 있는 시인으로서, 이러한 기억의 속성을 아름답게 구유(具有)하고 있는 우리나라의 대표 시인이 아닐 수 없다. 스스로는 "별이 될 수 없음을 알면서도"(「시인의 말」) 말이다.

6

우리가 잘 알듯이, 사물을 핵심적으로 규율하는 속성은 세월의 풍화를 겪으면서 차츰 소멸되어간다. 하지만 한편으로 그러한 소멸과정은 또다른 생성을 준비하는 불가피한 단계가 되기도 한다. 아니 어쩌면 모든 소멸의 과정에 생성의 기운이 충실하게 잉태되고 있는 것이라고 하는 편이 옳을 것이다. 이러한 소멸과 생성의 이중적 과정을 통해 모든 사물은 고립된 단독자(單獨者)가 아니라 서로의 몸에 각인되는 상호결속의 존재자들로 서게 된다. 이정록은 오랫동안 익숙해져 있던 도시의 소음과 번잡을 피해 자연의 풍요와 고독을 택하였지만, 여기서 마주치는 모든 사물의 소멸과 생성 과정을 통해 그 상호공명 과정을 알아간다. 이러한 속성을 방법론적 은유로 삼아 자신만의 정신적 고처(高處)를 탐색하는 것이다. 이러한 세계를 아름답게 구현한 가편(佳篇) 한편을 더 읽어보면서 글을 매듭짓도록 하자.

사바나 초원,
죽은 어미 옆에
송아지가 누워 있다.

송아지는 죽어 석양을 보고 있다.
어미 혓바닥은 엉덩이 쪽을 가리키고 있다.
암소의 자궁이 쩍 벌어져 있다.
몸의 동쪽은 언제나 생식기다.

초원은 너무 넓어요.
엄마 발과 제 발을 잇대어 방을 만드세요.
여기 작은 방에 들어와 젖을 짜세요.
제 부드러운 가죽도 드릴게요.

눈이 커다란 사내가
죽은 암소의 젖을 짠다.
몸의 북쪽은 등짝이다.
아기가 업힌 곳이다.
마른 젖 보채던 아이가 울음을 멈춘다.

사람의 몸이 성전인 까닭은
기도의 시간을 남겨두었기 때문이다.
눈물 젖은 두 손을 맞잡기 때문이다.
몸의 남쪽은 손바닥이다.

울음소리가 없다.
송아지도 어미 소도 눈물 짜지 않는다.
붉은 눈망울만이 몸의 서쪽이다.

— 「몸의 서쪽」 전문

궁극적 성소(聖所)에 대한 열망으로서의 서정

◆

이대흠의 시

1

서정시는 절실한 자기확인과 그에 따른 스스럼없는 고백을 창작 동기로 삼을 때가 많다. 그것은 시인 스스로의 발견과 성찰 과정을 매개로 하여 섬세한 육체를 얻어간다. 그 저류(底流)에는 시인이 겪어온 경험 가운데 가장 깊은 기억을 만들어낸 것들이 녹아 있어서, 시인은 그 안에서 솟구치는 회상(回想)과 예기(豫期)의 순간을 통해 새로운 상상적 질서를 꿈꾸게 된다. 이대흠(李戴欠)이 4년 만에 펴내는 신작 시집 『당신은 북천에서 온 사람』(창비 2018)은 시인이 내면에서 쌓고 삭히고 갈무리해온 오랜 시간을 향하고 있다는 점에서 전형적인 서정 양식의 한 범례를 보여준다. 그 안에는 이제 지천명을 넘어선 시인의 원숙한 시선에 들어오는 삶의 궁극적 원형 같은 것, 자신이 나고 자란 곳에 대한 근원적 구심력 같은 것, 사라져간 시간에 대한 애착과 긍정 같은 것, 누군가를 향한 은은하고도 가파른 사랑 같은 것들이 선연하게 농울친다. '북천'으로 상징되고 '장흥'이나 '탐진'이나 '아버지'로 한없이 파생되어가는 이 모든 근원적인 것들의 상상적 거소(居所)는 한결같이 애잔하고 아름다우며 또한 신성(神聖)에 가까운 그 무엇을 담고 있다. 시인은 그곳의 아우라(Aura)를 이렇게 그려낸다.

집이 참 좋다고들 하였다

골짜기에 머무르며
바람이 놀 마당도 닦았다고

하늘을 들여 하늘과 놀고
계곡 물소리 오시면
별자리 국자로
달빛을 나눠 먹는다고도 하였다
환하다고

문 열면 엎질러진 하늘이 출렁
가슴속까지 흘러들더라고 하였다
처마에 새소리 걸리고
꽃향기는 경전처럼 고인다더라

—「그 말에 들었다」부분

참 멀리 갔구나 싶어도
거기 있고

참 멀리 왔구나 싶어도
여기 있다

　시인이 머무는 골짜기의 집은 사람들이 찾아와 참 좋다고들 하는 곳이다. "바람이 놀 마당"이거나 "하늘을 들여 하늘과 놀고" 더러는 "별자리 국자로/달빛을 나눠 먹는" 곳이니까 말이다. 그렇게 환히 "처마에 새소리 걸리고/꽃향기는 경전처럼 고이"는 곳에서 "하늘 다 차지하고/새소리 풀벌레 소리/꽃향기마저 독점"하면서 살아가지만, 시인은 의외롭게도 "다녀가시라 했다는 말에/벌써 들었다 하였다"는 말로 이 원형적 공간에 대한 애착을 완결한다. 그런가 하면 '천관'은, 물리적으로는 시인의 고향 지명이지만, "강으로 간 새들이/강을 물고 돌아오는 저물녘"에 역시 "별의 뒤편 그늘을 생각하는" 곳으로 그 함의를 넓혀간다. 멀리 오고 갔지만 여전히 그곳에 머물러 있는 시간을 생각하면서, 시인은 "겨울이 가장 오래 머무는 저 큰 산"(「큰 산」)처럼 다가온 궁극적 원형으로서의 '천관'을 상상하는 것이다. 그렇게 '집'으로 '천관'으로 상징되는 곳에는 언제나 오랜 견딤과 위안과 평화의 시간이 있었을 것이다.

　이대흠의 시는 이처럼 세계 내적 존재로서 가지는 어떤 시원(始原)에의 열망을 노래한다. 그는 여러 인간적인 슬픔의 조건들을 긍정적 마음으로 바꾸어내는 계기를 풍부하게 만들어감으로써, 삶과 사물에 대한 근원적 외경의 순간을 포기하지 않는다. 그래서 그의 시편은 골짜기에 피어 있는 뭇 생명에 대한 미적 동경에서 발원하기도 하고, 훼손되지 않은 순수를 간직한 사물의 기운을 덧입기도 한다. 이러한 미적 동경과 순수의 기운을 만들어내는 것은 그의 시에 편재(遍在)한 근원적 기억이다.

2

    이대흠의 근원적 기억은 경험적 직접성을 통해 '장흥' '탐진'과 같은
지명을 차례로 불러낸다. 이는 자연스럽게 자신의 존재론적 기원(origin)
을 상상하고 탐구해가는 시인의 지향을 보여주는 방식일 것이다. 원래 한
편의 작품 안에 나타난 시간이란 물리적 시간 그대로가 아니라, 경험의
시간이 작품 내적으로 재구성된 것일 터이다. 우리가 흔히 시인의 기억
이라고 부르는 것도 시인의 마음에 보존된 미적 표지(標識)에 의해 구성
된 것이니까 말이다. 이대흠은 의식 건너편에 있는 이러한 기억을 우리에
게 심미적으로 재현해 보여주면서 자신이 살아온 삶에 대한 성찰 제의(祭
儀)를 적극 수행해간다. "서러운 것/바라는 것/생의 환희 같은 것이/다만
여백으로 기록되는"(「물의 경전 — 탐진 시편 2」) 고향 '탐진'이 불러낸 기억을
한번 들여다보자.

    그녀는 내게 손목을 주었을 뿐인데 내 손바닥에 강이 생겼다 어린 그녀
의 손금 같은 강이 흐르고 강가의 돌멩이처럼 작아진 나는 굳어버린 귀로
물소리를 흘리고 있었다 손금의 강에 스며든 말은 얼마나 많은 모래 알갱
이가 되었을까 희미하게 그녀가 모래알처럼 웃을 때 나는 모래알 같은 그
녀의 웃음에 조금씩 부서져내렸다 그녀의 손목이 모래톱 같다고 느꼈던 그
순간에 내일은 모래가 되고 오지 않을 손목에 머리를 기대고 싶었던 나는
울며 졸이며 굳어가는 조청 같은 나의 생을 보면서 세상에서 가장 여린 손
목 하나를 강으로 놓아두었다
               — 「물은 왜 너에게서 나에게로 흘러오나 — 탐진 시편 6」 전문

    이 아름다운 작품은 윤동주(尹東柱)의 「소년(少年)」과 꽤 닮아 있다. 손
바닥의 맑은 강물 속에 사랑처럼 슬픈 순이의 얼굴이 어릴 때 황홀히 눈

을 감는 소년의 무구한 사랑을 그린 윤동주 시편에 이어, 이대흠 시편은 슬프고도 순수한 사랑의 훤칠한 계보를 만들어낸다. 손바닥에 "그녀의 손금 같은 강"이 흐르는 것을 바라보고, 그 손금의 강에 스며든 "모래알 같은 그녀의 웃음"에 부서져내리면서도, 시인은 "세상에서 가장 여린 손목 하나를 강으로 놓아"둔다. 이제 그 "손금의 강에 스며든 말"은 "강가의 돌멩이처럼 작아진" 시인의 기억이 멈출 때까지 시인으로 하여금 황홀하게 눈감게끔 할 것이다. 그렇게 '탐진'은 "산빛이 짙을수록 강색은 깊어진"(「창랑(滄浪) ─ 탐진 시편 3」) 감각적 기억과 "저 혼자서만 흐르지 않던 강이/ 오로지 혼자가 되어"(「소를 삼킨 메기 ─ 탐진 시편 16」) 흘러 마침내 "나는 아예 지워지고 강만 남아"(「경호정」)버린 역설을 시인에게 허락하는 원천적 공간이 되고 있다.

   옹구쟁이 잿물은 딴거 없어 솔가리 태운 재는 솔가리 태운 재대로 짚가리 태운 재는 짚가리 태운 재대로 뺏신 억새 태운 재는 또 그것대로 색깔이 적지금 달부제이잉 옹구쟁이라 하면 설익은 잿물은 안 쓰는 벱이여 얼렁뚱땅 만든 잿물은 겉만 빤지르한 것잉께 잿물이라면 그래도 한 삼년은 폭 삭어사써 그런 잿물로 그륵을 궈사 색에 뿌리가 생기제

   사람도 그란 것이여

                          ─「칠량에서 만난 옹구쟁이」 부분

   장흥에서 자웅으로 가는 데는
   십년이 족히 걸리고
   자웅에서 또 자앙, 장으로 가는 데는
   다시 몇십년이 걸린다

                          ─「장흥」 부분

'탐진'이 구성해낸 순수 원형의 기억은 이어서 '칠량' '장흥' 등을 불러낸다. 시인은 '옹구쟁이'의 말을 빌려 "설익은 잿물은 안 쓰는" 법이고 "얼렁뚱땅 만든 잿물은 겉만 빤지르한 것"이라는 엄연한 세상 이치를 전해준다. 잿물이 한 삼년은 푹 삭아야 하고 그런 잿물로 그릇을 구워야 색에 뿌리가 생기듯, 사람도 그러하다는 인생론적 진실이 '옹구쟁이'의 말을 통해 살갑게 전해진다. 여기서 빛을 발하는 것이 호남 방언의 구어적(口語的) 활력인데, 이대흠은 최대한 이를 활용하여 다양한 고향 사람들의 뿌리와 그것을 바라보는 자신의 시선을 결속해간다. 또한 "장흥에서 자옹으로 가는 데" 족히 걸린 세월과 "자옹에서 또 자앙, 장으로 가는 데" 걸린 더 오랜 세월을 그 안에 어우러지게 하여 자신만의 강렬한 점착력을 구현해낸다. 그 안에는 "가뭄 끝 오그라든 물외 쓴맛 같은 이야기"(「강진」)도 있고, "세상에서 가장 순한 귀들이 풀로 듣던 시절"(「옛날 우표」)도 있을 것이다. 이처럼 시인은 지나간 시간을 현재적 정서로 끌어올리면서 그 자체로 충만한 실재성을 부여해간다. 이는 시간의 불가역성(不可逆性)을 거스르는 시인만의 특권이 나타나는 순간이고, 무의미한 시간을 충일한 의미의 시간으로 되돌리는 서정시의 첨예한 존재방식을 증언하는 순간이기도 할 것이다.

　　3

　이대흠은 경이롭게 소멸해가는 시간과 그 잔상을 통해 삶의 이면을 두루 투시해온 시인이다. 필연적인 소멸로 인해 생겨나는 불가피한 슬픔은 시인으로 하여금 빼어난 심미적 감각을 가지게끔 하는 선순환을 가져왔다. 이번 시집에서 이러한 원리를 가능케 해주는 핵심은 '아버지'로 나타난다. 어쩌면 이대흠은, 가장 먼저, 선명한 서사적 얼개를 가지고 아버지의 삶과 죽음과 그 흔적을 이번 시집에서 재구(再構)하려고 했는지도 모른다. 그만큼 시인의 원체험으로 남은 상(像)은 단연 '아버지'이다. 오래도록 머무르면서 시인의 삶에 부단히 개입해 들어오는 아버지의 기억은 깊이 숨겨진 비밀처럼 잔잔하고도 속 깊은 이야기들로 번져간다. 그만큼 이대흠의 '아버지' 연작에는 아스라한 진정성과 기억의 구체가 함께 담겨 있다.

> 쟁기질 써레질은 한번도 해보지 않았던 아버지가 지게질을 한 적이 딱 한번 있었다고 하였다
>
> 결혼하고 맞은 첫 겨울 혼자 까끔을 긁어 솔가리 나무를 했던 어머니는 남 보기 싫어서 아버지에게 함께 나르자고 했단다
>
> 아버지 지게에 세단을 징끼고 어머니 머리에는 넉단을 이었다
>
> 캄캄해진 산길을 내려오는데 앞선 어머니 귀에 탁탁탁 아버지 지겟발을 돌부리들이 시비 거는 소리가 들렸다
>
> 집에 와 나뭇간에 짐 부릴 때 보니 아버지 지게에서는 새끼줄만 달랑 떨어졌다
>
> ——「아버지의 지게질」 전문

이대흠 시의 아버지는 "하루 네갑의 담배를 태웠던"(「아버지의 담배 농사」)분이다. "담배연기로 구름을 만들" 정도였으니 "구름 사냥꾼"(「구름 사냥꾼 1」)이라는 별명이 어울렸다. "무논의 논둑 한번 제대로 밟아보지 못한"(「구

궁극적 성소(聖所)에 대한 열망으로서의 서정 313

름 사냥꾼 1」) 아버지는 말년에 "치매에 걸렸던"(「거울 속으로 온 손님」) 잠깐의 기억을 남긴 채 "그 무거운 짐을 끝까지 부려놓지 않고 종갓집을 평생 지다 선산을 짊어지러 무덤에"(「아버지의 벼 베기」) 누우셨다. 이렇게 이대흠은 몇해 전 돌아가신 아버지를 새삼 떠올려 "보이지 않아서 더 분명해진 당신의 얼굴"(「삼우(三虞)」)을 그려간다. 「아버지의 지게질」은 그 어떤 노동도 튼튼하게 한 적 없던 아버지가 남긴 '지게질'에 대한 일화를 다룬다. 그것도 캄캄해진 산길에서 나무를 떨어뜨리고 결국 지게에는 "새끼줄만 달랑" 남겼던 애잔한 실수의 기억을 말이다. 하지만 아버지는 시인에게 "그 말씀이 별빛으로"(「구름 사냥꾼 4」) 남으신 분이다. 생활력 강했던 아버지가 아니라, 늘 뒤안길에만 계셨을 아버지에 대한 생생한 육친적 보고가 읽는 이들의 가슴을 울린다.

아버지는 어머니가 평생 흘려 모아 말린 별씨를 들고
어느날 홀쩍 하늘밭으로 가버리셨다

서쪽 하늘에 움 돋는 눈물별

구석에 버려진 조각비누 같던 한생이
문득 아주 버려진 날

—「눈물별」전문

'눈물별'은 "말씀이 별빛으로" 남으신 아버지의 연장선상에서 나온 이미지일 것이다. 아버지는 "어머니가 평생 흘려 모아 말린 별씨를 들고" 하늘로 가셨다. 그러니 "서쪽 하늘에 움 돋는 눈물별"이야말로 아버지의 "구석에 버려진 조각비누 같던 한생"을 은유하는 슬픔의 상관물이 아닐 것인가. 모든 떠난 이들에 대한 기억은 살아남은 이의 애틋한 시선에 의해 선택되고 배제되어 구성되게 마련이다. 이대흠이 선택하고 배열한 아버지에 대한 기억 역시 현재의 시인이 갈망하는 삶의 형식을 고스란히 담고 있는 셈이다. 그렇게 존재론적 기원으로서의 아버지는 시인이 회상하고 재현해내는 삶의 원형인 동시에, 지금 시인 자신이 잃어버리고 살아가는 아름다운 힘에 대한 그리움에서 발원되는 것일 터이다.

4

좋은 시는 인간의 모습을 이성적 분석에 한정하지 않고 감각적 현존을 통해서도 극명하게 그려낸다. 끝없이 우리의 현재를 탈환하는 시간예술로서의 성격을 유지한 채, 지금은 부재하는 대상을 향한 끝없는 사랑을 가능하게 해주기 때문이다. 이러한 대상을 향한 그리움을 어쩌지 못하는 시인으로서는, 자신이 만나 사랑하고 헤어졌던 사람, 흘러버린 시간 안에 남은 소중한 사람을 섬세하게 각인해간다. 비록 만만찮은 상처와 굴절이 있었겠지만, 이대흠은 자신이 살아가면서 만나 사랑한 이에 대한 절절한 마음을 순연하게 내비친다. 이 점, 이번 시집의 발원지요 귀착지가 아닐 수 없다.

누군가를 오래 그리다보면 문득 그의 얼굴이 얼룩 속에서 살아난다 때로는 마음에 두지 않았던 얼굴이 나타나기도 하지만 뜻하지 않았을지라도 모르는 얼굴은 아니다 잊힌 한때에 내가 그리워했던 얼굴이거나 나를 잊지 못한 누군가가 난데없이 방문한 것

—「얼룩의 얼굴」부분

그 이름이 하 맑아 그대로 둘 수가 없으면 그 사람은 그냥 푸른 하늘로

놓아두고 맺히는 내 마음만 꽃받침이 되어야지 목련꽃 송이마다 마음을 달
아두고 하늘빛 같은 그 사람을 꽃자리에 앉혀야지 그리움이 아니었다면 어
찌 꽃이 폈겠냐고 그리 오래 허공으로 계시면 내가 어찌 꽃으로 울지 않겠
냐고 흔들려도 봐야지

—「목련」 부분

이 두편을 읽어보면 우리는 이대흠이 "누군가를 오래 그리다" 시를 써
온 시인임을 알게 된다. 누군가의 얼굴은 아픈 "얼룩 속에서" 생생하게 살
아난다. 얼룩은 "너와 나 사이에 있는 터뜨릴 수 없고 말랑한 벽"으로 남
는다. 그런가 하면 "사무쳐 잊히지 않는 이름"으로 남은 '목련'은 "맺히는
내 마음만 꽃받침"으로 남고자 했던 시간을 떠올리게 한다. "그리움이 아
니었다면" 어찌 그런 일이 가능하기나 했을까, "애써 지우려 하면 오히려
음각으로 새겨지는 그 이름"은 언제까지 "사랑의 습관"을 만들어줄까 하
는 생각을 시인은 이어간다. 이제 그리움으로 부재를 견디고, 결별을 끝없
이 유예하면서, 시인은 부재하는 대상을 현재화한다. 현묘한 사랑의 마음
을 언외언(言外言)의 방법으로 표현하면서, 이대흠의 사랑시편은 이렇게
웅숭깊은 일회적 사건으로서의 서정적 순간을 아름답게 보여준다.

당신은 북천에서 온 사람
이마에서 북천의 맑은 물이 출렁거린다
그 무엇도 미워하는 법을 모르기에
당신은 사랑만 하고
아파하지는 않는다

당신의 말은 향기로 시작되어
아주 작은 씨앗으로 사라진다

(⋯)

당신은 북천에서 온 사람

사랑을 할 줄만 알아서
무엇이든 다 주고
자신마저 남기지 않는다

──「당신은 북천에서 온 사람」 부분

시인은 "당신은 북천에서 온 사람"이라는 명명을 통해, 그 '북천'이 실제 존재하는 고유명사이자 시인이 새롭게 구성한 보통명사임을 알려준다. '북천'은 "그대가/그대로 있는 것만이 사랑(「북천의 봄」)을 가능하게 하고, "꽃의 말과 새의 말과 사람의 말이/구분되지 않는"(「북천의 물」) 곳이고, "밝아서 당신이 보이"(「북천의 달빛」)는 곳이기도 하다. "얼고 녹고 부서지고 타버려도/사라지지 않을 알갱이 하나 전하는"(「북천에서 쓴 편지」) 편지를 쓴 곳도 '북천'이다. 그러니 '북천'은 지상의 세속 공간이 아니라 지상의 논리에 한없는 원심력을 부여하는 미학적 공간인 셈이다. 거기서 온 '당신'은 이마에서 맑은 물이 출렁거리고, 향기로 시작하여 작은 씨앗으로 사라지는 말을 가졌다. 사랑할 줄만 알고 스스로를 남기지 않은 채 사라져간 '당신'은 시인이 그토록 그리워했던 이이기도 하고, 끝없는 관찰자로서 발화를 수행했던 '시인 이대흠' 자신인지도 모른다. 이대흠은 깊은 시인이 되어 '북천'을 지키고 있다.

5

    시인이란 일상에서 무심히 지나치는 사물의 존재방식을 통해 삶의 본질을 형상화하는 존재이다. 시인의 밀도 높은 관찰과 표현은 직접적인 정서적 발화를 최대한 삼가면서, 사물의 존재방식과 삶의 본질을 유추적으로 결합하는 과정으로 이어진다. 시인이 포착한 사물의 속성들은 인간의 그것으로 치환되고, 존재의 심층에 가라앉은 삶의 이법(理法)에 대해 깊은 사유를 가능하게 해준다. 이처럼 사물의 존재방식을 통해 삶의 비의(秘義)에 가닿는 과정은 서정시만의 고유한 생성적 지표일 것이다.

    이대흠은 사물과 인간이 호혜적으로 나누는 존재 생성의 순간을 통해 삶의 비의에 닿으려는 일관된 의지로 어떤 성스러움을 찾아나선다. 그 성소(聖所)가 여러 수평적 공간들로 나타난 결실이 바로 이번 시집이며, 그 핵심은 '북천'으로 수렴되어가고 있다.

    대체로 신(神)과 같은 삶의 외재 질서에 귀속되었던 인간이 스스로 삶의 주체임을 선언한 것이 근대적 사유의 기초라면, 서정시는 확실히 근대의 저편을 바라보는 양식이다. 그래서 서정시는 신성한 것에 대한 갈구를 멈추지 않으며, 미학적 상상력이야말로 새로운 현실을 구성하는 실재임을 믿는다.

    이대흠은 상상력과 현실의 접점에서 형성되는 균형과 중용의 지혜로 자신만의 존재론과 윤리학을 하나하나 완성해간다. 가장 중요한 서정시의 원천이 결핍을 견디는 힘에서 생겨난다는 사실, 마땅히 있어야 할 것의 부재야말로 서정시가 시작되는 원점이라는 사실을 거듭 웅변하면서, 그는 궁극적 성소에 대한 열망으로서의 깊은 서정적 원리를 완성한다. 이대흠의 시적·인간적 국량(局量)을 극점까지 끌어올린 이번 시집이 우리에게 융융한 의미를 띠면서 다가오는 까닭은 이 때문이다.

수직의 탐사와 수평의 사랑

◆

곽효환 시집 『너는』

1

곽효환(郭孝桓)의 네번째 시집 『너는』(문학과지성사 2018)은 그가 오랫동안 보여준 시세계의 연장선상에 충실하게 놓여 있다. 그동안 그가 펴낸 시집은 『인디오 여인』(민음사 2006), 『지도에 없는 집』(문학과지성사 2010), 『슬픔의 뼈대』(문학과지성사 2014) 등인데, 금세 우리는 그의 시집들이 4년 터울의 형제들이라는 점을 알게 된다. 그 안에 균질적으로 담긴 세계는 인류의 시원(始原)을 찾아나서는 기행과 편력, 삶의 궁극을 향한 상상적 열망, 낭만적 시간관(時間觀)을 통한 자기긍정 등의 주제라고 할 수 있다. 이때 그의 언어가 가닿을 수 있는 가장 아득한 시공간은 그의 시가 태어난 자궁이자 궁극적으로 돌아가야 할 귀의처이기도 할 것이다. 역사적 개인과 공동체의 삶 그리고 그 밑바닥에 잔뜩 웅크리고 있는 주변인들의 근원적 비극성을 두루 천착해온 그는, 그 점에서 인간에 대한 낭만적 유목 충동과 현실 탐색의 감각을 균형감 있게 결속해온 시인이라 할 수 있을 것이다. 어쩌면 그의 시가 이러한 개성을 확보하는 데에도 낭만성과 현실성이 가파르게 결합하여 근원적 비극성을 빚어내는 순간이 크게 기여했을 것이다.

그런가 하면 곽효환의 시는, 이 세상은 어쩔 수 없이 비속하고 남루하며 불모의 세상을 넘어선 어딘가(언젠가)에는 그 비속함과 남루함을 벗어난 신성하고 근원적인 세계가 있을(있었을) 것이라 상상하는 데 발생론을 두고 있다. 그만큼 곽효환의 시는 마땅히 있어야 할 것들의 부재, 실재로서 엄연히 존재했던 것들의 사라짐, 다시는 재현할 수 없는 신성하고도 아름다웠던 것들의 결여 형식에 대한 순간적 탈환에 매진한다. 그는 이른바 '낭만적 이로니'(romantische Ironie)라고 명명 가능한 이러한 미학적 기율에 기대어, 우리가 살아가는 현실이 어쩔 수 없이 비극적이라는 데 철저하게 동의하면서 시를 써간다. 이번 시집은 이러한 세계의 선명한 심화이자 확장의 화첩(畫帖)이라 할 만한데, 이를테면 수직으로 한껏 올라가 역사적으로는 인류의 비극적 서사를 탐문하고 지리적으로는 북방의 흔적들을 지칠 줄 모르고 탐사하는 것이 그의 시가 가지는 확연한 심화과정이라면, 수평적으로 한껏 번져가 타자에 대한 지극한 마음을 더욱 진정성 있게 노래하는 품은 단연 이번 시집의 확장적 면모가 아닐 수 없을 것이다. 차례차례 살펴보도록 하자.

2

곽효환은 여전히 완강하게, 지속적으로 자신의 존재론적 기원(origin)이라 할 수 있는 세계를 하염없이 바라보고 탐사하며 시화해간다. 옹색한 한반도를 떠나 '북방'이라고 부를 수 있는 여러곳을 거치면서 곽효환은 어쩌면 시대와의 불화를 방법론적으로 확산해가는지도 모른다. 그곳에는 인간의 순수 원형이 존재하거나 존재했을지도 모른다는 믿음을 가지고 그는 '길'과 '여행'의 시학을 좌고우면(左顧右眄) 없이 심화해간다. '북방'에서 그는 현실 원리가 지배하는 시공간으로부터의 과감한 탈주를 수행한다. 그가 안타까워하는 현실 질서는 의외로 견고한 것들일 경우가 많은데 비해, 북방의 역사적 표지(標識)들은 절실하고 감동적인 것이 태반이기 때문이다. 하지만 그 감동 안에 지극히 비극적인 상황이 연루될 때가 많은 것은 그의 시가 불가피하게 낭만적 속성을 띠고 있기 때문이기도 하다. 그렇게 곽효환의 시는 시원과 북방이라는 낭만적 이로니의 시공간을 활달하게 가로질러 간다. 시인이 이러한 소망 충족을 여행 형식으로 취하고 있는 것 역시 견고하게 지속되는데, 그 점에서 곽효환은 단단하고 깊은 기행 경험과 문헌 섭렵 경험을 자신의 시에 깊이 아로새겨가는 시인이다. 우리는 그의 시편이 우리 역사의 비주류 정서가 숨쉬고 있는 '북방'에 대한 경험 및 상상을 취하고 있음에 주목한 지 이미 오래지만, 그리고 파인(巴人)·백석(白石)·이용악(李庸岳) 등의 텍스트들과 적극적으로 교호한다는 점을 여러차례 밝힌 바 있지만, 이번 시집에서 그러한 속성은 어떤 정신적 고처(高處)를 사유하는 태도로 전화(轉化)하면서 더욱 성숙한 시인의 존재론적 기반이 되어간다고 할 수 있을 것이다.

> 우즈베크어를 모르는 나의 국적은 우즈베키스탄
> 거주지는 경기도 안산 러시아 마을 염료 공장 쪽방촌
> 내 아들은 직업을 찾아 모스크바 근처 어디에
> 늙은 에미는 타슈켄트 외곽 고려인촌에 산다
>
> 함경도에서 연해주로 그리고 중앙아시아로
> 다시 연해주로 모스크바로 서울로 유전하는 나는
> 나의 조국을 모른다
>
> ──「나는 고려 사람이다」 부분

다시 되돌아갈 수 없는

그 시간과 그 거리의 기억을 품은

인적 끊긴 역사를 지키는 홍송(紅松) 두그루

가지들은 하나같이 먼 북동쪽을 향해 뻗고

삼키고 삼켜도 지워지지 않는 그리움이 된 슬픔

끝을 알 수 없는 빈 들에 멈춰 서 있다

———「우슈토베역에서」 부분

　'나는 고려 사람이다'는 러시아 고려인의 수도 '우슈토베'에서 태어
나 자란 김게르만이 고려인 디아스포라의 역사를 다룬 책 제목이기도 하
다. 시인은 동명(同名)의 작품을 통해 연해주에서 "경이로운 개척자였지
만 내내 이방인"이었던 "아버지의 아버지"를 가진 화자를 설정하여 그로
하여금 이른바 중앙아시아로 옮겨온 신산한 고려인들의 디아스포라 역사
를 토로하게끔 한다. "국적은 우즈베키스탄"이고 "거주지는 경기도 안산
러시아 마을 염료 공장 쪽방촌"인 그는 "아들은 직업을 찾아 모스크바 근
처 어디에/늙은 에미는 타슈켄트 외곽 고려인촌"에 사는 전형적 이산(離
散)의 삶을 살아간다. 원적(原籍)인 '함경도'와 이방(異邦)인 '연해주' '중
앙아시아' '모스크바' '서울'로의 한없는 유전(流轉)은 그로 하여금 결국
"나의 조국을 모른다"고 고백하게끔 한다.

　그다음 작품에 나오는 '우슈토베'는 1937년 스딸린에 의해 연해주에 살
던 고려인들이 중앙아시아로 강제 이주를 당했을 때 최초로 정착했던 곳
이다. 우슈토베역은 한달여의 강제이주 기간 동안 고려인들이 화물 객차
에 실려 가서 처음 내려진 곳으로 고려인들의 아픈 역사가 담긴 곳이다.
여기서 시인은 "다시 되돌아갈 수 없는/그 시간과 그 거리의 기억"을 노
래한다. 그 기억을 품고 있는 "인적 끊긴 역사"는 낡은 '역사(驛舍)'이자

가파른 '역사(歷史)'일 것이다. 그러한 '역사'를 지키면서 가지를 북동쪽으로 향하고 있는 "홍송(紅松) 두그루"는 어쩌면 "삼키고 삼켜도 지워지지 않는 그리움이 된 슬픔"을 안고 살아가는 디아스포라의 은유적 분신일 것이다. 거기서 시인은 "끝을 알 수 없는 빈 들에 멈춰 서" 있는 우리 '역사'를 바라본다. 역사의 한복판에서 서성거리는 시인 자신도 "기다림과 그리움의 틈새에서/아득히 멈추어"(「미루나무가 된 소녀」) 서 있는 것이다. 이러한 계열에는 「바스토베 언덕에서 듣다」「타슈켄트에서 조명희를 만나다」「카레이스키 드리밍」 등이 있는데, 이번 시집에서 역사현장으로서의 '북방'은 어느새 '광화문'으로 '세월호'로 '민통선'으로 확장되기도 한다. 그렇게 그에게 '북방'은 우리 역사의 현재형과 깊은 연관을 맺는 쪽으로 번져가고 있고, 소통 지향적이고 친화적인 그의 언어적 매무새와 시적 문체가 여기에 깊이 기여하고 있다는 점도 기억되어야 하리라.

여러해 전 서울에서 만난 만주족 작가 리샤오밍
어디서 본 듯한 길고 갸름한 각진 얼굴의 그가
함께 가자고 했던 홀승골성의 천지(天池)
수천년을 마르지 않는다는 산정 샘가를 서성이며
만주 벌판이 알처럼 품은 땅의 첫 떨림을 헤아린다
산성 남쪽 끝 전망 좋은 점장대 너럭바위에 누워
그에게 받은 요와 금의 기와 조각을 꺼내어 본다
아득한 시절 이 산성에 터 잡은 이래
이곳에 깃들어 살았던 혹은 멀리서부터 말달려온
단단한 현무암 같은 사람들이 지나간다
튼튼해서 아름다운 졸본 처녀를 그리워하던 내가
삼족오 깃발을 든 강인한 사내를 닮고 싶었던 내가
오늘 피 한방울 섞이지 않은

만주족 사내를 그리워하는 것은

오래전 그가 처음 본 나를 반가워하던 것은

먼 옛날 추모왕이 세운 고구려의 첫 도읍 졸본성이

산성 홀승골성일 수도 평지성 하고성자성일 수도 있고

이곳과 저곳 모두일 수도 있기 때문이라고

굽이치는 혼강 바닥 깊이 잠긴

오래전 그가 나이고 내가 곧 그였던

아름답고 거대한 그리움 같은 것이라고 생각한다

　　　　　　　　　　　　　—「홀승골성에 오르다 2」 전문

　어법, 공간, 생각하는 자세까지 백석 시편 「북방에서」나 「절망」을 떠올리게 하는 이 명편은, "오래전 그가 나이고 내가 곧 그였던/아름답고 거대한 그리움 같은 것"에 대한 실존적·역사적 고백의 절절한 장면을 선연하게 보여준다. 일차적으로 이러한 그리움은 '천지'나 '만주 벌판' 그리고 "고구려의 첫 도읍 졸본성" 같은 민족사적 기원에 대한 정서적 경도로 생겨난 것이겠지만, 그보다는 시인의 발길과 눈길이 가닿은 그 기원이 경계를 넘어선 "이곳과 저곳 모두일 수도 있기" 때문일 것이다. 이때 '나'와 '너'를 넘어서는 '우리'의 문법이 비로소 태동하게 되는데, "내가/오늘 피 한방울 섞이지 않은/만주족 사내를 그리워하는 것"은 바로 이러한 기원의 동일성으로, 혹은 "굽이치는 혼강 바닥 깊이 잠긴" 시간의 공유지로 '홀승골성'이 다가왔기 때문인 것이다.

　이처럼 곽효환에게 '북방'이란 잃어버린 어떤 근원이며, 정신적으로 탈환하고 회복해야 할 중요로운 가치의 집적체이다. 가는 곳마다 펼쳐져 있는 이산과 고통과 울음의 흔적을 정성스럽게 수습하면서 시인의 가슴도 한없이 뜨거워졌으리라. 그리고 그 순간마다 곽효환에게 '북방'이란 항구적 타자로서의 '너'와 이어졌을 것이다. 이때 우리는 '북방=너'라는 희미한 등식이 이번 시집을 암묵적으로 관통하고 있다는 것과, "수많은 바람이 실어 오고 실어 간/풍경과 삶이 물결치는 세월의 무늬"(「돌의 뼈」)를 찾아가는 수직의 탐사를 곽효환 시가 지속해갈 것임을 다시 한번 예감하게 된다. 일찍이 『한국 근대시의 북방의식』(서정시학 2008)이라는 묵직한 저작을 펴낸 연구자이자 시집들마다 마치 일지(日誌) 쓰듯 북방 여러곳을 순례해온 곽효환은, 그 점에서 한국 시의 변방이자 새로운 핵심이 될 영역을 첨예하게 톺아올린 문학사적 공적을 가지고 있다 할 것이다.

3

끝내 가닿을 수 없지만 불가항력적으로 향해 가야 하는 대상에 대한 모순적 존재방식은 곽효환으로 하여금 '사랑시편'의 세계로 나아가게끔 하는 원동력이 된다. 물론 이러한 지향은 지난번 시집 『슬픔의 뼈대』에서 이미 곽효환 시학의 본령으로 등극하고 확장해갈 가능성을 보인 바 있다. 그런데 그러한 음역(音域)이 이번 시집 『너는』에서는 곽효환 시학의 가장 중요한 축으로 전면화하고 있고, 시인 스스로도 가장 공들여 이 영역을 적극 범주화하고 있다. 조심스럽게 전망해보는 것이지만, 앞으로 곽효환은 타자를 향한 가없는 '사랑'을 노래하는 사제(司祭)로서 자신을 존재증명해갈 것이다. 먼저 시집 표제작을 한번 읽어보자.

비에 젖은 통영에 가서 얼마간 머물고 싶다고 했다
너는
날이 춥고 바람 차다고 옷을 단단히 입으라고 했다
나는

바람을 갖지 않으려고 했는데
그게 어렵다고
한꺼번에 울지 않기 위해
아침부터 조금씩 나누어 울었다고 이제
더이상 소리 내어 울지 않기로 했다고
너는
젖은 나무껍질 냄새가
몸 구석구석에 배어 지워지지 않는다고
아직 잎새를 다 떨구지 못하고
우두커니 겨울을 맞는 나무 한그루에
나,라고 이름 붙였다고 했다
너는

미세먼지 가득한 연무에 싸인 겨울 도심 공원
걸음마다 마른 잎새가 바스락거리며 내려앉았다
멀리 왔다고 되돌아가기엔
너무 멀리 왔다고
조금은 쓸쓸한 것도 괜찮다고 했다
나는

너는, 나는
많이 싸웠어야 했다
불확실한 위험과 시련에서
등 돌리지 말고 도망치지 말고
그 차오르는 말들을
그 세세한 기억들을

그 기적 같은 감정을 지키기 위해

한때 가까웠던 우리는

더 많이 더 열렬하게 싸웠어야 했다

아무데도 없으나 어디에나 있는

너라는 깊고 큰 구멍

―「너는」 전문

　전형적인 사랑시의 구조를 가진 이 작품은 '너'를 향한 불가능하고 불가항력적인 항구적 사랑을 노래한다. '너'의 첫마디인 "비에 젖은 통영에 가서 얼마간 머물고 싶다고" 하는 말에서 우리는 다시 한번 곽시인의 백석 친화적 모습을 발견한다. 가령 그곳은 다른 시편에서 "먼 앞대의 항구와 바다"(「새 만다라」)로 나오는 백석의 마음의 고향이기도 하다. 그곳에 가려는 '너'에게 '나'는 "날이 춥고 바람 차다고 옷을 단단히 입으라고" 말을 건넨다. '얼마간'이라는 시간을 말했지만, 그것은 마치 공간감각인 '저만치'처럼 헤아릴 수 없는 거리를 두 사람 사이에 심연처럼 거느린 표현일 것이다. 아닌 게 아니라 '너'는 스스로를 '바람'과 '울음'으로, 그리고 "아직 잎새를 다 떨구지 못하고/우두커니 겨울을 맞는 나무 한그루"로 고백한다. 그러자 '나'는 통영의 대척점인 "미세먼지 가득한 연무에 싸인 겨울 도심"에서 "너무 멀리 왔다고/조금은 쓸쓸한 것도 괜찮다고" 말한다. 이처럼 '너'와 '나'는 "불확실한 위험과 시련"을 함께 견디느라, "차오르는 말들을/그 세세한 기억들을/그 기적 같은 감정을 지키"느라 한없이 가까웠지만, 이제 '너'는 '얼마간' 어디에도 없고 어디에나 있는 "깊고 큰 구멍"으로만 '나'에게 남을 것이다.

　여기서 '너'란, 「시인의 말」을 빌리면, 동일성과 타자성을 아울러 지닌 "시원이면서 궁극"이고 "끝내 닿을 수 없는 내 안의 타자"일 것이다. 하지만 시인은 "나는/흔들리며 흔들리며/다시 너에게로 간다.//우리이면서 타자인/너는 너무 멀리 있다"(「시인의 말」)라고 함으로써, '너'가 일차적으로는 연인의 의미망을 띠지만 결국에는 머나먼 시간과 공간으로 확장되어갈 수 있음을 이야기한다. 앞에서도 이미 관찰한 것처럼, 이때 시인은 '나'가 건네는 '너'를 향한 불가능하고 불가피한 다짐을 통해 '우리'라는 새롭고도 아름다운 차원에 가닿게 된다. 사랑시편의 자연스러운 진화요 확장이요 궁극의 모습이 이런 것일 터이다. 앞으로 곽효환의 시는 이렇게 '우리'로 한없이 진화해가는 역동성을 더욱 벼려갈 것이고, 사랑의 시학은 곽효환 시학의 중심적 지표이자 멈추지 않는 수원(水源)이 되어갈 것이다. 다음은 어떠한가.

> 그림자는 조금씩 길어지고
> 그리움은 조금씩 짙어지는
> 더이상 낮은 아니고 아직 밤도 아닌
> 사이의 시간
> 골목 가득 재잘거리던 아이들 소리 잦아들고
> 새들도 일제히 솟구쳐 하늘 높이 날았다가
> 다시금 제자리를 찾아 내려앉는
> 누군가는 떠나고 누군가는 돌아오는 시간
> 너는 멀리 말이 없고 나는
> 그 시간과 거리를 헤아린다
> 인적 끊긴 비포장도로에 붉은빛 비껴들고
> 털털거리며 떠난 것들이 남긴 뿌얀 먼지 속에
> 키 큰 느티나무 한그루 우두커니 서 있다
>
> ──「해 질 무렵」 전문

'해 질 무렵'이란 뭇 존재자들이 그동안 세상을 향해 쏘았던 빛을 스스로 거두고 원래 자리로 돌아가고자 하는 고요의 시간일 것이다. 곽효환은 이 무렵을 "그림자는 조금씩 길어지고/그리움은 조금씩 짙어지는" 시간 혹은 "더이상 낮은 아니고 아직 밤도 아닌/사이의 시간"이라고 명명한다. '그림자/그리움'이 가지는 소멸과 생성의 동시적 시간, '더이상/아직'의 사이를 가득 채워가는 아득하고도 아늑한 시간, 급기야는 모든 사물들이 "다시금 제자리를 찾아 내려앉는/누군가는 떠나고 누군가는 돌아오는 시간"이 되는 것이다. '떠남/돌아옴'의 교호 속에서 '나'는 말없는 '너'를 향해 "그 시간과 거리"를 헤아린다. 마침내 '나'는 해 질 무렵에 '나/너'가 서로를 응시하는 불가피한 존재론적 도반임을 생각하게 된다. 여기서 마지막 잔상(殘像)처럼 제시된 붉은 황혼을 뒤로 하고 뽀얀 먼지 속에 우두커니 서 있는 "키 큰 느티나무 한그루"야말로, 한없는 그리움과 떠남과 돌아옴과 헤아림의 시간을 온몸으로 견디고 있는 '시인 곽효환' 자신일 것이다. 시인은 실존적으로 다가오는 "마음의 궁기"(「달의 남쪽」)를 넘어 "곡선과 곡선이 지탱하는 견고한 중심"(「곡선의 힘」)을 향해 오늘도 그러한 미학적 고투를 마다하지 않고 있다.

어떻게 생각하니, '너는'이라는 제목이 전혀 낯설지 않다. 그는 이미 연전에 『너는 내게 너무 깊이 들어왔다』(교보문고 2014)라는 시 해설집을 낸 바 있지 않은가. 그 제목에 이미 타자로서의 '너'를 생각하고 또 중요하게 생각하는 지향이 나타나 있지 않은가. 그러니 '너는'은 이번에 태어난 것이 아니라, 퍽 오래된 화두였던 셈이다. 『너는 내게 너무 깊이 들어왔다』의 「머리글」에서 곽효환은 이렇게 말한다.

나는 시를 쓸 때 혹은 시를 읽을 때 사랑을 생각한다. 얼마나 열렬히 사랑했느냐보다 더 중요한 것은 얼마나 아름답게 떠나보내느냐이기 때문이다. 시쓰기에서도 대상을 아름답고 열렬하게 끌어안는 것 못지않게 중요한 것이 어떻게 보내주느냐이다. 잘 남겨두는 것이 아니라 잘 떠나보내고 잘 비워내야 한다.

이렇게 한없이 '사랑'을 생각하는 시인, 떠나보냄의 불가피성을 아는 시인, 시쓰기의 본령이 채움이 아니라 비움에 있다는 것을 강령처럼, 다짐처럼 간직하고 있는 시인이 곽효환이다. 항구적으로 미완일 수밖에 없는 '사랑의 시학'은 그렇게 곽효환이 궁극적으로 가닿을 존재론적 망명지가 되어갈 것이다.

원래 '시인'이란 주변, 외곽, 상실된 것들을 향해 손길과 눈길과 발길을 여는 존재일 것이다. 곽효환은 잃어버린 것들을 회복하고 탈환하는 '사랑'의 대상으로서 여전히 '시원'과 '북방'을 답파하며, 친근하고도 머나먼 '너'를 호명해간다. 부재하면서 편재(遍在)하는 '너'라는 존재를 찾아, 아니 찾을 수 없음을 때때로 절감하면서, 곽효환 브랜드가 될 만한 그만의 '2인칭 시학'을 『너는』에서 보여준다. 그렇게 시원과 북방을 찾아가는 수직의 탐사와 '너'를 찾아가는 '나'가 '우리'를 이루어가는 수평의 사랑은, 두고두고 곽효환 시학의 근원적 에너지가 되어줄 것이다.

바람의 뼈마디, 말의 허기

◆

신용목의 시

1

신용목(愼鏞穆)의 첫 시집『그 바람을 다 걸어야 한다』(문학과지성사 2004)
를 읽어가노라면, '바람'의 흐름과 '햇살'의 온기를 줄곧 만나게 된다. 또
한 바람과 햇살 사이에 견고한 물질로 박혀 있는 여러 '뼈'의 형상과 번번
이 마주치게 된다. 그는 '바람' 속에서 흔들리는 것들을 쓰다듬고, 어둠속
을 환히 밝히는 '햇살'을 온몸으로 받아들이며, 시간의 은유인 '뼈마디'를
매만지려 시를 쓰는 것처럼 보인다. 그래서인지 그의 시편에는 동년배 시
인들이 편재적(遍在的)으로 보여주는 대중문화적 감염이나 독서체험의
사후 번안 같은 게 전혀 없다. 선험적인 죽음의식 과잉이나 보기 민망한
나르시스의 모습도 거의 나타나지 않는다. 그만큼 그의 시편들은 애초
부터 위반이니 전복이니 하는 흐름과 현저하게 구별되는 세계를 보여주
었다.

그래서 그는 서정시의 오래된 본령인 경험적 실감, 성장과정에서 빚어
진 상처와 내적 어둠을 매우 예민하게 들려주는 데 골몰하였다. 또한 시

선을 우리 시대의 외곽 혹은 주변의 타자들로 돌려 그들의 삶을 관찰하고 복원하는 데 공력을 기울이기도 했다. 등단작 「성내동 옷수선집 유리문 안쪽」(『작가세계』 2000년 가을호) 이래로, 그는 자신의 젊은 날의 흔들림에 대한 뼈아픈 기억뿐만 아니라 동시대 사람들의 어두운 삶의 폐부까지 섬세하게 되살려내왔던 것이다. 이처럼 자신과 이웃들의 상처의 내력을 되불러오고 그것을 심미적 비애로 견뎌내려 했던 그의 첫 시집은 밀도있는 '기억'으로의 회귀와 그것을 인간의 존재형식에 대한 '성찰'로 연결하고자 하는 시적 욕망을 견고하게 결합한 사례로 기록할 만하다.

2

그의 두번째 시집인 『바람의 백만번째 어금니』(창비 2007)는 이러한 첫 시집의 세계와 날카로운 단층(斷層)을 보이기보다는 그것의 충실한 연장선상에서 부드럽고 미세한 변이의 모습을 보여준다. '새'의 형상이 점증(漸增)했을 뿐, 시집 곳곳에서 펄럭이는 '바람'이나 '햇살' '구름' '뼈'의 이미지는 첫 시집 키워드 계보를 고스란히 잇고 있다. '바람'의 유동성과 부드러움, '뼈'의 고정성과 견고함은 이번 시집에서도 절묘하게 한 몸으로 결속하면서 시인의 경험과 기억을 표상하는 데 기여하고 있다. 첫 시집에서 '뼈' '발가락뼈' '등뼈' '뼛가루' '이빨' '뼈모래' '뼈마디' '잔뼈' 등의 다양한 기표로 나타났던 '뼈' 계열 이미지들은 '어금니'로 변형되어 이번 시집 안에서 두번 육체를 드러낸다. 바람 속에 박혀 허공을 꽉 깨무는 '바람의 어금니'가 그것이다.

　　새의 둥지에는 지붕이 없다
　　죽지에 부리를 묻고

폭우를 받아내는 고독, 젖었다 마르는 깃털의 고요가 날개를 키웠으리라
그리고

　　순간은 운명을 업고 온다
　　도심 복판,
　　느닷없이 솟구쳐오르는 검은 봉지를
　　꽉 물고 놓지 않는
　　바람의 위턱과 아래턱,
　　풍치의 자국으로 박힌

　　공중의 검은 과녁, 중심은 어디에나 열려 있다

　　둥지를 휘감아도는 회오리
　　고독이 뿔처럼 여물었으니

　　하늘을 향한 단 한번의 일격을 노리는 것
　　새들이 급소를 찾아 빙빙 돈다

　　환한 공중의, 캄캄한 숨통을 보여다오! 바람의 어금니를 지나
　　그곳을 가격할 수 있다면

　　일생을 사지 잘린 뿔처럼
　　나아가는 데 바쳐도 좋아라,
　　그러니 죽음이여
　　운명을 방생하라

하늘에 등을 대고 잠드는 짐승, 고독은 하늘이 무덤이다, 느닷없는 검은
봉지가 공중에 묘혈을 파듯
　그곳에 가기 위하여

　새는 지붕을 이지 않는다

　　　　　　　　　　　　　　　　　　　　　　—「새들의 페루」 전문

　우리의 기억 속에는 프랑스 작가 로맹 가리(Romain Gary)의 단편 「새
들은 페루에 가서 죽다」가 웅크리고 있다. 바다와 모래 언덕, 모래 위에 죽
어 있거나 아직은 살아 퍼덕이는 새들, 배 한척과 녹슨 그물의 건조한 묘
사를 곁들인 이 단편은 왜 섬을 떠나 이 바닷가에 와서 새들이 죽어가는
지를 들려주지는 않는다. 다만 운명의 끝처럼 은유되는 페루의 바닷가에
와서 새들은 자신의 육신을 소멸시키고 있을 뿐이다. 그곳은 모든 희망을
잃은 자들이 모여드는 곳이고 사랑과 고독이 모두 끝나는 곳이다. 또한
모든 존재의 궁극적 귀환이 이루어지는 곳이다. 그 '새들의 페루'가 이번
시집 첫머리에서 시적으로 변용되고 있다.
　새들은 자신의 '무덤(묘혈)'인 페루에 가기 위해 지붕 없는 '둥지'를 허
공에 인다. 여기서 '무덤/둥지'는 비록 '죽음/삶'의 대칭적 이미지를 거느
리지만, 결국 새의 운명을 양쪽에서 떠메고 있는 두 공간일 뿐이다. 일찍
이 하늘을 나는 새떼를 원경(遠景)으로 바라보면서 "바람의 잔뼈"(첫 시집
뒤표지 글)로 비유한 바 있는 시인은, 짙은 고독과 고요 속에 웅크리고 있
는 공중을, 검은 과녁을 물고 놓지 않는 '바람의 어금니'로 표현한다. 그
캄캄한 '바람의 어금니'를 지나 죽음과 마주서고 있는 새들의 생애를 통
해, 견고한 고독과 고요 속에서 죽음과 운명을 떠메고 가는 이의 형상을
은유적으로 보여준다. 이는 첫 시집의 세계가 담고 있는 경험적 실감보다
는, 스케일과 주제의식에서 그 편폭을 넓히고 있는 과정적 사례로 읽을

수 있다.

그렇듯 '새들의 페루'는 하늘(공중)에 있다. 다른 시편에서 "높이가 잃어버린 중력을 햇살로 받쳐놓은 저곳"(「새들이 지나갔는지 마당이 어지러웠다」)이라고 묘사된, '둥지'이자 '무덤'인 그 '하늘(공중)'에서 새들은 등을 대고 잠들기도 하고 "허공에 무수히 매달린 자물통을 따느라/열쇠꾸러미 짤랑대는 소리"(「저녁에」)를 내기도 하고 "그림자를 버리려/더 큰/그림자/속으로"(「해의 장지」) 뛰어들기도 하는 것이다.

　　나는 천년을 묵었다 그러나 여우의 아홉 꼬리도 이무기의 검은 날개도
　달지 못했다
　　천년의 혀는 돌이 되었다 그러므로

　　塔을 말하는 일은 塔을 세우는 일보다 딱딱하다

　　다만 돌 속의 헤엄치는 물고기
　　비린 지느러미가 캄캄한 탑신을 돌아 젖은 아가미 치통처럼 끔뻑일 때

　　숨은 별밭을 지나며 바람은 묵은 이빨을 쏟아내린다 잠시 구름을 입었
　다 벗은 것처럼
　　허공의 연못인 塔의 골짜기

　　대가 자랐다 바람의 이빨자국이다
　　새가 앉았다 바람의 이빨자국이다

　　천년은 가지 않고 묵는 것이니 옛 명부전 해 비치는 초석 이마가 물속인
　듯 어른거릴 때

목탁의 둥근 입질로 저무는 저녁을

한번의 부름으로 어둡고 싶었으나
중의 목청은 남지 않았다 염불은 돌의 어장에 뿌려지는 유일한 사료이
므로

치통 속에는 물을 잃은 물고기가 파닥인다

허공을 쳐 연못을 판 塔의 골짜기
나는 바람의 백만번째 어금니에 물려 있다 천년의 꼬리로 휘어지고 천
년의 날개로 무너진다

──「바람의 백만번째 어금니」 전문

  이제는 그의 대표작이 되어버린 첫 시집의 「갈대 등본」에는 "바람에도
지층이 있다면 그들의 화석에는 저녁만이 남을 것이다"라는 표현이 있다.
그 시에서 우리는 '바람의 지층'을 몸속의 뼈로 두고 살아오신 아버지에
대한 시인의 선연한 기억을 경험한 바 있다. 「바람의 백만번째 어금니」는
그러한 경험적 국면보다 훨씬 더 지경을 확장하여, '바람의 지층'을 근원
적 차원으로 밀고 나간 결과이다.
  천년을 묵었지만('가는' 게 아니라 '묵는' 것!) 날개도 꼬리도 못 갖고
돌 속을 헤엄치는 물고기가 되어버린 '천년의 혀'는, 바람이 묵은 이빨들
을 쏟아내고 곳곳에 이빨자국을 남기며 "허공의 연못"을 파는 장면을 상
상한다. 그렇게 이 시편은 물을 잃은 물고기처럼 '바람의 어금니'에 물려
휘어지고 무너지는 상황을 상상적으로 보여준다. 「새들의 페루」에서 '바
람의 어금니'를 지나 공중의 캄캄한 과녁을 응시했던 새의 형상은 여기
서 물고기로 바뀌어 바람의 이빨자국이 선명한 캄캄한 탑신을 바라보고

있다. 이러한 상상력은 시인으로 하여금 "밤의 입천장에 박힌 잔이빨들"(「별」)에 아름다운 '죄(罪)'를 정화하는 장면을 끌어오게 하고, "바람의 뼈를 받은 새들이 불의 새장에서 날개를 펴는 시간"(「가을비」)을 상상하게 하기도 한다. 일찍이 "뼈마디 붉도록 달아본 적이 없다"(「권태로운 육체」)고 자신을 성찰할 때의 그 '뼈마디' 역시 죽음과 무너짐과 근원적 열정을 모두 매개하는 '바람의 지층'이었던 것이다.

3

이번 시집에서도 시인의 시선은 여전히 삶의 실감으로 존재하는 이들을 향한다. 철제 뗏목을 타고 사냥꾼이 되어 피로한 도시를 종횡으로 살아가는 구두 수선공의 일상을 우화적으로 재현하고 있는 「허봉수 서울 표류기」라든가, 궁동의 버스종점쯤에서 이국의 노동자들이 모여 "목숨의 감옥에서 그리움이 긁어내리는 허공의 손톱자국"인 비를 맞으며 서 있는 풍경을 보여준 「붉은 얼굴로 국수를 말다」, 사육당하는 일의 즐거움을 믿는 가축들의 아름다운 신앙을 위해 낡아가는 우리를 가꾸고 있는 경비원의 생태를 다룬 「경비원 정씨」 등이 이러한 리얼리티를 그의 시세계에 지속적으로 부가한다. 이 점 신용목 시학의 중추로서 전혀 변함이 없다. 그것이 구체적인 생활적 가난보다는 한결 근원적 차원의 '허기'로 현저하게 향하고 있다는 것이 다를 뿐이다.

　　어둠의 거푸집을 비집고 나온 붉은 주물들

　　새벽이다, 가을의 터진 속살에 연못을 건 숲의 아궁이
　　팔을 저을 때마다 붉은 반죽을 떼며

나무는 말간 물 앞을 서성인다 먹고 싶었을 뿐이야, 허기 속에서만 그
리운

어떤 기다림이 먼 숲까지 거닐어 서늘한 저 솥을 걸었나요 이 빠진 세월
의 둥근 결 위로
거품처럼 떠다니는 잎들,

온 밤 타버린 돌멩이들은 낙엽처럼 흩날리고 만다는 것을

부글거리는 하늘에 꽂힌 나무여 출렁이며, 불길의 연한 춤을 추는데
어떤 기다림이 예까지 번져와

세월의 반죽을 붉게 하나요 하루 낮을 다 살면 캄캄한 돌덩이로 돌아가
고 말
허기를 짚고, 어머니

어느 가지를 꺾어 저 끓는 솥을 저을까요

————「붉은 솥」 전문

이 시편에서 새벽의 풍경은, 어둠의 거푸집을 비집고 나온 붉은 주물인
햇살로 시작된다. 숲의 아궁이에는 "허기 속에서만 그리운//어떤 기다림
이 먼 숲까지 거닐어 서늘한 저 솥을 걸어"놓았다. 그 허기에 길들여진 기
다림이 번져와서 "세월의 반죽을 붉게" 하고, 숲의 식솔들인 나무와 잎들
과 돌멩이들은 서성이고 떠다니고 흩날린다. 이렇게 하루가 지나면 "캄
캄한 돌덩이로 돌아가고 말/허기"는 '붉은 솥'에 담긴 '세월의 반죽'을 다

먹어치워도 결국 해소되지 않을 것이다.

이러한 '허기'는 이번 시집에서 "허기의 크기만큼"(「허봉수 서울 표류기」) 살아가는 이들, "허기가 허연 김의 몸을 입고 피어오르는"(「붉은 얼굴로 국수를 말다」) 풍경, "빳빳한 허기"(「붉새」), "개밥그릇에 반짝이는 허기"(「바람은 개를 기르지 않는다」), 취기로 타는 몸들이 하나씩 던지는 "환한 허기"(「바람의 무덤」) 등으로 무수히 변주되어 나타난다. 결국 이 모든 것은 "허기의 바닥을 파보면 돌멩이처럼 그리움이 받친다는 것"(「나비는 나비에게로 가」)을 증언하는 사례들이고, 이때 지속적으로 몸을 바꾸며 나타나는 '허기'는 궁극적으로 채워지지 않는 미완의 생의 형식을 은유한다.

그런데 이러한 '허기'는 다시 한번 몸을 바꾸어 시인의 자의식이랄 수 있는 '언어(말)의 허기'로 이어지기도 한다. 시집을 읽어보면 금방 알 수 있듯이, 이번 시집은 첫 시집보다 한결 안개 지수(指數)가 높아 의미론적 불투명성이 한층 제고(提高)되어 있다. 이는 언어의 투명함이나 기억의 선명함이 갖는 불충분성을 시인이 의식했기 때문일 것이다. 그렇다고 해서 그의 시편들이 자폐구조를 동반한 난해성으로 떨어지지 않는 것은, 이러한 자의식에도 불구하고 여전히 "얼굴에 떠오르는 얼굴의 잔상과 얼굴에 남은 얼굴의 그림자, 얼굴에 잠긴 얼굴과 얼굴에 겹쳐지는 얼굴들/얼굴의 바닥인 마음과 얼굴의 바깥인 기억"(「붉은 얼굴로 국수를 말다」)의 균형을 절묘하게 다채로운 사물의 표면으로 불러들이고 있기 때문이다. 그래서 그의 시는 구체적이면서 동시에 원형적 속성을 띤다.

　　찔레가시에 찔려도 찔레꽃 한송이 피지 않는다, 몸은

　　묵은 장을 가둔 단지처럼
　　오래 마음을 가두어 강 앞에 서게 한다

흐르지 마라
해가 저문다

석양이 또 유약을 발라 금빛 강물에 마음을 굽는다

던져진 어둠 한 단에 손을 묶여
뒷걸음질 호송되는 산과 나무들,

멀쩡히 멎은 몸은 금 간 흐름이었다

물 건너 찔레꽃 하얀 꽃잎이 소복처럼 저녁을 다 울어도

목쉰 줄배 한척 띄우지 못한다

                                                    ——「섬진강에 말을 묻다」 전문

　　시인은 오랫동안 마음을 가두어둔 몸으로 강 앞에 서 있다. 해가 저무
는 강가에는 석양이 유약을 발라 금빛 강물에 마음을 굽고, 그 번져오는
어둠에 밀려 산과 나무들이 뒤로 물러서고 있다. 그것을 "던져진 어둠 한
단에 손을 묶여/뒷걸음질 호송되는 산과 나무들"이라고 표현한 시인의
마음의 결이 이채롭게 심미적으로 번져온다. 그런데 금 간 흐름으로 존재
하는 '몸'은 저녁이 깊어가는 순간에도 목쉰 줄배 한척 띄우지 못하고 있
다. 여기서 '목쉰 줄배 한척'을 '시 한줄'로 은유해도 되지 않을까? 순간
제목 '말을 묻다'로 시는 확연히 번져간다. 여기서 '묻는 행위'는 당연히
'매장(埋葬)'이겠지만 '질문'의 속성도 포함하고 있다. "가닥 없는 그리움
이 우리를 예까지 이끈 것처럼"(「겨울 부석사」) 섬진강에 와서, 시인은 풍경
의 비언어성과 시 혹은 말이 가지는 궁극의 허기를 "어떤 기다림이 예까

지 번져와"(「붉은 솥」) 있는 것으로만 표현하고 있을 뿐이다.

그래서 그의 시편에서 아름답게 각양의 모습을 흩뿌리고 있는 풍경들
은 건조한 사물이 아니고 그 스스로 '언어'로 빛난다. 물론 이러한 자의
식이 그의 시편에 잠언적 경구를 증가시키는 원인으로 작동하기도 한다.
"발자국은 그런 것 — 풍경을/지상에 걸었던 자국"(「스타킹」), "저녁 하늘
은, 어둠이 갇힌 볕의 철창"(「저녁에」), "사랑은, 비로소/귀멀어/죽은 자의/
심장 소리를/듣는 것, 눈/머는 것"(「해의 장지」), "빈 나뭇가지는//금으로 번
져나간/허공의 틈"(「投石」) 같은 절묘한 'A=B'의 은유적 표현들은 사물의
속성을 시인의 해석과 겹쳐놓으려는 욕망을 반영하고 있는 것이다. "달빛
이 쳐놓은 허공의 바닥에 오늘은 누구의 울음이 달려 나비처럼 파닥일까"
(「나비」) 같은 묘사 역시 재현이 아니고 마음의 결을 투사한 결과이다. 이
러한 '말'에 대한 이중의 자의식, 곧 궁극적 허기로 남을 수밖에 없는 충
족 불가능성과 심미적 축약을 욕망하는 사물의 언어화 가능성을 시인은
거의 모든 작품에서 아름답게 보여주고 있다.

   내가 뱉은 말이
   바닥에 흥건했다 누구의 귓속으로도
   빨려들지 못했다 무언가 지나가면
   반죽처럼 갈라져 사방 벽에 파문을 새겼다
   누구도 내 말을 몸속에 담아가려 하지 않았다
   모두가 문을 닫고 사라졌으며
   아무도 다시 들지 않았다 결국 나는
   빈방에서 혼잣말을 시작했다
   뱉은 말은 바닥에서부터 차올랐고
   이내 키를 넘었다 그때부터
   나는 걷기를 포기했다 길고 부드러운 혀로

말의 반죽 속을 헤엄쳤다 와중에도
쉴새없이 말을 뱉었고 뱉을수록 한가득
된반죽처럼 뻑뻑해졌다
더러 문틈으로 바람이 불고 해가 비쳐
반죽은 딱딱하게 굳어갔다 나는 점점
움직이기 힘들었고 마침내
꼼짝할 수 없었다 말들이 마저
다 마르자 나는
풍문같이 화석이 되었다 손가락을 꼼지락거리던
마지막 순간 그 우연한 자세가
영원한 나의 육체였다
몇만년 후 지질학자는
말의 퇴적층에서 혀의 종족을 발견할 것이다
나는 멸망한 시인을 증명할 것이다

— 「말의 퇴적층」 전문

누구의 귀도 울리지 못하는 말은 근원적인 '말씀'(Words)에서 퇴행한 무의미한 '말'(words)의 집적일 뿐이다. 갈라져서 벽에 파문을 새길 뿐인 그 '말'의 퇴적을 이제는 아무도 몸속에 기억하려 들지 않기 때문이다. 이 완강한 불통(不通)의 이미지, 그리고 빈방의 독백으로 물러서는 퇴행의 흔적에도 불구하고, '시'는 바닥에서부터 차올라 키를 넘어 지속된다. 하지만 그 '말'은 반죽으로 말라 "풍문같이 화석이 되어"버린다. 그 '화석'이야말로 '말'의 이중적 자의식을 선명하게 보여주는 형상일 것이다.

4

　더 많은 시편들이 언급되어도 좋았을 것이다. 어느 것을 인용해도 좋을
정도로 그의 시편들은 일정한 수준을 갖고 있기 때문이다. 그렇다면 이러
한 주제의식의 심원함과 고른 균질성을 견지하게 된 그의 시적 수원(水
源)은 어디에 있을까.

　그의 시편을 살펴보면 계절로는 '봄', 방향으로는 '서쪽'이 압도적으로
많이 나타난다. 한쪽이 생성이면 한쪽은 소멸일 것이다. 하지만 그는 '봄'
을 희망으로, '서쪽'을 절망으로 결코 치환하지 않는다. '봄'은 부드럽고
아름답지만 생동감으로 충만하지 않으며, '서쪽'은 저물어가고 이울어가
지만 부정적 이미지를 발산하지 않는다. 그 절묘한 균형이 신용목의 심성
에는 선천적으로 담겨 있다. 그를 아는 사람은 아는 일이지만, 그의 맑고
투명한 눈빛은 여간 잘 들여다보지 않으면 안 보이는 깊이를 가지고 있
다. 그 깊이가 그로 하여금 낙관과 부정, 고백과 시치미, 서정과 아이러니,
자아와 타자, 기억과 희망 사이의 심연을 시적으로 충분히 오가면서 어느
한쪽으로 편향되지 않게 하는 원초적 힘이다.

　이러한 역동적 균형을 한 몸에 안고 있는 그의 모습을, 나는 그가 이십
대의 한복판을 보낸 저 20세기 끝자락의 한 남녘의 소도시에서 바라보았
다. 지리산, 섬진강, 실상사, 화엄사의 기표로 채워진 그 시간 속에서 그
는 오래도록 삶을 함께했던 이들을 떠나지 못하는 모습과 현실의 불합리
성을 거절하는 단호한 모습을 동시에 몸의 기억으로 쌓아올렸다. 그렇다
고 그같은 결속과 균형이 그의 전부는 아니다. 그러한 합리적 외관 안쪽
에 들어차 있는 "햇살을 뒤집어 물결을 치는 푸른 비늘을 쫓아가면/바람
의 발원에 닿을 수 있으리라"(「버드나무 어장」)는 근원 추구의 욕망이 엄연
히 있으니까 말이다. 그 '바람의 발원'에 가닿으려는 몸짓과 언어가 이번
시집에 넘쳐나고 있는 것이다.

이 모든 것이 그의 시가 되어 차곡차곡 쌓였다. '바람의 뼈마디'와 '말의 허기'를 통해, 성장기의 상처와 기억이 두권의 시집으로 안착한 것이다. 이 시집들로 하여, 이제 그는 스스로 이름 부르기 민망해했던 사람들과 그들에 얽힌 기억을 떠나도 될 것이다. 선연하게 기억하되 그들을 다시 시의 표면으로 불러내지 않아도 될 것이다. 그러니 시인이여, '바람의 어금니'에 꽉 물린 채, 더 오래된 그리고 더 궁극적인 질서를 찾아가기를 바란다. 시집을 낼 적마다 문제적 담론으로 수렴되려는 욕망을 천연스레 보이는 여느 시인들과는 다른, 그대만의 경험과 지혜와 언어가 시간의 흐름에 따라 자연스럽게 축적되어가리라고 또한 믿는다.

노동의 구체, 싸움의 깊이

◆

송경동 시집 『나는 한국인이 아니다』

1

두루 알다시피, 한국 근대 노동시는 주체와 현실을 두 축으로 하면서, 계급(성)이 인간을 규정하는 배타적이고 결정적인 준거임을 선명하고도 지속적으로 보여준 바 있다. 그리고 한 시대의 핵심적 의미를 표상하는 데서 시인 자신의 직접적 주관보다는 동시대의 타자들이 구성하는 사회현실을 우선시하는 태도를 꾸준히 견지해왔다. 아닌 게 아니라 우리는 '노동'이라는 첨예한 관념 및 행위와 결부되어 나타난 타자성의 면면한 흐름을 통해, 우리 근대 시문학사가 시인 자신의 경험이나 정서 토로 외에도 사회적 자아의 현실 인식이라는 커다란 지분으로 구성되어 있음을 경험해왔다. 이처럼 시인들의 시선에는 자본과 노동의 비대칭성, 그리고 그 결과 등장하게 된 소비도시의 급성장과 경제 양극화 양상이 퍽 선명하게 들어와 있었던 것이다.

그러한 흐름이 결정적 외관을 드러낸 것은 1980년대 들어와서이다. 이때는 폭력으로 집권한 파시즘 체제와 자본의 무한 확장이 결속한 시대였는데, 그러한 불구성을 심층에서부터 비판한 것이 바로 노동시였다고 할 수 있다. 그 점에서 노동시는 오랫동안 식민과 분단의 극복을 제1가치로 삼아온 근대 시문학사의 핵심 자산이 아닐 수 없다. 하지만 근대 노동시는 모순 극복에 대해서는 일정하게 문제의식을 가졌지만, 근대 자체의 내파(內破)나 대안적 근대의 구축에는 상대적으로 소홀했던 것이 사실이다. 그럼에도 불구하고 사적(私的) 차원에 존재 근거를 드리우고 있던 서정시의 영역을 공적 영역으로 확장하면서 사회적 상상력과 미학적 감각을 결속한 것은 근대 노동시가 거둔 가장 양도할 수 없는 미학적 의의일 것이다. 이렇게 노동과 자본의 비대칭적 구조를 여실하게 보여준 일련의 노동시는 배타적이고 고유한 경험적 직접성을 통해 한국 현대시의 변경을 개척해온 셈이다. 이러한 역사적 흐름 위에 바로 송경동(宋竟東) 시의 위상이 놓인다 할 것이다.

2

초기 송경동의 시는 기층민중의 삶을 민감하게 담아내면서도, 현실에서 그들이 왜 고단한 삶을 살아갈 수밖에 없는지를 실증하였다. 그것은 비극성의 미적 범주로 줄곧 나타나게 되었는데, 이때 '비극성'이란 세계 속에서의 이상적인 것의 몰락이자 실재하는 것 속에서의 이상적인 것의 패배로 규정될 수 있다. 원래 '비극적인 것'은 실재하는 것과 이상적인 것 사이의 특수한 관계로 나타나기 마련이다. 그래서 다른 미적 범주들과 마찬가지로 비극성 역시 특수한 역사성을 가지게 된다. 예를 들어 봉건 귀족들에게는 중세적 이념과 지배체제의 몰락이 비극적이었지만, 진보적 이상을 가진 이들에게는 이상의 패배로 해석되는 사건들이 비극적인 것으로 나타나게 되었으니까 말이다. 이것은 비극성의 진정한 가치가 역사의 합법칙적 발전에 정향되어 있을 때 비로소 구현될 수 있다는 점을 결정적으로 함의한다. 엥겔스(F. Engels)가 비극성을 "역사적으로 필요한 요구와 그 실현의 실제적 불가능 사이의 모순"이라 한 것은 바로 이 점을 지적한 것일 터이다. 송경동의 시는 삶의 이러한 비극성을 온몸으로 승인하면서 동시에 그것에 저항하는 역설의 자리를 구현해왔다. 초기 시집 『꿀잠』(삶이보이는창 2006)과 『사소한 물음들에 답함』(창비 2009)은 이러한 비극적 세계의 축도(縮圖)를 잘 보여주었다고 할 수 있을 것이다. 다음의 초기 시를 한번 읽어보도록 하자.

> 셋방 부엌창 열고
> 샷시문 때리는 빗소리 듣다
> 아욱, 아욱국이 먹고 싶어
> 슈퍼집 외상장부 위에
> 또 하루치의 일기를 쓴다
> 오늘은 오백원어치의 아욱과
> 천원어치 갱조개
> 매운 매운 삼백원어치의 마늘맛이었다고
> 쓴다. 서러운 날이면
> 혼자라도 한 솥 가득 밥을 짓고
> 외로운 날이면 꾹꾹 누른
> 한 양푼의 돼지고기를 볶는다고 쓴다
> 시다 덕기가 신라면 두개라고 써둔
> 뒷장에 쓰고, 바름이 아빠
> 소주 한병에 참치캔 하나라고 쓴
> 앞장에 쓴다
> 민주주의여 만세라고는 쓰지 못하고

해방 평등이라고는 쓰지 못하고
피골이 상접한 하루살이 날파리가 말라붙어 있는
슈퍼집 외상장부 위에
쓰린 가슴 위에
쓰고 또 쓴다
눈물국에 아욱향
갱조개에 파뿌리
쏨벅 나간 손끝
배어나온 따뜻한 피 위에
꾸물꾸물
쓰고 또 쓴다

───「외상일기」 전문(『꿀잠』)

　　김지하(金芝河)의 「타는 목마름으로」와 박노해의 「노동의 새벽」이 선
명하게 인유(引喩)되면서, 이 작품은 "쓴다"의 반복 속에서 동시대의 주변
부를 관통하는 경험적 언어를 예리하게 보여준다. "셋방 부엌창"이나 "슈
퍼집 외상장부" 같은 서민들의 삶 위에 "하루치의 일기"를 쓰는 시인의
목소리는, "서러운 날"과 "외로운 날"을 차곡차곡 구체적인 시간으로 기
록해간다. "민주주의여 만세"라고는 쓰지 못하고, "해방 평등"이라는 말
은 너무 크지만, 시인은 "피골이 상접한 하루살이 날파리가 말라붙어 있
는/슈퍼집 외상장부 위에" 써가는 외상일기가 그 자체로 "쓰린 가슴"과
"따뜻한 피"를 동시에 환기하고 있음을 보여준다. 이처럼 쓰리고 따뜻한
마음으로 바라본 삶을 송경동은 자신만의 시로 옮겨 적는다. 송경동 시의
경험적 구체성과 핍진한 언어가 여기서 비롯된다 할 수 있을 것이다.

　　아침이면 다시 지하방에서 솟아오른 사람들이 공단으로 피와 땀을 팔기

위해 활기차게 넘던 그 고가, 그 길밖에 없었던, 젊은 날들을 다 보낸, 지금
은 테크노 디지털밸리가 된 굴뚝 공단에 흉물처럼 남아 있는, 나처럼 남아
있는, 나는 아직도 그 불우하고 불온했던 삶의 고가에서 내가 잊혀질까 두
렵다

        —「이 삶의 고가에서 잊혀질까 두렵다」 부분(『사소한 물음들에 답함』)

여기서도 송경동은 젊은 날들을 보낸 지하방과 거기서 펼쳐졌고 지금
도 기억의 중추를 이루고 있는 "불우하고 불온했던 삶"을 떠올린다. 이렇
게 경험적 직접성의 시편들을 통해, 그는 2000년대 새로운 노동시의 가능
성을 충일하게 열어간 것이다. 이렇듯 "신자유주의적 자본 지배가 본격화
되는 시대에 겪는 우리 기층민중의 고난의 역사"(염무웅, 『사소한 물음들에 답
함』 뒤표지 추천사)를 노래하면서 오랜 노동시의 전통을 이어온 송경동의 시
는 매우 실감있는 노동 형상을 담은 채 펼쳐져왔다. 그리고 그는 달라진
노동 환경을 반영하면서 자신이 새로운 자본과 노동의 비대칭을 증언해
갈 것을 우리로 하여금 예감케끔 해주었다. 노동하는 삶을 두고 "그러니
까 나는, 단 한순간도 궁핍해본 적이 없다"(「시인의 말」, 『사소한 물음들에 답함』)
라고 반어적으로 갈파한 그는 그만큼 우리 사회를 여전히 노동의 시선으
로 바라보아야 하는 근원적 이유를 투명하게 보여준다. 다음은 어떠한가.

어느날
한 자칭 맑스주의자가
새로운 조직 결성에 함께하지 않겠느냐고 찾아왔다
얘기 끝에 그가 물었다
그런데 송동지는 어느 대학 출신이오? 웃으며
나는 고졸이며, 소년원 출신에
노동자 출신이라고 이야기해주었다

순간 열정적이던 그의 두 눈동자 위로
싸늘하고 비릿한 막 하나가 쳐지는 것을 보았다
허둥대며 그가 말했다
조국해방전선에 함께하게 된 것을
영광으로 생각하라고.
미안하지만 난 그 영광과 함께하지 않았다

십수년이 지난 요즈음
다시 또 한 부류의 사람들이 자꾸
어느 조직에 가입되어 있느냐고 묻는다
나는 다시 숨김없이 대답한다
나는 저 들에 가입되어 있다고
저 바다물결에 밀리고 있고
저 꽃잎 앞에서 날마다 흔들리고
이 푸르른 나무에 물들어 있으며
저 바람에 선동당하고 있다고
가진 것 없는 이들의 무너진 담벼락
걷어차인 좌판과 목 잘린 구두,
아직 태어나지 못해 아메바처럼 기고 있는
비천한 모든 이들의 말 속에 소속되어 있다고
대답한다 수많은 파문을 자신 안에 새기고도
말없는 저 강물에게 지도받고 있다고
　　　　　　　　　—「사소한 물음들에 답함」 전문(『사소한 물음들에 답함』)

　　"한 자칭 맑스주의자"가 던진 사소한 물음들에 대해 시인은 가장 근본
주의적인 답변으로 맞선다. 타자를 배제하면서 "새로운 조직 결성"과 "조

국해방전선"에 함께하자고 하는 맑스주의자는 그 자체로 우리 시대의 동일성이 가지는 저변의 폭력성을 첨예하게 보여준다. 출신 대학을 묻는 사소한 물음에 "고졸이며, 소년원 출신에/노동자 출신이라고" 이야기하는 장면에서, 우리는 내부의 공고한 벽을 부수는 시인의 모습을 볼 수 있다. "열정적이던 그의 두 눈동자 위로/싸늘하고 비릿한 막 하나가 쳐지는 것"이야말로 노동운동 내부의 적을 선명하게 보여주는 것이 아니겠는가. 또한 다른 사람들이 어느 조직에 가입했느냐고 묻는 사소한 질문에 대해서 시인은 자신이 '들'에 가입되어 있고, '바다물결'에 밀리며, '꽃잎' 앞에서 흔들리고, '푸르른 나무'에 물들어 있고, '바람'에 선동당하고 있다고 말한다. 또한 "비천한 모든 이들의 말 속에 소속되어" 있는 시인은 "수많은 파문을 자신 안에 새기고도/말없는 저 강물"의 지도를 받고 있다고 당당하게 말한다. 이러한 노래는 "자본주의적 착취체계를 비약적으로 뛰어넘으면서 저 미래의 유령을 불러오는 시"(박수연 「모든 것이 돌아온다」, 『사소한 물음들에 답함』)의 모습을 보여주는 범례일 것이다.

요컨대 한국 시문학사에서 지속적 흐름을 이어온 노동시의 미적 범주는 당대의 주류 정치권력과 날카로운 대척점을 형성하면서 저항 혹은 참여의 미적 실천을 추구해왔다. 이러한 흐름은 이제 송경동에 와서 하나의 결절점을 이루게 된다. 최근 사회변혁에 대한 회의와 자연으로의 침잠 그리고 감각성과 내면 심리로의 경사 국면이 첨예한 주류로 등장했을 때, 그는 저항과 실천이 서정시의 또다른 본령임을 열정적으로 증명하였다. 그는 감각적 현존에는 충실하면서도 존재의 보편성 차원까지는 이르지 못한 서정시들을 훌쩍 넘어서면서, 우수한 서정시는 역사적 개체성을 일상과 감각의 현재성으로부터 계시(啓示)한다는 것을 온몸으로 실증한 셈이다. 그렇게 송경동의 시는 '개체성을 통한 구체적 보편성의 적시(摘示)'와 '파편적인 개체성의 상호 공존'이 얼마나 극명한 차이를 드러내는지를 실감케 해준다.

3

　말할 것도 없이 송경동은 한국 시단의 예외적 전사(戰士)이다. 날카로운 현실 인식을 바탕으로 하여, 그는 세상을 억압하고 규율하는 가혹한 폭력성을 폭로하고 또 힘겹게 그것들과 싸운다. 그 점에서 그는 유진오(兪鎭五), 김남주(金南柱) 이래 그 계보를 잇는 가파른 '거리의 저항시인'이다. 우리 사회 곳곳에서 쓸쓸한 존재방식으로 생을 꾸려가는 뭇 존재자들을 뜨겁게 포옹하면서 사회적 상상력을 강화해온 그의 시편들은, 그렇게 증언으로서의 속성과 기억의 문화사로서의 지향을 확연하게 보여준다. 시를 통해 삶은 끝나지 않는다는 믿음을 지키고, 자신의 안간힘을 통해 그것을 확장해가려는 시인의 몸과 영혼은 흔치 않은 진정성으로 다가온다. 이러한 과정을 통해 그는 시인으로서의 실존적 자의식과 함께 심미적 전율을 정점에서 암시해주었다고 할 수 있다. 이처럼 송경동의 시는 삶의 구체성과 그것들이 늘 관계적 그물망에 걸려 있다는 감각을 동시에 보여준다.

　특별히 이번에 제2회 이호철통일로문학상 특별상을 수상한 시집 『나는 한국인이 아니다』(창비 2016)에서는 노동하는 이들의 삶의 구체와 함께, 싸우는 이들의 사유의 깊이를 극점에서 보여주었다고 할 수 있다. 그가 이 시집에서 거쳐온 시공간만 해도 평택 대추리에서부터 기륭전자, 콜트-콜텍, 쌍용자동차, 용산, 강정, 밀양, 진도 팽목항에 이르고 있다. 한국 현대시의 빛나는 예외적 지점이요, 역사와 싸우면서 새로운 역사를 써가는 역동적 화폭이 아닐 수 없을 것이다.

　　돌려 말하지 마라
　　온 사회가 세월호였다
　　자본과 권력은 이미 우리의 모든 삶에서

평형수를 덜어냈다 정규직 일자리를 덜어내고
비정규직이라는 불안정성을 주입했다
사회의 모든 곳에서 '안전'의 자리를 덜어내고
그곳에 '무한이윤'이라는 탐욕을 채워넣었다
이런 자본의 재해 속에서 오늘도 하루 일곱명씩
산재라는 이름으로 착실히 침몰하고
생계 비관이라는 이름으로 수많은
노동자 민중들이 알아서 좌초해가야 했다

이 참혹한 세월의 너른 갑판 위에서
자본만이 무한히 안전하고 배부른 세상이었다
그들의 이윤을 위한 구조변경은
언제나 법으로 보장되었다 돈이 되지 않는
모든 안전의 업무 평화의 업무
평등의 업무는 외주화되었다 경영상의 위기 시
선장인 자본가들의 탈출은 늘 합법이었지만
함께 살자는 노동자들의 구조신호는
불법으로 매도되고 탄압당했다
위험은 아래로 아래로만 전가되었다
그 잔혹한 생존의 난바다 속에서
사람들의 생목숨이 수장당했다

그런데도 가만히 있으라고 한다
돌려 말하지 마라
이 구조 전체가 단죄받아야 한다
사회 전체 구조가 바뀌어야 한다

이 처참한 세월호에서 다시 그들만 탈출하려는
대한민국의 선장과 선원들을 바꾸어야 한다
우리 모두가 이 위험한 세월호의
선장으로 기관장으로
갑판원으로 조타수로 나서야 한다
이 시대의 마지막 남은 평형수로 에어포켓으로
다이빙벨로 긴급히 나서야 한다
이 세월호의 항로를 바꾸어야 한다
이 자본의 항로를 바꾸어야 한다
　　　　　——「우리 모두가 세월호였다」 전문(『나는 한국인이 아니다』)

　　시인은 세월호 침몰사건의 비극성을 두고, 사건 그 자체의 직접성과 함께 그것을 자본주의적 체계의 원리로 비유하는 간접성을 동시에 표현하고 있다. "돌려 말하지 마라"는 두번의 외침이 이 사건의 비극성을 물리적으로 드러내고 있거니와, 그야말로 우리 모두가 처참하게 가라앉은 '세월호'의 은유적 분신임을 노래하고 있는 것이다. "자본과 권력"을 한 축에 놓고 "비정규직이라는 불안정성"을 다른 한 축에 놓자 이 작품의 지도가 착실하게 그려진다. 거기에는 '안전'과 '무한이윤'의 대조도 들어 있고, 산재라는 이름으로 착실히 침몰해가는 "노동자 민중들"의 삶도 박혀 있다. "그 잔혹한 생존의 난바다"는 "구체적인 삶의 결과 그 결을 매만져본 자의 섬세함"(송종원 「아직 오직 않은 말들이 많다」, 『나는 한국인이 아니다』)을 알게 하면서, "구조 전체가 단죄받아야" 함을 알게 해준 것이다. "세월호의 항로를 바꾸어야" 하고 "자본의 항로를 바꾸어야" 한다는 외침을 통해 시인은 우리 시사에 저항의 몫을 눈물겹게 던지고 있다. 이러한 비극적 세계에 대한 천착과 비판적 정신이 결합하여 빚어낸 목소리는 존재론적 떨림과 울림을 지나 새로운 안목의 열림을 경험케 하는 웅장하고도 융융한 지남(指南)과 같은 것일 터이다.

　　검정 비닐봉지처럼 아이들이
　　이리저리 날린다 하루의 마지막 별을
　　배급받으러 나온 노인들도 어슬렁거린다
　　패딱지를 잃고 울던 아이가
　　제 엄마에게 질질 끌려간다
　　신작로에서 정복 차림의 어둠이 저벅저벅
　　걸어들어온다 침침해진 아이들 눈이
　　땅 쪽으로 더 기울어진다 그때마다
　　운동장에 조그만 무덤이 하나씩
　　새로 돋아난다 껴안아주고 싶지만
　　내 안엔 더 큰 어둠이 웅크리고 산다
　　밤하늘에 흰 핀을 꽂고
　　문상 나온 별들

　　　　　　　　　　　　—「저녁 운동장」 전문(『나는 한국인이 아니다』)

　이 서정적인 작품은 송경동 시학의 섬세함과 아득함을 함께 보여준다.
"검정 비닐봉지처럼" 날리는 아이들과 "하루의 마지막 별을/배급받으러
나온" 노인들이 저녁 운동장을 채우고 있다. 신작로에서 걸어들어오는
"정복 차림의 어둠"은 시대의 어둠을 암유(暗喩)하고 있고, "침침해진 아
이들 눈이/땅 쪽으로 더 기울어진" 시대야말로 "운동장에 조그만 무덤이
하나씩/새로 돋아난" 시간을 떠올리게 해준다. 그런데 시인은 정작 "내
안엔 더 큰 어둠이 웅크리고 산다"고 말함으로써, 스스로의 삶이 가파르
게 나아가야 할 당위성과 함께, 자신이 싸워야 할 내면의 어둠을 응시하
는 내적 성숙도 보여준다. 이번 시집 이후 송경동 시의 한 방향타가 될 만

한 시편이 아닐 수 없다.

  지금 우리 주위에서는 그동안 매우 심도있는 축적을 이루어왔던 인문학과 기초학문에 대한 급작스런 홀대를 보이고 있고, 인간의 문화가 오랫동안 축적해왔던 고전적 저작과 정신의 해체작업을 내남없이 빠른 속도로 진행하고 있다. 이러한 움직임은 21세기에 접어들어 더욱 조급증을 드러내면서, 더 현란한 상품 미학의 외피를 입고서 나타나고 있다. 이러한 비우호적인 상황에서 예언적이면서 성찰적인 장르일 수밖에 없는 서정시의 타개책은 무엇일까. 이는 한마디로 예언자적 저항성과 자기성찰이라는 장르 규정성을 더욱 강화해가는 것으로 모아진다. 새삼 강조하는 것이지만, 이제 서정시는 자본주의의 자기전개 과정의 절정에서 펼쳐지는 신자유주의 노선과 양립하기 어렵다. 이 양립 불가능성이 바로 서정시만의 독자적인 위의(威儀)로 난국을 돌파할 수밖에 없음을 알려주는 더없이 확실한 지표일 것이다.

  송경동의 시는 모든 존재자를 사물화하고 획일화하며 나아가 상품 가치로의 부단한 환원을 꾀하는 이러한 자본주의의 기율에 저항하는 진보적 인식론과 방법론을 확연하게 보여준 우리 시대의 총아이다. 그렇게 노동의 구체와 싸움의 깊이를 가멸차게 보여준 송경동의 시는 진보적 감각과 사유의 다원화를 더욱 활발하게 꾀하면서, 한국 시에 커다란 에너지를 지속적으로 부여해갈 것이다. 이미 그의 시는 문학사가 되어가고 있지 않은가.

존재론적 바닥의 묵시(默示)

◆

최금진의 시

최금진(崔金眞)의 첫 시집 『새들의 역사』(창비 2007)에서 "밖으로 비어져 나온 생의 이 냉막함"(김사인, 뒤표지 추천사)을 읽고 "가난의 체험과 불행한 가족사적 내력"(이경수 해설 「살풍경의 그로테스크」)을 발견했을 때, 비루하고 가난했던 생을 견디면서 그러한 삶이 편재적으로 관철되는 한 시대를 반영하려는 한명의 리얼리즘 시인을 우리 시단은 맞아들이는 듯했다. 그만큼 그의 첫 시집은 고통 아닌 것이 없는 말로써, "밑바닥을 산"(「잠수함」, 『새들의 역사』) 사람들의 삶을 철저한 경험적 직접성으로 보여준 바 있다. 첫 시집 안에서는 스스로 겪은 성장통(成長痛)의 예민한 감각은 물론, 가난했던 가족사에 대한 가감 없는 묘사와 재현이 사실적으로 이루어지고 있었다. 하지만 그의 시적 발원지임에 틀림없는 '가난'의 경험과 증언이 최금진 시의 최종 과녁은 아니었다. 오히려 그는 이러한 불구와 결핍의 개인사를 통해 인간의 존재론적 '바닥'을 암시적으로 표상함으로써 불가항력적 운명과 싸우고 패배하는 일련의 과정을 보편화해 보여주려 했다.

이번에 펴낸 두번째 시집 『황금을 찾아서』(창비 2011)에서도 최금진은 가난·불행·결핍의 경험적 얼룩과 비명·자책·망상 등의 정서적 반응을 충실하게 이어가면서, 여전히 인간의 존재론을 '바닥'의 표상으로 곳곳에서 은유한다. 그의 시에 나오는 수많은 비루한 인물들은 그가 옴짝달싹할 수 없는 깊은 상처의 근원이지만, 그는 그러한 삶에서 연원한 '숫기 없음'을 자신을 둘러싸고 있는 사람들에 대한 다양한 염인벽(厭人癖)으로 숱하게 변형한다. 이토록 오롯한 인간에 대한 배타적 원근법이 바로 최금진의 시를 여느 시인의 성장시편과 구분하는 확연한 지표일 것이다. 그래서 이 자발적 이방인의 시편에는 지나간 삶의 어느 한순간도 그립지 않다는 표면 진술과, 그 너머 어떤 울림으로 존재하는 근원적 삶에 대한 심층 소망이 역동적으로 교차하고 끝내는 결속한다. 그 점에서 최금진의 두번째 시집은 첫번째 시집에서 노래한 '새들의 역사'를 더 정교한 기억으로 되살리면서, 존재론적 '바닥'의 묵시(黙示)를 더 깊은 자의식으로 노래하는 세계로 우리에게 다가온다 할 것이다.

먼저 이번 시집을 개괄해보면, 단형 서정의 형식과 감상 침잠의 내용이 전혀 없음을 알 수 있다. 그만큼 그의 시편들은 일정한 길이 안에 사람살이의 구체적 내러티브를 온축한다. 대체로 시인들의 사유와 감각 속에 잠겨 있는 '원체험(原體驗)'은 그들의 언어와 생각에 지속적인 영향을 끼치게 마련이다. 이때 시인들은 원체험을 부단히 변형하고 거기에 파생경험을 부가하면서 자기동일성을 획득해간다. 원체험이 여러 기억의 실마리를 통해 변형되면서 다양한 내러티브를 만들어내는 것은 바로 이 때문이다. 우리가 이번 시집을 통해 우선적으로 만나는 것은, 이처럼 오랜 기억 속에 머물러 있는 원체험의 기원(origin)이자 내상(內傷)과 자의식 가득한 최금진만의 둘도 없는 성장 서사이다. 시인은 그 서사를 '소설'로 은유한다.

화순 최씨 집성촌이 있다는
외딴 마을 어딘가를 내가 헤매고 있었을 때

그 후손들 중 하나가 연줄처럼 아득히 풀려나가

바람 부는 허공을 헤매고 있을 때

땡감처럼 매달린 별 몇개로도 제 아비를 읽는 밤

하늘과 땅은 책의 앞뒤 표지처럼 맞물려 있고

깨알 같은 인간의 이야기는 거기서 만들어진다

아버지의 무모한 여행담이

훗날 더 먼 데까지 나갔다 올 아들의 지도가 되듯

나 또한 오래오래 들려줄

뼈까지 닳은 내 역마를 생각했다

인간은 어떤 식으로든 희망을 읽어야 한다고

내 나이 무렵을 견디지 못하고 죽은 아버지를

나는 책망하듯 그리워했다, 그리고

근처 어딘가에 화순 최씨 집성촌이 있다는

불 꺼진 밤하늘을 펼쳐놓고 나는 몇번이고

어둠이 만든 행간의 의미를 되풀이해서 읽었다

—「소설의 발생」 부분

일찍이 루카치(G. Lukács)는 "별이 빛나는 창공을 보고, 갈 수가 있고 또 가야만 하는 길의 지도를 읽을 수 있던 시대는 얼마나 행복했던가"(『소설의 이론』)라는 비유적 표현을 통해 전체성이 살아 있던 한 시대를 상상하고 암시한 바 있다. 그 지혜로운 여행자가 그렸던 지도가 아마도 소설의 기원을 이루었을 것이다. 마찬가지로 이 시편에서 누가 처음으로 외딴 마을에 와서 읽고 긋고 써내려간 '집 한채'는 바로 소설 그 자체일 것이다. "화순 최씨 집성촌"의 서사가 담긴 그 기록은 시의 화자가 황망하게 헤매고 있을 때 별빛을 통해 아비를 읽고, 하늘과 땅이 책 표지처럼 맞물려 있음을 발견하며, 인간의 이야기가 만들어지는 순간을 만나던 때를 담았을 것이다. 연이어 아버지의 여행담이 아들의 지도로 나타나고, 그 지도를 따라 화자는 죽은 아버지를 그리워하며 인간의 역설적 희망과 어둠이 만든 행간 의미를 읽어간다. 그때 제목에 나오는 '소설'은 시인 자신의 성장 내력을 담은 서사를 함의하게 된다. 이번 시집은 그렇게 발생한 '소설'의 줄기와 세목을 다양한 문양으로 수놓는 과정에 바쳐진다. 그것은 "늪의 유전자를 안고 태어난 사람들"(「늪 가이드」)의 "아주 오래 씹어 먹을 수 있는 죄책감"(「편견에 빠진 나무의 성장과정」)의 표백과정과도 고스란히 겹친다.

폭설과 안개가 번갈아 몰려오는 춘천
그 토끼굴 같은 자취방을 오가며
대학을 졸업하면, 나는 아이들에게 길을 가르치는 사람이 되고 싶었다
은백양숲에선 길을 잃어도 행복했다
은백양나무 이파리를 펴서 그 위에 빛나는 시를 쓰며
세상에서 길을 잃었거나, 스스로 길을 유폐시켰던 자들을 나는 그리워했다
길들을 함부로 곡해했고 변형시켰으며
그중 어떤 길 하나는 컵에 심은 양파처럼 길게 자라
달까지 가닿았다, 몇번이고 희망은 희망에 속았다
달에 들어가 잠시 눈 붙이고 난 어느 늦은 봄날
눈을 떠보니, 마흔이 넘은 사내가 되어 있었다
(…)
풍찬노숙의 삶을 긍정도 부정도 못하고 다시 막차를 놓쳤을 때
나는 알게 되었다, 더는 가고 싶은 길도, 펼쳐보고 싶은 지도도
남아 있지 않다는 것을
이 허무맹랑한 길로 다시 돌아오기까지 마음은 늘 고아와 객지였으니
엄마, 엄마아, 쥐새끼처럼

울고 있던 어린 나에게 따귀라도 올려붙였어야 한 건 아니었는지
낡은 담장에 길 하나를 간신히 괴어놓고 서 있던 늙은 벚나무에선
꽃들이 와르르, 와르르, 무너져내리고
길을 잃기로 작정한 사람에게 신은 더 많은 길을 잃게 하는 법
제 몫의 길을 모두 흔들어 떨어버린 늙은 벚나무는 이제 말이 없고
요람에서 무덤까지, 길에서 길까지
지상에는 길들이 흘리고 간 흙비가 종일 내리는 것이다
　　　　　　　　　　　　　　　　　　　──「길에서 길까지」 부분

　폭설과 안개의 도시 춘천에서의 대학 시절, 학교와 자취방을 오가면서
졸업과 교육자의 길을 꿈꾸었던 시절, 그 '길'을 가르치고 싶어 스스로는
'길'을 잃었어도 행복했던 시절, 화자는 빛나는 시를 쓰면서 '길'을 잃었
거나 유폐시켰던 자들을 내내 그리워했다. 그러면서 스스로는 '길'을 곡
해하고 변형하기도 하고 희망에 속기도 하면서 홀연 "마흔이 넘은 사내"
가 되어버렸다. 그 오랜 풍찬노숙의 삶을 지나 "더는 가고 싶은 길도, 펼
쳐보고 싶은 지도"도 남지 않았다는 사실에 이르러, 그는 늘 '고아와 객
지'였던 시간을 죄책감과 회한으로 새삼 떠올려본다. 그래서 오래전부터
"낡은 담장에 길 하나를 간신히 괴어놓고 서 있던 늙은 벚나무"에서 꽃들
이 무너져내리는 걸 바라보면서, '길'을 더 많이 잃게 한 신(神)을 뒤로하
면서, 흙비가 내리는 "길에서 길까지"를 처연하게 응시하고 있다. 이처럼
'길'의 은유는 "밑바닥을 기며 살아온 자"(「광어」)의 존재론을 암시하면서,
"어머니도, 고향도, 마치 처음부터 세상에 없었던 것처럼"(「고향 아주머니」)
살아온 시인의 남루한 나날을 함축하고 상징한다.

은율, 재령, 남아프리카공화국 그리고 엘도라도를 생각하면
우리집 마당도 금 뿌리 가득한 어느 만석꾼의 밭인 것만 같다

그러면 식탁에 달랑 올라온 김치와 밥으로 때우는 저녁상도
푸짐한 금빛으로 넘치고
내 이름에 들어간 '金'자도 왠지 거부(巨富)의 돌림자 같기만 하고
설핏 든 잠은 스페인 사람들이 믿었던 엘도라도로의 통로라는 생각
어쩌면 개미들이 기어다니는 허물어진 방바닥 귀퉁이를
숟가락으로 파볼 일인지도 모르는
어젯밤 뜬금없는 누런 똥꿈을 자꾸 왕관처럼 머리에 썼다가 벗으며
할아버지 화장터에서 주워온 금이빨을 고모는 어디에다 썼을까 하는
생각
금반지 한돈 물려받지 못한 처지를 비관으로 몰고 가지 않으려면
어쩔 수 없이 다시 파보는 누리끼리 낡고 오래된 금에 대한 몽상
나에게도 금광이 있으면 좋겠다
금지옥엽 길러서 금의환향하는 자식 생각과
적어도 금전 걱정은 없어야겠다는 새해의 새로운 각오를 파묻어둘
토요일마다 로또방을 기웃거리지 않아도 좋을
은율, 재령, 남아프리카공화국 그리고 엘도라도
감나무에 걸리는 햇살, 그 아래로 사금이 줄줄 흘러내릴 것 같은
벽에다 똥칠을 해놓고, 이게 다 금이다, 넋을 놓아버린
할머니는 행복한 연금술사
일생에서 한번만 더 길몽을 만난다면 나도 아버지처럼 노름이나 배울까
금값이 올랐다는 뉴스를 보면 억울하고 또 반갑다
내일은 토요일, 복권은 여덟시까지 팔고, 일주일은 그렇게 그냥 가고
저녁별들은 황금빛을 쩔렁거리며 빛난다
—「황금을 찾아서」 전문

우리 시대의 폭력적 에토스(ethos)인 '황금'에 패배한 자들을 최금진은

"질풍은 사그라지고, 로또만 남은 사내"(「소년들을 위한 충고」), "평생 황금만 생각하며 눈 깜박이는 미라들"(「다단계 피라미드 사업을 추천합니다」), "돈밖에, 집밖에, 먹고사는 것밖에 모르는 이 착한 짐승"(「범우주적으로 쓸쓸하다」) 등으로 형상화한다. 이 무력하고 착하고 자기집착적인 인물들은 도처에서 '황금'에 의해 상처받고 고무받고 끝내는 절망한다. 황금을 찾아나선 여정은 화자의 성장사와 그대로 등가의 중량을 가진다. 화자는 황금으로 유명한 지명들을 떠올리며, 집 마당에도 금이 가득하고 가난한 식탁도 금빛으로 넘치며 자기 이름에 들어간 '금(金)'자에도 부(富)의 암시가 들어 있을 것만 같은 환각을 떠올린다. 잠을 자면서도 황금으로 통하는 길목을 상상하고, 금에 관한 꿈을 왕관처럼 썼다가 벗으며, "오래된 금에 대한 몽상"을 이어간다. 이러한 환각과 몽상이 적어도 그의 생존방식을 유지해 온 것이다. 그 순간 '금광' '금지옥엽' '금의환향' '금전'이라는 '금'자 돌림 언어유희(pun)가 펼쳐지면서, 햇살이 사금이 되어 흘러내릴 것 같은 환상과 할머니의 환각 그리고 금값 올랐다는 뉴스 등이 이어진다. 저녁별들이 "황금빛을 쩔렁거리며" 빛나는 마지막 풍경은 황금을 찾아 살아온 화자의 내력이 한 시대의 "유령처럼"(「비행기가 날아갈 때」) 살아온 궤적임을 선연하게 증언한다.

이렇게 그의 성장사를 수놓은 '소설―길―황금'이라는 상징적 키워드의 흐름은 그 자체로 "흠씬 두들겨맞고 자란 아이"(「팽이론」)가 "평생 과부로 살다가 지금도 과부로 사는/우리 엄마"와 "요절한 아버지"(「나는 만화책이다」)와 결별하고, "빚쟁이로 시작해서 베짱이로 끝나는 대학"(「서울에서 살아남기 ― 대학 새내기들을 위하여」)을 졸업하고, "죽은 자들의 염려와 근심이 만든 물활론"(「머리카락 종교」)을 넘어 "이 끔찍한 킬링필드"(「동물농장을 읽는 밤」)를 건너온 시간의 기록이라 할 것이다. 이처럼 그는 가족에 대한 끔찍한 기억을 놓지 않고 성장사의 세목을 여전히 망각하지 않는다. "구멍가게는 구멍과 가계(家系)로 나누어지는데/우리집 가계는 전부 구멍뿐"(「나는 날아올랐다」)이라는 참담한 기억은 여전히, 더 강렬하게, 최금진 시의 호환할 수 없는 발생론이자 인식론이 되고 있는 셈이다.

또한 이번 시집에는 산꿩, 늑대, 개, 뱀, 쥐, 닭, 바퀴, 애벌레 등 병들었거나 갇혔거나 죽어가는 짐승(벌레)의 형상이 우의적(寓意的) 모습을 띤 채 가득 등장하는데, 그 형상은 일차적으로는 시인과 그 가족을 비유하지만, 점차적으로 다른 곳을 향해 확장해가기도 한다. 그것은 고통의 기원을 지나 시인 특유의 시선으로 가닿은 타자들의 형상이다. 고통의 기원이 고통의 실상으로 번져간 경우이다.

동네를 떠나는 사람들이 탈탈 긁어 보여준 보상금은
탄화된 볍씨 몇개였다
몽둥이나 돌멩이 같은 가장 원시적인 도구들이 무기로 사용되어도
괜찮을까요, 구청과 경찰과 용역회사는 빙그레 웃었다
값도 안 나가는 골동품의 가치를 따질 필요는 없었을 것이다
오직 부서지기 위해, 박살나기 위해
쓸모없는 질그릇 몇개가 옹기종기 양지바른 곳에 놓여 있었다
그것이 흙덩인지, 사람인지, 토우인지 전혀 구별이 되지 않았다고
처음 불을 던졌던 사람은 그렇게 생각한 듯했다
유력한 한 정치가는
TV에 나와 헛기침을 하며 자꾸 손으로 입을 가렸다
불구덩이에 앉아 방화로 추정되는 불을 끝내 견뎌야 했던 사람들 몸엔
함부로 빗살무늬가 새겨져 있었다
채찍자국이었다, 그것이 자신에게 가한 것이었든 신의 징벌이었든
그해 겨울, 깨진 질그릇 조각들이 밤하늘 가득 별로 떴고
그것을 만든 자가 비록 옹기장이였다 해도
옹기를 깨뜨리는 것은 월권이었다

지금은 사라진 한 원시부족의 일이지만 말이다

　　　　　　　　　　　—「빗살무늬토기를 생각하다」 부분

　철거민들의 삶을 담은 이 시편은 최금진 시학의 준거나 지향이 재귀적 구조로 이루어지지 않고 확산과 파상의 문법을 가지고 있음을 알려준다. 탄화된 볍씨에 비유된 보상금, 원시적 무기, 구청과 경찰과 용역회사의 웃음 등은 여전히 사회로부터 "값도 안 나가는 골동품" 취급을 받는 이들의 삶을 환기한다. 부서지고 박살나기 위해 "쓸모없는 질그릇"으로 존재하던 그들의 삶은 '빗살무늬토기'로 은유되면서 양지바른 곳에 '흙덩이' '사람' '토우'의 형상으로 남아 있다. 그 빗살무늬는 다름 아닌 폭력적 "채찍자국"이었는데, 채찍에 깨진 질그릇 조각들이 밤하늘에 별로 뜨는 순간은, 그것이 흔히 '옹기장이'로 비유되곤 하는 신(神)의 징벌이었다 할지라도, 신의 월권에서 비롯한 인간 비극의 역상(逆像)이었던 것이다. 화자는 이 이야기가 "지금은 사라진 한 원시부족의 일"이라고 짐짓 말했지만, 우리는 그것이 여전히, 지금은 사라진 줄 알았던 '지금 여기'의 일임을 암시받게 된다. 그렇게 "바닥만 보고 사는 평면적인 생물체"(「매와 쥐」)와도 같은 삶, "해고, 실업, 복수 따위의 낱말들을 타고 다니"(「바퀴라는 이름의 벌레」)는 삶, "바닥에서 한걸음에 뛰어올라가야 할/지하도의 계단"(「Loser」)이 가파르기 짝이 없는 삶을 최금진은 정성 들여 관찰하고 재현한다. 그런데 그 경사진 삶에서 조금 느슨하게 비껴서며 자신의 혹독한 기억들과 환하게 만나는 장면도 시집 안에 농울친다.

　　화엄사 저 아래 더듬이처럼 불을 켜든 사람들의 집이
　　길을 따라 마을로 흘러가고
　　뚝뚝 처마 끝에 흘러내리는 잠이
　　창밖 목련나무 가지에 하얗게 돋아난다

사람들은 누구나 한번쯤 초저녁잠에서 깨어

여기가 어딘가, 고개를 두리번거리며 황망히 운다

오래된 그릇은 저절로 금이 가고

인간은 거기 담긴 한 국자의 검은 물처럼 쏟아져 대지에 스민다

물줄기가 산 아래로 흘러가 마을의 잠을 이루는 저녁

미농지처럼 얇은 잠 사이로

산수유꽃이 피어 있는 게 보인다

나는 눈을 감고도 환한 구례 어디쯤을 지나고 있는가

내 귀에서 어린 은어떼가 조각조각 꿈을 물어뜯고 있는가

누가 내 잠을 석회처럼 하얗게 강물에 풀어내고 있는가

발끝까지 환하다, 화안하다

──「구례 어딘가를 지나가는 나의 잠」 부분

구례 화엄사 아래 "사람들의 집"이 간신히 불을 켜고 있다. 그 집 처마 끝에 흘러내리는 '잠'이 돋아나는 초저녁, 자연의 순리처럼 오래된 그릇은 금이 가고 사람들은 거기 담긴 물처럼 쏟아져 대지에 스민다. 그 물줄기가 산 아래로 흘러가 마을의 '잠'을 이룰 때, 화자는 환하게 아주 화안하게 "누가 내 잠을 석회처럼 하얗게 강물에 풀어내고 있는" 환각의 순간을 경험한다. 바로 이 순간은 모질고 고통스런 삶을 이어온 시인에게, "둥근 울타리들이 만드는 경계의 바깥"(「최후의 늑대」)에서 "누구를 만나도 반갑지 않"(「분지」)게 살아온 시인에게, 잠시나마, 정말 환한 충동으로, 어린 은어떼와 하얀 잠이 가득한 역설의 희망의 순간을 불러오는 듯하다.

지금까지 우리가 읽어왔듯이, 최금진의 시편은 지나온 삶에 냉연하고도 실감있는 관찰과 기억, '황금'의 기율이 지배하는 세상에서 상처받은 '빗살무늬'로 살아가는 이들에 대한 증언과 재현을 통해 존재론적 바닥의

묵시를 강렬한 핍진성으로 흘려보내고 있다. 여기서 우리는 그 묵시의 일관성과 지속성과 하염없는 진정성이 저 창공의 별처럼, 어린 은어떼처럼, 은백양숲에서 쓰던 빛나는 시처럼, 이제는 바닥을 치고 올라와 환하게 우리를 적셔가기를 소망해보는 것이다.

| 발표지면 |

| 제1부 |

우리 시대의 '시적인 것'과 윤리성 『오늘의 문예비평』 2006년 봄호

사물과 상상력을 결속하는 원리로서의 서정 『시와표현』 2017년 8월호

시간 형식으로서의 서정 『하늘·우물 —— 작은詩앗·채송화 제3호』(고요아침 2008)

극서정의 미학적 가능성 『시와사상』 2012년 봄호

한국 현대시의 난해성 —— '어려움'과 '쉬움'에 대하여 『발견』 2018년 봄호

| 제2부 |

다른 흐름의 모더니즘 『시와표현』 2015년 4월호

대안 담론과 공론성 회복의 흐름 —— 2000년대의 비평 『현대문학』 2015년 1월호

떠나감의 말, 고요의 리듬 『시와표현』 2018년 3월호

성장시란 무엇인가 『문학의오늘』 2013년 여름호

고전적 투명성과 인문주의적 통찰 —— 유종호의 비평 『문학과 비평』 2018년 가을호

이론과 비평정신의 견고한 결속 —— 김준오의 시 유형론 『시와사상』 2009년 여름호

374

서정의 건축술

초판 1쇄 발행/2019년 6월 29일

지은이/유성호
펴낸이/강일우
책임편집/박지영 김성은
조판/한향림
펴낸곳/(주)창비
등록/1986년 8월 5일 제85호
주소/10881 경기도 파주시 회동길 184
전화/031-955-3333
팩시밀리/영업 031-955-3399 편집 031-955-3400
홈페이지/www.changbi.com
전자우편/lit@changbi.com

ⓒ 유성호 2019
ISBN 978-89-364-6352-6 03810